SÉRIE NOIRE

Collection créée par Marcel Duhamel

ANNA PITONIAK

L'INCIDENT D'HELSINKI

TRADUIT DE L'ANGLAIS (ÉTATS-UNIS)
PAR JEAN ESCH

nrf

GALLIMARD

Cet ouvrage a été publié avec le concours
de Marie-Caroline Aubert.

Titre original :
THE HELSINKI AFFAIR

Pour Nellie et Ruth

PREMIÈRE PARTIE

UN VISITEUR NON ANNONCÉ

1

Ce n'était pas raisonnable de rester dehors sous le soleil brûlant de juillet, à Rome. Semonov faisait les cent pas en s'épongeant le front avec un mouchoir depuis longtemps imbibé de sueur. Il aurait dû imiter les Romains, qui échappent à la fournaise estivale en s'arrêtant chez Giolitti pour manger une glace, en s'offrant une sieste dans une chambre aux volets fermés, ou en quittant carrément la ville pour rejoindre les collines de l'Ombrie où souffle une douce brise. Mais Konstantin Nikolaievich Semonov n'était pas là à supplier qu'on le laisse entrer dans l'ambassade américaine, en répétant qu'il avait d'importantes informations à communiquer, parce que c'était quelqu'un de raisonnable.

Dans sa guérite climatisée, le soldat raccrocha le téléphone.

« Si vous n'avez pas rendez-vous, personne ne peut vous recevoir aujourd'hui.

— Monsieur ! s'exclama Semonov en se penchant vers les petits trous dans la vitre. Vous êtes un marine. C'est au militaire que je m'adresse. Je suis officier dans l'armée de mon pays. Mon pays qui n'est autre que la *Russie.* » Précision inutile étant donné que dix minutes plus tôt il avait glissé son passeport sous la vitre blindée afin de prouver son identité. « Essayez de comprendre. Je détiens des informations valables *aujourd'hui*. Pas demain, pas la semaine prochaine. »

Pour être juste envers le soldat, il n'était pas facile de prendre Semonov au sérieux. Les boutons de sa chemise avaient du mal à contenir sa bedaine, des pièces de monnaie tintaient dans ses poches, ses lunettes rondes dévoilaient de grands yeux candides. Toutefois, quand il vit le marine marquer une brève hésitation, son instinct aiguisé lui ordonna de sauter sur l'occasion.

« Je viens de Moscou, confia-t-il à voix basse. Je suis en vacances à Rome, avec ma femme. Impossible de transmettre ces informations depuis Moscou. La nature de mon travail fait que je suis étroitement surveillé. Vous comprenez ? C'est également la nature de mon travail qui m'a permis d'accéder à certaines informations susceptibles, j'en suis sûr, d'intéresser au plus haut point vos fonctionnaires.

— Même si ce que vous dites est vrai, répondit le marine, vous devez quand même prendre rendez-vous. »

Il n'avait pas plus de vingt-quatre ou vingt-cinq ans. Coupe en brosse, rasé de près, affûté comme un crayon bien taillé. Un bon soldat, qui obéissait au règlement. Savoir contourner ce règlement – avoir pitié, par exemple, d'un étranger en nage, affublé d'un accent à couper au couteau – exigeait une expérience qui lui faisait défaut. Semonov comprit alors qu'il allait devoir, à contrecœur, utiliser une tactique plus directe.

Il redressa les épaules et un changement se produisit sur son visage, comme une ombre qui masque le soleil. En regardant le marine droit dans les yeux, il dit : « Mes informations concernent Robert Vogel. »

Un tressaillement sur le front du jeune soldat signala que ce nom avait fait tilt.

« L'avion du sénateur Vogel doit se poser au Caire dans une

heure, poursuivit Semonov, du même ton calme. Sa vie est en danger. »

~

Parmi toutes les affectations, Rome était une des moins excitantes. Mais elle offrait quelques avantages, évidemment. Les très chics fêtes dans les jardins de la villa Taverna, où l'ambassadeur américain abreuvait ses invités de prosecco dans des flûtes en cristal. Les week-ends bien arrosés dans les villages perchés sur les collines toscanes. Ou encore le simple fait de pouvoir rentrer chez soi à pied en toute sécurité, sans une escorte armée. Néanmoins, Amanda Cole aurait volontiers renoncé à tous ces avantages pour pouvoir faire son travail.

Son véritable travail. Celui pour lequel elle s'était préparée. Là-bas, à Washington, quand elle avait appris sa future affectation, son supérieur à la Direction des opérations s'était contenté de secouer la tête, à la fois compatissant et amusé par l'évidente déception d'Amanda. « Profitez-en, Cole, avait-il dit. Essayez de vous créer des souvenirs. Vous serez bien contente de les avoir, quand on vous enverra dans un bunker du tiers monde. »

Quotidiennement, la plupart de ses collègues disparaissaient entre midi et 15 heures. Ils rentraient chez eux pour faire la sieste ou s'offraient un bon restaurant aux frais du gouvernement.

En cette chaude journée de juillet, Amanda Cole arrivait à la moitié de sa mission de deux ans, en tant qu'adjointe du chef de poste de la CIA. Elle avait quarante ans (même si tout le monde affirmait qu'elle faisait beaucoup plus jeune), cela faisait donc dix-sept ans, ou presque, qu'elle était dans la partie. Elle n'avait pas exercé d'autre métier, si l'on exceptait ses brefs emplois de barmaid et de plongeuse dans un restaurant quand elle était jeune fille au pair. Après le lycée, elle n'avait pas eu envie d'aller à l'université. Cette certitude mise à part, son avenir lui apparaissait de manière douloureusement confuse, aussi avait-elle décidé de voyager à travers le monde, en faisant des petits boulots pour subvenir à ses besoins. C'est seulement en rentrant au pays, et en commençant à travailler pour l'Agence, qu'elle avait appris à canaliser son insatiable curiosité à des fins plus productives. Pour réussir au Service des clandestins, il fallait se passionner pour le chaos du monde. Ses voyages avaient aiguisé cet intérêt.

Ses succès, au fil du temps, lui avaient appris la discipline. Amanda savait y faire. Dès l'instant où son avion s'était posé à Fiumicino, pas une seule récrimination n'était sortie de sa bouche. Elle acquiesçait, souriait et affichait son esprit d'équipe. Sans vraiment appartenir à la *bande*. Ainsi, elle quittait toujours les interminables fêtes de l'ambassadeur avant la fin, ce qui donnait lieu à des spéculations de la part de ses collègues. Menait-elle une opération sous le manteau ? Voulait-elle montrer l'exemple ? Dans un cas comme dans l'autre, tous s'accordaient à penser que son ergomanie avait un côté détestable.

Quelles que soient ses motivations, il se trouve qu'Amanda était seule pour répondre au téléphone ce jour-là et pour dire au jeune marine de ne pas laisser entrer ce Russe bizarre. Toutes leurs ambassades à travers le monde connaissaient ce même problème. Des individus en tout genre venaient frapper à la porte et exigeaient d'être reçus. Dans 99 % des cas, il s'agissait de cinglés.

Après avoir raccroché, Amanda contempla l'écran de son ordinateur, en essayant de retrouver sa concentration. Elle devait valider le tableau des frais de fonctionnement, une tâche (personne ne prenait la peine de vous en informer) qui représentait une part importante de son travail de cheffe de poste adjointe.

Le téléphone sonna de nouveau. Elle décrocha et dit, d'un ton agacé : « Vous savez, sergent, si vous avez tellement envie de me parler, invitez-moi à boire un verre.

— Il prétend qu'il a des informations au sujet du sénateur Vogel, dit le marine. Il connaît tous les détails de son voyage en Égypte.

— Bob Vogel ? » Amanda se redressa légèrement sur son siège. « Qu'a-t-il dit d'autre ?

— Il dit… » Le soldat hésita. Amanda imaginait le jeune homme faisant face au visiteur, et craignant de passer pour un idiot en répétant ce que lui avait dit celui-ci. « Il affirme que la vie du sénateur Vogel est menacée. »

Elle aurait pu prendre ça à la rigolade. Mais en regardant autour d'elle les locaux vides, la triste pièce sans fenêtre, les murs beiges et la moquette grise, le figuier-lyre dont les feuilles jaunissaient dans un coin, elle se surprit à penser : *Tout plutôt que ces foutus tableurs.*

« Très bien, soupira-t-elle. Envoyez-le-moi. »

~

Au moins, la salle de réunion possédait une fenêtre qui offrait un changement de décor. Amanda fit glisser une bouteille d'eau sur la table. Reconnaissant, Konstantin Nikolaievich se jeta dessus et la vida d'un trait. Amanda, étonnée, demanda : « Vous en voulez une autre ?

— Oui, s'il vous plaît. Il fait très chaud aujourd'hui. »

Malgré la climatisation, Amanda voyait des gouttes de sueur perler sur le front de Semonov. Elle remarqua également l'alliance à sa main droite, le soin avec lequel sa chemise avait été raccommodée et la montre en or à son poignet. Elle croisa les mains sur la table.

« Eh bien, monsieur Semonov, je crois savoir que vous souhaitez nous transmettre des informations.

— Je m'excuse, mon anglais n'est pas très bon.

— Je le trouve parfait. Toutefois, si vous préférez poursuivre en russe, nous devrons attendre le retour d'un de mes collègues car je ne...

— Non. Je suis votre invité, alors nous parlerons anglais, évidemment. Mais je dis ça car j'ai un peu de mal à comprendre. Vous êtes chargée des questions économiques pour le Département d'État américain ?

— Exact. Je suis attachée commerciale.

— Mes informations ne concernent pas les questions économiques. »

Amanda lui adressa un sourire éclatant.

« Nous sommes au mois de juillet, en Italie, monsieur. L'ambassade est un peu dépeuplée en ce moment.

— Je vois. » Après un long silence, pendant lequel il ne la quitta pas des yeux, il ajouta : « Donc, vous êtes Amanda Clarkson. Amanda Clarkson, la conseillère économique. »

Elle percevait quelque chose de plus profond derrière ce front transpirant. Et un tiraillement se produisit en elle, comme un signal d'alarme. La partie séparée de son cerveau enregistra soigneusement un nouveau point de données.

« Elle-même ! dit-elle gaiement.

— Très bien. » Il hocha la tête plusieurs fois, lentement. « Très bien, Amanda Clarkson. Même si vous êtes l'attachée économique, j'espère que vous pourrez m'aider. Je vous apporte des informations concernant M. Robert Vogel. Un sénateur de votre pays, de l'État de New York. Un homme puissant. Mais vieillissant. J'ai lu dans des rapports que sa santé avait décliné dernièrement. »

Nouveau signal.

« Oui, à ce qu'il paraît.

— Il fait partie d'une délégation en route pour Le Caire. Hier soir, cette délégation a pris un avion à Washington. Elle doit atterrir dans moins d'une heure. Un convoi militaire du gouvernement égyptien escortera les Américains de l'aéroport jusqu'à l'hôtel Four Seasons. Ce soir, à 18 heures, le convoi les conduira jusqu'au palais d'Héliopolis, où ils seront les invités d'un grand dîner donné par le président. »

Il a pu trouver tout cela sur Google, se dit-elle. *En quelques clics.*

« Le convoi militaire accompagnera la délégation américaine durant les trois jours de leur visite. » Semonov s'exprimait avec une précision toute bureaucratique. « Le président égyptien tient à leur assurer une sécurité totale. Il ne veut pas que ses invités soient exposés à des éléments incontrôlés. À une exception près. Demain matin, la délégation doit assister à une parade militaire. C'est le principal objectif de cette visite au Caire. Permettre aux Américains d'évaluer les forces de leur allié. »

Amanda continuait à sourire, même si son pouls s'était accéléré. Évidemment. Rien d'anormal. Un Russe débarquait à l'ambassade en connaissant dans les moindres détails les déplacements de la délégation sénatoriale sur le renseignement. Rien d'étonnant.

« Durant cette revue, les Américains seront entourés par l'armée, bien entendu, poursuivit Semonov. Ce sera l'endroit le plus sûr d'Égypte. Pas besoin de convoi, donc. Les Américains pourront se déplacer à leur guise, parler avec les généraux, examiner les pièces d'artillerie, interroger des soldats. La revue débutera à 11 heures. À cette heure, la température est habituellement de trente-sept ou trente-huit degrés. Tout le monde sera rassemblé à l'extérieur, où il n'y aura pas beaucoup d'ombre. Le président a ordonné que la revue ne dure pas plus d'une heure. Il sait que plusieurs de ses hôtes sont âgés et risquent de souffrir de la chaleur. Hélas, cette précaution ne suffira pas. Un peu avant midi, le sénateur Robert Vogel sera victime d'un AVC dû à la chaleur. On le conduira à l'hôpital le plus proche où il sera déclaré mort.»

Amanda déglutit. Impossible d'ignorer ce frisson intérieur. Mais dans l'immédiat, le plus important était de ne pas effrayer son visiteur.

«Très bien, monsieur Semonov. Permettez-moi de commencer par une question évidente. Comment pouvez-vous prévoir un AVC avant que celui-ci se produise ?

— Je ne peux pas. Mais il existe des substances chimiques qui déclenchent dans le corps humain des symptômes très semblables à ceux d'un AVC. Si semblables qu'il n'y a aucune raison de mettre en doute la conclusion du médecin. Surtout quand la personne décédée a quatre-vingts ans et une santé fragile.

— Pardonnez-moi, monsieur. Ce que vous décrivez là ressemble à un assassinat.

— Oui.

— Et comment avez-vous connaissance de cet assassinat avant qu'il ait été commis ?

— Je travaille pour ceux qui vont le commettre.

— Et qui sont ces gens ?»

Il pressa la bouteille d'eau dans sa main, sous l'effet du stress, faisant craquer le plastique fin.

«Vous ne me croyez pas, hein ?

— La question n'est pas de...

— Je devrais m'en aller dans ce cas. Je n'ai rien à faire ici !»

Il se leva, mais Amanda posa la main sur son bras pour l'arrêter.

«Monsieur Semonov. Je veux vous croire. Je veux prendre cette histoire au sérieux. Mais pour cela, j'ai besoin de plus d'informations. » Un silence. « Vous affirmez travailler pour ceux qui vont commettre cet assassinat. De qui s'agit-il ? »

La tension était visible sur le front de l'homme.

« Je travaille pour l'état-major des forces armées de la Fédération de Russie.

— Quel département, précisément ?

— La Direction générale du renseignement, dit-il tout bas. Le GRU. »

~

« Nom d'un chien, Cole. Vous avez bu ? »

Debout derrière son bureau, les mains sur les hanches, les yeux plissés, Osmond Brown regardait Amanda Cole, qui l'avait suivi lorsqu'il était rentré de déjeuner. Amanda Cole qui avait trente ans de moins que lui, qui travaillait sous ses ordres, mais semblait ne jamais s'en souvenir.

Elle ferma la porte et fit signe à son supérieur de s'asseoir. Ce geste avait quelque chose de particulièrement impertinent, venant de ce petit bout de femme au visage enfantin et au nez constellé de taches de rousseur. Osmond faillit la rembarrer, mais il s'enfonça dans son fauteuil sans un mot. Au cours de l'année écoulée, il avait découvert qu'il était très difficile d'élever la voix devant Amanda. Car il avait beau crier, elle ne cillait même pas, ce qui était très décourageant.

« Il dit la vérité, affirma-t-elle.

— On peut savoir ce qui vous permet d'en être certaine ?

— Il a peur. Il est terrorisé. Ce n'est pas une chose que l'on peut feindre.

— L'idée ne vous a pas effleurée, répondit Osmond, avec son accent traînant du Mississippi, qui souvent s'amplifiait après un ou deux verres de vin, que ce type est terrifié, comme vous dites, parce qu'on l'a choisi pour servir d'appât ?

— Jamais ils ne choisiraient un homme comme lui.

— Oh, toutes mes excuses, mademoiselle Cole. J'ai oublié que vous aviez des dons de médium également.

— Si les Russes voulaient nous fourguer un agent, poursuivit-elle en ignorant comme à son habitude les sarcasmes d'Osmond, ils choisiraient quelqu'un qui a la tête de l'emploi. Et qui agit pour un mobile évident. La cupidité, de préférence. C'est toujours l'argument le plus convaincant. »

Osmond fronça les sourcils.

« Attendez, laissez-moi deviner. Vous allez me dire que votre nouvel ami n'a pas une once de cupidité ? »

En guise de réponse, elle leva son poignet.

« Sa montre. Il porte un TAG Heuer en or. Ça signifie qu'il a les moyens. Pourtant, sa chemise est recousue et rapiécée à plusieurs endroits. De toute évidence, ce n'est pas un matérialiste. Pas suffisamment, en tout cas, pour en faire un appât crédible. Les Russes choisissent uniquement des personnes capables de donner le change. Semonov n'entre pas dans cette catégorie. Et je le répète : il est terrorisé. Cette peur est l'information dont on se sert. Et dans moins de vingt-quatre heures, il va y avoir…

— Oh là, la coupa-t-il. Pas si vite. Vous réagissez comme si on était obligés d'intervenir.

— Il le faut.

— Dixit Amanda Cole ?

— Non. Les preuves, *sir.* »

Osmond la considéra par-dessus son bureau. Malgré ses bonnes résolutions, il s'était autorisé un verre de vermentino (bon, d'accord, deux verres) au déjeuner. Et maintenant, il avait envie de dormir, il avait mal au crâne, et toute cette histoire ressemblait à une arnaque. En outre, Amanda était sans doute la personne la plus entêtée qu'il avait jamais rencontrée. Gérer cette femme était une des tâches les plus exténuantes de son job. Toutefois, il connaissait son point faible. En dépit des apparences, elle avait le respect de la hiérarchie. Jamais elle ne désobéirait à un ordre direct.

Manifestement, elle était dans un état de grande excitation. Alors, pourquoi ne pas lui accorder encore quelques minutes, songeait Osmond, avant de siffler la fin de la récréation ? Il se renversa dans son fauteuil, noua ses mains sur son ventre et dit : « Très bien, Cole. Supposons que nous décidions de croire ce que raconte ce type, ce… j'ai oublié son nom.

— Semonov. Konstantin Semonov.

— Oui, voilà. Supposons que nous décidions de croire ce Semonov, et d'intervenir en considérant qu'une menace réelle pèse sur Bob Vogel. Il faudrait expliquer la situation au sénateur et lui demander de ne pas assister à la revue militaire. Comment procéderiez-vous ?

— Oralement. En envoyant un messager. Un de nos agents au Caire.

— Mais quand ? Où ? Comment ? Le planning de la délégation est réglé à la minute près. Ils auront droit à une courte pause au Four Seasons, mais je vois mal un gars de chez nous débarquer à l'improviste. Tout le monde dans cet hôtel, des femmes de chambre aux managers, en passant par les foutus laveurs de fenêtres, tout le monde travaille pour quelqu'un d'autre. Il y a des micros dans tous les coins. Si on envoie un messager, que se passera-t-il quand il débarquera au Four Seasons pour se diriger tout droit vers le sénateur ? Hein ? »

Les rides qui barraient le front d'Amanda s'estompèrent.

« Vous pensez qu'ils veulent détruire notre réseau au Caire ? demanda-t-elle.

— Bingo. »

Amanda approuva d'un hochement de tête. Osmond buvait du petit-lait. Vous voyez bien ? Tout ce qu'il voulait, en définitive, c'était que ces jeunots apprennent à être un peu plus prudents. Et éviter qu'ils se fassent tuer sans raison.

Mais voilà qu'au lieu de le remercier, Amanda dit : « Je n'y crois pas. »

Soupir d'Osmond.

« Et pourquoi donc ?

— Semonov ne ment pas. J'en suis absolument certaine. Et ne me dites pas qu'il est leur idiot utile, que ses supérieurs au GRU lui ont fait gober cette histoire, en misant sur son sentiment de culpabilité pour qu'il s'empresse d'aller tout raconter aux Américains. Il n'est pas stupide. Il s'en serait aperçu. Il m'a percée à jour en trois secondes.

— Je comprends, Amanda. Vous devenez folle d'ennui ici. » Il tapota sa tempe avec son index. « Il ne se passe rien à Rome. Ce n'est pas ici que ça se joue. Et ils le savent eux aussi. Ils essaient de retourner cet ennui contre vous.

— Vous me suggérez réellement de ne rien faire ?

— Je ne suggère rien. Je vous le dis. »

Le regard d'Amanda devint vitreux. Elle avait tendance à garder le silence et à se réfugier dans une sorte d'indifférence froide quand on ne tenait pas compte de son avis. Osmond la respectait doublement. Parce qu'elle se battait jusqu'au bout, mais aussi parce qu'elle savait rendre les armes au bon moment.

« Nous sommes le maillon faible, expliqua-t-il, en savourant ce flot de bienveillance paternelle qui demeurait, il devait bien l'avouer, l'unique aspect de son travail qui lui procurait encore une certaine satisfaction. Nos réseaux au Moyen-Orient sont impénétrables. Les cibler directement ne servirait à rien. Alors, les Russes tentent d'entrer par la petite porte. Ils plantent une graine à Rome, en espérant que les racines plongeront jusqu'au

Caire. Pour cela, il leur suffit de surveiller le sénateur Vogel. Si on envoie quelqu'un à son hôtel pour le prévenir, bingo ! Ils auront identifié un membre de notre réseau. Astucieux, n'est-ce pas ? Dès lors, la meilleure réponse, la *seule* réponse, c'est de ne rien faire. Vous comprenez ? »

~

Toute la question était là, songeait Amanda. Le plan que venait de décrire Osmond était trop intelligent. Le GRU ne fonctionnait pas de cette façon. Il y avait trop d'impondérables, trop de contingences subtiles : on ne retrouvait pas ce côté direct qui les caractérisait.

En sortant du bureau de son supérieur, Amanda traversa l'open space vers la porte qui s'ouvrait sur l'autre partie de l'ambassade. Un de ses collègues l'interpella (« Hé, Cole ! Le type dans la salle de réunion, il est à toi ? Le gros type à lunettes ? James Gandolfini sur le retour ? »), mais elle ne l'entendit pas.

Elle ouvrit avec son badge la porte sans inscription, suivit un couloir, descendit un étage et emprunta un autre couloir. À travers les vitres de la salle de réunion, elle vit ce que ses collègues avaient dû découvrir en rentrant de leur pause déjeuner. Semonov faisait les cent pas tel un poisson rouge impatient d'échapper aux limites de son bocal.

Amanda avait cherché le meilleur moyen de lui expliquer qu'elle avait échoué, mais dès qu'il se retourna vers elle, il comprit. Pendant qu'elle refermait la porte, il secoua la tête. Bizarrement, elle lui savait gré de sa perspicacité. C'était affreux de devoir annoncer ce genre de mauvaise nouvelle, de briser les espoirs de quelqu'un. Semonov venait de lui épargner ce supplice.

Il s'assit et enfouit son visage dans ses mains. Amanda prit place sur la chaise voisine et lui toucha le coude.

« Je suis désolée. Sincèrement désolée. J'ai fait tout ce que je pouvais. »

Il disait quelque chose, mais sa voix était étouffée par ses mains.

« Monsieur Semonov ? Je n'entends pas ce que vous dites. »

Quand il releva la tête, des larmes coulaient sur ses joues.

« Ma mère est morte l'an dernier. Au printemps. Les lilas étaient en fleur.

— Oh. Je… euh… je suis désolée.

— Juste avant de mourir, elle m'a appelé à son chevet et elle m'a dit : "Kostya, tu as le cœur tendre. Sois prudent. Le monde souffre quand il y a trop de cœurs tendres." Elle avait raison ! J'ai agi comme un parfait imbécile. » Il secoua la tête. « Je savais que ce jour viendrait. Qu'est-ce que je croyais, hein ? Que je pourrais l'empêcher ? Regardez ce que j'ai fait ! »

Amanda fit glisser une boîte de mouchoirs en papier sur la table. Semonov la remercia d'un regard mouillé et se moucha en produisant un bruit de trompette comique.

« Ta ménagerie, lui avait dit un jour sa meilleure amie Georgia. Ton drôle de petit zoo d'animaux domestiques. »

Des barmen dans des établissements sordides, des hôtesses dans des clubs huppés. Des chauffeurs de taxi dotés d'une mémoire photographique. Des coiffeuses spécialistes des ragots. Des propriétaires de restaurants avec salons privés. Des femmes de chambre, des bagagistes et des laveurs de vitres dans des hôtels cinq étoiles. Tous aimaient gagner un peu d'argent à côté, et tous aimaient le sérieux avec lequel on les considérait. Ils aimaient flairer de temps à autre le parfum du danger. À eux tous, ils composaient son drôle de petit zoo. Rassembler ce genre de personnes faisait partie de son travail, mais Amanda avait tendance à conserver des liens avec ses informateurs, même quand ceux-ci avaient cessé d'être utiles.

« Regardez ce que j'ai fait ! » s'était exclamé Semonov. Cela l'intriguait. Qu'avait-il voulu dire par là ? Quel rôle jouait-il dans l'histoire Vogel ? Les frais de fonctionnement attendraient.

Elle tapota la main de Semonov et dit : « Parlez-moi de votre mère. Comment s'appelait-elle ? »

~

À la fin de juillet, le soleil ne se couchait pas avant 20 h 30. Un crépuscule bienveillant éclairait les pas d'Amanda sur le chemin de son appartement. Elle passa devant l'église qui abritait les célèbres sculptures du Bernin, devant l'imposante fontaine de marbre qui symbolisait la fin d'un vieil aqueduc romain, devant les thermes de Dioclétien. « On a l'impression de trébucher sur l'histoire à chaque pas », avait dit sa mère, un jour. Mais Amanda savait bien que l'histoire était un Janus sournois. Elle fournissait un contexte important, mais exerçait également une force de gravité narrative dangereuse. Si vous vous attendiez à ce que le présent soit la continuation du passé, vous n'aviez pas une vision lucide du présent.

« C'est comme ce vieil homme qu'on voyait nourrir les pigeons devant l'école tous les après-midi, avait-elle dit un jour à Georgia. Tu te souviens ?

— Hector ? Je l'adorais.

— Et tu t'attendais logiquement à le voir tous les après-midi, non ? Pourtant, un après-midi, pas d'Hector. Tout le monde s'étonne. Puisque Hector fait la même chose quatre-vingt-dix-neuf jours de suite, il est évident qu'il va faire la même chose le centième jour. Mais où est-il écrit que le passé permet toujours de prédire l'avenir ?

— C'est vraiment ta vision du monde ? »

Amanda avait haussé les épaules.

« Non. Pas vraiment. Mais j'essaie de ne pas être surprise quand un schéma cesse de se reproduire. »

Ce soir, sur le chemin de son domicile, Amanda ne se livrait pas à des réflexions aussi profondes. En se frayant un passage au milieu d'une foule massée devant la station de métro Repubblica, elle ne pensait qu'à une chose : elle mourait de faim car elle avait sauté le déjeuner à cause de Semonov. Son frigo étant vide, elle devrait s'arrêter, pour le énième soir de suite, à son stand préféré du Mercato Centrale qui vendait des pâtes fraîches et des sauces toutes prêtes. Elle avait décidé, depuis bien longtemps, que c'était la manière la plus simple de se nourrir.

Lors de sa visite en septembre dernier, Georgia avait été effarée par cette habitude.

« Tu ne peux pas manger la même chose *tous les soirs*, Amanda. Tu oublies que tu es à Rome ?

— Je me fiche de ce que je mange, en vérité.

— Dixit la fille qui a avalé un scorpion à Bangkok et bu du sang de porc à Séoul. La fille qui…

— Oh, avait dit Amanda en riant, tu parles de cette épave alcoolisée et qui ne savait pas quoi faire de sa vie ? C'est de cette fille que tu parles ? Tu crois qu'elle mérite d'être ressuscitée ?

— Tu es trop dure avec toi-même. Elle était drôle.

— Elle était folle.

— Elle est toujours là, quelque part. J'en suis sûre. »

Au marché couvert, Amanda s'arrêta également chez le caviste. Elle avait rarement du vin chez elle, mais la journée avait été longue, et elle en avait besoin. En poussant la porte de son appartement, elle trouva qu'il faisait chaud et que ça sentait le renfermé, alors elle ouvrit les fenêtres dans l'espoir de faire entrer un peu d'air. Parfois, elle se demandait ce que les voisins d'en face, de l'autre côté de la cour, pensaient d'elle. De cette Américaine qui allait et venait à des heures indues, dont les taches de rousseur et le sourire laissaient deviner un caractère chaleureux, mais qui se contentait d'échanger avec eux quelques paroles polies.

Dix minutes plus tard, après avoir enfilé un vieux short usé et un T-shirt, elle se laissa tomber dans le canapé avec son assiette de pâtes et un verre de vin. Cette journée avait été un véritable marathon. Elle avait écouté Semonov lui raconter des pans entiers de sa vie. Ainsi, elle avait appris qu'il espérait travailler comme traducteur pour le GRU, mais on lui avait confié un travail beaucoup plus ennuyeux : la fabrication de passeports et de visas. Son épouse, une Italienne prénommée Chiara, s'était installée à Moscou pour des raisons professionnelles, d'où sa présence en Italie : ils rendaient visite à sa belle-famille. Chiara et lui s'étaient rencontrés dans le métro de Moscou. Elle était perdue, désorientée, et Semonov l'avait aidée à retrouver son chemin. Il souriait comme un collégien quand il parlait d'elle. Plus elle l'écoutait parler, plus Amanda était convaincue qu'il disait la vérité. Sans pouvoir expliquer pourquoi ; elle le savait, voilà tout.

Elle planta sa fourchette dans les pâtes. C'était justement ça le problème : elle s'était déjà trompée. Osmond avait peut-être raison : l'ennui la poussait à se jeter sur la moindre occasion de briser la routine. Car elle s'ennuyait, oui. Était-ce l'influence de son ego ? Cette envie de mouvement, d'action, cette envie de prouver qu'elle ne restait pas assise à ne rien faire, si ce n'est regarder ses muscles s'atrophier à cause du laisser-aller ? En outre, elle connaissait les probabilités. Lors de sa formation à la Ferme, bien des années plus tôt, on lui avait appris à se méfier des transfuges et des informateurs qui se présentaient spontanément. C'était une chose qu'on voyait seulement au cinéma, jamais dans la vraie vie. Recruter quelqu'un, ça exigeait beaucoup de travail. La technique de la manipulation psychologique, de la carotte et du bâton, vieille comme le monde et éprouvée. Un Russe débarque un jour pour les informer des menaces qui pèsent sur un politicien américain ? Non, ça n'arrivait jamais. D'après l'Agence. Et surtout d'après les hauts cadres de l'Agence, persuadés d'avoir gagné par eux-mêmes leurs galons. L'idée que le monde fonctionnait de manière aléatoire, que l'univers était le produit du chaos, leur était insupportable.

Mais elle refusait d'en démordre. Seule l'expression sur le visage d'Osmond l'avait empêchée d'insister. Elle savait reconnaître sa défaite.

Finalement, Semonov avait regardé sa montre. Il devait s'en aller, sa femme l'attendait. « Où logez-vous ? » avait demandé Amanda. Quand il lui avait donné le nom de l'hôtel, près de la piazza del Popolo, elle avait ressenti un petit tiraillement. En songeant : *Parfait. En cas de besoin, ça facilitera les choses.* Elle l'avait raccompagné jusque dans le hall et lui avait serré la main. « Profitez bien de votre séjour à Rome, avait-elle conclu en prenant le ton chaleureux d'une hôtesse de l'air. Et monsieur Semonov…

— Je vous en prie, appelez-moi Kostya.

— Très bien, Kostya. Merci d'être venu me parler. Je sais que ça ne devait pas être facile. »

Amanda se leva et alla déposer son assiette et son verre de vin dans l'évier. Elle reboucha la bouteille et la rangea dans le placard. En se couchant et en éteignant la lumière, elle revit le visage de Semonov s'assombrir au moment de repartir. Il semblait reconnaissant de l'attention qu'elle lui portait, mais surtout, il paraissait triste : la compassion d'Amanda ne changerait pas le cours des choses.

La nuit était chaude et calme. Le ventilateur au pied de son lit n'était pas très efficace. Son esprit décrivait une boucle sans fin. Elle aurait dû faire plus. Non. Elle avait fait tout ce qu'elle pouvait. Elle pensait à Semonov, dans son hôtel à l'autre bout de la ville, et se demandait s'il passait une nuit blanche lui aussi.

~

Osmond Brown arrivait généralement le premier au poste, mais en ce vendredi matin, la porte de son bureau resta fermée. Amanda ne la quittait pas des yeux, perplexe, jusqu'à ce qu'un de ses collègues s'en aperçoive. Et lui explique : « Il est absent aujourd'hui. Il est parti batifoler à Capri avec l'ambassadeur, tout le week-end.

— Ah, oui. J'avais oublié. »

Elle regarda la pendule murale : 8 h 47. N'ayant pas fermé l'œil de la nuit, elle était quasiment ivre de sommeil. La matinée s'écoula lentement, par bribes. 9 h 03, elle rédigea le compte rendu de son entretien avec Semonov. 9 h 17, elle s'enferma dans les toilettes et s'aspergea le visage d'eau. 9 h 42, elle se fit un café. 9 h 45, elle finit sa tasse de café. 9 h 47, elle envisagea d'en boire une autre. Elle voulait qu'on lui prouve qu'elle se trompait. Jamais elle ne l'avait souhaité à ce point. Il y avait un bar via Ludovisi, près de l'ambassade. À 12 h 01, au moment même où le sénateur Vogel et les autres membres de la délégation quittaient la parade militaire et regagnaient la sécurité du Four Seasons, elle irait s'offrir un petit verre de tequila pour se récompenser d'avoir eu tort.

11 h 06. Ils devaient être arrivés à présent. 11 h 31. Ils devaient passer les troupes en revue, examiner les pièces d'artillerie, s'entretenir avec les généraux. Amanda éteignit l'écran de son ordinateur pour ne pas avoir l'heure en permanence sous les yeux. Elle rongea l'ongle de son pouce. Sa jambe tressautait. Un de ses collègues lui lança un regard inquiet, mais en voyant son

expression, il jugea préférable de ne pas lui demander ce qui n'allait pas.

Amanda ralluma son écran à 11 h 57… 11 h 58… 11 h 59. Midi ! Midi pile ! Un immense sourire fendit son visage.

« Je vais déjeuner ! » Elle se leva d'un bond et prit son sac. « Si le chef appelle, dis-lui que je me suis saoulée et que je suis rentrée.

— Euh… Tu es sûre ? demanda son collègue. Tu veux vraiment que je… »

Il fut interrompu par un gazouillis strident. Arrivée à mi-chemin de la porte, Amanda se figea. Tous les ordinateurs de l'open space émettaient le même pépiement électronique. *Non*, se dit-elle. *Non, non, non.*

« Putain de merde, dit son collègue. *Putain de merde.* Cole ! Tu as vu ça ? »

Elle sentit son estomac remonter dans sa gorge.

« Bob Vogel est mort. »

2

À soixante-douze ans, Charlie Cole ne se déplaçait plus comme autrefois. Son coup droit avait perdu de sa vélocité, et son genou gauche protestait quand il essayait de pivoter trop rapidement. Sprinter était hors de question. Mais quand Lovell balança une balle près de la ligne de fond de court, Charlie sut exactement ce qu'il devait faire : un revers croisé, bien dosé tout en douceur, qui retomba juste derrière le filet. Aussi inéluctable que la mort, les impôts et le petit jeu pitoyable de Lovell. Obligé de bâtir laborieusement sa victoire, Charlie songea : *Ce que j'ai perdu en vigueur, je l'ai gagné en sagesse.*

À présent, les deux hommes se désaltéraient au bord du court, à l'ombre d'un petit auvent vert. Lovell déclara d'un ton approbateur dénué de rancune : « Bien joué. Joli revers sur la dernière balle.

— Belle matinée, n'est-ce pas ? » dit Charlie, alors qu'ils regagnaient le club-house.

Il était à peine 7 heures, et la chaleur de juillet n'était pas encore étouffante. Les courts étaient tous occupés de si bon matin et des silhouettes tout de blanc vêtues produisaient un concert de claquements assourdis. Les arroseurs automatiques déversaient des cascades scintillantes sur les pelouses vert émeraude. Au sommet du mât, le drapeau frémissait. Un matin d'été comme celui-ci, le club-house offrait une image de tranquillité et de prospérité. Grâce à la grille à l'entrée et aux frais d'admission exorbitants. Charlie n'aimait pas reconnaître qu'il était devenu comme « ces gens-là ». En privé, il continuait d'affirmer qu'il était différent. Mais cela faisait maintenant deux décennies – non, trois – qu'il jouait avec Lovell et les autres membres de leur petit groupe, et il ne concevait plus l'existence sans ces parties trihebdomadaires.

Arrivé au club-house, Charlie exécuta son rituel : sauna, douche et rasage. Chemise blanche, cravate bleue unie. Sac de sport et raquette de tennis dans le coffre de sa voiture, veston étendu sur la banquette arrière.

« À la semaine prochaine ! » lança-t-il à Lovell, qui déverrouillait les portières de sa Corolla quelques places plus loin.

Avec son salaire de lobbyiste, Lovell aurait pu s'offrir une voiture plus clinquante qu'une Toyota de dix ans d'âge, mais il conduisait cette Corolla pour la même raison que Charlie avait honte d'être membre du country club : qu'importent les cheveux gris, qu'importe la bedaine, pour un certain type d'hommes vieillissants, l'idéalisme était la coquetterie le plus difficile à abandonner.

Compte tenu de la circulation à cette heure, il fallait exactement trente et une minutes pour aller du country club à l'Agence. Trente-six, s'il décidait de s'arrêter au Starbucks, ce qu'il fit puisque nous étions vendredi. Charlie tourna à la hauteur du campus, passa devant le bureau d'accueil des visiteurs, devant l'entrée principale et les voitures garées à proximité. Il continua à rouler, encore et encore, jusqu'à ce qu'il atteigne son emplacement attitré. Si les attributions des places de parking étaient le reflet exact du statut social, alors Charlie se situait carrément tout en bas de l'échelle.

L'an prochain, il entamerait sa dernière année à la Central

Intelligence Agency. Plusieurs de ses partenaires de tennis, médecins, juges ou avocats, avaient déjà pris leur retraite. Et ils affirmaient que ce n'était pas si épouvantable. Il existait d'autres raisons de vivre : les enfants et les petits-enfants, les voyages avec leurs épouses, les menus travaux dans la maison. Mais ses partenaires de tennis semblaient oublier que Charlie ne s'était jamais remarié et que sa fille unique a) ne voulait pas d'enfants et b) était trop occupée pour se consacrer à son vieux père. Au moins, la retraite lui permettrait de s'occuper de son jardin.

De plus, chaque fois que ses amis tentaient de lui transmettre leur sagesse, Charlie se braquait. Une partie de lui-même avait envie de leur crier : *Je ne suis pas comme vous ! J'ai vécu autre chose.* Il n'avait pas seulement exercé un métier. Il s'agissait d'une vocation. C'était vrai il y a un demi-siècle, quand il avait rejoint l'Agence. Puis il y avait eu Helsinki, le désastre d'Helsinki. Ensuite, dans les derniers soubresauts de la guerre froide, il avait été rappelé à Langley, où on lui avait confié un travail de bureau assommant. Voilà à quoi ressemblait sa vie depuis. La maison en brique, de style colonial, à Falls Church. Le country club d'Arlington. Ce n'était plus une vocation, uniquement la sinécure sans risque de l'échec.

Il se gara, plia son veston à cheval sur son bras et se dirigea vers l'entrée principale en tenant un café dans chaque main. Tout bien considéré, c'était un boulot semblable à plein d'autres. Des milliers de personnes traversaient chaque matin ce hall de marbre blanc. La plupart, à l'instar de Charlie, passeraient leur journée à gérer les problèmes insignifiants de n'importe quelle administration. Certains agents n'étaient pas dans ce cas-là – certains côtoyaient le danger, risquaient leur vie –, mais Charlie ne faisait plus partie du nombre. Depuis trente ans, il essayait de se faire une raison, mais chaque matin, quand il traversait le hall et voyait du coin de l'œil les étoiles gravées dans le mur de marbre, l'une d'elles en particulier, il se sentait submergé par une vague de culpabilité viscérale. Il y avait certaines choses qu'on ne pouvait pas effacer, certaines erreurs qu'on ne pouvait pas pardonner.

« Triple moka au lait de soja avec crème fouettée ? » demanda Cherise, comme chaque fois que Charlie lui tendait son gobelet de chez Starbucks rempli seulement de café noir.

Il sourit à l'agente de sécurité et répondit, immanquablement : « Comme vous l'aimez, Cherise. »

Il passa son badge devant le lecteur et le tourniquet se débloqua dans un bourdonnement. Il rejoignait le flot humain qui se dirigeait vers l'ascenseur quand une voix forte retentit dans son dos : « Cole ! Une seconde ! »

En se retournant, il découvrit John Gasko qui tentait de franchir le tourniquet. Le scanner refusait de lire son badge. Il le colla violemment contre la plaque de verre en grommelant : « Nom de Dieu ! Aujourd'hui, comme un fait exprès.

— Monsieur ? dit Cherise. Si vous voulez, je peux…

— Non ! aboya Gasko. Accordez-moi une seconde, c'est ce satané… Ah, voilà ! Enfin. » Il franchit le tourniquet et abattit sa main sur l'épaule de Charlie. « Je déteste ces machins, pas vous ? Au fait, bon boulot sur ce discours. J'ai bien aimé la partie sur les conséquences involontaires.

— Oh, merci, monsieur. Ça me fait plaisir. »

Après avoir quitté le Service des clandestins, Charlie avait occupé successivement plusieurs postes au sein de la Direction de l'Administration pour gérer toutes les questions d'ordre pratique auxquelles personne, en dehors de la CIA, ne pensait jamais. Après un long passage aux RH, en tant que recruteur, il exerçait actuellement les fonctions de chargé de communication de niveau intermédiaire au Bureau des affaires publiques. Avec ses cheveux gris et son sourire éclatant, Charlie projetait une image à la fois officielle et rassurante, très appréciée dans la sphère médiatique.

« J'aurais peut-être besoin de vous pour pondre un truc sur Vogel s'ils décident d'organiser une cérémonie officielle. » Gasko secoua la tête. « Quelle immense perte. »

Charlie esquissa un sourire gêné.

« Vogel ?

— Vous n'avez pas regardé les infos ?

— Les infos ? »

Charlie tapota ses poches, avant de se souvenir que son téléphone était dans sa mallette. Il l'avait rangé là avant sa partie de tennis et ne l'avait pas consulté depuis plus de deux heures. (Ce n'était pas ce qu'on attendait d'un responsable de la communication, voilà sans doute pourquoi il devait toujours se contenter de cette place de parking au diable Vauvert.) Alors qu'il fouillait dans sa mallette, Gasko le prit par le bras pour l'entraîner dans un long couloir.

« Un AVC, dit-il tout bas. Foudroyant, paraît-il. Au moins, il n'a pas souffert.

— Bob Vogel a fait un AVC ? »

Charlie devait presser le pas pour suivre l'allure de Gasko. Le couloir était bordé d'un côté de grandes baies vitrées, et de l'autre de portraits de présidents. Gasko saluait d'un hochement de tête toutes les personnes qu'ils croisaient, une façon de leur transmettre un message collectif : *Salut, comment ça va, bon travail, continuez.* John Gasko devait incarner à parts égales le double rôle de gestionnaire et de politicien, et gagner les cœurs et les esprits des deux côtés de la clôture qui entourait le campus de Langley. Tout le monde s'accordait à dire qu'il avait fini par choper le coup.

« Il y a deux heures, expliqua-t-il. Au Caire, un peu avant midi. Il faisait quarante-trois degrés à l'ombre et il souffrait d'un problème pulmonaire. Pauvre gars. Pauvre Diane. C'est une femme merveilleuse, vous savez. Pam et moi, nous avons dîné avec eux pas plus tard que la semaine dernière. » Il prit un air songeur. « D'ailleurs, quand j'y repense, Bob n'était pas dans son assiette, déjà. Vous le connaissiez, je crois ?

— Je l'ai croisé une ou deux fois.

— Un type super. Vraiment. Quelle perte. »

Gasko pénétra dans l'ascenseur et appuya sur le bouton du septième étage. Charlie comprit, à son langage corporel, que le petit bureaucrate qu'il était devait rester là, au rez-de-chaussée, de l'autre côté du seuil. Au moment où les portes se refermaient, le directeur lui adressa un sourire triste.

« On n'en fait plus des comme lui, pas vrai ? »

~

C'était curieux. Que des hommes comme John Gasko puissent apprécier des hommes comme Bob Vogel. Cela n'aurait pas dû fonctionner entre eux : deux ego surdimensionnés ne pouvaient pas s'entendre. Mais Vogel avait au moins vingt ans de plus que Gasko, et cet écart générationnel permettait aux deux hommes de s'admirer mutuellement, à l'abri de toute méfiance. Au cours des prochains jours, alors que le cercueil couvert d'un drapeau traverserait l'Atlantique, un grand nombre de personnes, à l'instar de John Gasko, auraient les larmes aux yeux en évoquant cette légende qu'avait été Bob Vogel.

Charlie le connaissait à peine. Quand vous viviez à Washington depuis longtemps, vos routes finissaient par se croiser, tôt ou tard : c'était une loi thermodynamique en vigueur dans la capitale. Leur plus long échange avait eu lieu en 1995, quand Charlie avait témoigné à huis clos devant la commission sénatoriale des Affaires étrangères. Les talibans commençaient à se répandre dans tout l'Afghanistan. L'armée tenait bon à Kaboul, notamment grâce aux forces placées sous le commandement d'Ahmad Baraath. La commission sénatoriale essayait de déterminer s'il fallait leur envoyer de l'aide. Et alors qu'à cette époque Charlie évoluait dans les eaux troubles de l'Agence, parce qu'il avait côtoyé Baraath quelques années plus tôt, on l'avait convoqué à Capitol Hill pour qu'il livre son opinion concernant la fiabilité de Baraath. Les sénateurs l'avaient bombardé de questions, auxquelles il avait répondu par des *euh* et des *hum* (il ne pouvait tout de même pas dresser le véritable portrait d'Ahmad Baraath), et à l'arrivée, ils n'avaient pas semblé impressionnés, de toute évidence.

Depuis, il avait croisé Vogel dans des dîners à Georgetown, des spectacles au Kennedy Center et des galas de bienfaisance au Newseum. Il lui avait parlé pour la dernière fois trois mois plus tôt, lors d'une soirée littéraire dans un manoir en brique de Kalorama. Leurs coudes s'étaient heurtés au buffet, alors qu'ils convoitaient l'un et l'autre un cocktail de crevettes. Charlie s'était écarté, en disant : « Pardon, monsieur le sénateur. Après vous. »

Vogel l'avait regardé. Sans rien dire.

« Formidable soirée, n'est-ce pas ? » avait bafouillé Charlie.

Mais Vogel avait continué à le dévisager. Il était connu pour son mauvais caractère, mais là, il se surpassait. Finalement, après un silence interminable, Vogel avait dit : « Charlie Cole, c'est bien ça ? Ça m'a fait plaisir de vous revoir. »

Fin de la conversation. Charlie aurait probablement oublié cette scène sans ce détail étrange : Vogel s'était souvenu de son nom.

~

Deux jours après la mort de Bob Vogel, un dimanche après-midi, tandis qu'elle était en plein nettoyage de printemps (trop longtemps retardé) de son placard, le téléphone de Jenny Navarro sonna.

Quand elle retrouva son portable sous une pile de pulls et vit le nom qui s'affichait sur l'écran, elle sentit son estomac se nouer. VOGEL DOMICILE. Une blague de mauvais goût ? Ou bien avait-elle imaginé (je vous en supplie, Seigneur) les événements des dernières quarante-huit heures ? Il lui fallut un certain temps pour comprendre que, bien évidemment, cet appel n'avait rien d'étrange.

Allez, Jenny, se dit-elle. *Ressaisis-toi.*

« Diane ? dit-elle d'une voix tremblante.

— Oh, Jenny…

— Je suis tellement… »

Jenny ne put continuer.

« Je sais, dit Diane. Je sais. Moi aussi. »

Diane s'excusa de ne pas avoir appelé plus tôt. Et elle était désolée de lui demander ça, de penser au travail dans ces circonstances, mais Bob conservait des documents importants à son domicile – la maison de Georgetown, en l'occurrence –, et entre les préparatifs des obsèques et les journalistes, elle n'aurait pas le temps de se rendre à D.C. avant un bon moment.

« Je sais que ça peut paraître ridicule, mais il n'aurait pas voulu que les choses prennent du retard. Il ne faudrait surtout pas, Dieu m'en préserve, qu'un texte de loi reste en plan sur son bureau uniquement parce que… il est mort. » Diane poussa un long soupir. « Ça vous paraît insensé, non ? »

Jenny sourit, malgré elle.

« Non. C'est tout à fait lui.

— Je sais que c'est le week-end, mais je me disais que vous pourriez peut-être…

— Bien sûr, dit Jenny. J'y vais tout de suite.
— Vous êtes sûre que ça ne vous ennuie pas ?
— Sincèrement, j'ai envie de me rendre utile. »

De plus, elle n'avançait pas dans le rangement de son placard, et accomplir une tâche nécessaire lui procurerait un immense soulagement. Elle n'arrivait pas à croire que Bob était mort. Bob, son patron, une des personnes qu'elle aimait le plus au monde. Bob, son ami le plus improbable. Il y a quelques années de cela, quand Jenny avait passé son premier entretien pour ce poste, le sénateur avait ignoré son CV (diplôme de mathématiques appliquées à Stony Brook, deux ans chez McKinsey, diplômée de la Kennedy School) pour se concentrer sur son vécu. Jenny Navarro, née et élevée à Central Islip. Aînée de quatre enfants, premier membre de la famille à aller à l'université, elle avait appris l'anglais à ses parents immigrés.

« Intéressant, avait-il dit. Racontez-moi. »

Un certain type de personnes aimait écouter son histoire, ce qu'elle symbolisait. C'étaient toujours des personnes un peu âgées, souvent de sexe masculin, toujours blanches. Jenny trouvait cela de plus en plus horripilant. Sans chercher à masquer son agacement, elle avait répondu : « Vous n'avez jamais engagé quelqu'un comme moi.

— Non, en effet. Et j'avoue que c'est un problème.

— Eh bien, je ne suis pas sûre de vouloir régler ce problème à votre place. »

Vogel avait dressé un sourcil.

« Vous représentez l'État de New York, avait-elle poursuivi. Hempstead. Buffalo. Le Bronx. Si vous n'avez jamais engagé quelqu'un comme moi pour mener votre politique, ça veut dire que vous ne faites pas beaucoup d'efforts.

— Mais vous voulez ce poste. » Un silence. « Je vous trouve

particulièrement effrontée pour quelqu'un qui vient me demander de l'engager.

— Je ne sais pas mentir. Et si vous espérez vous servir de moi pour cocher une certaine case… je vous le répète, ça ne marchera pas. Je préfère que ce soit bien clair, dès le départ. »

Après quelques secondes, un sourire avait éclairé le visage du sénateur. Il avait demandé à Jenny quand elle pouvait commencer.

L'année précédente, Vogel l'avait nommée cheffe de cabinet. Jenny savait que ses parents, ses frères et sœurs, là-bas à Central Islip, étaient fiers de sa carrière, même s'ils ne savaient pas très bien en quoi consistait son travail. Ce nouveau statut se traduisait par une influence colossale, comprise uniquement par les personnes qui étaient dans la partie. Jenny découvrait que c'était à la fois le plaisir et la souffrance de la vie politique.

Jenny se rendit en toute hâte à la maison de N Street. Un immense et grandiose bâtiment, dans un quartier où les autres habitations étaient plutôt étroites et modestes. Un jour, elle avait vu deux touristes arrêtés devant, fascinés par les topiaires, la façade de brique rouge et les volets noirs. La femme avait glissé à son mari : « C'est l'ambassade de France. » Amusée, Jenny n'avait pas pris la peine de la détromper.

Elle déverrouilla la porte et désarma le système de surveillance (3-7-4-5, la date de naissance de Diane). Dans le vestibule, elle marqua un temps d'arrêt. Les orchidées sur la table, fraîches et sémillantes. Le parquet ciré qui sentait le Pledge au citron. La climatisation qui maintenait une agréable température de vingt-trois degrés. L'avion de la délégation sénatoriale atterrissait cet après-midi. Dans un univers alternatif, Bob franchirait bientôt le seuil de cette maison. Heureux de rentrer chez lui. À l'image de tous les parfaits connaisseurs de Washington, Bob affirmait être un *outsider*, mais son amour pour cette maison de N Street proclamait le contraire. Bob avait des bureaux au Capitole, à New York, à Albany, Buffalo, Rochester et Syracuse, mais son préféré, Jenny le savait, c'était celui qui se trouvait à l'étage.

En y entrant, Jenny balaya du regard le fouillis. Diane avait bien fait de l'appeler. Elle commença par répartir les documents en différentes piles. Diane avait raison, là encore : Bob n'aurait pas voulu que la machine s'arrête. Esquisses de projets de lois. Rapports de think tanks. Plannings, calendrier, notes griffonnées sur des blocs. Jenny était payée pour savoir tout ce que savait le sénateur, et même plus. « Vous êtes comme moi, lui avait-il confié un jour. C'est pour ça que je vous ai engagée.

— Une obsédée du travail, vous voulez dire?

— Oui. Mais plus intelligente et plus gentille. »

L'un et l'autre savaient reconnaître cette addiction pour ce qu'elle était. Mais ils étaient d'accord sur un point : elle pouvait rendre le monde meilleur, contrairement à d'autres.

Jenny poursuivit son opération de tri pendant une heure. Enfouie sous une pile de lettres envoyées par des électeurs, elle découvrit une chemise cartonnée à la couverture vierge. Celle-ci contenait plusieurs feuilles couvertes des pattes de mouche du sénateur. Elle ne savait pas sur quelle pile les mettre. Parfois, Bob lisait dans le journal un article consacré à un spécialiste obscur, dans un domaine tout aussi obscur, et il le contactait, il l'invitait à dîner et il le questionnait pendant des heures, en prenant des notes. Après quoi, il demandait à Jenny de lire ces notes, pour connaître son avis. Sans doute n'avait-il pas eu le temps de lui faire partager le contenu de cette chemise.

Elle survola la première page. *Une nouvelle frontière pour les marchés. La online mania. Des tradeurs à court terme avancent en tandem.* Rien de surprenant. Ayant fait fortune grâce aux fonds spéculatifs avant de se lancer en politique, Bob avait continué à s'intéresser de près au monde de la finance. *Actions mèmes. Viralité.*

Forums en ligne et réseaux sociaux. Elle poursuivit sa lecture. *Algorithme* TRÈS *influent. Quels sont les posts qui génèrent des clics ? Davantage de clics, davantage d'engouement, effet boule de neige, thèse autovalidante.* Oui, évidemment. Bob était fasciné, également, par l'influence des réseaux sociaux sur les comportements. Malgré son âge, il était le seul sénateur capable de soutenir un échange avec les mauvais génies du monde de la tech.

Un doigt sur la balance de l'algorithme. Introduire une idée, créer la viralité, l'action s'envole. Pression. OK. Elle n'avait jamais entendu parler de ça. *Transmettre des exigences au PDG. La cupidité suffit généralement. La musique ne doit pas s'arrêter. Autres menaces, si nécessaire.* Oh. Ça devenait un peu bizarre. *Pas de schémas apparents. Les mouvements des marchés masquent les liens avec Moscou.* Jenny en avait la chair de poule. *Gruzdev pense que c'est la nouvelle frontière. Le business détermine la géopolitique, et non l'inverse.* Nikolaï Gruzdev, le président russe ? Son cœur s'emballait. *Rester discret. Risque de fuites.* Le mot « discret » était souligné trois fois.

Jenny était pétrifiée. Diane lui avait demandé de récupérer les documents de son mari. Savait-elle ? Faisait-elle référence à ces documents précisément ? Non. Si elle-même n'était pas au courant, Diane ne l'était pas non plus. Les notes jetées sur la feuille suivante poursuivaient sur le même thème, mais la couleur de l'encre changeait. Bleue d'abord, puis noire, avant de passer au crayon à papier, et de repasser à l'encre bleue. Les feuilles changeaient elles aussi : feuilles jaunes lignées, feuilles blanches d'imprimante, feuilles plus petites de papier à lettres d'hôtel. Jenny revint à la première. Dans le coin supérieur de chaque page figuraient des numéros : 20/1, 26/2, 12/3, 27/3, 4/9, 23/4, 15/5, 30/5. Des dates, comprit-elle. Ces notes avaient été prises à des moments différents, dans des lieux différents, au cours de ces derniers mois. *Rester discret. Risque de fuites.* Si elle n'avait pas lu ces notes, ce n'était pas parce que Bob n'avait pas eu l'occasion de les lui faire lire. De toute évidence, il n'en avait nullement l'intention.

Elle tenait les feuilles du bout des doigts, comme si elle craignait de se brûler. Elle ignorait de quoi il s'agissait, mais si c'était suffisamment important pour que Bob lui cache ces notes, c'était suffisamment important pour déclencher une enquête. Et Jenny n'était pas idiote : elle connaissait ses limites. Elle n'était pas une Alice super détective. Elle devait remettre ces documents à quelqu'un d'autre, quelqu'un qui s'y connaissait, armé pour agir comme il convenait.

La dernière feuille dans la chemise attira son regard. Aucune date sur celle-ci. Mais un nom figurait en haut, et à côté de ce nom, on avait gribouillé une étoile. Elle connaissait ce nom. Mais où l'avait-elle lu ou entendu ? Qui était-ce ? C'était récent. Quelques mois peut-être. Un an tout au plus.

Son regard se posa sur l'étagère, à l'autre bout de la pièce. Et soudain, ça lui revint.

Cette soirée littéraire prétentieuse à Kalorama, à laquelle l'avait traînée Bob. Le Sénat s'apprêtait à voter un amendement au budget, à la dernière minute, et il voulait qu'ils travaillent dans la voiture, pendant le trajet. Au cours de cette soirée, alors qu'elle suffoquait sous le flot de paroles d'un lobbyiste de Dow Chemical, Jenny avait vu Bob échanger quelques mots devant le buffet avec un homme qu'elle ne connaissait pas. Contrairement à son habitude, le sénateur semblait méfiant. Malgré la distance, Jenny percevait cette circonspection. Et plus tard, dans la voiture, il avait paru préoccupé.

« Qui était-ce ? avait-elle demandé.

— Qui donc ?

— Le type au buffet.

— Oh. Quelqu'un de Langley, rien de plus. »

Elle n'avait pas caché son étonnement.

« Langley ? »

Rétrospectivement, Jenny comprenait que ses questions l'avaient mis mal à l'aise. Et il s'était efforcé de feindre la nonchalance.

« Non, non, n'allez pas imaginer des choses. Ce type, Charlie Cole ? Ce n'est personne. Un de ces gratte-papier qu'on surestime. »

~

Ce dimanche, comme tous les dimanches, Charlie s'occupa en exécutant une succession de petites tâches ménagères. Il promena Lucy, sa chienne labrador sable. Il désherba le massif de zinnias et nota qu'il devait acheter de l'engrais. Il se rendit au Safeway où il fit quelques courses pour la semaine. Il repéra une recette de saumon grillé en lisant le magazine du *New York Times.* Dans le domaine domestique, il était beaucoup plus doué que la plupart des hommes de son âge.

Dans les premiers temps, douloureux, qui avaient suivi son divorce, cette autonomie grandissante avait provoqué en lui un sentiment de rancœur. Une maison bien tenue, un réfrigérateur plein, des repas dignes de ce nom, autant de choses qu'il avait dû apprendre parce que Helen l'avait quitté, parce qu'il avait échoué. Mais peu à peu, il avait compris que ces compétences, au lieu de faire de lui un être pathétique, le rendaient plus séduisant, au contraire. Quand il avait recommencé à sortir avec des personnes du sexe féminin, celles-ci semblaient ravies de constater qu'elles n'avaient pas affaire à un célibataire sauvage en quête de réinsertion. Grace, la veuve qu'il fréquentait actuellement, un petit bout de femme, avait été impressionnée quand Charlie, invité à dîner chez des amis communs, avait apporté des brownies faits maison pour le dessert. Suffisamment impressionnée pour dire oui quand il lui avait proposé de l'accompagner à une représentation de *Rigoletto* au Kennedy Center.

Charlie et Grace s'entendaient bien. Comme Charlie, elle n'avait aucune envie de se remarier. Il prenait toujours soin de jouer cartes sur table dès le départ. Non pas par peur de s'engager, comme semblaient le penser beaucoup de femmes. Mais parce qu'il avait conscience, de manière douloureuse et constante, d'avoir été un mari en dessous de tout avec Helen, et il était bien décidé à ne pas infliger le même châtiment à une autre. Comme c'était trop difficile à expliquer, il laissait ces femmes penser ce qu'elles voulaient.

Grace et lui dînaient ensemble plusieurs soirs par semaine, mais jamais le dimanche car Grace avait trois enfants et cinq petits-enfants, et tous les dimanches, tout le monde se réunissait chez elle à Arlington pour dîner. Son attachement à sa famille était une des choses que Charlie aimait le plus chez Grace. Il n'avait pas encore assisté à un de ces dîners, mais il se disait qu'une invitation prochaine appartenait au domaine du possible.

À 18h30, il alluma la télé pour regarder les infos et se servit un verre de vin.

Ce soir, il mangerait la côte de porc qu'il avait fait mariner, accompagnée de son verre de vin, il nettoierait la cuisine et éteindrait les lumières à 21 heures. Demain matin, il se réveillerait avec le soleil, il boirait son jus d'orange avec du Metamucil, ferait ses mots croisés et commencerait une nouvelle journée ordinaire. Parfois, quand il repensait à ses ambitions de jeunesse, il était frappé de constater combien son existence était devenue banale et monotone. Mais habituellement, cette existence banale et monotone lui apparaissait comme un miracle, on lui avait offert une tranquillité qu'il n'avait pas méritée. Helen elle-même, avec le temps, lui avait pardonné.

Un peu avant la fin des infos du soir, le présentateur déclara : « Avant de nous quitter, ayons une pensée émue pour le sénateur Robert Vogel, mort vendredi à quatre-vingt-un ans. Il se trouvait au Caire, avec une délégation sénatoriale, quand il a été victime d'un AVC lors d'une revue de l'armée égyptienne. Au cours de ses vingt-cinq années de carrière, il a été président de la commission des Finances, de la commission des Affaires étrangères et chef de groupe du parti démocrate. Connu pour ses alliances bipartisanes, Vogel a démarré sa carrière dans la finance. Cet après-midi, le président McAllister a publié une déclaration dans laquelle on peut lire… »

Charlie changea de chaîne. Les Yankees menaient 5 à 3 contre les Blue Jays. Lucy, allongée par terre, la tête appuyée sur le plancher, regardait fixement son maître. Il avait laissé le gras de la côte de porc dans son assiette. Une fois n'est pas coutume, parce qu'il était incapable de résister à ces doux yeux marron, il le donna à sa chienne.

Alors qu'il chargeait le lave-vaisselle, le téléphone sonna. Un numéro de Washington, inconnu, s'affichait sur l'écran. Curieux pour un dimanche soir.

« Allô ?

— Charlie Cole ?

— Lui-même.

— Je m'appelle Jennifer Navarro. Je travaille… je travaillais pour le sénateur Vogel. J'étais sa cheffe de cabinet.

— Oh. Toutes mes condoléances.

— Je vous appelle parce que… Je crois savoir que vous vous connaissiez.

— Pas vraiment. Nous nous sommes parlé une ou deux fois. » Un lourd silence s'installa pendant que Jenny attendait qu'il continue. Charlie, de son côté, était perplexe. « Pardonnez-moi, mais… pourquoi m'appelez-vous ?

— Avant de mourir, le sénateur Vogel travaillait sur quelque chose… d'important. Toutefois, il ne m'en avait pas parlé, et j'en conclus que cela dépassait mon degré d'habilitation. » Nouveau silence. « Mais je pense que vous pourriez… Je me dis que vous saurez quoi en faire. »

Songeur, Charlie regarda la télé muette. Les Yankees menaient 7-4 à présent. *Degré d'habilitation.* Le message était clair. Si cette femme se posait des questions en lien avec l'Agence, Vogel comptait de nombreux amis à Langley, beaucoup plus haut placés. À commencer par Gasko, le directeur.

« Monsieur Cole ? Vous êtes toujours là ?

— Oui. Je me demandais pourquoi…

— Il vaudrait mieux que je vous montre les documents en personne. Peut-on se retrouver demain matin à 7 heures au Grant Memorial ? »

3

« Ne faites rien avant mon retour, dit Osmond. Vous avez entendu, Amanda ? »

On était vendredi et la nouvelle venait de tomber. Sur les réseaux sociaux et CNN, on ne parlait plus que de cet AVC. Semonov avait raison. Un homme âgé, en mauvaise santé, en pleine chaleur : il n'y avait aucune raison de mettre en doute les causes du décès de Bob Vogel.

« Quand rentrez-vous ? »

La nouvelle circulait partout. Semonov devait être au courant maintenant. Plus elle tardait à le contacter, plus ce serait difficile. La fenêtre de tir rétrécissait.

« Alitalia vient d'annuler l'avion de cet après-midi. Ne me demandez pas pourquoi. Je prendrai le premier vol demain matin. »

Amanda inspira à fond.

« Je suis désolée, monsieur. Vous savez que je n'aime pas faire ça.

— Quoi donc ? Écoutez-moi, Amanda. Vous ne pouvez pas…

— Je suis cheffe adjointe de ce poste, le coupa-t-elle. En votre absence, c'est moi la responsable. Demain, ça risque d'être trop tard. Désolée, Osmond, mais je vais aller le voir dès aujourd'hui.

— Non, non. Si ce type n'est pas un affabulateur, nous devons informer le directeur, nous devons établir une stratégie et…

— Oh, allons, vous savez bien que nous n'en sommes plus au stade des "si". »

Elle l'entendait respirer dans le téléphone, elle imaginait ses joues rouges de frustration. Très souvent, leurs relations s'étaient tendues presque jusqu'au point de rupture. Mais apparemment, ce n'était pas pour aujourd'hui car Osmond soupira et dit : « Entendu. Entendu ! Mais ne lui faites aucune offre. Aucune promesse. Compris ? »

Le trajet entre l'ambassade et l'hôtel la fit passer devant l'escalier de la Trinité-des-Monts et la piazza del Popolo. Elle entra dans le hall en marbre de l'hôtel et bifurqua vers le bar, sa fraîcheur tamisée, son parquet et ses plantes vertes. Derrière le comptoir, Tomasso essuyait un verre.

« *Signora !* s'exclama-t-il en voyant Amanda. *La bella signora !* Où étiez-vous passée ? »

Tomasso, en sa qualité de barman dans cet hôtel réputé, était témoin de nombreuses conversations intéressantes, et il avait été une des premières recrues d'Amanda à Rome. Elle commanda un espresso et une bouteille de San Pellegrino et poussa un morceau de papier sur le comptoir.

« Un certain Semonov loge ici, murmura-t-elle. Pourriez-vous glisser ça sous sa porte ? »

Au cours des deux heures suivantes, le bar fut envahi par la foule du vendredi soir. Amanda but trois espressos, tout en faisant semblant de consulter son téléphone et en gardant l'entrée du bar dans son champ de vision périphérique. Précautions excessives. On était à Rome, pas à Moscou. Elle aurait pu décrocher le téléphone intérieur dans le hall pour demander à

Semonov de descendre. Mais après tant d'années, les habitudes avaient la vie dure.

Finalement, sur le coup de 18 h 45, il apparut. Conformément aux instructions d'Amanda, il traversa le bar d'un pas décidé, sans la regarder, un livre coincé sous son bras droit. Amanda déposa un billet de vingt euros sur le comptoir et s'empressa de lui emboîter le pas. En sortant de l'hôtel, il prit la via della Penna, en direction de la piazza del Popolo, en se faufilant au milieu de la foule, et trouva un endroit pour s'asseoir autour de la fontaine de Neptune, prise d'assaut par les touristes en quête de fraîcheur.

« Je suis affreusement désolée », dit-elle.

Il répondit par un haussement d'épaules appuyé.

« Je suis vraiment désolée. C'est ma faute. Je savais que vous disiez la vérité. »

Même haussement d'épaules. Semonov était trop épuisé pour ressentir quoi que ce soit. Deux semaines sous haute tension l'avaient vidé. Il n'avait parlé à personne de son plan, pas même à Chiara, car elle était beaucoup trop sensée, elle ne l'aurait pas laissé faire. Elle aurait souligné l'évidence : jamais les Américains ne le croiraient. Il avait découvert ce projet d'assassinat par hasard, diraient-ils. Ils verraient bien que son histoire était pleine de trous.

Et il savait également qu'il ne voulait pas se laisser dissuader. Même s'il commettait une erreur. Ce qui était sans doute le cas. Non pas parce qu'il pensait que le GRU serait forcément au courant de son entrevue avec cette fonctionnaire de l'ambassade (Rome offrait un niveau d'anonymat inimaginable à Moscou), mais parce que en essayant d'empêcher cet acte horrible, il avait pris conscience de l'horreur de la chose, justement. Une chose dont il était en partie responsable, même s'il n'était qu'un bureaucrate de second ordre. Un acte parmi tant d'autres. Désormais, il devrait vivre avec cette terrible réalité.

Mais il ne tenait pas cette Mme Clarkson pour responsable. Hier, dans la salle de réunion, il avait bien senti qu'elle le croyait. Et pourtant, rien ne l'y obligeait.

« J'ai lu un article sur sa femme, dit-il. Et ses enfants.

— C'était un homme bien.

— Oui, un homme bien. Et maintenant, il est mort. Je l'ai tué. »

Amanda secoua la tête avec vigueur.

« Non, absolument pas. Vous avez essayé d'empêcher ça. Écoutez-moi, Kostya. Je sais comment ça se passe. Un tas de gens à votre place n'auraient rien fait. Mais vous, vous avez agi. Vous avez essayé. Ça change tout. »

Il battit des paupières, son visage se lézarda. Amanda sentait qu'il était sur le point de craquer. S'il s'effondrait maintenant, il ne lui serait plus d'aucune utilité. Le moment était venu de changer de tactique. Elle se trouvait à côté d'un agent du GRU qui a) était dégoûté moralement par son travail, b) avait dit la vérité, c'était prouvé, et c) allait reprendre l'avion pour Moscou dans quelques jours. Cet homme pouvait se transformer en mine d'or, mais elle devait faire vite.

« Je comprends, dit-elle. J'ai connu ça, Kostya. Je sais combien c'est douloureux. Dans l'immédiat, un choix s'offre à vous. Rester triste et déprimé ou bien agir. Riposter. Nous n'avons pas pu sauver Bob Vogel, mais nous pouvons peut-être sauver le prochain, si vous acceptez de nous aider. »

Semonov regarda le livre posé sur ses genoux. Un cxemplaire broché du *Guépard* de Lampedusa, qu'il avait pris sur une étagère dans le hall de l'hôtel, en passant. Il fit courir son index sur la couverture.

« Je ne sais rien d'autre.

— C'est ce que vous croyez. Mais vous occupez un poste important. Sans en avoir conscience peut-être.

— Je n'en voulais pas, de ce boulot ! Je voulais être interprète. Je voulais voyager à travers le monde. Savez-vous que j'ai étudié à l'Université militaire du ministère de la Défense ? Ma mère était si fière de moi. C'est la meilleure école de langues de Russie. Hélas, je n'ai suivi qu'une année de formation. Et vous savez pourquoi ? À cause d'un certain Charles Dickens. »

Ils s'égaraient. En même temps, Amanda avait remarqué le changement d'expression sur son visage. Si cela pouvait mettre fin à cette autoflagellation… Alors, elle répéta : « Charles Dickens ?

— J'ai toujours adoré lire. Chiara aussi. C'est une des raisons pour lesquelles on s'entend si bien. Elle lit absolument *tout.* Elle lit beaucoup plus que moi. Pendant mes études, je lisais durant les pauses déjeuner. Un jour, l'instructeur m'a vu passer avec un livre sous le bras. *Bleak House.* Il a ricané et m'a demandé pourquoi je lisais ça. J'ai expliqué que ça me permettait d'améliorer mon anglais. Il a dit que c'était une lecture subversive. J'ai répondu que je n'étais pas d'accord. Et j'ai proposé de le lui prêter quand j'aurais fini. Apparemment, il s'est senti insulté. Dès le lendemain, il a ordonné que je sois réaffecté à une autre division du GRU. » Semonov soupira. « J'aurais mieux fait de la fermer.

— Vous avez parlé franchement. Vous n'y pouvez rien.

— Mais pour vous, ce n'est pas très utile, hein ? Si j'étais interprète, je rencontrerais des gens, j'entendrais et j'apprendrais des choses. Tandis que là, assis dans mon bureau, je passe mes journées à fabriquer des passeports et des visas ou des relevés de compte. Je ne sais rien.

— C'est faux. Vous étiez au courant pour le sénateur Vogel. »

Il fit passer le poids de son corps d'une fesse sur l'autre, visiblement gêné.

« C'était un cas unique.

— Comment ça ?

— On ne me dit jamais pourquoi je dois faire ceci ou cela. Ils transmettent leur demande, et moi j'exécute, point. Je ne sais jamais ce qui se passe ensuite.

— Dans ce cas, demanda Amanda, comment avez-vous su pour le sénateur Vogel ? »

Derrière eux, la fontaine gargouillait, les cloches de l'église sonnèrent sept fois. Semonov rougit. Son embarras était visible, même dans la lumière déclinante. Amanda détourna le regard pour lui laisser le temps de se ressaisir. À l'horizon se découpaient les silhouettes vert foncé des pins des jardins de la villa Borghèse. Sous le bleu limpide du soir.

Finalement, après une longue inspiration, Semonov dit : « Ça s'est passé il y a quinze jours. »

~

Ça s'était passé quinze jours plus tôt. La plupart de ses collègues partaient à 17 heures, mais lui restait souvent plus tard. Il travaillait mieux dans le calme, et même s'il n'aimait pas particulièrement son travail, il aurait eu honte de ne pas donner le meilleur de lui-même. Ce soir-là, tout le monde parti, il alla se faire un thé dans la cuisine. Alors qu'il attendait que l'eau bouille, deux hommes apparurent. Il ne les reconnut pas. Sans doute appartenaient-ils à un autre service.

« Y a rien à manger ici ? demanda l'un d'eux en constatant que le réfrigérateur était vide. Où est la bouffe ? »

Il tenait une bouteille de vodka par le goulot. L'autre homme tanguait légèrement. Ils étaient ivres, assurément, et ils s'ennuyaient. Ils considérèrent Semonov. Puis échangèrent un regard entendu.

« Y a rien à manger ? répéta l'un des deux. Assieds-toi donc avec nous, au moins. On va boire et trinquer. Oublie le thé, camarade. C'est pas une vraie boisson. »

Ils affichaient la même expression de bêtise satisfaite. *Tweedledum et Tweedledee**, songea Semonov. Ils tirèrent une des chaises de la table de cuisine et lui ordonnèrent de s'asseoir. Ils avaient trouvé le remède à leur ennui. Comment il s'appelait ? Il faisait quoi ? Pourquoi il travaillait encore à cette heure-ci ? Il n'y avait pas une charmante dame qui l'attendait chez lui ? Eux, ils restaient tard car leur travail était extrêmement dangereux et extrêmement important. « Mais toi, camarade ! s'esclaffa Tweedledee. Avec des culs-de-bouteille pareils, qu'est-ce que tu connais au danger ?

— Attends voir, dit Tweedledum, paupières plissées. Tu serais pas Semonov ? On m'a parlé d'un Semonov. Tu es le gars qui fabrique nos passeports.

— Semonov ! s'exclama Tweedledee. Mais oui, bien sûr, le célèbre Semonov ! »

Oui, évidemment. Voilà pourquoi il était encore présent à cette heure-ci. Il trimait pour fabriquer leurs passeports. Pas vrai ? Il devrait être fier qu'on lui confie cette tâche. Tout le monde n'avait pas la chance d'appartenir à leur unité. Leur supérieur avait insisté pour l'avoir, lui et personne d'autre. Il avait la réputation d'être le meilleur.

« Tu as entendu parler de notre unité, évidemment, dit Tweedledum. L'Unité 29155 ? »

La bouilloire émit un sifflement strident. Semonov bondit pour aller l'éteindre.

---

* Personnages d'une comptine anglaise, repris par Lewis Carroll dans *De l'autre côté du miroir. (Toutes les notes sont du traducteur.)*

« Ah, fit-il nerveusement. Comme vous disiez… vos passeports. Faut que j'y retourne. Ils sont très…

— Assieds-toi. Tu es malpoli. Bien sûr que tu as entendu parler de nous. » De toute évidence, la terreur de Semonov l'amusait. « Tu sais exactement ce que fait l'Unité 29155, hein ?

— Je ne me mêle pas de tout ça. »

Nouvel éclat de rire de Tweedledee.

« Quel menteur ! Regarde-le… Il n'a pas été aussi excité depuis… qu'il tétait les nichons de sa mère quand il était bébé !

— Est-ce qu'on est d'humeur charitable ? demanda Tweedledum avec un sourire sadique. Est-ce qu'on lui explique pourquoi on a besoin de ces passeports ?

— Oui, je suis d'humeur charitable.

— Figure-toi, mon ami, qu'il existe un Américain nommé Robert Vogel. »

Une vraie logorrhée. Pourquoi avaient-ils décidé de fanfaronner ainsi, en livrant tous ces détails ? Quelque chose dans l'attitude de Semonov provoquait en eux un violent mépris. Terroriser ce petit fonctionnaire pathétique était pour eux aussi satisfaisant que donner un coup de pied à un animal blessé. Ils se stimulaient mutuellement, ils rajoutaient des détails, ils se délectaient du spectacle de la peur sur le visage de Semonov. La nature du poison utilisé. Le mode d'administration. La mort paraîtrait naturelle, mais à l'intérieur, la souffrance serait terrible. Les muscles seraient pétrifiés par la douleur, les poumons refuseraient d'avaler de l'air. Robert Vogel comprendrait, dans ses derniers instants, qu'il ne succombait pas à une mort naturelle. « Tu comprends ce qu'il ressentira, camarade ? » Leurs larges sourires exsudaient la cruauté. « Tu saisis, l'ami ? Il saura que ce n'est pas Dieu qui lui fait ça. Il saura que c'est nous. Il partira sans les honneurs. »

Quand Semonov eut achevé son récit, le ciel au-dessus de Rome était à présent bleu marine.

« C'est affreux, commenta Amanda. Je suis désolée que vous ayez dû subir ça.

— Ce n'est rien comparé à ce qu'il a subi *lui.*

— Et ils n'ont pas dit… » Elle secoua la tête. Comment enchaîner ? C'était délicat. « Vous ne savez pas pour quelle raison le sénateur Vogel était visé ? Ils ne vous l'ont pas dit ?

— Non.

— À votre avis, est-ce qu'ils savaient ? Ils savaient et ils ne vous l'ont pas dit ?

— Non.

— Pourquoi en êtes-vous aussi sûr ?

— Je connais ce genre d'hommes. Certaines personnes acceptent le fait qu'elles ne savent pas tout. D'autres, au contraire, trouvent cela insultant. Ça les énerve de penser que quelque chose leur échappe. Ces deux hommes appartenaient à cette catégorie. Frustrés. Insécures. On ne leur avait pas confié le plus important : la raison pour laquelle on leur demandait de faire ça. Ce sont de simples rouages dans la machine. Ils le savent et ils ne le supportent pas. Alors, ils fanfaronnent. Quand ils tombent sur quelqu'un comme moi, qui en sait encore moins qu'eux, ils se vantent et ça leur fait du bien.

— Oh, fit Amanda.

— Vous comprenez ce que je veux dire, hein ? »

~

Comme l'avait dit Semonov : certaines personnes acceptent de ne pas tout savoir. Le monde se porterait mieux si elles étaient plus nombreuses.

À l'image de Charlie Cole, par exemple. Comme de nombreux jeunes et ambitieux officiers durant la guerre froide, il s'était laissé griser par l'idée que le monde se résumait à un problème soluble.

Il y avait toujours des solutions, à condition de travailler dur. Un concept stimulant, excitant, qui conférait un charme romantique au décor le plus sordide. Il était sous l'emprise de ce fantasme quand Helen et lui s'étaient installés en Finlande au début des années 1980. Leur appartement se trouvait à deux pâtés de maisons de la mer Baltique. L'ennemi était juste là, de l'autre côté de la frontière. Les blizzards étouffaient la ville sous l'étendue de neige gelée. Les aurores boréales scintillaient au-dessus de la route menant à la planque. Des visiteurs russes aux sourcils épais invitaient leurs cousins finnois à dîner au restaurant, sous le regard des Américains postés sur le trottoir d'en face. L'accumulation de ces détails précis le rendait vertueux. *Je fais ça pour toi*, songeait parfois Charlie, en prenant Amanda dans son berceau pour déposer un baiser sur son front. *Je rends le monde plus sûr pour toi.*

Osmond Brown avait une autre vision des choses. Il avait débarqué en Angola en 1976, fraîchement émoulu de la Ferme, portant un pantalon de treillis impeccablement repassé, une chemise blanche immaculée et des lunettes d'aviateur : le héros de cinéma dans toute sa splendeur. Une guerre civile ravageait l'Angola. Les Américains savaient-ils comment cette guerre devait se terminer ? Savaient-ils de quoi avait besoin ce pays ? *Un peu, mon neveu !* pensait le jeune Osmond, et il l'affirmait haut et fort parfois, avec son accent nasillard du Mississippi. En Angola, l'été, il pleuvait tous les jours, le ciel éclatait violemment, et une fois les nuages partis, de la vapeur montait de la chaussée brûlante. L'humidité persistait de novembre à avril. Osmond adorait ça. Ce temps qui vous trempait jusqu'aux os lui rappelait sa ville natale. Et ici, dans la jungle, il se sentait dopé par son objectif. Le travail n'était pas très compliqué. Il faisait du bon boulot. Armes, mines terrestres, avions, argent, bouffe, eau. La vie et la mort. La totale.

Et puis, se dit-il, bien des années plus tard, alors que l'avion décrivait un arc de cercle très haut au-dessus de l'Atlantique, *je me suis ramolli.*

De l'eau avait coulé sous les ponts depuis l'Angola, la Libye et toutes ces affectations où on demandait à Osmond Brown de mettre en jeu son intégrité physique. Mais en vieillissant, il avait de plus en plus tendance à se perdre dans les fourrés touffus de ses souvenirs. Les vols long-courriers étaient pires que tout, avec leur effroyable absence de distractions. Il secoua la tête. On était lundi, quelques jours après l'assassinat. Encore trois heures avant l'atterrissage. Impossible de se concentrer sur les journaux qu'il avait emportés, l'écran incrusté dans le siège de devant ne fonctionnait pas et il n'avait personne avec qui parler car, de l'autre côté de l'allée, Amanda dormait. Avachie, la tête tordue. Il se pencha et la secoua par le bras.

« Amanda... Hé, Amanda, réveillez-vous. »

Elle battit des paupières.

« Hein ? Quoi ?

— Vous allez avoir un torticolis. »

Elle grommela, changea de position et ferma les yeux.

Osmond se surprit à dire : « Non, écoutez-moi. Il faut qu'on passe le plan en revue encore une fois.

— Pourquoi ?

— Pourquoi ?! Parce que c'est foutrement important, voilà pourquoi. »

Quand le directeur vous convoquait d'urgence à Langley, ce n'était jamais bon signe. Le vendredi après-midi, Osmond avait appelé le directeur Gasko pour lui parler de cet étrange Russe qui avait débarqué à l'improviste pour transmettre à Amanda des informations qui permettaient de penser que le sénateur Vogel avait été assassiné par le GRU.

Après un silence, Gasko avait demandé : « Si je comprends bien, nous avions une chance d'éviter ça.

— Euh… oui. Mais nous n'avions aucun moyen de vérifier le…

— Nom de Dieu, Osmond. Vous avez commis une erreur. Reconnaissez-le, putain. Passez-moi Amanda. Je veux en savoir plus sur ce type.

— Euh, oui, bien sûr. Je vais lui demander de vous appeler immédiatement.

— Non, allez me la chercher, voulez-vous ? »

Osmond s'était senti rougir.

« Je voudrais bien, mais… En fait, je ne suis pas à l'ambassade. Je… euh… je suis à Capri. J'essaie de rentrer à Rome dès que possible.

— Capri ? aboya le directeur. Qu'est-ce que vous foutez à Capri ? »

À partir de là, c'était allé de mal en pis. Quand Osmond avait expliqué qu'il avait demandé à Amanda d'attendre qu'ils aient établi une stratégie avant de reprendre contact avec l'informateur – ce qu'elle avait fait malgré tout, en son absence –, Gasko avait rugi : « Pardon ? Évidemment qu'elle doit renouer le contact ! Qu'est-ce qui vous a pris, Osmond ? On ne peut pas laisser ce type dans la nature. À partir de maintenant, c'est Amanda qui pilote cette affaire. D'ailleurs, je veux vous voir à Washington tous les deux la semaine prochaine. »

Tous les deux ? Ne valait-il pas mieux qu'Amanda reste à Rome, au plus près du problème ? En tant que chef de poste, il pouvait très bien…

« Tous les deux ! » avait tonné Gasko.

Voilà pourquoi Amanda et lui devaient présenter un front uni. C'était l'unique façon de survivre à ce naufrage. Alors qu'Osmond allait se lancer dans son laïus, l'hôtesse arrêta son chariot entre eux dans l'allée.

« Poulet, bœuf ou pâtes ?

— Rien, rien. »

Il pianota nerveusement sur son accoudoir. Quand le chariot s'éloigna enfin, il regarda Amanda qui soulevait le couvercle en aluminium de sa barquette de pâtes à l'aspect visqueux.

« Pourquoi vous mangez ça ? »

Elle le regarda d'un air étonné.

« Parce que j'ai faim. »

Il se redressa sur son siège, essayant d'afficher un maximum de dignité, autant que le permettaient soixante centimètres d'espace pour les jambes.

« Bien. Vous ne connaissez pas le directeur aussi bien que moi, Amanda, mais je peux vous dire une chose : Gasko a l'esprit d'équipe. Et il attend la même chose de nous. Il ne supporte pas la discorde. Vous comprenez ? Les luttes internes, les drames… avec lui, ça ne passe pas. Il a besoin de savoir, d'être certain, que le poste de Rome fonctionne sans heurts. Alors, demain matin, quand on se retrouvera devant lui, vous lui ferez bien comprendre que nous avons pris cette décision ensemble. »

Elle planta sa fourchette dans ses pâtes en fronçant les sourcils.

« Nous avons estimé *l'un et l'autre*, poursuivit Osmond, qu'il serait imprudent d'agir en nous fiant aux informations de Semonov. D'accord ? Je sais que vous étiez d'accord avec moi en définitive. J'ai eu du mal à vous convaincre, mais au bout du compte, vous n'avez pas sonné l'alarme au Caire, pas vrai ? »

Amanda poignardait ses pâtes en silence. Elle leva sa fourchette, la considéra et la reposa.

« Je n'ai pas sonné l'alarme au Caire, dit-elle, parce que vous êtes mon supérieur. Je ne voulais pas désobéir à un ordre direct. Et vous le saviez. Mais cela ne veut pas dire que j'étais d'accord. J'ai simplement fait ce que vous m'avez demandé. Vous êtes mon supérieur, répéta-t-elle. Je le reconnais sans peine. C'est ça que vous entendez par esprit d'équipe ? »

Ses yeux verts lançaient des éclairs.

Osmond préparait sa réponse quand l'avion traversa un trou d'air. Il agrippa l'accoudoir. Plusieurs passagers poussèrent des cris d'étonnement et de peur. L'appareil continua à vibrer et à cahoter ; le genre de secousses persistantes qui vous incitent subitement à réévaluer les relations entre vous et Dieu. Nullement perturbée par ces turbulences, Amanda dévisageait Osmond, sans même ciller.

Comment pouvait-il imaginer qu'elle, Amanda Cole, accepterait de se mettre en danger pour le protéger ?

Osmond, pauvre idiot, pensait-elle. *Tu as bien mérité ce qui t'attend.*

~

Le lendemain, à Langley, Osmond éprouva un douloureux sentiment de jalousie en regardant ces hommes et ces femmes défiler dans le hall de marbre, un café à la main, badge en évidence, heureux et sûrs d'eux. Ces gens normaux. Affreusement normaux.

Alors qu'il franchissait les tourniquets avec Amanda, il se posa la question qu'il s'était déjà posée cent fois : *Que m'est-il arrivé ?* Il le savait très bien. Ce qui lui était arrivé, c'était Aisha, la jeune femme qu'il avait drivée à Tripoli dans les années 1980. Aisha était la fille d'un haut gradé, membre de l'entourage de Kadhafi. Une espionne-née, amoureuse du risque, mais dotée d'un instinct qui l'alertait quand elle poussait le bouchon trop loin. Elle avait informé Osmond qu'elle devait faire profil bas pendant quelque temps. Il ne fallait jamais oublier que Kadhafi était un être caractériel et violent. Mais on était en avril 1986 et une bombe avait explosé dans un night-club de Berlin. Les États-Unis s'étaient juré de riposter. Ils voulaient frapper le chef libyen, et pour cela, Osmond avait besoin des renseignements d'Aisha. Impérativement. Ce n'était pas facultatif. Compris ?

La frappe aérienne eut lieu. Elle tua un groupe de Libyens, mais pas Kadhafi. Peu de temps après l'échec de cette opération, Aisha fut exécutée.

Il fallait savoir faire des sacrifices dans ce métier, se disait Osmond. Le maître qu'il servait était plus important qu'Aisha. Que valait la vie d'une personne comparée au bien commun ? Après cette exécution, il avait tenté de croire à ces principes, mais Aisha était morte. Et quand on y réfléchissait, qu'est-ce qui différenciait Osmond de la personne qui avait collé une arme sur le front de cette femme et pressé la détente ?

Le jeu n'en vaut pas la chandelle. Voilà ce qu'il avait conclu. Cette prise de conscience avait marqué une rupture dans sa vie. À partir de cet instant, une partie de lui-même avait compris qu'il ne serait plus jamais un très bon agent. Il brassait du vent.

« Osmond ? » Une légère tape sur son bras. « C'est par ici ? »

Amanda et lui s'étaient arrêtés au milieu du couloir du sixième étage, face à une baie vitrée qui donnait sur la cour. Les arbres avaient la couleur de l'été américain. Un vert éclatant, provocant. Osmond secoua la tête.

« Suivez-moi. »

Ils atteignirent l'extrémité du couloir. Le téléphone posé sur le bureau de la secrétaire sonna. Elle annonça : « Le directeur est prêt à vous recevoir. »

Gasko, assis à son bureau, se leva et le contourna à grands pas. Osmond sentait son cœur cogner dans sa poitrine. Le directeur et lui échangèrent une poignée de main. Et avant même de s'en rendre compte, il s'entendit dire : « Monsieur le directeur, je viens vous remettre ma démission. Les événements de la semaine dernière m'ont clairement fait comprendre que je ne pouvais plus assurer comme il convient mes fonctions de chef de poste. Il est temps pour moi de me retirer. »

Les sourcils de Gasko se dressèrent sur son front.

« Vous êtes sûr ?

— Oui, monsieur. Je ne vois pas d'autre possibilité. »

Les sourcils de Gasko retombèrent pour dessiner une expression plus agréable.

« Soit. Soit. Osmond, vous êtes un gars bien.

— Non, monsieur. Je suis un gars fatigué. »

Un immense soulagement l'envahit à cet instant. Il aurait dû prendre cette décision plus tôt. Beaucoup, beaucoup plus tôt.

« Si nous évoquions simplement un départ en retraite ? suggéra Gasko. Inutile d'entrer dans les détails. Restons-en là, d'accord ?

— Vraiment ? répondit Osmond. C'est… euh… Merci, monsieur le directeur. C'est généreux de votre part.

— Vous laisserez le poste entre de bonnes mains. » En disant cela, Gasko jeta un bref regard à Amanda. « Merci, Osmond. Ce sera tout. Nous prenons la relève. »

~

« Pas mal, commenta le directeur. Quel âge avez-vous, trente-huit ans ? Cheffe de poste à trente-huit ans ? Pas mal du tout. »

Gasko lui fit signe de s'asseoir. Instinctivement, Amanda se retourna vers la porte fermée. Elle ne rêvait pas ? C'était… pour de vrai ? Elle se ressaisit.

« En fait… j'ai eu quarante ans en avril.

— Amanda Cole. Vous êtes la fille de Charlie Cole. Un gars bien. Je parie que vous avez toujours voulu exercer ce métier. Tel père, telle fille.

— À vrai dire… non.

— Ah bon ? »

Son pouls ralentissait peu à peu. C'était une des qualités qui la rendaient si performante dans son travail : cette capacité à intégrer rapidement une nouvelle réalité. Elle était nommée cheffe de station. OK. Elle fêterait ça plus tard. *En attendant, respire un bon coup et enchaîne.*

« C'était exactement à l'opposé de ce que je voulais faire. »

Gasko pencha la tête sur le côté pour formuler un *pourquoi* silencieux. Mais pas question pour Amanda de lui révéler la véritable raison. Elle entretenait avec son père des relations particulières. Elle ne s'inquiétait jamais pour sa mère : celle-ci possédait une carapace qui la protégeait jusqu'au plus profond. Charlie, en revanche… Le tempérament doux de son père était ce qu'elle aimait le plus chez lui, mais souvent, elle y voyait une réaction, un calcul : comme si cette douceur obstinée constituait un bouclier contre le poignard du manque. Enfant déjà, bien avant qu'elle possède les mots, elle percevait de la tristesse chez son père. Et plus il vieillissait, plus celle-ci semblait liée à son travail. Elle refusait de connaître le même sort. Elle était indépendante, elle aimait s'amuser. Aussi, après le lycée, avait-elle décidé de voyager à travers le monde. Elle s'imaginait, confusément, que ces voyages connaîtraient une issue glamour : elle tomberait amoureuse d'un riche étranger, ou elle deviendrait écrivaine. En tout cas, elle n'avait pas prévu de se retrouver à Langley, pour faire la même chose, littéralement, que son père avant elle.

Amanda n'avait pas envie d'expliquer tout ça à Gasko. D'ailleurs, elle devinait que ce n'était pas ce qu'il voulait entendre. Alors, elle opta pour une vérité plus adaptée au sixième étage.

« Je voyais le prix à payer. Gagner sa vie en mentant. C'est ce qui a détruit le mariage de mes parents. Et donc, vous vous demandez : *Pourquoi ce revirement?*» Amanda haussa les épaules. «J'ai découvert que le mariage était une escroquerie, alors quelle importance?»

Une alliance en or brillait à l'annulaire de la main gauche de Gasko, qui souriait malgré tout. C'était le genre d'homme qui se targuait de ne jamais se sentir visé personnellement.

«Vous avez donc revu l'informateur, reprit-il. Comment l'avez-vous trouvé?

— Calme. Déprimé, mais calme. Il savait depuis le début que ça avait peu de chances de marcher. Il était peu probable qu'on le croie sur parole. C'est un travailleur de l'ombre. Pour une fois, la chance lui avait souri. Il avait appris par hasard la menace qui pesait sur Vogel.

— Et c'est sa mauvaise conscience qui l'a poussé à agir?»

Amanda acquiesça.

«Bien qu'il ait donné l'alerte, il continue de culpabiliser. Il a le sentiment d'être complice. C'est assez stupéfiant. Après des années passées au GRU, cet homme n'a pas perdu tout sens moral.

— Formidable. Vous pensez donc qu'on peut encore presser le citron?

— À condition de bien manœuvrer.» Elle prenait soin de ne pas faire des promesses en l'air. «Il n'est pas très informé des agissements du GRU. Mais je pense qu'il pourrait être disposé à se montrer créatif. Je dis bien *pourrait.* Ce serait pour lui un moyen d'effacer son sentiment de culpabilité.

— Je suppose qu'il veut de l'argent.

— Il ne cracherait pas dessus. Mais ce qu'il veut surtout, c'est prendre un nouveau départ. Il veut quitter la Russie et émigrer en Amérique.

— Pas en Italie? Vous disiez que sa femme est italienne, n'est-ce pas?

— J'ai cru comprendre qu'elle voulait échapper à une mère trop envahissante. Mais surtout, il pense que s'ils quittent la Russie, le GRU finira par faire le rapprochement et par s'en prendre à eux, et il ne fait pas confiance aux Italiens pour les protéger. » Une pause. « En revanche, il nous en croit capables. »

Gasko grimaça.

« C'est réconfortant de voir que quelqu'un admire encore nos aptitudes. »

Le ton du directeur contenait plus qu'un soupçon d'auto-apitoiement. La réputation de la CIA était en loques, et la tâche de Gasko consistait essentiellement à retisser les lambeaux pour en faire quelque chose de fonctionnel. Durant le séjour du président Caine à la Maison-Blanche, même leurs plus proches alliés, le MI6, le Mossad et le BND, avaient cessé de leur faire confiance et de partager des renseignements avec eux. Les chefs du sixième étage aimaient se lamenter sur la perte de prestige de l'Agence. Amanda n'avait jamais compris ces plaintes. Leurs alliés ne leur faisaient pas totalement confiance, et alors ? Leur but n'était pas d'inspirer la confiance. C'étaient des espions, nom d'un chien.

Mais là encore, pas question de se lancer sur ce terrain devant Gasko. Alors, elle enchaîna : « Il aimerait bien partir le plus vite possible. S'ils le pouvaient, sa femme et lui feraient leurs bagages sur-le-champ, direction l'Amérique.

— Sa femme est au courant de sa démarche ? »

Amanda secoua la tête.

« Il essaie de la protéger, je pense. Ou bien, il joue les machos en estimant que ça ne la regarde pas. Les deux, peut-être. Quoi qu'il en soit, je lui ai expliqué qu'on ne pouvait pas agir aussi vite. Nous n'avons pas les autorisations, etc. Je nous ai probablement fait gagner six mois. Un an avec un peu de chance. Du coup, ils sont rentrés à Moscou hier.

— Bien. Et vous avez trouvé un moyen pour garder le contact ?

— Oui.

— C'est formidable, Amanda. Excellent, vraiment. Maintenez-le en jeu aussi longtemps que possible. Maintenant, parlons un peu de ce qu'on va dire à Diane Vogel. »

~

De son perchoir au sixième étage, le directeur avait progressivement éclairci les rangs de l'ancienne génération en poussant ses représentants vers la retraite, en douceur mais avec fermeté. Les anciens arboraient trop de cicatrices à son goût. Ils avaient connu les années 1960 et 1970, l'époque de discrédit de la CIA : coups d'État manqués, assassinats bâclés, la commission Church. Tout cela gâchait l'image que Gasko voulait cultiver. (Les agents de sa génération avaient connu leurs propres échecs, évidemment, mais il pardonnait plus facilement leurs erreurs et leurs défauts.)

Par conséquent, quand les gens apprirent la nouvelle du départ en retraite d'Osmond Brown, personne ne s'en étonna. Encore une victime de la purge gériatrique de Gasko. Le jour même de l'entrevue entre le directeur et Amanda, Charlie Cole tomba par hasard sur un vieil ami du Bureau des opérations.

« Je suppose qu'à toi, j'ai le droit d'en parler. Tu dois être fier de ta fille. »

Son ami lui fit part de la nouvelle. Charlie crut avoir mal entendu.

« Il a pris sa retraite ? Osmond Brown ?

— Il faut croire. »

Charlie le quitta dans un état second. En vérité, il nageait dans le brouillard depuis sa conversation avec Jenny Navarro la veille, le lundi matin, quand elle lui avait remis les documents trouvés sur le bureau de Bob Vogel. Le sénateur les lui avait cachés, avait-elle expliqué, ce qui voulait dire qu'il les avait cachés à tout le monde. Charlie n'avait donc aucune raison de s'inquiéter. L'angoisse déformait le visage de la jeune femme, qui espérait qu'il comprenait le sous-entendu. Il avait hoché la tête et confirmé qu'il comprenait. À partir de cet instant, il prenait le relais. Et il était reparti au volant de sa voiture, en jetant toutes les deux secondes un regard à la chemise cartonnée sur le siège du passager, comme s'il s'attendait à ce qu'elle explose.

De retour chez lui, il posa la chemise sur le comptoir de la cuisine. Plus il la regardait, plus il prenait conscience de ce qu'il avait devant les yeux. Son passé, enfoui dans les ténèbres depuis si longtemps, s'apprêtait à refaire surface. Il avait toujours su que ce jour viendrait.

Peut-être serait-il resté planté là pendant des heures si Lucy, inquiète de voir son maître dans cet état de stupeur, n'avait pas aboyé. Charlie sursauta et se ressaisit.

« Merde. Comment on va jouer ce coup-là ? »

La chienne s'approcha d'un pas lourd et appuya sa tête contre son genou. Elle n'avait pas aimé ce silence rempli de tension. Ça ne ressemblait pas à Charlie.

« Qu'est-ce que tu en penses, toi ? Est-ce que je devrais me rendre, pour qu'on en finisse ? » Lucy remua la queue. « Peut-être que je ne devrais même pas lire ce dossier. »

Hypothèse ridicule, évidemment. Ne pas le lire ? S'il était capable d'une telle maîtrise, il ne se serait jamais fourré dans ce pétrin.

Il se servit une autre tasse de café. Ce moment avait mis une trentaine d'années à survenir. Il ne fallait pas brusquer les choses. Il s'assit devant le comptoir de la cuisine, prit une grande inspiration et commença sa lecture. La première page n'avait pas beaucoup de sens. Traders indépendants. Actions mèmes ? Idem pour la deuxième. Et la suivante. Il survola plus rapidement les autres, à la recherche de mots familiers – Helsinki, Särkkä, Ahmad Baraath –, en vain. Vogel avait découvert une sorte de combine, mais Charlie ne voyait pas ce qui la rattachait à lui. Son nom figurait sur la dernière page. Pourquoi ? Qu'est-ce que cela signifiait ?

Il leva la tête. La pendule du four lui indiqua qu'il était déjà en retard pour aller travailler. En rangeant les documents dans la chemise, il ressentit une contraction dans la poitrine. *Tu croyais que c'était terminé*, lui dit une voix. *Eh bien, non. Pas si tu sais manœuvrer.*

S'il remettait ce dossier à quelqu'un de l'Agence, cette personne voudrait savoir pourquoi son nom apparaissait sur ces documents. Charlie répondrait qu'il l'ignorait, ce qui était vrai. Mais cette personne, en menant son enquête, parviendrait sans doute, tôt ou tard, à répondre à cette question. Et ce faisant, elle remarquerait sans doute, tôt ou tard, qu'un certain flou entourait son départ d'Helsinki. En déclenchant ce processus, il provoquerait sans doute, tôt ou tard, sa chute. C'était la première option.

La seconde consistait à conserver ce dossier. Le brûler. Le détruire.

L'évidence lumineuse de la capitulation ? Plus maintenant. Désormais, il devait faire un choix. Il devait également aller travailler.

« Putain », marmonna-t-il en démarrant sa voiture. Il recula dans l'allée. « Putain ! Putain ! » Il n'avait aucune envie de se retrouver en prison, évidemment. Mais s'il détruisait ces documents, il aiderait le camp adverse. *Moscou. Gruzdev.* Était-ce vraiment ce qu'il souhaitait ?

Vingt minutes plus tard, il pénétra sur le parking, sans aucun souvenir du trajet. La journée et la nuit passèrent de la même manière. La panique paralysante l'empêchait de voir le monde qui l'entourait. Mais quand il apprit la nouvelle du départ en retraite d'Osmond Brown le mardi après-midi, un signal retentit dans un coin de son esprit.

Au Noël précédent, après avoir passé les fêtes avec sa mère à New York, Amanda était venue lui rendre visite en Virginie. Il l'avait emmenée déjeuner au country club, dont la salle à manger était festonnée de branches de sapin et de rubans rouges. Quand le serveur s'était présenté à leur table, elle avait réclamé : « Un toast au fromage grillé et un milkshake au chocolat. »

Ses plaisirs d'enfant. Charlie avait souri.

« Ce n'est pas pour me faire plaisir, si ? »

Amanda avait souri elle aussi.

« Un peu, peut-être.

— Alors, comment ça se passe à Rome ? » avait-il demandé, en sachant qu'elle n'avait pas le droit d'en parler.

C'était le métier qui voulait ça.

« Sincèrement ? C'est d'un ennui mortel.

— Oh, allons.

— Je t'assure. Rome ne sera jamais l'affectation la plus excitante. Je le sais bien. Mais ce n'est pas seulement calme. Je dirais plutôt stagnant à dessein. Le chef de poste – Osmond Brown, tu l'as connu ? –, on a l'impression qu'il ne veut rien faire. Rien. Il est allergique à la plus infime particule de risque.

— Ce sont des choses qui arrivent. Ça signifie probablement qu'il est temps pour lui de prendre sa retraite. »

Amanda avait eu un petit rire méprisant.

« C'est bien ça le problème. Il ne partira jamais. Il n'a que le travail dans sa vie. Il ne saurait pas quoi faire de sa peau. Et franchement, papa, Rome est une ville fantôme, si bien que personne à Langley ne peut s'apercevoir qu'il fait du mauvais boulot. »

En ce mardi après-midi de juillet, le souvenir de cette dernière remarque vint le frapper de plein fouet. Cela faisait des années qu'il n'avait pas utilisé la vieille machine. Des dizaines d'années, même. Mais elle était toujours là, à l'intérieur. L'instrument de logique, froide et clinique, conçu pour l'action, qui déroulait deux fils conducteurs différents :

Un : si Osmond Brown n'avait pas l'intention de prendre sa retraite, cela signifiait qu'il s'était passé un fait important. Si Amanda avait été promue cheffe de poste, cela signifiait qu'elle se trouvait du bon côté quand ça s'était passé.

Deux : si un homme âgé en mauvaise santé s'écroule sous un soleil de plomb, la crise cardiaque est une conclusion raisonnable. Mais s'il s'avère que l'homme en question détenait des documents qui dessinaient les contours d'un mystérieux complot, il faut revoir cette conclusion.

Une restructuration à Rome. Un décès en Égypte. Les coïncidences existent. Les deux faits n'étaient pas nécessairement liés. Toutefois, Charlie sentait ce picotement dans son dos. Il avait fourré le dossier dans un des tiroirs de la cuisine, mêlé aux fouets et aux cuillères en bois, car il ne savait pas où le cacher. Et même d'ici, à des kilomètres de Langley, il sentait le danger incandescent qui s'en dégageait.

Mais peut-être – peut-être – qu'il était tombé par hasard sur une issue.

~

À la fin de la journée, Charlie se tenait debout dans l'herbe, devant l'entrée principale, l'œil sur le cadran de sa montre. Amanda était en retard. Évidemment. Compte tenu de ce qui venait de se passer, elle devait crouler sous les responsabilités. Tout cela était peut-être une mauvaise idée, mais il n'en avait pas d'autre.

« Papa ! » Elle apparut enfin. « Désolée, j'ai été retenue. »

Pendant quelques secondes, la vision de sa fille fit disparaître toutes ses inquiétudes. Elle était l'incarnation vivante de son mariage et des années les plus importantes de sa vie. Ses yeux verts, hérités de sa mère, ses taches de rousseur, qu'elle tenait de lui. Il lui sourit.

« Ma chérie ! Je suis tellement fier de toi. Ce n'est pas rien ! »

Elle haussa les épaules, mais il la vit rougir.

« Oui, peut-être, je ne sais pas. C'est bien. Euh, écoute, papa… J'ai promis de loger chez Georgia cette fois. Ça ne t'embête pas, hein ?

— Oh. Non, non. Pas de problème.

— D'ailleurs, dit-elle en pianotant sur son téléphone, qu'est-ce que tu dirais si elle venait dîner ? Je parie que tu ne l'as pas revue depuis une éternité ? Et je suis sûre qu'elle serait très heureuse de te voir.

— Dîner ?

— Je lui dirai d'apporter une bouteille de vin. Qu'est-ce qu'on mange ?

— En fait… » Il déglutit. « Une autre fois peut-être, ma chérie. Il faut que je te parle de quelque chose. Une chose importante. »

Elle leva les yeux vers lui, inquiète.

« Tu n'es pas malade, hein ?

— Non, non. Ce n'est pas ça.

— Quoi, alors ? Grace et toi, vous allez enfin vous marier ? »

Il essaya de sourire.

« Il vaut mieux… qu'on en parle en privé. Dis à Georgia que je suis désolé. Partie remise. »

Sur le trajet de la maison, Amanda ne cessait de regarder derrière elle. À l'intérieur de la voiture, l'atmosphère était étouffante.

« Tu ne peux pas tout me dire maintenant ? insista-t-elle. Je te sens nerveux, papa. Que se passe-t-il ?

— Cette nomination… cheffe de poste. C'est fantastique. C'est sûrement pour ça que tu es en ville, hein ? Il y a un rituel particulier pour fêter ça ? Une cérémonie secrète ?

— Non », dit-elle sans que Charlie sache très bien à quelle question elle répondait.

En quête d'infos, il dit : « Il ne prend pas vraiment sa retraite, hein ? Osmond Brown. »

Il garda les yeux fixés sur la route, mais il sentit le poids du regard d'Amanda.

Finalement, elle dit : « Les Yankees ont écrasé les Jays ? »

Un code qui signifiait : *Ne me pose pas de questions, s'il te plaît, tu sais bien que je ne peux pas répondre.*

4

Elle n'avait pas vu son père aussi nerveux depuis… quand ? Probablement depuis le premier été après le divorce, quand il s'était donné beaucoup de mal pour rendre accueillant cet horrible appartement de Fairfax. Il avait peint sa chambre en violet, il avait acheté des lits superposés et orné les murs de posters de Whitney Houston et de Jonathan Taylor Thomas. Il l'autorisait à manger une glace chaque soir et à regarder la télé autant qu'elle voulait. Même si elle n'avait que huit ans, Amanda n'était pas dupe. C'est cet été-là, curieusement, qu'elle commença à être soucieuse de se protéger de son père.

Ce soir, il s'agitait dans la cuisine en commentant chacune de ses actions.

« Oh, voilà le beurre. Je ne me souvenais plus s'il m'en restait, mais je suis allé faire des courses dimanche, ça me revient. Le beurre était en promo. »

Il lui posait des questions, auxquelles Amanda répondait de manière succincte, pour l'obliger à se démasquer. Depuis sa remarque dans la voiture, au sujet d'Osmond Brown, elle était sur ses gardes.

Quand le dîner fut prêt, ils s'assirent devant le comptoir de la cuisine, côte à côte sur des tabourets. Charlie coupa son steak en hochant la tête.

« Ouf. J'avais peur qu'il soit trop cuit. Mais je ne me souviens jamais : tu aimes la viande plutôt à point, toi. Non ? Tu connais ta mère, c'est une femme très raffinée, mais c'est une des choses qu'elle ne supportait pas. La viande saignante. Elle l'aimait bien cuite.

— C'est parfait, papa.

— Oh. Tant mieux. Très bien. »

Mais il n'avait pas beaucoup d'appétit et finalement, après un lourd silence, il reposa sa fourchette.

« Bien, dit-il en joignant les mains comme s'il priait avec ferveur. Amanda… Si je voulais te parler, c'est parce que j'ai reçu l'autre soir un appel d'une certaine Jennifer Navarro. C'est la… c'était la cheffe de cabinet du sénateur Vogel. »

Amanda se figea, un morceau de steak dans la bouche.

« Elle voulait me rencontrer, poursuivit Charlie. Hier, au Grant Memorial. Deux ou trois jours après le décès de Vogel, elle est allée faire du rangement dans son bureau. Et elle est tombée sur une chemise contenant des documents qu'elle n'avait jamais vus. Mon nom figurait sur la dernière feuille. Écoute-moi, ma chérie. Abordons le sujet tabou : Bob Vogel n'a pas succombé à un AVC. »

Amanda se racla la gorge.

« Ce n'est pas un peu… ?

— Les documents ne laissent aucun doute. D'après Jenny, ils travaillaient main dans la main, sur tous les sujets. Pourtant, elle n'avait jamais entendu parler de cette histoire. S'il la lui avait cachée, ça veut dire que c'était important. Et les personnes mentionnées dans ces documents… disons qu'elles peuvent se montrer dangereuses si on les contrarie. Et voilà que Vogel meurt d'un AVC, alors qu'il s'intéresse à ce dossier ? Non, je n'y crois pas. »

Face à quelqu'un d'autre, Amanda aurait feint le scepticisme. Elle aurait opté pour la dissuasion sur un ton badin. *C'était un vieil homme ! Tu vois trop de films.* Mais elle parlait à son père, un ancien agent clandestin. Et qu'avait-il dit ? *Des personnes dangereuses si on les contrarie ?*

Il savait quelque chose, et elle voulait savoir ce qu'il savait. Alors, elle dit sobrement : « Oui. Je comprends. »

Charlie se tourna vers elle.

« C'est tout ? Je m'étonne que tu ne veuilles pas savoir ce qu'il y avait dans ces documents. Surtout compte tenu de ton implication. »

Toute la soirée, quelque chose lui avait paru bizarre. Elle s'était demandé si elle ne surinterprétait pas la nervosité de son père. Mais maintenant ? Les seules autres personnes sur terre qui étaient informées de la mise en garde de Semonov étaient Osmond et Gasko. Son cœur s'emballa.

« Mon… implication ?

— Ta promotion. J'ai fait le rapprochement. Tu m'avais dit qu'Osmond ne projetait pas de prendre sa retraite. Conclusion : il n'est pas parti sans raison. Je ne te ferai pas croire que je sais exactement ce qui s'est passé, mais je sais qu'il y a un lien avec Bob Vogel.

— Papa, sincèrement… je ne sais pas de quoi tu parles.

— La nouvelle de ta promotion m'a fait plaisir. Pas seulement parce que je suis fier de toi, car je suis fier de toi, et j'espère que tu le sais. Mais aussi parce que ça rend toute cette histoire… je ne dirais pas plus simple. Certainement pas. Mais plus plausible. » Charlie semblait un peu moins nerveux. Il retrouvait confiance. « S'il te plaît, ma chérie, inutile de me regarder comme ça.

— Comment ?

— Comme si tu étais étonnée que je comprenne encore toutes ces choses. »

Elle cligna des yeux, sans un mot. Ce métier vous obligeait à mentir, même aux gens que vous aimiez. Surtout aux gens que vous aimiez. Ils le savaient l'un et l'autre. Curieusement, c'était la raison pour laquelle leur relation s'était renforcée ces dernières années : ils avaient conscience des limites. Il avait vu clair dans ses précédentes esquives, sans aucun doute, mais jamais encore il n'avait eu la cruauté de les souligner.

Charlie se leva et traversa la cuisine. Il ouvrit le tiroir à côté de la cuisinière, sortit la chemise cartonnée et la fit glisser sur le comptoir, vers sa fille.

« Que se passe-t-il, papa ?

— Bob Vogel a été tué à cause des informations qui se trouvent là-dedans.

— Mais pourquoi donc… »

Son esprit tournait à plein régime. Konstantin Semonov débarque à l'ambassade sans prévenir. Cinq jours plus tard, son père lui remet un dossier trouvé sur le bureau du défunt. Était-ce une sorte de piège ?

« Papa. Qu'est-ce que tu as à voir dans tout ça ?

— Rien.

— Ça n'a aucun sens.

— Jette un coup d'œil. » Il tapota la chemise. « Tu comprendras ce que je veux dire. »

L'espace d'une seconde, Amanda hésita. Mais qui espérait-elle tromper ? Elle repoussa son assiette encore à moitié pleine et ouvrit le classeur. *Liens avec Moscou*. Merde. *Gruzdev*. Merde et merde. Elle tourna les pages plus vite. C'était mauvais. Et en même temps, c'était une bonne chose. Car, d'emblée, elle comprenait que ces documents pouvaient confirmer les affirmations de Semonov. Arrivée à la dernière feuille, sur laquelle figurait le nom de son père, elle secoua la tête.

« À l'évidence, tu as un lien avec cette affaire. Alors, quoi ? Tu parlais de tout ça avec Vogel ? »

Le rictus de Charlie se transforma en sourire.

« Je suis flatté que tu penses que je suis encore au fait de ce genre de choses. Mais tu sais bien que je suis un simple attaché de presse.

— Oui, mais tu pourrais mentir. »

Le sourire disparut.

« Ça n'a aucun sens, répéta Amanda. Si ton nom apparaît, il y a forcément une raison. »

Charlie ferma les yeux et se massa les tempes.

Amanda laissa éclater sa frustration : « Allez, papa ! Parle ! Tu mets de l'huile sur le feu.

— Il y a certaines choses dont je ne suis pas fier. Des choses que je préférerais taire. Mais… elles n'ont rien à voir avec tout ça. Les algorithmes ? Les actions mèmes ? Tu crois que je suis capable de comprendre ce charabia ? Écoute… je ne veux pas être un obstacle. J'ignore ce qu'avait découvert Vogel, mais je veux que l'enquête continue. Que justice soit faite. Je te demande juste de me laisser en dehors de cette histoire.

— Ça n'a aucun sens.

— Tu permets ? » Il prit la dernière feuille dans la chemise. Se leva, se dirigea vers la cuisinière et alluma un brûleur. Il approcha de la flamme le document qui noircit et s'enroula aussitôt sur lui-même. Lorsque la flamme lécha presque ses doigts, il lâcha les fragments de papier dans l'évier. Et se retourna vers Amanda.

« Je prends ma retraite l'année prochaine. Je tiens à aller jusqu'au bout. Quand je serai parti, ça n'aura plus aucune importance. Alors, je te demande juste de me laisser en dehors de tout ça.

— Je ne comprends toujours pas. »

Charlie secoua la tête d'un air las comme si fournir davantage d'explications exigeait une énergie qu'il ne possédait pas. S'il voulait faire appel à sa tendresse filiale, s'il la suppliait d'avoir pitié de son vieux père, ça ne fonctionnait pas. Au contraire, Amanda sentait qu'elle se fermait. Certes, son amour pour son père avait parfois frôlé la pitié. Mais maintenant ? S'il réclamait sa pitié, mais refusait de lui dire la vérité, pourquoi diable la mériterait-il ?

« Eh bien, quoi ? demanda-t-elle, caustique. Tu ne veux pas qu'on découvre un sombre secret bien caché ? Dans ce cas, à quoi bon me montrer ce document ? Si c'est pour me demander ensuite de ne pas t'impliquer ? Pourquoi m'en parler même ?

— Je ne sais pas.

— Tu ne sais pas ?

— Je ne sais pas. Je pensais que c'était à toi de décider. »

Elle rit, incrédule.

« Oui, sauf que tu viens de le brûler.

— Tu peux toujours dire à Gasko ce que tu as vu. Et ce que je viens de faire. Et aussi ce que je t'ai demandé de faire. À toi de choisir, Amanda. »

Les joues en feu, elle se replongea dans les documents. Par endroits, les pattes de mouche étaient presque indéchiffrables. Vogel n'avait pas l'intention de montrer ces notes à quiconque. Elle éprouva soudain une forte envie de se retrouver seule avec elles, pour commencer à les assembler, sans sentir la présence de son père au-dessus de son épaule. Là, elle était incapable de se concentrer. Il fallait qu'elle sorte d'ici. (Fort heureusement, elle logeait chez Georgia.) Elle inspira profondément et referma la chemise.

« D'accord, dit-elle. Très bien. Si tu veux rester sur la touche, je pense qu'il vaut mieux cesser de parler de tout ça. »

Dans le taxi qui la ramenait en ville, elle réfléchit. Si son père lui demandait ce service, ça signifiait qu'il voulait cacher une chose grave. Mais ce qu'il attendait d'elle, c'était du lourd. Le choix était le suivant : compromettre son père ou se compromettre elle-même. Ne voyait-il donc pas que cette position était intenable ? Ou bien il en était conscient et il n'en avait rien à foutre ? Ou bien il en était conscient et il misait sur l'obéissance filiale ?

Les Vogel habitaient à l'angle de Park Avenue et de la 71e Rue. Le penthouse et tout ce qu'il contenait témoignaient de la réussite financière de Bob avant qu'il se lance en politique. Rien que dans le salon, il y avait un Picasso au-dessus de la cheminée, une sculpture de Degas sur la crédence, une esquisse signée Rembrandt à côté de la bibliothèque. Il ne s'intéressait pas véritablement à l'art en lui-même. Mais il aimait tout ce qui lui rappelait le chemin parcouru depuis le petit studio de son enfance dans le Queens.

Ce matin, la famille avait organisé des obsèques dans l'intimité. Prochainement auraient lieu la commémoration officielle, les honneurs militaires, le cercueil recouvert d'un drapeau dans la cathédrale nationale de Washington. Cette petite réunion, tout là-haut dans le penthouse, était réservée à quelques dizaines de personnes : des amis proches et des collègues sénateurs, et une poignée de sommités comme John Gasko. Amanda n'était certainement pas invitée, mais le directeur avait insisté pour qu'elle l'accompagne. Elle avait pris un train tôt, de Washington, et essayé de soigner sa gueule de bois avec le mauvais café de la voiture-bar, regrettant amèrement d'avoir pris un dernier Martini avec Georgia au Hay-Adams le soir précédent.

Gasko l'attendait dans le hall de l'immeuble.

« Prête ? Très bien. Allons-y. »

L'ascenseur les conduisit au dernier étage et la porte s'ouvrit directement dans l'appartement. Un serveur se précipita pour leur proposer un verre de vin blanc. Un second le suivit avec un plateau de mini-sandwiches au concombre. Gasko avisa Diane dans le salon.

« Restez ici, dit-il. Je vais lui demander si on peut lui parler en privé. »

Ils discutèrent un instant, puis Gasko adressa un signe de tête à Amanda. Diane fit de même. Amanda les suivit dans un couloir, jusqu'à un petit bureau aux murs tapissés de livres.

Un espace d'une intimité quasi insupportable, presque claustrophobique. Amanda et Gasko se serrèrent sur la causeuse. Sur la petite table basse, tout près du fauteuil dans lequel était assise Diane, était posé un vieux téléphone fixe, avec son cordon entortillé. Et à côté, un carnet d'adresses et un bloc-notes couvert d'une écriture moulée (très différente des pattes de mouche de son mari), une paire de loupes et une tasse contenant encore du thé. Pénétrer dans cette pièce, c'était comme passer derrière le décor immaculé du penthouse. C'était ici que la vraie vie se déroulait.

« Eh bien, dit Diane en s'adressant au directeur Gasko. Vous avez quelque chose à me dire ?

— Ce n'est pas facile, madame. Néanmoins, je n'irai pas par quatre chemins. Nous avons une bonne raison de penser que le sénateur Vogel n'a pas succombé à un AVC. »

Elle regarda le directeur en clignant des yeux. Plusieurs fois.

« Plus précisément, reprit-il, nous possédons des renseignements indiquant que des agents russes au Caire lui ont administré un agent chimique mortel qui provoque des symptômes ressemblant à ceux d'un AVC. Nous pouvons affirmer, sans trop de risques, qu'il s'agit d'un assassinat. »

Diane demeura muette tout d'abord. Puis : « C'est logique. »

Gasko dressa l'oreille.

« Ah oui ?

— Je savais que ce n'était pas un AVC. C'est impossible. Pas plus tard que la semaine dernière, Bob a fait son bilan de santé et son médecin lui a dit qu'il vivrait encore vingt ans. Vous saviez qu'il avait arrêté de fumer ? Il n'avait pas touché à une seule cigarette depuis des années. Il a eu une alerte, et à partir de ce jour-là, il a complètement changé ses habitudes. Il était plus en forme que jamais. Difficile à croire quand on lit la presse aujourd'hui : mauvaise santé, poumons abîmés. Ah, bon sang ! On pourrait croire qu'un journaliste, au moins un, prendrait la peine de vérifier. »

Gasko hocha la tête d'un air compatissant.

« Je vois. Eh bien, Amanda… Voulez-vous expliquer à Mme Vogel, je vous prie, ce qui va se passer maintenant ? »

(Ils avaient répété ce qu'elle devait dire, et ne pas dire. C'était délicat.)

Amanda servit une version aménagée des événements de la semaine précédente, en restant floue sur la chronologie, à la demande de Gasko.

« Notre source nous a informés que des agents du GRU se trouvaient au Caire en même temps que le sénateur Vogel. Malheureusement, cette source n'a pas accès à tous les éléments. Elle ignore pourquoi le GRU a choisi de viser le sénateur. Et c'est là que nous comptons sur vous pour nous aider, madame. Pour quelle raison les Russes s'en prendraient-ils à votre mari ? Vous avez une idée ? »

Diane secoua la tête, après une légère hésitation toutefois.

« Vous êtes sûre ? insista Amanda. Pas la moindre idée ? Ne

serait-ce qu'un soupçon ? Un pressentiment ? Ça pourrait nous aider. Vous étiez la personne la plus proche de lui.

— Oui, confirma Diane d'un ton sec. Oui, Amanda, je suis sûre. Et je n'apprécie guère les sous-entendus contenus dans vos paroles.

— Oui, je comprends. Pardonnez-moi. Ce n'est pas ce que je voulais dire. »

Diane lui adressa un sourire froid.

« J'en suis certaine. »

Gasko se leva et boutonna sa veste de costume.

« Nous vous avons retenue assez longtemps, madame. Nous vous laissons rejoindre vos invités. »

~

Pendant que Gasko se mêlait aux personnes présentes, Amanda balaya la pièce du regard. Elle était là-bas, près du buffet, semblable à son portrait publié dans *Politico*. Amanda traversa le salon en adressant des signes de tête aux invités qu'elle croisait, essayant de communiquer un vague sentiment de compassion, espérant leur faire croire qu'ils la connaissaient. Dans sa robe volontairement terne, elle se fondait au milieu de ces gens habitués du Northeast Corridor*. Au buffet, elle choisit un crostini aux tomates cerises. La femme à côté d'elle regardait les crudités d'un air absent. Tout bas, Amanda demanda : « Jennifer Navarro ? »

Jenny sursauta. Puis elle plissa les yeux.

« On se connaît ?

— Je m'appelle Amanda. J'aimerais vous parler des documents

* Ligne ferroviaire de la côte est des États-Unis, reliant notamment Washington à New York.

que vous avez trouvés sur le bureau du sénateur Vogel. Dans un endroit un peu plus… intime, peut-être.»

La terreur modifia, brièvement, les traits de Jenny.

«Ne vous inquiétez pas», dit Amanda d'un ton rassurant en lui touchant le bras. C'était un des avantages de sa morphologie : personne n'avait vraiment peur d'une femme qui mesurait 1,58 mètre. «Je travaille à Langley. Avec Charlie Cole. Vous avez pris la bonne décision, soit dit en passant. Je voulais juste vous poser quelques questions. C'est la procédure habituelle.»

Ces paroles semblèrent rassurer Jenny. Quand Amanda suggéra d'aller faire un tour, elle répondit : «D'accord. À vrai dire, je meurs d'envie de ficher le camp d'ici.»

S'il avait su ce qu'Amanda mijotait, Gasko aurait été furieux. Mais il était trop occupé à faire son numéro pour remarquer son absence.

«Belle soirée, n'est-ce pas? demanda Amanda, alors qu'elles marchaient vers Central Park. Je parle de la météo. C'est beaucoup moins étouffant que D.C. Allons par là. On trouvera un endroit où s'asseoir.»

Un banc leur tendait les bras sur le Mall. Jenny observa la frénésie qui l'entourait. Les touristes armés de leurs perches à selfie, les joueurs de tam-tam et de saxophone, avec leurs chapeaux remplis de billets, les adeptes du Rollerblade qui zigzaguaient entre des plots.

«Vous ne voulez pas qu'on cherche un endroit plus tranquille?

— Non, pas la peine. Bon… Jennifer… Ou vous préférez Jenny?

— Allons-y pour Jenny.

— Super. Jenny, donc. Comme je vous le disais, je suis contente que vous ayez appelé. C'était la meilleure chose à faire. Le sénateur Vogel travaillait sur quelque chose de très important. Et nous voulons être certains que ce travail se poursuit. J'espère que vous serez d'accord pour imiter le sénateur Vogel, en gardant le secret vous aussi.

— Oui, bien sûr. Je ne dirai rien à personne. » Jenny secoua la tête. « Mais franchement, ça fait de la peine. Je croyais qu'il avait confiance en moi.

— Ce n'est pas une question de confiance. »

Jenny grimaça. Elle ne semblait pas convaincue. Si cette femme avait un défaut, songea Amanda, c'était la fierté qu'elle retirait de son intégrité. L'idée que Vogel ait pu douter de cette intégrité la torturait. Et donc, comprenant que c'était le meilleur moyen de la rassurer (et d'obtenir ce qu'elle voulait, avouons-le), Amanda dit : « Rien à voir avec la confiance. Il voulait vous protéger. Je vais vous confier une chose que je ne devrais pas vous dire, en principe. Le sénateur Vogel n'a pas succombé à un AVC.

— Comment ça ?

— Il a été assassiné par des agents russes. Pour des raisons liées à ces documents que vous avez découverts.

— Vous plaisantez, hein ? Non, vous ne plaisantez pas... Mais... ce n'est pas le genre de choses qui arrive dans la réalité, si ?

— Je crains que si. »

Jenny la regarda d'un air hébété, muette de stupeur. C'était la partie la plus désagréable du travail d'Amanda. Quand Jenny se ressaisit enfin, en prenant une grande inspiration, elle demanda : « Diane est au courant ?

— Pour l'assassinat ? Oui. Mais pas pour les documents. Moins elle en sait, moins elle court de danger. Idem pour vous. Voilà ce que je voulais vous dire. C'est pour cette raison que je vous suggère, instamment, de ne parler à personne de ce que vous avez découvert. Nous pouvons vous laisser totalement en dehors de cette affaire. Nul n'a besoin de savoir que ces documents viennent de vous.

— Mais vous, vous le savez.

— Oui.

— Et manifestement, Charlie Cole le sait aussi.

— Oui.

— Mais comment... » Jenny essayait de recouvrer ses esprits. C'était impressionnant, cette volonté d'analyser la situation en étant la proie d'une peur irrationnelle. « Pardonnez-moi, je ne veux pas vous vexer. Mais comment savoir si je peux vous faire confiance ?

— Eh bien... Je ne vous ai pas donné mon nom de famille. Je m'appelle Amanda Cole. » Un silence. « Charlie Cole est mon père.

— Hein ?

— Charlie Cole est mon père. J'ignore ce qu'il vous a fait croire. Peut-être qu'il était l'informateur du sénateur Vogel. Mais c'est faux. La vérité, c'est que Charlie cache quelque chose. Il n'est pas forcément impliqué dans cette combine, mais il a peur de ce qui pourrait apparaître. Il m'a remis ces documents à condition que je le laisse en dehors du coup. Ce qui est complètement idiot, évidemment. Il me demande d'entraver une enquête sur un assassinat majeur. Il pensait que j'accepterais parce que je suis sa fille.

— Et c'est... Pardonnez-moi, mais quel rapport avec le fait d'avoir confiance en vous ?

— Deux choses. Premièrement, nos motivations sont les mêmes. Je veux que la provenance de ce dossier demeure aussi secrète que possible, comme vous. Deuxième chose : je viens de vous livrer une information très sensible. Je connais la vérité sur vous, mais vous connaissez la vérité sur moi. Vous possédez un moyen de pression. Vous comprenez ? »

Jenny la dévisageait. Sans doute pensait-elle qu'Amanda était en train de la baratiner, mais plus elle l'observait, plus il devenait évident qu'elle comprenait cette logique.

« Hmmm, fit-elle finalement. D'accord. Et vous avez accepté, alors ?

— Je n'ai rien dit, ni dans un sens ni dans l'autre.

— Qu'est-ce que vous allez faire ? »

Curieusement, cette question surprit Amanda. Elle n'avait pas véritablement envisagé qu'il puisse y avoir plusieurs chemins. Elle se débattait avec la réponse quand Jenny ajouta : « En tout cas, c'est sacrément tordu de vous placer dans cette position. »

Un silence s'ensuivit.

« Vous savez, reprit Jenny, vous n'étiez pas obligée d'évoquer cet assassinat. Je n'aurais parlé à personne de ces documents.

— J'ai pensé que vous méritiez de connaître la vérité.

— La vérité. » Jenny soupira. « Houlà.

— Vous auriez préféré rester dans l'ignorance ?

— Sincèrement ? Peut-être. C'est sans doute inconcevable pour quelqu'un comme vous.

— Vous savez quoi ? Dans quelques minutes, je vais me lever et m'en aller. Demain, je rentrerai à D.C., et après cela, je retournerai d'où je viens. Vous ne me reverrez plus. Et vous n'entendrez plus jamais parler de moi. Rien.

— Promis ?

— Juré.

— Tant mieux. Sans vouloir vous vexer. »

DEUXIÈME PARTIE

L'OLIGARQUE

5

Dans les moments sombres, Helen se rappelait qu'elle avait toujours su où elle mettait les pieds.

En cette fin d'après-midi de l'été 1975, ils sortaient ensemble depuis un peu plus de deux ans. La famille Dennehey louait cette maison sur la plage, à Old Lyme, tous les mois d'août, et son fiancé, Charlie Cole, était venu pour une semaine. La maison était toujours surpeuplée, il n'y avait jamais d'eau chaude dans la douche, on marchait sur le sable dans toutes les pièces, mais même en plein chaos, la famille Dennehey respectait certaines règles. Peu importe que Charlie et Helen soient officiellement fiancés à présent. Jusqu'au mariage, ils dormiraient dans des chambres séparées. « Tu ne peux pas aller te confesser à la fin de la semaine, tout simplement ? plaisanta Charlie. Ce n'est pas fait pour ça ? »

Charlie étant leur grand et bel invité, indéniablement « waspy* », et parce que le clan catholique irlandais semblait avoir conservé un étrange respect épigénétique pour le type anglo-saxon, on lui avait attribué une des meilleures chambres. Helen, pendant ce temps, se

* De WASP : White Anglo-Saxon Protestant.

trouvait reléguée au deuxième étage, sur un lit superposé, dans une chambre qu'elle partageait avec de jeunes cousines. Au cours de cet après-midi du mois d'août, donc, tandis que le reste de la famille était descendu à la plage en groupe, Helen lisait un roman de James Michener, en collection de poche, allongée sur son lit superposé. Le parquet grinça dans le couloir. Elle posa son livre. Charlie était là, dans l'encadrement de la porte, tout sourire.

Ils en étaient encore au stade où ils ne pouvaient concevoir de passer plus de vingt-quatre heures sans faire l'amour. Après, il demeura couché sur le ventre, les yeux mi-clos, somnolent, repu. Helen promena son doigt du haut en bas de son dos nu. Il avait des épaules larges et bronzées ; contrairement à Helen avec sa peau claire, il prenait facilement le soleil.

« Hmmm, ronronna-t-il. Comment suis-je censé vivre sans ça ?

— C'est juste pour un an, répondit Helen. Un an, c'est rien. »

Charlie décolla la tête du lit.

« Pourquoi tu ne viendrais pas avec moi ? »

Elle rit.

« Pour faire quoi ?

— Ça. Pour commencer.

— Ça, répéta-t-elle en souriant. Quoi d'autre ?

— Ce que tu veux. » Il roula sur le côté et se dressa sur un coude. « C'est tout l'intérêt. Tu sais combien je suis payé dans des endroits comme Alger ? Tu ne serais pas obligée de travailler. Tu pourrais… je ne sais pas… Parfaire ton français. Écrire ce livre que tu as toujours voulu écrire. Je suis sérieux, Helen ! Tu veux vraiment passer encore un an de ta vie dans le Connecticut ? »

Cela avait débuté comme une plaisanterie. Mais à mesure qu'il parlait, Charlie en vint à se demander, à voix haute, pourquoi il n'y avait pas pensé avant. Ils n'étaient pas obligés d'attendre un an pour se marier. Ils pouvaient le faire maintenant. Ils étaient follement amoureux l'un de l'autre. Le reste ne comptait pas. Helen l'écoutait avec amusement, en sachant que cela n'arriverait pas. Helen Dennehey, la fille sage, l'intello Phi Beta Kappa, abandonner ses études universitaires pour un homme? Le plan avait toujours été celui-ci : appels longue distance pendant un an, après quoi ils pourraient se marier, une fois qu'elle aurait obtenu son diplôme de Connecticut College, et alors seulement, elle rejoindrait Charlie en Algérie.

«Je sais ce que tu vas dire.» Charlie l'arrêta d'un geste. «C'est irresponsable. Certes. Mais mettons la responsabilité de côté une seconde. Imagine, Hel. Passer toute la journée à écrire dans des cafés. Randonnées dans le désert le week-end. La mer. La lumière.» Il lui fit un grand sourire, lui prit la main et y déposa un baiser. «Sans parler de l'appartement rien que pour nous.»

Plus tard, ça devint évident. Ainsi agissait Charlie Cole. On l'avait formé pour ça, en vérité. Il s'immisçait dans votre vie et vous montrait combien cette vie pourrait être beaucoup plus agréable, plus excitante. Et il ne mentait pas vraiment. Si les gens le croyaient, c'était parce qu'il y croyait lui-même. Un peu plus tôt dans l'été, quand Charlie avait connu son affectation, Helen avait voulu en savoir plus sur Alger. Elle avait donc lu *Un thé au Sahara*, de Paul Bowles. Si sombre soit-il, le monde décrit dans ce roman l'avait enchantée : les cafés, le désert, la mer, la lumière. Et plus Charlie en parlait, plus tout cela devenait réel.

Des paroles, de simples paroles. Comment pouvaient-elles suffire à la convaincre de tout envoyer valdinguer? C'était peut-être la douce torpeur qui suit le sexe, ou l'odeur du soleil et des herbes des sables, ou du sel séché sur leur peau. Ou peut-être le fait de savoir que Charlie avait raison. Elle n'avait pas envie de passer un an de plus de sa vie dans le Connecticut.

Quoi qu'il en soit, ça fonctionna. Quinze jours plus tard, Helen et Charlie étaient mariés. Trois semaines plus tard, ils embarquaient dans un avion à destination de l'Afrique.

~

C'est au cours de sa dernière année à Yale que Charlie fut approché par la CIA. Son père, qui avait appartenu à l'OSS durant la Seconde Guerre, avait suggéré à ses amis de Langley que son fils pourrait faire un bon candidat. Durant cette longue opération séduction, Charlie compensa ses résultats moyens par un comportement bien calibré. La bonne dose d'intérêt pour ce travail, le mélange parfait d'optimisme et de réalisme. Finalement, sa performance emporta le morceau.

Sa décision d'accepter cette proposition ne fut pas perçue comme une surprise. Mais pour Helen, c'était assurément une erreur. Ils ne s'étaient jamais véritablement disputés à ce sujet – elle admettait que c'était à lui de choisir –, mais ils eurent plusieurs discussions tendues. Un jour, Helen lui demanda s'il avait décidé de rejoindre l'Agence uniquement pour impressionner son père. Charlie se moqua de cette idée. De fait, il parut profondément offensé, et elle n'évoqua plus jamais le sujet.

Elle devait encore s'habituer à voir cet anneau doré à son doigt quand ils débarquèrent à Alger en septembre 1975. Comme on pouvait s'y attendre, la réalité fut beaucoup moins romantique que ce à quoi ils s'attendaient. Mais le zèle dont elle fit preuve l'aida à passer le temps (elle prit des cours de cuisine, sympathisa avec des épouses d'expats et lut Flaubert et Zola dans le texte), puis cette affectation en Algérie fut suivie d'une mutation en

Suisse, puis en Allemagne. Ses jeunes années défilèrent dans un brouillard de valises, de taux de change et d'adieux permanents. Si Charlie n'avait aucun mal à troquer un endroit contre un autre (chacun représentant simplement le barreau supérieur de l'échelle), Helen souffrait de ces séparations. Elle finissait toujours par s'attacher à ces lieux, juste au moment où ils devaient repartir.

En 1982, Charlie fut envoyé en poste à Helsinki. Pour sa plus grande joie. Comme tous les jeunes agents ambitieux à cette époque, c'était un spécialiste de la Russie, et les possibilités offertes par la proximité de la Finlande avec l'Union soviétique convenaient à ses ambitions. Dorénavant, Helen avait décidé de ne plus reproduire la même erreur. Elle n'employait pas encore le mot « regrets » (elle était trop amoureuse de Charlie pour ça), mais elle commençait à prendre conscience des lacunes de son existence. Helsinki était une ville terne et morte, une incarcération dans une prison froide, une condamnation qu'elle préférait endurer, plutôt que de la dissimuler. Elle n'essaierait même pas de se faire des amis. Mais tout cela, c'était avant qu'elle rencontre Maurice Adler.

Un soir, lors du premier hiver, Charlie invita Maurice à dîner. Maurice, expliqua-t-il à Helen, était né en Russie et avait émigré à l'Ouest. Il était désormais professeur à l'université d'Helsinki, et un des éléments les plus précieux de l'Agence : un intermédiaire grâce auquel des agents comme Charlie pouvaient communiquer avec leurs sources. En dépit de son malêtre, Helen se sentait obligée d'être une parfaite hôtesse – elle n'aurait pas voulu paraître mal élevée devant leur invité – et elle prépara un coq au vin en suivant la recette de Julia Child.

Tous les trois avaient pris place autour de la petite table en pin, dans la cuisine. Tout d'abord, Helen trouva Maurice bizarre. Il avait de bonnes manières et posait des questions judicieuses, et en même temps, il paraissait légèrement absent, comme si elle avait droit à une représentation convaincante de la personne, mais pas à la personne elle-même. Puis Charlie se rendit dans le salon pour changer le disque, et Maurice se pencha vers elle en disant : « Charlie m'a appris que vous relisiez Proust ? » C'est à cet instant que quelque chose en elle, ou en lui, peut-être en elle et lui – une certaine hésitation teintée de timidité –, commença à se dissiper.

Tous les trois s'attardèrent à table et continuèrent à bavarder jusque tard. Quand Maurice prit enfin congé, il demanda à Helen si elle accepterait de boire un café avec lui la semaine suivante, pour qu'ils puissent poursuivre cette discussion sans assommer ce pauvre Charlie avec leurs vétilles littéraires, et celui-ci trouva que c'était une excellente idée. Plus tard, alors qu'ils s'apprêtaient à se coucher, Charlie lui demanda sérieusement ce qu'elle avait pensé de Maurice, et elle comprit qu'il avait fait ça pour elle. Il s'était mis en peine de lui trouver un ami. Il savait qu'il ne pouvait pas, à lui seul, l'aider à combattre la solitude.

Débuta alors le rituel des visites hebdomadaires. Helen faisait du café et Maurice apportait une boîte de pâtisseries aux airelles. Au fil du temps, le champ de leurs conversations s'élargit et devint plus personnel. Il avait onze ans de plus qu'elle, mais cette différence d'âge ne comptait pas. Souvent elle était étonnée par sa propre franchise. Elle n'avait pas la larme facile, et pourtant, un jour où elle racontait l'histoire du chat de gouttière qui vivait devant leur immeuble à Alger, voilà qu'à sa plus grande honte, elle éclata en sanglots.

« Désolée. » Elle sécha ses larmes avec son poing. « Je ne sais même pas pourquoi je pleure. C'est Charlie qui le nourrissait, pas moi. Et en plus, je ne l'aimais pas, cet imbécile de chat.

— Ne vous excusez pas. Parfois, il est plus facile de pleurer pour des choses sans importance. »

Un ami d'un autre genre (du genre féminin, si elle voulait être honnête) aurait peut-être insisté. *Helen, ma chérie, tu peux tout me dire. Que se passe-t-il ?* Mais leur amitié était d'une autre nature. Elle serait toujours marquée par un certain degré de déférence. On ne pouvait pas tout savoir d'une personne. Et ils avaient décidé, pour une raison quelconque, de respecter ces limites.

Même si parfois, dans l'intimité de son mariage avec Charlie, elle ne pouvait résister à l'envie d'essayer d'en savoir plus.

« Maurice, que fait-il pour toi, au juste ? »

Charlie et elle rentraient à pied d'un cocktail à l'ambassade du Royaume-Uni, par une nuit glaciale. Des escarpins en satin se balançaient au bout de son index ganté. En hiver, les trottoirs étaient traîtres et Helen avait adopté la coutume locale qui consistait à emporter des chaussures de rechange dès qu'elle devait marcher dehors. Maurice était présent à cette soirée, mais il était parti tôt, sans dire au revoir.

« C'est une sorte de tissu conjonctif, expliqua Charlie. Un Finlandais pourrait avoir peur d'un Américain. Si c'est Maurice qui établit le contact, il se montrera peut-être plus réceptif.

— C'est ce qu'il est parti faire ce soir, tu crois ? Rencontrer quelqu'un ? »

Charlie haussa les épaules.

« Aucune idée.

— Tu n'as pas envie de savoir ?

— Sincèrement, Hel, ce n'est pas toujours super excitant. Il passe la plupart de son temps à faire ce qu'il fait avec toi. Il va voir des gens, il boit du café, il bavarde. Il apprend à les connaître. Il essaie de découvrir ce qui les motive. »

Elle se sentit rougir, elle avait un peu la nausée. Elle regrettait soudain d'avoir évoqué ce sujet.

Charlie sourit.

« Mais il n'essaiera jamais de te recruter. En vérité, c'est justement pour cette raison que je savais que ça collerait entre vous.

— Comment ça ?

— La frontière est floue entre sa vie normale et ce qu'il fait pour nous. Il ne travaille pas réellement pour nous, et en même temps, il travaille en permanence pour nous. Tu me suis ? À force, ça peut devenir perturbant. Ce qui est bien, c'est qu'il n'a pas à se soucier de tout ça quand il discute avec toi. Il ne peut pas te recruter, car… » Il fit glisser son bras sur ses hanches et lui agrippa les fesses malicieusement. « Je m'en suis chargé. »

Elle repoussa sa main d'une tape.

« Dans tes rêves. »

Mais alors qu'ils rentraient chez eux en dérapant sur le trottoir, Helen éprouva soudain un sentiment de légèreté, de soulagement. S'il n'y avait aucune attirance physique entre Maurice et elle (elle l'adorait, mais pas de cette manière), il lui arrivait de culpabiliser, malgré tout, en voyant que leur amitié se renforçait. Parce qu'il ne se montrait jamais insistant, justement, elle lui laissait voir des parties d'elle-même vaguement insatisfaites, dont personne d'autre ne connaissait l'existence. Parfois, elle y voyait la violation de la primauté de son mariage avec Charlie.

~

Des décennies plus tard, un soir de juillet à New York, Helen et Sidney dînaient dehors. Après avoir quitté Jenny dans Central Park, Amanda prit aussitôt la direction de l'appartement de sa mère et de son beau-père. Le portier la laissa entrer et Amanda, épuisée par ces derniers jours, alla directement dans la chambre d'amis et sombra dans un sommeil sans rêves.

Dix heures après, elle ouvrit les yeux. Il faisait frais dans la chambre, et sombre, grâce aux stores occultants. Sa mère avait dû les fermer durant la nuit, sans bruit, en sachant qu'Amanda avait certainement oublié de le faire. Elle roula sur le côté. Il y avait un mot sur la table de chevet : *Je n'ai pas voulu te réveiller, je reviendrai plus tard, avec le petit déjeuner. Contente que tu sois là.*

Amanda s'attarda sous la douche, s'autorisant à oublier, momentanément, les événements de la semaine passée. Elle dormait toujours mieux sous le toit de sa mère. Helen et Sidney avaient emménagé dans cet appartement il y avait de cela huit ans, après la grosse promotion de Sidney au sein de sa banque d'affaires, et par conséquent, Amanda n'y avait jamais vraiment vécu. Malgré cela, le portier se souvenait d'elle chaque fois, et Helen avait toujours en stock ses snacks préférés, au cas où.

Elle était dans la cuisine, en train de se faire un café, quand une voix lui parvint du vestibule : « Ma chérie ? Tu es levée ? »

Helen apparut sur le seuil, habillée pour son cours de gym.

« Tu dois mourir de faim. Désolée, trésor. Ça a duré plus longtemps que prévu. J'ai rencontré Mme Markopoulos. Elle m'a dit de te dire de dire à Georgia qu'elle devrait venir la voir plus souvent. »

Elles s'étreignirent et Amanda remarqua qu'elle était un peu plus grande que sa mère désormais. Helen suivait avec assiduité ses cours de yoga, de Pilates et de renforcement musculaire, mais rien ne pouvait ralentir la marche du temps, ni la décalcification osseuse.

Amanda répondit : « Je peux te certifier que Georgia avait déjà appelé sa mère deux fois avant que je réussisse à quitter son appartement hier matin.

— Elle dit que Georgia cherche l'affrontement ces temps-ci.

— Les disputes, c'est leur façon de se dire "Je t'aime".

— Eh bien, moi, je me range du côté de sa mère. Bref, je suis passée chez Bagelworks ensuite, et comme une nouvelle fournée était annoncée pour dans dix minutes, j'ai décidé d'attendre. Tu vois? Ils sont encore chauds. »

Amanda ouvrit le sac en papier. L'odeur de levure et de malt envahit la cuisine. Elle sourit, habitée par une joie enfantine. Bagelworks était à plus d'un kilomètre de l'appartement, autant dire dans un autre État pour un habitant de Manhattan, mais c'était là qu'elles allaient tous les samedis matin, à l'époque où elles n'étaient que toutes les deux, quand Helen suivait encore des cours du soir, quand elles habitaient dans cet immeuble sans ascenseur, miteux, de la Première Avenue.

« Alors... », dit Helen en beurrant un bagel au sésame. Elle en tendit la moitié à Amanda. En échange, Amanda lui passa la moitié de son bagel « everything* », avec du *cream cheese.* Ni l'une ni l'autre n'aurait su dire quand avait débuté cette habitude de partager leurs bagels : elles l'avaient toujours fait. « ... quoi de neuf dans la Ville éternelle?

— Figure-toi que je viens d'apprendre que j'avais pris du galon. Cheffe de poste.

— Cheffe de poste! Ma chérie! Ce n'est pas rien.

— Oui, peut-être. Faut voir. »

Helen observa sa fille.

« Tu n'as pas l'air très enthousiaste.

— Disons que c'était inattendu.

— Qu'est-ce qui s'est passé? Un truc grave?

— Pas un truc bien, c'est sûr.

* Bagel agrémenté d'un mélange d'épices.

— Donne-moi un chiffre. » C'était leur façon de parler du métier d'Amanda sans vraiment parler du métier d'Amanda. « De un à dix. »

Ce matin, Diane Vogel s'était réveillée seule dans son lit. La journée de la veille avait concrétisé la culpabilité. L'idée de noter la mort de Vogel lui était insupportable. Car elle connaissait exactement le chiffre.

« Je dirais sept.

— Grave, alors.

— Oui. Grave, soupira-t-elle. Mais c'est un tout. Ça s'inscrit dans un ensemble plus vaste. En temps normal, j'aime relever les défis. Mais là… ça m'inquiète. »

Helen savait écouter. Elle n'était pas du genre à combler un silence, surtout quand elle sentait qu'un thème s'élaborait. C'était toujours Amanda qui décidait de changer de sujet, pour tourner le dos à des choses dont elle n'avait pas le droit de parler. Son esprit passait en revue les options, comme on fait défiler un jeu de cartes : le club de lecture de sa mère ; la nomination de Sidney au conseil d'administration ; sa demi-sœur, Vanessa ; son demi-frère, Caleb.

Mais cette fois, elle devait aller jusqu'au bout. Elle parla à toute vitesse, avant que son courage ne lui échappe.

« Je peux te poser une question ? Au sujet de papa. Et de ce qui s'est passé à Helsinki. »

Helen dressa un sourcil.

« Tu veux parler de l'affaire ?

— Oui. En quelque sorte. Tu savais des choses sur l'autre femme ?

— Très peu. C'était une Britannique. Elle s'appelait Mary. Je ne l'ai vue que cette fois-là. D'ailleurs, tu étais là.

— Ah bon ?

— Ça s'est passé devant chez nous. Tu étais toute petite, tu ne peux pas t'en souvenir. Sur le coup, je n'ai pas compris que c'était elle. Je soupçonnais un truc de ce genre depuis un moment. Mais il m'a fallu plusieurs mois pour faire le rapprochement.

— Tu avais des soupçons ? Et tu n'as rien dit à papa ?

— C'était juste un pressentiment. Je n'avais aucune preuve. Et je me disais : *Si je l'interroge, il niera.* Ton père était un très bon menteur. C'était son métier. Et ensuite, je me serais demandé s'il mentait ou s'il disait la vérité. Je trouvais ça épuisant. Il passait son temps à travailler. J'essayais de nous maintenir la tête hors de l'eau, toi et moi. Alors, je… faisais avec. Mais ce n'est pas grave, ma chérie. C'est de l'histoire ancienne. »

Un sentiment de malaise déforma le visage d'Amanda. Si elle n'avait jamais posé de questions sur cette affaire, ce n'était pas sans raison, comprenait-elle. Il y avait sans doute des choses qu'un enfant ne devait pas savoir sur ses parents. Mais avait-elle encore le choix. Elle demanda : « Depuis quand tu le soupçonnais ?

— La première ou la deuxième fois ?

— Il a eu deux liaisons ?

— Non, non. C'était la même femme. Les deux fois, je l'ai sommé de s'expliquer, à peu près à l'époque de ton anniversaire. Quand tu as eu quatre ans, en 1987. Mais il a demandé pardon et j'ai accepté de lui accorder une seconde chance. Et en 1989, quand tu as eu six ans. C'est là que j'ai décidé de le quitter. Je ne sais pas pourquoi c'était toujours au moment de ton anniversaire. » Elle secoua la tête. « Non, c'est faux. Je sais pourquoi. C'est parce que, en te regardant, en voyant cette magnifique enfant, je savais que je ne pouvais pas continuer à t'infliger ça. Je ne pouvais pas te laisser grandir avec mon ressentiment. Ton anniversaire servait à me le rappeler.

— Mon anniversaire… Et on a déménagé à New York juste après ?

— En mai. Il m'a fallu plusieurs semaines pour tout organiser.

— Et papa a quitté Helsinki environ… neuf mois plus tard ?

— Euh… » Helen plissa le front, troublée par cet interrogatoire. « Oui, c'est ça. Neuf mois. On est repartis en mai. Il a reçu sa mutation en février.

— Tu y as cru ?

— À quoi ?

— À cette demande de mutation. »

Amanda avait entendu des rumeurs concernant le départ d'Helsinki de son père en 1990. Celui-ci avait toujours affirmé qu'il avait réclamé cette mutation ; il se disait épuisé par le Service des clandestins, et prêt à rentrer à la maison, pour de bon. Mais cette mutation, bien évidemment, suggérait une disgrâce. Amanda avait toujours soupçonné qu'il y avait autre chose derrière.

« Ce n'est pas crédible, ajouta-t-elle. Qu'il ait réellement demandé ça.

— Je m'en souviens très bien. Je préparais le dîner. Le téléphone a sonné. C'était ton père, qui annonçait son retour. Il disait que notre départ lui avait ouvert les yeux. Et je l'ai cru. Il paraissait réellement différent. Mais ce coup de téléphone… c'est là que je me suis rendu compte que je n'étais plus amoureuse de lui. J'ai pensé : *Si Charlie dit la vérité, s'il a vraiment changé, il rendra une femme très heureuse.* Oh, bon sang, c'était une conversation très triste. Mais une partie de moi-même savait que c'était inévitable. C'était la seule façon pour qu'on s'en sorte, lui et moi. »

Le silence s'installa dans la cuisine. Amanda croyait à la sincérité de sa mère. Mais cela ne répondait pas à sa question. Ces fameux neuf mois. Helen quitte Charlie en mai 1989. Charlie quitte Helsinki en février 1990. Si c'était aussi simple que ça, si le départ de Helen avait été un déclencheur, pourquoi avait-il attendu neuf mois pour changer de vie ?

Ce délai n'avait aucun sens. Il s'était passé quelque chose durant ces neuf mois.

~

En 1984, Maurice quitta Helsinki pour un poste d'enseignant à Paris. Helen n'irait pas jusqu'à mettre ce départ sur le compte des changements au sein de son mariage. Néanmoins, ça ne pouvait pas être une coïncidence si, peu de temps après ce départ, les disputes avec Charlie, banales jusqu'alors, devinrent… cruciales.

Elle était tombée enceinte peu de temps après son arrivée en Finlande. Elle donna naissance à Amanda Margaret Cole (les prénoms de deux de leurs grands-mères) le 18 avril 1983. La première année ne fut pas désagréable. Certes, la fatigue était permanente, mais c'était une fatigue partagée. Charlie, bourreau de travail dans l'âme, se réjouissait quand il avait de quoi s'occuper. Et il n'y avait pas d'activité plus accaparante que de maintenir en vie un nouveau-né. Son travail l'obligeait parfois à s'absenter, mais quand il était là, il était vraiment là.

Et cette première année, Maurice fut de bonne compagnie pour tout le monde. Le bébé le rendait gaga. Il lui parlait en russe, il lui disait qu'il n'avait jamais rencontré une enfant plus intelligente. Pour son premier anniversaire, il lui offrit un magnifique jeu de cubes en bois. Helen avait été effrayée à l'idée d'élever son enfant à l'étranger, si loin des grands-parents, des cousins et cousines, de manquer les fêtes de fin d'année, les anniversaires et les étés dans la maison d'Old Lyme. Mais quand Amanda vint au monde, elle découvrit que tout allait bien. Sa fille grandirait dans un autre environnement. Ni meilleur ni pire : différent.

Et puis, à l'été 1984, Maurice lui annonça qu'il avait accepté ce poste à Paris. Il partait dans quelques semaines. « Oh, non ! s'écria-t-elle. Pardon, ce n'était pas ce que je voulais dire. Je me réjouis pour vous, Maurice. C'est juste que je ne m'imagine pas ici sans vous. »

Assis dans le salon, ils regardaient Amanda ramper sur le tapis berbère, acheté huit ans plus tôt à Alger.

« C'est juste à quelques heures d'avion, dit Maurice. Je reviendrai souvent. Une fois par mois au moins.

— N'empêche. Oh, Maurice, vous allez énormément nous manquer. »

Malgré tout, Helen se disait – et elle y croyait, véritablement – que tout irait bien. Elle s'habituait peu à peu à la vie à Helsinki. Par le biais de la garderie, elle avait rencontré un petit groupe de mères. En outre, grâce à Amanda, ses journées acquirent une régularité qui leur faisait défaut. Et voilà que soudain, sans crier gare, cette petite exprimait des préférences et des opinions, elle prenait des habitudes. Sa fille devenait un être *à part*, et cela l'enchantait. Maurice lui manquerait, assurément, mais il devait agir dans son intérêt, et elle s'adapterait. Comme toujours.

Mais c'était compter sans la réaction de Charlie. Dans les premiers temps, il fit la tête, refusant d'en parler, d'avouer ce qu'il ressentait. En vérité, il paraissait vexé, comme si ce départ constituait un affront personnel. Et puis, quelques semaines plus tard, il rentra à la maison la mine sombre.

« Je dois me rendre à Washington, annonça-t-il.

— Pourquoi ? demanda Helen en s'efforçant de faire avaler une cuillerée de compote à Amanda.

— Je dois briefer le directeur. »

Ce fut un voyage de quelques jours seulement. Mais à peine rentré, il repartit déjà. C'était nouveau. Avant, il ne voyageait jamais autant. Et jamais il n'avait travaillé aussi souvent le soir et le week-end. Quand Helen lui demandait où il allait, Charlie faisait des réponses succinctes. Rien d'étonnant quand on était l'épouse d'un espion, mais par le passé, Charlie semblait toujours s'excuser de ne pas pouvoir en dire plus. Désormais, on aurait pu croire que ça lui faisait plaisir.

« Je ne comprends pas, lui dit-elle un jour, après un nouveau déplacement décrété au dernier moment. Ce n'était pas comme ça avant. Qu'est-ce qui a changé ? » Puis, incapable de masquer son irritation, elle ajouta : « Ils ont conscience que tu as une enfant en bas âge ?

— C'est mon métier, Helen, répondit-il d'un ton cassant. Je n'ai pas vraiment le choix. »

Et parce qu'elle avait eu une dure journée avec leur fille qui faisait ses dents, grincheuse et pleurnicharde, elle ne dit rien, elle décida de ne pas se lancer dans cet éternel et épouvantable débat entre l'homme qui fait bouillir la marmite et la femme au foyer. Ils l'avaient déjà eu trop souvent.

Au mois de décembre, l'ambassade organisa sa traditionnelle fête de Noël. Helen se retrouva en train de discuter avec un homme prénommé Jack. Les hommes qui travaillaient avec Charlie s'appelaient toujours Jack, Bill ou Bob. Au milieu de la conversation, elle s'aperçut qu'elle était censée savoir qui était ce Jack. Jack était quelqu'un d'important. Charlie lui avait parlé de lui. Mais outre l'apparition des dents, Amanda était dans une nouvelle phase de régression du sommeil, et Helen avait l'impression d'avoir le cerveau en compote. Heureusement, Jack vint à son secours en disant : « Je dois avouer que c'est beaucoup de travail. Mais je m'estime chanceux. Il y a des gens formidables ici, à Helsinki. Des gens incroyables. Grâce à eux, je peux faire bonne figure. »

Il ricana, et soudain ça fit tilt dans l'esprit de Helen. Mais oui, évidemment ! Jack était le nouveau chef de poste. Relativement nouveau. Il avait pris ses fonctions cet été, à peu près au moment du départ de Maurice.

« Charlie est particulièrement efficace, reprit-il. Toujours heureux de se dépasser. Toujours volontaire et prêt à passer à la vitesse supérieure. Il a l'esprit d'équipe. Je sais que ça ne doit pas être facile avec une enfant en bas âge à la maison. Pourtant, cela ne l'empêche pas de se porter volontaire. Je voulais que vous le sachiez. » Il posa sa main sur l'épaule de Helen. « Je suis conscient du sacrifice, et j'apprécie. Je parle de votre sacrifice.

— Oh ! Euh… c'est très gentil. »

En prenant congé pour aller chercher un verre, elle aperçut Charlie à l'autre bout de la pièce, en train de s'esclaffer. Ce vieux Charlie, toujours joyeux et affable. Si adorable, et qui aimait être adoré. C'était d'ailleurs son problème. Jamais il ne laisserait paraître sa frustration, sa colère ou son angoisse devant ses collègues. Ce qui voulait dire qu'il gardait tout en lui, jusqu'à ce qu'il rentre à la maison, et là, c'était Helen, seule, qui devait subir le déferlement de son ressentiment.

À mesure que la soirée se poursuivait, elle sentait croître son exaspération. Ainsi, il n'y avait pas de grande opération en préparation. Pas de stratagème pour sauver le monde. Uniquement Charlie qui suivait ses envies. Helen savait que ce trait de caractère était ancré en lui, et qu'il ne changerait jamais véritablement. Mais en tant qu'épouse, elle estimait qu'elle avait le droit de le lui faire remarquer.

« Tu aurais dû m'en parler. » Ils étaient de retour à l'appartement, ils venaient de payer la baby-sitter. Helen parlait tout bas pour ne pas réveiller Amanda. « Tous ces voyages ? Le travail de nuit ? Jack m'a dit que tu te portais volontaire. Ça fait mal d'entendre ça. »

Il secoua la tête.

« Tu ne comprends pas.

— Explique-moi, alors. Je suis tout ouïe.

— Ma vie ne devrait pas ressembler à ça», dit Charlie d'un ton maussade. Il avait bu quelques verres de plus que d'habitude. «J'ai trente-trois ans. Et je n'ai encore rien réussi.

— De quoi tu parles?

— Je sais ce que tu penses, Helen. Mais ce n'est pas de l'orgueil. Ce n'est pas pour me faire bien voir de Jack, nom de Dieu. Je suis superficiel, mais pas à ce point.»

Elle était un peu déstabilisée par la lucidité de son mari.

«Charlie, tu as déjà réussi un tas de choses.

— Des broutilles. Presque trois ans à Helsinki. Trois ans dans une ville bourrée d'espions et je n'ai pas été capable de recruter un seul agent. Je fous tout en l'air. Ça devait être mon heure de gloire et je fous tout en l'air. Je suis nul.»

Helen tiqua. Que se passait-il, bon sang? Charlie avait déjà traversé des périodes de doute, mais jamais à ce point. Elle était dubitative, mais surtout agacée par cette démonstration d'auto-apitoiement. Elle aurait aimé que Maurice soit là. Maurice aurait ordonné à Charlie d'arrêter ça tout de suite, et il aurait obéi. Charlie respectait Maurice car il appartenait à son monde, mais comme Maurice ne disposait d'aucun pouvoir véritable, il pouvait mettre de côté son besoin de plaire aux gens.

Et soudain, elle comprit : *Oh. Maurice ne lui manque pas simplement. Il a besoin de lui.*

Ils étaient dans la cuisine. Charlie avait ouvert le réfrigérateur pour prendre une bière. Il avait le dos tourné, voûté. Le cœur de Helen se gorgea de tendresse.

«Oh, mon chéri...»

Elle était sur le point de dire qu'elle comprenait quand Amanda se mit à pleurer.

Après l'avoir changée, elle revint avec elle dans la cuisine, en la faisant sauter tout doucement contre son épaule pour la rendormir. Charlie s'était assis à table, la tête entre les mains.

« Je suis désolé. Je suis désolé, Helen. Je sais que c'est injuste pour toi.

— Tout ce que je demande, c'est qu'on en parle. Tu dois faire ce que tu dois faire. Mais c'est notre vie, Charlie. On doit parler de ces choses avant que tu prennes une décision.

— J'essaierai d'être quelqu'un de meilleur. Promis. »

Mais il n'essaya pas. Pas vraiment. Cela dura encore plusieurs années, mais si on lui avait posé la question, Helen aurait daté le début de la fin à partir de cette soirée.

6

Kathleen Frost était plus connue sous le diminutif de Kath, mais elle était surtout connue pour être la seule personne de l'Agence capable d'intimider le directeur Gasko. Comme Charlie Cole et Osmond Brown, elle appartenait à la dernière génération des Cold Warriors, mais contrairement à eux, elle n'avait jamais craint d'être victime des purges du directeur. Si quelqu'un avait émis devant elle une éventualité aussi absurde, elle aurait rétorqué : « Ce jeunot ? Allons ! J'aimerais qu'il ait le courage de me virer. Car j'en ai franchement marre de cette boîte. Mais chaque fois que je lui annonce que je démissionne, il se bouche les oreilles et fait semblant de ne pas entendre. »

En cette matinée de la fin d'août, de retour au poste de Rome, Amanda, assise dans son bureau, attendait nerveusement l'arrivée de Kath. Gasko avait mis du temps à la localiser, mais à présent, elle était prétendument en route, et prévoyait d'arriver aujourd'hui. Des rumeurs circulaient depuis des années au sein du Service des clandestins. Kath Frost connaissait le KGB mieux que le KGB lui-même. Kath Frost avait débusqué plus d'agents doubles que n'importe qui d'autre dans toute l'histoire de l'Agence. Kath Frost avait prédit au mot près ce que Mikhaïl Gorbatchev dirait à tous les leaders occidentaux qu'il rencontrerait. Et Kath avait accompli toutes ces choses en étant une femme.

Travailler au Service des clandestins n'était facile pour personne, mais encore moins pour une femme. Une chose qu'on ne vous enseignait pas au cours de votre formation. Amanda l'avait apprise sur le terrain, dans une succession de postes, de planques et de bureaux sans fenêtre. Sa première leçon, elle l'avait reçue à Mexico, à vingt-six ans, lors d'un différend avec un supérieur, au sujet du sort d'une agente. « Ce n'est pas bien, avait protesté Amanda. Vous lui avez fait une promesse, et dès que ça se complique, vous reprenez votre parole. » Son supérieur avait levé les yeux au ciel et répondu que la vie était injuste, elle n'était pas au courant ? « Si, avait-elle rétorqué, mais ce n'est pas un problème d'injustice. Le problème, c'est que vous êtes paresseux. »

Le lendemain, le chef de poste avait convoqué Amanda dans son bureau.

« On me rapporte que vous êtes trop émotive. Vous ne devez pas céder à vos émotions.

— Ce n'était pas le cas. Cet homme est paresseux. C'est un fait. En outre, monsieur le directeur, sauf votre respect, pouvez-vous faire confiance au jugement d'un individu qui n'est pas capable de se défendre seul comme un grand ? Avait-il besoin de vous mêler à ça ?

— Vous voyez, vous recommencez.

— Quoi donc ?

— Les attaques ad hominem. Écoutez, Amanda. Pour diriger ce poste, j'ai besoin d'un certain esprit d'équipe. Je suis désolé, mais je pense que vous ne faites pas l'affaire. »

Elle avait été surprise, réellement, de voir que deux adultes pouvaient se sentir offensés par les paroles d'une jeune femme de vingt-six ans. Comment pouvait-on traverser la vie, surtout une vie telle que celle-ci, en étant aussi sensible ? De retour à Langley, où elle soignait sa fierté blessée, elle s'était demandé si elle aurait dû agir différemment. Si elle voulait atteindre ses objectifs, elle devrait la jouer fine. Aussi avait-elle appris à leur montrer uniquement ce qu'ils voulaient voir, et à garder le reste pour elle.

Mais ce *ils* avait toujours désigné des hommes, et aujourd'hui, elle s'interrogeait : la même approche fonctionnerait-elle avec Kath Frost ? Pour quelqu'un qui venait d'être nommé cheffe de poste, elle ressentait un douloureux manque de confiance. Au cours du mois écoulé, elle n'avait quasiment pas progressé dans l'enquête sur la mort de Vogel. Ce qu'elle avait fait de plus important, c'était d'établir le protocole qui permettrait à Semonov, retourné à Moscou, d'entrer en contact avec l'Agence. Quand il serait prêt pour un rendez-vous, il appellerait un numéro et demanderait à parler à Vladimir, en disant qu'il voulait faire réviser sa voiture. Les agents de la CIA à Moscou se chargeraient d'organiser les rencontres et les boîtes aux lettres mortes. C'était trop risqué pour Amanda d'aller en Russie, et Semonov ne pouvait pas visiter l'Italie plus d'une fois par an sans éveiller les soupçons.

Par ailleurs, elle avait commencé à établir l'emploi du temps des derniers mois du sénateur Vogel. Chaque feuille de papier dans cette chemise cartonnée portait une date. Des documents de compagnies aériennes indiquaient les endroits où il s'était rendu : Davos en janvier, Courchevel en février, Maastricht en mars pour la Foire d'art et d'antiquités, en Émilie-Romagne en avril pour le Grand Prix de Formule 1. Dans son ensemble, cet itinéraire dressait l'agenda mondain et européen des 0,01 %.

Il n'y avait qu'une seule date dont elle ne trouvait pas trace, et c'était frustrant. La dernière : le 30 mai. Aucun document n'indiquait que Vogel était allé où que ce soit. On pouvait penser que sa source était venue à lui, et que la rencontre avait eu lieu à New York ou à Washington, mais cela semblait peu probable. Amanda était certaine qu'il existait une autre explication, mais elle ne voyait pas laquelle. Contrairement au renseignement humain, ce n'était pas son point fort. Mettez-la dans une pièce avec une autre personne, et une heure plus tard, elle aura gagné sa confiance. Mais dès qu'il fallait s'y retrouver dans un tas de documents impersonnels ? Ses capacités ne dépassaient pas la moyenne, et dans le cas présent, ce n'était pas suffisant.

« Oh, charmant. » Arrêtée sur le seuil du bureau, Kath admirait l'aménagement. « J'adore ce que vous avez fait de cette pièce. »

Elle se laissa tomber dans le fauteuil destiné aux visiteurs. On aurait pu croire qu'elle s'était trompée de décor de cinéma. Elle portait une robe en lin, resserrée à la taille par une ceinture, un énorme collier turquoise et des bottes de cow-boy rouges. Ses longs cheveux gris tombaient sur ses épaules. Elle se dévissa le cou pour regarder autour d'elle.

« Pas une seule plante verte ? Ça ferait bien. »

Amanda baissa les yeux sur son tailleur bleu marine et son chemisier blanc. Elle ne s'était jamais beaucoup intéressée à ses tenues, mais maintenant qu'elle y prêtait attention, celles-ci lui paraissaient à la fois basiques et laides.

« Je… euh… je n'ai pas eu le temps de refaire la déco.

— Me voici, dit Kath. Je suis venue directement de l'aéroport. En fait, non, je me suis arrêtée en chemin pour prendre un petit déjeuner. Le temps que les hôtesses arrivent à l'arrière de l'avion, il n'y avait plus de plat végétarien. À l'arrière de l'avion ! La CIA n'a même pas voulu payer le supplément premium.

— Ravie de vous rencontrer enfin, dit Amanda en tendant la main par-dessus son bureau.

— Alors comme ça, dit Kath en lui serrant la main, vous êtes la fille de Charlie. »

Amanda sursauta. Peu de gens à l'Agence connaissaient Charlie *et* Amanda. Ils étaient encore moins nombreux à savoir que Charlie était son père. Toutefois, Amanda se disait qu'elle ne devrait pas s'étonner que la légendaire Kath Frost en fasse partie.

« On s'est croisés à Genève, à l'époque. C'était un chic type. La plupart sont des connards, alors on se souvient des chics types. » Elle soupira. « Vous saviez que j'étais en Alaska quand John a appelé ? Tous les ans, je prends mes vacances en août, et tous les ans, j'essaie de dénicher un endroit où ils ne me trouveront pas, mais ces gens pour qui on travaille, oh, bon sang, ils sont infatigables. J'étais dans ma petite cabane de rondins, au milieu de Denali, totalement anonyme, heureuse comme tout, et voilà qu'un matin, un ranger débarque, il me tend un téléphone satellite et me dit : "Un appel pour vous, madame." Nom de Dieu ! Je n'ai pas eu de vraies vacances depuis que Nixon était à la Maison-Blanche. Et vous savez ce qui me rend dingue ? Ils dépensent une fortune pour retrouver ma trace, et ensuite, ils obligent une femme de soixante-treize ans à voyager à l'arrière d'un avion, sur le siège du milieu, entre l'Alaska et Rome, bordel ! »

Amanda était victime d'une surchauffe synaptique.

« Vous l'appelez John ?

— Oh, il m'a demandé d'arrêter, croyez-moi. » Elle dressa un sourcil. « Il prétend que ça sape son autorité. Que ça envoie un mauvais message. Et je lui ai répondu : "C'est le but, *John*." Bref, j'ai passé tout le vol à réfléchir. Écoutez-moi, Amanda. Si je pensais que vous vous souciez de ce genre de choses, je me montrerais respectueuse et je vous demanderais de tout me raconter de A à Z, de me faire un topo, etc. Mais je pense que vous vous foutez de ce genre de choses. Je me trompe ?

— Euh… non. C'est très bien comme ça.» Elle secoua la tête. «Désolée. C'est juste que…

— Que je ne ressemble pas à la plupart des gens de Langley que vous avez rencontrés?»

Amanda sourit.

«Pas vraiment, non.»

Kath avait un rire guttural, agréable.

«Vous vous habituerez. Comme tout le monde.»

~

Retour en juillet. Avant de rentrer à Rome, Amanda avait parlé des documents au directeur Gasko. Sans dévoiler leur origine précise. «Une source digne de confiance, proche du sénateur», avait-elle dit simplement.

En entrant dans le bureau du directeur ce jour-là, elle pensait avoir pris sa décision. Pas question, mais alors pas question, de couvrir son père et de courir le risque de nuire à l'enquête. Les dix-sept dernières années de sa vie avaient été façonnées par sa loyauté envers l'Agence. Elle était fière du travail accompli. C'était son intégrité. Son identité.

Gasko lut les documents sans un mot. Il arriva à la fin du dossier. Elle devait cracher le morceau, évoquer l'étrange requête de son père; elle devait avouer au directeur que Charlie cachait quelque chose de toute évidence. C'était maintenant ou jamais. *Allez, vas-y*, se disait-elle. Mais soudain, dans ce silence pesant, la réalité lui apparut. Les conséquences évidentes de son aveu : l'Agence devait enquêter sur l'affaire Vogel *et* sur l'affaire Charlie *et* sur les liens entre les deux. Le conflit d'intérêt sautait aux yeux. Étant la fille de Charlie, on lui retirerait immédiatement l'enquête.

Or elle tenait absolument à tirer les choses au clair. Un

politicien américain assassiné par des Russes, c'était une plongée dans un territoire inconnu. En outre, c'est à elle que Semonov faisait confiance. Et si, en se mettant d'elle-même sur la touche, elle compromettait l'enquête ? Bien qu'elle ait répété son texte avec assiduité ces derniers jours, malgré sa conviction que la meilleure chose à faire était de jouer cartes sur table, elle s'était surprise à abandonner ce scénario soigneusement élaboré. Immédiatement, instinctivement, un autre plan s'était formé dans son esprit. *Ne fais pas de vagues. Traque les infos. Trouve les réponses et va voir Gasko ensuite.* Il lui demanderait pourquoi elle avait menti. Elle lui dirait la vérité : elle ne voyait pas d'autre façon d'agir. Il serait furieux, évidemment, mais elle réglerait ça plus tard.

« Voyons si j'ai bien compris, avait dit le directeur. Ils trouvent un moyen de prendre une société en otage. Ils font grimper le prix de l'action grâce à… En fait, c'est ça que je ne comprends pas. Des actions mèmes. Bref. Ils font monter le prix de l'action, ce qui crée un effet de levier, car personne ne veut voir le prix retomber. Ensuite, ils appellent le PDG et ils lui dictent leurs ordres. *Et voilà**. Le PDG obéit.

— Astucieux, hein ? »

Preuve de l'élégance de cette combine, la première fois qu'Amanda avait lu les documents de Vogel, elle s'était demandé pourquoi ça n'avait jamais été fait avant. Gruzdev avait réussi à faire pencher en sa faveur le terrain de jeux mondialisé, non pas en manipulant les leaders des autres pays (ses rivaux étaient sur leurs gardes, et de toute façon, ça marchait rarement), mais en maniant les leviers du pouvoir là où ils se trouvaient réellement. Autrement dit : au sein des entreprises américaines.

* En français dans le texte.

L'Américain moyen était indifférent, en gros, aux problèmes du reste du monde. Par exemple, il n'avait pas d'avis sur la manière dont le gouvernement chinois traitait ses minorités.

Néanmoins, le reste du monde existait. L'Américain moyen se désintéressait du sort des Ouïgours détenus dans des camps, mais quid des sociétés américaines qui traitaient avec la Chine? Impossible pour elles de contourner l'obstacle. Elles devaient prendre position. Ces entreprises avaient constitué des équipes entières afin de bâtir leurs stratégies d'investissements. C'était désormais un chemin balisé, du Département d'État à des sociétés comme Disney, Coca-Cola ou Google. Georgia Markopoulos elle-même, qui travaillait pour le conseiller à la Sécurité nationale et se débattait au quotidien contre la propagation du terrorisme islamique en Afrique occidentale, avait reçu récemment des avances de la part d'une entreprise spécialisée dans les jeux de société qui figurait dans le classement Fortune 500.

De prime abord, les positions vis-à-vis des camps de détention des Ouïgours, des conflits frontaliers au Cachemire ou des droits de l'homme en Arabie saoudite n'avaient aucun rapport avec la vente de places de cinéma ou de sodas, sauf que les Chinois allaient au cinéma et que les Saoudiens buvaient du Coca. Les décisions de nature géopolitique se retrouvaient de plus en plus entre les mains de ces entreprises. Et Gruzdev avait trouvé le moyen de les manipuler à son avantage. *Un doigt sur la balance de l'algorithme. Introduire une idée, créer la viralité, l'action s'envole. Pression.* Un trajet simple et efficace vers l'obéissance. *La cupidité suffit généralement.*

« Mais le mécanisme à proprement parler? avait repris Gasko. Un doigt sur la balance. De quel doigt parle-t-on? D'où vient ce moyen de pression? Ces documents ne nous apprennent rien à ce sujet, n'est-ce pas. Alors, comment en savoir plus? »

Amanda avait deviné, évidemment, que ce serait la question

suivante du directeur. Mais avant qu'elle puisse ouvrir la bouche, il avait déclaré : « J'ai exactement la personne qu'il vous faut. »

~

En ce jour d'août, dans son bureau, Amanda demanda : « Alors, qu'est-ce qui vous saute aux yeux ?

— Dois-je comprendre que vous n'allez pas passer une heure à me donner votre interprétation de la situation ? » Kath sourit. « Je dois rendre justice à John : il savait que vous alliez me plaire. Si on allait se promener ? Je suis restée coincée dans une boîte de conserve pendant dix-neuf heures. »

Les deux femmes quittèrent l'ambassade et prirent la direction de la villa Borghèse. Kath expliqua qu'elle réfléchissait mieux en marchant.

« Ça fait circuler le sang. Les idées aussi. Ah, j'adore cette ville. Pas vous ? Avez-vous déjà vu une journée aussi parfaite ? »

C'était le chant du cygne de l'été romain. Dans le parc, elles suivirent une allée de graviers blancs bordée de grands pins parasols.

« Ce qui me frappe, ajouta Kath, c'est le mélange parfait entre la brutalité et le subtil. En définitive, ce moyen de pression, c'est une démonstration de violence. Une méthode de gangsters. Ils prennent ces sociétés à la gorge. Mais la manière dont ils parviennent à ce résultat, c'est ça la nouveauté. La sophistication. Vous connaissiez ce phénomène ?

— Les actions mèmes ? Oui, bien sûr. » Kath la regarda en plissant les yeux. « Euh, en fait, non, avoua Amanda. Pas vraiment. Mais je me suis renseignée, et je crois avoir compris le principe de base.

— Par ici. » Kath lui toucha le bras pour la guider vers la gauche. Elle marchait d'un pas vif, qu'Amanda rencontrait rarement ailleurs que sur l'île de Manhattan. « Expliquez-moi comment ça fonctionne.

— Des investisseurs... des amateurs, OK ? Des traders indépendants ou des particuliers, chez eux, décident qu'une action est super tendance. Alors, ils en achètent, ils font la promo sur les réseaux sociaux, ce qui crée de l'effervescence et le cours s'envole. Généralement, au bout d'un moment, le cours retombe sur terre, mais parfois, il reste élevé. Et quand le cours reste élevé, quand ces sociétés deviennent riches et parviennent à le rester, je pense que c'est à celles-ci qu'on doit s'intéresser ? »

Kath acquiesça.

« Principalement. Mais c'est justement une des astuces. Il existe un point commun entre toutes ces actions dont le cours reste élevé, mais pas toujours. Il y a beaucoup de bruit pour masquer le signal.

— Comment ça ?

— D'un côté, vous avez un tas de sociétés américaines qui traitent avec la Russie et affichent des positions positives. Mais la grande majorité ont des capitalisations boursières stables. D'un autre côté, vous avez un tas de sociétés dont la capitalisation a explosé grâce à cette nouvelle tendance. Mais la plupart de ces actions mèmes n'ont pas entraîné des changements d'orientation notables. Nous sommes en présence d'un diagramme de Venn très étroit. Néanmoins, je pense que cette partie ne posera pas trop de problème. Ce qui sera plus difficile, c'est de comprendre d'où vient cet emballement.

— Des forums, non ? Ensuite la nouvelle se répand, ça arrive sur Twitter, et après...

— Combien de temps avez-vous passé sur ces forums ? Des gens balancent des centaines, des milliers d'idées chaque jour. Seules quelques-unes attirent l'attention, et seules quelques-unes se propagent. C'est là que ça commence. »

Soudain, ça fit tilt.

« L'algorithme. Un doigt sur la balance.

— Exactement. Et ça, à mon avis, c'est le plus astucieux. Ils ne sont pas obligés de provoquer tout l'emballement. Il leur suffit d'un petit coup de coude dans la bonne direction. Pour donner l'élan. Juste de quoi attiser l'enthousiasme et écarter les pessimistes. C'est l'algorithme qui choisit les idées qui vont se propager. Et ensuite, ils trouvent un moyen d'entrer. »

~

Sans demander l'autorisation, Kath réquisitionna l'unique salle de réunion du poste. Pour des raisons de sécurité, elle exigea que le code à dix chiffres de la porte soit changé quotidiennement.

Un jour du mois de septembre, où Amanda parvint à se souvenir du code et à ouvrir la porte, elle trouva Kath assise devant le mur couvert de documents punaisés, avachie, bras croisés et jambes tendues devant elle. Les haut-parleurs diffusaient du Rachmaninov.

« Du nouveau ? » demanda Amanda, obligée de hausser la voix.

Kath secoua la tête.

En quelques jours seulement, Kath avait donné forme à l'informe : la machinerie de la conspiration avait été caractérisée et étiquetée avec une précision clinique. Le mur offrait un magnifique spectacle : un tableau de preuves, de graphiques montrant la croissance brutale du cours d'une action, d'articles décrivant des changements au sein de la société concernée. Ces changements, avait remarqué Kath, survenaient généralement neuf, douze ou dix-huit mois après l'emballement initial, pour que personne ne puisse faire le lien entre les deux événements. L'entreprise de médias qui renvoyait son conseiller juridique intraitable pour le remplacer par un autre, beaucoup moins attaché au Premier Amendement. La banque d'affaires qui rouvrait ses agences à Moscou après une longue interruption. La compagnie pétrolière qui décidait de s'intéresser aux forages dans l'Arctique russe. Des documents publics, cachés à la vue de tous.

De toute évidence, Kath possédait un don pour ce genre de choses. Même si les autres employés du poste n'avaient pas conscience de son génie. À leurs yeux, Kath n'était qu'une vieille excentrique, cloîtrée dans la salle de réunion. Et elle était excentrique, en effet. Un soir où Amanda lui avait proposé de faire une pause pour aller dîner, Kath avait déclaré qu'elle était contre le dîner. Ça empêchait de dormir, c'était mauvais pour la digestion. Elle dormait six heures quinze par nuit et ne faisait jamais la sieste. Dès qu'elle avait une feuille de papier devant elle, elle dessinait des chaînes de montagnes dans la marge. Staline dessinait des loups, confia-t-elle à Amanda. C'était le même principe que la marche : l'esprit était plus performant quand le corps était occupé. Mais ce n'était pas facile de dessiner des loups, alors elle avait choisi les montagnes.

Amanda se surprit à passer énormément de temps dans la salle de réunion, plus que nécessaire, négligeant ses autres devoirs de cheffe de poste. À la fin de cette première semaine, elle regarda Kath et songea : *Elle est en train de devenir une amie*. Cela n'était pas arrivé depuis un bail car la vie au Bureau des opérations ne favorisait pas la naissance de nouvelles amitiés. Mais Kath savait la mettre à l'aise.

Ce jour-là, Amanda baissa le son de Rachmaninov. Sur une partie du mur étaient regroupées les photos d'une demi-douzaine d'hommes. Kath murmura : « La fuite. L'informateur de Vogel. C'est forcément l'un d'eux.

— Ils étaient tous à Davos, dit Amanda. Et ils ont tous croisé Vogel.

— Exact.

— Mais il n'existe aucun moyen de réduire le nombre de suspects.

— Si. Il existe un moyen. Simplement, je ne le connais pas encore. »

Kath avait le pressentiment que l'informateur, la personne dont le sénateur avait transcrit les aveux avec ses pattes de mouche, était un oligarque russe. Jamais le Kremlin n'exercerait lui-même cette méthode de manipulation. Il s'appuierait sur un intermédiaire, une personne à la loyauté sans faille, capable par ailleurs d'évoluer à sa guise au milieu des élites mondialisées. Une personne qui ne ferait pas tache à Courchevel ou à Cannes ; une personne qui parlait couramment plusieurs langues, assez intelligente pour superviser une équipe de hackers, et possédant assez d'entregent pour que le PDG d'une entreprise de médias, dont la capitalisation boursière avait triplé récemment, la prenne au téléphone.

Amanda demanda : « Lequel d'entre eux avait un mobile ? Lequel détestait véritablement Gruzdev ?

— Ils n'obéissent pas à Gruzdev parce qu'ils l'aiment bien, répondit Kath avec une pointe d'agacement, mais parce qu'il les terrorise. Non sans raison. »

Amanda pencha la tête sur le côté. Cette demi-douzaine d'hommes se ressemblaient. Finalement, Kath se retourna.

« Ne restez pas plantée comme ça derrière moi. Vous vous asseyez, oui ou non ?

— Vous êtes de mauvaise humeur.

— Décidez-vous. Sortez ou asseyez-vous.

— Je reste », répondit Amanda, mais elle alla s'asseoir à l'autre bout de la salle, là où sa présence ne troublerait pas la concentration de Kath.

~

Quelques jours plus tard, à Moscou, Konstantin Nikolaievich Semonov prit son téléphone, appela un numéro enregistré et dit : « J'aimerais avoir un rendez-vous avec Vladimir pour faire réviser ma voiture. »

Après un bref silence, une voix répondit : « Vladimir est en congé. Mais Adrian peut s'occuper de votre voiture. Amenez-la demain à 9 heures. »

Le lendemain, Semonov prit le métro jusqu'à la station VDNKh. Il consulta sa montre en ressortant à l'air libre. Il avait prévu large, au cas où. Feignant une décontraction qu'il ne ressentait pas, il traversa le parc sans se presser, puis la grande place en direction de l'arche titanesque qui commémorait le triomphe de l'agriculture sous l'ère communiste. Ce monument lui avait toujours inspiré des sentiments contradictoires. C'était une réalisation de mauvais goût, coiffée de statues dorées représentant un conducteur de tracteur bien charpenté, sa femme agricultrice et une énorme gerbe de bon blé soviétique doré. L'absurdité du message sautait aux yeux quand on pensait aux millions de personnes mortes de faim en Union soviétique. Et en même temps, s'ils supprimaient tous ces mensonges, que resterait-il ? Les communistes avaient détruit systématiquement tous les vieux bâtiments, les vieux monuments.

Semonov consulta sa montre encore une fois. Il gagna l'extrémité ouest du parc, où des cars déchargeaient les premiers touristes de la journée. Une vive animation régnait dans ce secteur, les voitures ignoraient ouvertement les panneaux de signalisation. Arrêté au coin, il attendait. Finalement, à 9 heures précises, la Lada gris métallisé s'arrêta le long du trottoir. Semonov ouvrit la portière du passager, se pencha à l'intérieur et dit : « Bonjour, Adrian. Alors, la voiture roule bien ? »

Le conducteur, Adrian, ou quel que soit son vrai nom, acquiesça.

« Elle avait juste besoin d'une batterie neuve. »

Semonov s'assit à la place du passager. Tandis que la Lada repartait, il demanda, d'un ton inquiet : « On va quelque part ?

— Non. On va juste rouler un peu. »

Ils prirent la direction du sud dans Prospekt Mira, vers le troisième anneau routier. Après plusieurs minutes de silence, Adrian se tourna brièvement vers son passager. Mains qui s'agitent, regard vagabond : niveau de nervosité normal. Adrian faisait ce métier depuis assez longtemps pour savoir que, dans certains cas, le bavardage était inutile, et pouvait même être contre-productif. Le meilleur remède contre l'angoisse, c'était tout simplement… d'affronter l'angoisse. *Laissons-lui quelques minutes*, se disait-il. Semonov allait s'acclimater. Et en effet, au bout d'un moment, le Russe se racla la gorge et demanda : « Vous travaillez avec Amanda Clarkson ? »

Adrian hocha la tête. Sur le papier, et aux yeux du monde entier, Amanda et lui étaient employés par le Département d'État. En réalité, ils avaient suivi le même stage de formation à la Ferme, bien des années plus tôt, au cours duquel elle avait impressionné Adrian, et tous les autres, par son talent effrayant.

« C'est une vieille amie.

— Une femme charmante, dit Semonov.

— Oui. En effet.

— Elle est mariée ?

— Euh… non. »

Semonov soupira et sortit de sa poche une clé USB.

« Je ne sais pas trop à quoi ça peut servir. Mais j'espère que ça vous aidera. »

~

Les jours suivants, la clé USB emprunta un itinéraire prudent. Après avoir gagné l'ambassade au fond de la poche d'Adrian, elle voyagea de Moscou à Rome dans une valise diplomatique. Là, elle subit un examen minutieux afin de s'assurer qu'elle ne cachait pas un cheval de Troie. Enfin, un officier subalterne frappa à la porte d'Amanda et annonça : « Un paquet pour vous. »

Elle décacheta l'enveloppe et sortit la clé USB. Simple bout de plastique et de métal, qui n'était peut-être rien de plus. N'empêche : cet instant était toujours un moment de recueillement. Face aux possibilités inconnues. Tant qu'elle ne soulevait pas le couvercle de la boîte, le chat était vivant. Elle déposa la clé sur son bureau et la contempla pendant une bonne minute. Cela faisait partie de ses superstitions intimes : elle espérait que sa patience impressionnerait le destin et augmenterait ses chances.

Enfin, elle introduisit la clé dans son ordinateur, et aussitôt, des centaines de documents apparurent sur l'écran. Un peu plus d'un mois s'était écoulé depuis le retour de Semonov à Moscou. Il n'avait pas pu récolter autant de renseignements concrets en si peu de temps. Mais on ne sait jamais.

Elle fit défiler des mails, des mémos et autres déchets bureaucratiques. Semonov ne voulait rien laisser passer, et ça se comprenait. S'il avait eu vent de l'assassinat de Vogel, par hasard, il n'avait pas connaissance de tout ce qui entourait ce complot. Ne sachant pas ce qu'il cherchait, il avait choisi de tout leur donner. Amanda cliquait et cliquait.

Rien, rien, rien. Deux heures plus tard, ses yeux la brûlaient et son estomac grognait. Mais au moment où elle envisageait de faire une pause pour aller déjeuner, quelque chose attira son attention.

Elle se redressa dans son fauteuil. Retira l'élastique autour de son poignet et tira ses cheveux en arrière. Bon. Voilà un truc intéressant : un mémo datant du début de l'été, relatif à une demande de passeports et de visas pour deux hommes se rendant en Égypte le 20 juillet. Cette demande, traitée par Semonov, s'était traduite par la mort de Vogel. Les deux hommes en question n'étaient pas mentionnés par leurs noms, mais par des codes chiffrés, ce qui signifiait qu'elle connaissait à présent les codes de Tweedledee et Tweedledum, les deux membres de l'Unité 29155.

Cette unité était le cœur sombre et violent du GRU. Ses agents organisaient des assassinats, des guet-apens et des empoisonnements. Semonov travaillait rarement avec eux. Il passait 99 % de son temps à fabriquer des documents et des traces écrites destinés à couvrir des officiers plus ordinaires, qui voyageaient à travers le monde avec des passeports diplomatiques. Un sursaut d'énergie habitait Amanda maintenant qu'elle savait ce qu'elle cherchait.

Elle continua à cliquer et à cliquer, et enfin, son œil repéra les deux chiffres devenus familiers : les codes des agents de l'Unité 29155. Le mémo précisait qu'ils devaient se rendre en Islande cette fois. Là encore, Semonov serait chargé de fabriquer les documents nécessaires. Amanda sentit monter une bouffée d'adrénaline. (*Renseignement concret ! L'Islande est leur prochaine destination !*) Puis elle remarqua que la date du voyage était précisée : 24 août. L'opération avait déjà eu lieu.

~

« L'Islande, annonça Amanda en faisant irruption dans la salle de réunion. Il s'est passé quelque chose là-bas ? »

Kath se retourna brusquement.

« L'Islande ?

— Tweedledee et Tweedledum. Ils étaient sur place le mois dernier. »

Kath prit le temps d'observer Amanda. Avant de la gratifier d'un large sourire.

« Évidemment. *Évidemment.* »

Elle se dirigea vers le mur et arracha cinq des six photos. La plupart des oligarques se déplaçaient en jet privé, mais parfois, leurs noms apparaissaient sur des vols commerciaux, et Kath avait suivi leurs déplacements autant que possible. Elle montra l'oligarque restant, qui semblait les observer en retour sous ses épais sourcils.

« Ivan Komarovsky. Lui aussi était en Islande en août.

— Dans toute la bande, je n'aurais pas misé sur Komarovsky.

— C'est ça qui est génial ! s'exclama Kath. Les oligarques ont tendance à filer droit. Pas Komarovsky. Il s'est montré très critique, cinglant même, envers Gruzdev. Pas juste une fois, ni deux, mais à plusieurs reprises. Ah, bon sang ! Il correspond à tous nos critères, sur un plan technique. Son fonds spéculatif, la complexité de ses montages financiers, etc. Mais je n'aurais pas cru qu'il accepterait de jouer les porteurs d'eau pour le Kremlin. Vous voyez la combine, hein ? La beauté de la chose ?

— Hmmm.

— En fait, tout cela fait partie du plan. Il critique Gruzdev avec la permission de Gruzdev. Pour la même raison que Gruzdev accepte que d'autres partis politiques siègent à la Douma. Un semblant d'opposition renforce sa légitimité. De plus... » Kath pointa un autre document sur le mur. « Komarovsky et

Vogel ont été voisins, dans le temps. Le fonds spéculatif de Vogel possède des bureaux à Londres. Et il habitait un hôtel particulier à Mayfair, juste à côté de Komarovsky. »

Amanda s'approcha du mur. Et scruta le visage de l'oligarque.

« C'est donc lui ? Vous pensez qu'on a trouvé notre informateur ? »

Kath éclata de rire.

« Oh, ma jolie ! Je sais qu'on l'a trouvé. »

7

Le lendemain matin, Kath apparut sur le seuil du bureau d'Amanda. Elle faisait triste mine.

« Hélas, dit-elle, il semblerait que ça ait fonctionné.

— Quoi donc ? »

Kath entra et ferma la porte.

« Tweedledee et Tweedledum. Leur métier consiste à tuer, ou à intimider, et Komarovsky n'est pas mort. Ce qui signifie qu'ils se sont rendus en Islande pour lui transmettre un message. Et apparemment, ce message a porté ses fruits. »

Elle poursuivit son explication. Ivan Komarovsky avait débarqué en Islande le 24 août pour assister à une conférence d'investisseurs à Grindavík. Grand air, randonnées, balades à cheval et accords secrets entre membres de l'élite suprême. Ambiance très saine. C'était une conférence de quatre jours, mais Komarovsky était parti brusquement après deux jours seulement, le 26 août donc, pour rentrer à Londres. Le lendemain, quelqu'un se faisant appeler GalaxyBongo avait posté un message sur Reddit, avec ce titre : « MACH sous-évalué… j'ai un bon feeling sur ce titre. » En quelques heures, ce message avait été liké, partagé, twitté et s'était retrouvé tout en haut de la première page. C'était dimanche soir. Quand la Bourse avait ouvert le lundi matin, le cours de l'action Aeromach, cotée sous le nom MACH, était passé de 26,77 dollars à plus de 30, puis à 35 et enfin à 45.

« Aeromach, dit Amanda. Le sous-traitant de matériel militaire ?

— Écoutez ça. Le fonds spéculatif de Komarovsky, Pavel Partners, possède déjà une grosse partie d'Aeromach. Encore une couche de protection. Car quand Aeromach se trouvera embarqué pour cette balade sacrément lucrative, Komarovsky appellera le PDG afin d'avoir une petite conversation avec lui. "Oui, bien sûr, passez-le-moi. Pas de problème." Le PDG doit faire plaisir aux actionnaires. Ce pauvre idiot n'aura pas… Qu'y a-t-il ? Pourquoi vous secouez la tête comme ça ?

— Je réfléchissais. L'Islande. Tweedledee et Tweedledum. Le GRU a assassiné Bob Vogel. Pourquoi ne pas assassiner Komarovsky également ?

— Bob Vogel n'était pas indispensable. Komarovsky, si. Le remplacer ne serait pas simple. Faire basculer l'algorithme sans que personne s'en aperçoive ? Compliqué. Très compliqué.

— Attention : vous semblez presque impressionnée.

— Évidemment que je suis impressionnée. C'est impressionnant.

— Je plaisantais », dit Amanda, ce qui n'était que partiellement vrai. « Donc, Komarovsky continue d'obéir aux ordres du Kremlin. Demandons à Londres de le suivre à la trace. »

Amanda savait que ça ne serait pas facile. Elle se voyait mal aller trouver Komarovsky et lui demander gentiment de changer de camp. Entre l'Égypte et l'Islande, le GRU lui avait manifestement flanqué la frousse pour le remettre dans le droit chemin. Amanda aurait besoin d'un atout dans sa manche, d'un moyen de pression, si elle voulait convaincre l'oligarque de coopérer avec les Américains.

~

Quelques jours plus tard, alors qu'elles prenaient la direction de l'escalier de la Trinité-des-Monts à l'heure du déjeuner, en quête d'une *pizza bianca*, Amanda décrivit à Kath le système de surveillance qu'ils avaient mis en place à Londres. Ils comptaient dessus pour faire apparaître une ouverture, un point faible, quelque chose qui leur offrirait un avantage sur l'oligarque.

« J'espère juste que ça va fonctionner », dit-elle dans un soupir. Elle remarqua l'expression de Kath. « Eh bien quoi ? Que veut dire ce regard ?

— Diriez-vous que vous êtes une romantique, Amanda ?

— Pardon ?

— Une idéaliste ? Une optimiste ? Non. Bien sûr que non. Vous vous jugez réaliste. Combien de fois ai-je entendu ces mêmes paroles dans la bouche de gens de votre espèce ? "Nous savons comment fonctionne réellement le monde." Voilà ce qu'ils disent toujours. "Laissons l'idéalisme aux autres. Nous, nous sommes trop endurcis pour tout ça." Et pourtant, je n'ai jamais, jamais, vu une confiance aveugle semblable à celle d'un agent de terrain. »

Amanda se hérissa.

« Je n'ai pas dit que ça marcherait. J'ai dit que j'espérais.

— Mais au fond de vous-même, vous pensez évidemment que ça va marcher. Sinon, vous ne le feriez pas.

— Qu'insinuez-vous ? Que je ne devrais rien faire ?

— Non, bien sûr que non. Je dis juste que je trouve ça amusant. »

Amanda leva les yeux au ciel.

« On ne vous a jamais dit que vous étiez exaspérante parfois ? »

Kath continua à sourire.

« Une ou deux fois, peut-être. »

Les deux femmes marchèrent en silence. À mesure que son agacement retombait, Amanda commença à se demander si cette provocation n'était pas délibérée. Kath avait voulu la secouer un peu, lui rappeler qu'elle ne devait pas s'emballer. Elle lui jeta un bref regard. Kath la télépathe dit : « Considérez ça comme un compliment. Tout le monde ne peut pas encaisser.

— Je voulais vous poser la question depuis un petit moment… Les rumeurs sont-elles exactes ? Vous avez vraiment refusé d'être nommée cheffe de poste à Moscou ?

— C'est un parcours qui ne m'a jamais particulièrement intéressée.

— Donc, vous avez bel et bien refusé ?

— Savez-vous que jusqu'en 1978, pas une seule femme n'avait été nommée cheffe de poste ? Et ils ont fait mariner cette pauvre pionnière pendant trente-six ans avant de se réveiller et de découvrir qu'elle était très intelligente. Alors, je me suis dit : *Pas question de supporter ça.* Et je leur ai répondu : “Laissez-moi m'occuper des archives de l'Agence, c'est un vrai merdier, il faut que quelqu'un mette de l'ordre dans tous ces mémos et ces télégrammes.” Et bien entendu, ils ont adoré cette idée : je savais où était ma place, je savais faire la différence entre le travail d'un homme et le travail d'une femme. Collons-la aux archives ! On n'entendra plus jamais parler d'elle.

— Vous ne répondez pas à ma question.

— Le terrain, ça n'a jamais été mon truc. On apprend plus de choses sur l'ennemi en lisant des livres d'histoire qu'en filant un misérable agent du KGB qui boit trop et qui frappe sa femme. La vérité, c'est que le travail sur le terrain est souvent surfait. Le problème avec les sources humaines, c'est que les gens ont tendance à développer des relations personnelles. Ce qui empêche de réfléchir clairement.

— Donc, vous n'êtes vraiment pas une romantique.

— Si, justement. C'est pour cette raison que je m'en tiens à la paperasse. Je tombe amoureuse trop facilement. »

Kath riait. Amanda n'aurait su dire si elle plaisantait ou pas.

~

Un peu plus tard, cette même semaine, à des milliers de kilomètres de là, Ivan Komarovsky dit à sa femme : « J'ai rendez-vous avec Vitsine ce soir. Ne m'attends pas pour dîner.

— Vitsine ? »

Anya Komarovsky dressa un sourcil parfaitement dessiné. Il n'était pas encore 8 heures à Londres, et pourtant elle était déjà impeccable. Elle se levait tôt chaque matin et s'accordait au moins une heure pour soigner son apparence et une autre heure pour prier dans leur chapelle privée. Ce n'était pas de la vanité, pas exactement. Anya considérait son statut de troisième Mme Ivan Komarovsky comme un travail à plein temps et elle ne ménageait pas sa peine pour remplir ses obligations.

« Tu lui as pardonné ? »

Vitsine, leur marchand d'art, avait récemment vendu un Bacon sous leur nez. Du moins, c'était ce que Komarovsky avait raconté à sa femme. Il l'embrassa et dit : « Il y en aura d'autres. À ce soir, Anouchka. »

Ce soir-là, l'hôtesse d'accueil du Chiltern Firehouse l'accueillit par son nom. Alors qu'on le faisait passer devant la longue file d'attente, il ressentit, une fois de plus, l'ironie de sa position. *Je vous laisse volontiers ma place ! Je n'ai aucune envie d'être ici.* Mais évidemment, il n'était pas ici parce qu'il en avait envie. Il détestait ce restaurant, pour toutes les raisons pour lesquelles

Vitsine estimait qu'il convenait à leurs rencontres régulières. Vitsine possédait une adresse chic à Soho, et c'était typiquement le genre d'établissement – tellement bruyant que vous ne pouviez pas parler, tellement à la mode qu'on frôlait l'hystérie – que fréquenterait un marchand d'art. Komarovsky suivit l'hôtesse vers leur table habituelle. Osipov, son chauffeur devenu garde du corps, le suivit à bonne distance et s'assit au bar.

Vitsine l'attendait. Il se prélassait sur la banquette en cuir, chemise ouverte au col, sa Rolex dépassant de la manche de son costume. Ils travaillaient ensemble depuis plus de cinq ans, période pendant laquelle Komarovsky avait vu son officier traitant parfaire son rôle. Vitsine choisit un barolo 2001 sur la carte des vins. Quand le sommelier apporta la bouteille, il but une gorgée en faisant son numéro de connaisseur, grimaça et demanda qu'on lui apporte une autre bouteille. Sous la table, le genou droit de l'oligarque tressautait. Ces dernières semaines, depuis son retour d'Islande, il était embarqué dans des montagnes russes émotionnelles : panique, colère, honte, peur, regrets. Mais à cet instant, il ne ressentait que de l'agacement. Vitsine faisait traîner les choses délibérément.

Une fois la bouteille de vin changée, quand ils se retrouvèrent enfin en tête à tête, Komarovsky cracha son venin : « Vitsine ! C'est quoi, cette histoire ? Vous êtes tellement lâche que vous devez envoyer deux gangsters en Islande à votre place ?

— Buvez un peu de vin. »

Vitsine fit glisser un verre devant l'oligarque.

« Ce n'était pas seulement lâche, c'était idiot ! »

Vitsine lui adressa un sourire onctueux.

« Je crains de ne pas comprendre.

— Ils faisaient tache. Avec leurs survêtements, leurs baskets et leurs cous de taureaux. Ils ont tambouriné à ma porte en pleine nuit, réveillant la moitié de l'hôtel ! Vous imaginez, si quelqu'un les a vus ? Savez-vous qui finance cette conférence ?

— Une grosse banque d'affaires américaine. Avec laquelle vous êtes en très bons termes. Allons, calmez-vous, Vanya. Je ne sais absolument pas de quoi vous parlez. Que s'est-il passé en Islande ? »

Il jouait l'idiot. Sans doute misait-il sur le fait que Komarovsky serait suffisamment refroidi par cet épisode, et n'aurait aucune envie de revivre cette expérience. Mais pas question que Vitsine puisse penser qu'il se laissait manipuler et intimider aussi aisément. Non ! Même si Vitsine ne croyait plus à la première explication, même s'il était au courant de ses rencontres avec Vogel, Komarovsky ne voulait pas lui montrer que *lui* savait. Il clamerait son innocence jusqu'au bout. Alors, il raconta à Vitsine ce qui s'était passé.

Le 24 août, il avait atterri à l'aéroport de Reykjavík. Osipov, qui voyageait avec lui comme toujours, le conduisit au luxueux hôtel de Grindavík où avait lieu la conférence. La deuxième nuit, il fut réveillé par des coups frappés à sa porte. Bon, d'accord, il avait un peu exagéré : c'était Osipov qui l'avait réveillé et non pas les deux brutes aux cous de taureaux, mais Osipov ne supportait pas que des inconnus s'approchent de son patron, et par conséquent, les deux autres avaient dû user de vilaines méthodes pour obtenir sa coopération. Ils obligèrent Osipov à rester dans le couloir. Un des deux se planta devant la porte, bras croisés. L'autre ordonna à Komarovsky de s'asseoir.

« Vous n'avez pas fait ce qu'on vous a demandé », dit-il.

Komarovsky dut lui expliquer, comme il l'avait déjà expliqué à Vitsine, maintes fois, qu'il attendait pour exploiter Aeromach, en raison du contexte économique général. Le marché était mal orienté. Il ne réagirait pas favorablement. Ils n'avaient pas le droit à l'erreur. Ils devaient lui faire confiance. Mieux valait attendre que la situation s'améliore, dans quelques jours, ou quelques semaines, et alors…

« Stop ! » L'homme frappa du poing sur la commode. « Ce n'est pas une discussion. C'est un ordre. Et quand on désobéit à un ordre, cela a des conséquences. Vous êtes tellement stupide que je dois vous faire un dessin ? »

L'oligarque comprit alors que ce n'était pas du bluff. Il comprit qu'ils étaient au courant de ses rencontres avec Vogel. Une partie de lui-même s'était préparée à cette éventualité, depuis que Bob Vogel s'était effondré sous le soleil brûlant du Caire. Et curieusement, cette partie de lui-même éprouvait du soulagement. La violence avait le pouvoir de clarifier les choses. Des conséquences. Komarovsky secoua la tête et s'empressa de dire qu'il comprenait. Bien sûr qu'il comprenait.

Impossible de trouver le sommeil ensuite. Les yeux fixés au plafond, il compta les heures jusqu'à ce qu'il puisse prendre le premier avion à destination de Londres. Comble de malchance, son jet était en réparation et il dut prendre un vol commercial. Dès son retour, il envoya un message aux programmeurs, les rouages au cœur de cette machine bien huilée. En quelques heures, ils se réunirent à East Ferry Road et l'utilisateur GalaxyBongo posta un avis sur les aspects sous-évalués d'un certain fournisseur de l'armée américaine. Avec l'aide des programmeurs, la publication devint virale, la valeur de l'action s'envola et le cercle vicieux s'enclencha. Tout fonctionnait. Il avait rempli sa part du contrat. Il était tranquille.

C'est après plusieurs semaines seulement, rasséréné par le fait qu'il était toujours en vie, que Komarovsky s'était insurgé contre la bêtise du plan de Vitsine. En envoyant ces deux gangsters en Islande, au vu et au su de tous, il avait pointé une gigantesque flèche au néon au-dessus de lui, à l'intention de tous les participants à la conférence. OLIGARQUE RUSSE CORROMPU, disait cette flèche. FIEZ-VOUS À LUI À VOS RISQUES ET PÉRILS.

Son récit terminé, Komarovsky foudroya Vitsine du regard.

« J'espère que vous êtes satisfait. Et j'espère que vous êtes prêt à porter le chapeau si tout s'écroule.

— Sincèrement, Ivan Ivanovitch, je suis aussi surpris que vous. Je ne sais pas ce qu'ils voulaient dire. » Visiblement, Vitsine s'en tenait à son rôle. Le dîner terminé, au moment des adieux, il dit d'un ton grave : « Il s'agit sans doute d'une erreur de communication. Je tirerai cette affaire au clair. »

Maintenant qu'il s'était affirmé, Komarovsky se sentait mieux. Vitsine avait manifestement pris conscience de son erreur. À présent, il devait agir pour sauver la face, trouver un bouc émissaire.

La semaine suivante, Komarovsky reçut un appel de la Vitsine Gallery. Il pouvait venir admirer le Basquiat dont ils avaient parlé. Il était attendu ce jour même à 15 heures.

La galerie occupait un emplacement de choix dans Soho. Les milliardaires russes qui achetaient des hôtels particuliers à Belgravia, à Knightsbridge ou à Mayfair avaient besoin de décorer leurs intérieurs. Les galeristes anglais snobs ne crachaient pas sur l'argent russe (en Angleterre, personne ne crachait sur l'argent russe, en définitive), mais cela s'accompagnait toujours d'une légère grimace de dégoût face à ces méthodes slaves. Bien qu'il n'ait aucune connaissance en art, Vitsine remportait un énorme succès. Et si sa galerie manquait d'un pedigree, elle se rattrapait sur la quantité.

L'assistante de Vitsine fit entrer Komarovsky dans le bureau du fond. Elle proposa de lui apporter une tasse de thé – noir, très sucré, comme d'habitude ? –, mais il secoua la tête.

« Non, pas aujourd'hui. »

Quand elle eut refermé la porte en sortant, il s'adressa à Vitsine sur un ton ironique : « Vous m'avez fait venir jusqu'ici pour continuer à me mentir ?

— Ce n'est pas nous qui avons envoyé ces hommes, quels qu'ils soient.

— Je ne vous crois pas.

— Pourquoi mentirais-je ? Pourquoi voudrais-je passer pour un imbécile ? Incapable de contrôler ce qui arrive à son agent ? »

Bon argument. Si Komarovsky savait une chose sur son officier traitant, c'était son refus d'afficher la moindre trace de faiblesse. Et en même temps… en même temps ça ne tenait pas debout. Si ce n'était pas Vitsine qui avait envoyé ces gros bras, qui alors ? Celui-ci le regardait d'un air sinistre, comme s'il l'invitait à scruter les profondeurs de son âme. À repenser à tout ce qu'ils avaient partagé. Pourquoi lui mentirait-il, hein ?

Aha ! songea l'oligarque. *Il s'adresse à ma compassion maintenant.* Il pouvait toujours courir. Il se souvint que Vitsine était un menteur professionnel. C'était son métier. Et quel était celui de Komarovsky ? Rester vivant. S'il fallait jouer au plus malin, soit. Il avait retenu la leçon. Il suivrait les règles du jeu.

~

Quelque part, Komarovsky s'attendait à ce qui arrivait. Il avait toujours su qu'il y avait un risque, non négligeable, que Moscou ait vent de sa trahison. N'avait-il pas mis en garde Bob Vogel ?

Il avait pris un risque en faisant confiance à son vieil ami. Mais Bob et lui évoluaient dans les mêmes cercles, et en dépit de tout le reste, ils partageaient de nombreux points communs. Alors, cela s'était fait tout naturellement. Et c'était le plus étonnant. Trahir avait été très facile. Son ressentiment s'accumulait depuis des années, tel un gaz inodore, mais il aurait pu vivre avec jusqu'à la fin de ses jours. Seulement, son vieil ami avait fini par le sentir, et il avait proposé de le soulager.

La dernière fois qu'il avait vu Bob, c'était en mai dernier, à Mykonos. Bob et Diane logeaient dans une villa située dans la même rue que celle d'Ivan et Anya. Ils mangeaient dans les mêmes restaurants, se baignaient sur les mêmes plages, naviguaient sur les mêmes yachts, jouaient au tennis sur les mêmes courts. Bob l'avait battu à plate couture. Il était robuste, mince et bronzé, plus en forme que jamais. Il avait taquiné Komarovsky : « Tu engraisses, Ivan. »

C'était peut-être ça le problème : ils plaisantaient, ils riaient, ils se montraient des photos de leurs petits-enfants respectifs. Ils baissaient la garde. Ils oubliaient d'avoir peur. Tandis qu'au début, Komarovsky était habité par une angoisse justifiée.

« Il ne faut rien dire à personne. À personne. Absolument personne, insistait-il. Si jamais ça remonte jusqu'à Moscou…

— Jamais. Je te le promets. Jamais.

— Pas un mot à la CIA, surtout. Moscou a une taupe à l'intérieur. Depuis la guerre froide. Une taupe qui leur raconte tout. »

Bob avait haussé un sourcil.

« J'en ai entendu parler. N'est-ce pas qu'une vieille rumeur ? Une histoire pour faire peur aux enfants ?

— C'est plus qu'une rumeur. On m'a même dit son nom. »

~

Une journée typique à Londres se déroulait de la manière suivante. Le matin, une Rolls-Royce noire venait chercher l'oligarque à son hôtel particulier de Mayfair. On le conduisait chez Pavel Partners à la City. Après quelques heures passées au bureau, il déjeunait parfois avec sa fille aînée chez Annabel's. Ensuite, il arrivait qu'ils fassent un tour chez Harrods, où sa fille l'aidait à choisir un pull en cachemire ou une bougie parfumée hors de prix pour Anya. Retour au bureau pour quelques heures, avant de rentrer chez lui, où on viendrait les chercher, sa femme et lui, pour leurs mondanités du soir : un bal de bienfaisance à Grosvenor House, un dîner à Kensington, un spectacle dans le West End.

Après quelques semaines, Amanda connaissait cette routine par cœur. Le chauffeur semblait faire office également de garde du corps. Il ne quittait pas Komarovsky des yeux un seul instant, et en supposant qu'elle parvienne à l'approcher, elle ne disposait d'aucun moyen de pression. La paranoïa des oligarques n'était pas un vain mot. Et ça, c'était avant que deux gros bras le menacent. Bref, elle était confrontée à une tâche difficile. Pas impossible, mais difficile, exceptionnellement difficile.

Cette attente la mettait sur des charbons ardents. Dans la salle de réunion, l'enquête progressait par étapes. Kath éclaircissait peu à peu les zones d'ombre du schéma d'ensemble, mais l'admiration qu'éprouvait Amanda vis-à-vis des méthodes brillantes de Kath s'était muée récemment en frustration. Car elle était peu douée pour ce genre de choses.

« Laissez-moi vous donner un coup de main, avait-elle dit un jour. Comment puis-je vous aider ?

— Vous pouvez leur demander d'acheter une machine à espresso correcte pour la cuisine. Le temps que je perds à aller au café de l'autre côté de la rue, je pourrais le consacrer à travailler.

— Je parle sérieusement.

— Moi aussi. Et j'apprécie votre offre, Amanda. Mais ce genre de boulot, c'est plus facile seul. »

Deux choses pouvaient être vraies simultanément. Une opération pouvait être votre priorité numéro un, une question de vie ou de mort. Et en même temps, des jours, des semaines pouvaient s'écouler sans que vous agissiez de manière concrète. Pour éviter de sombrer dans la folie, il fallait savoir compartimenter. Et sortir de la bulle opérationnelle de temps en temps afin de reprendre contact avec la réalité.

Pour cela, Amanda comptait avant tout sur ses échanges de SMS permanents avec Georgia, sa meilleure amie. Georgia qui avait voulu devenir comédienne, avant de s'apercevoir qu'avec son 1,82 mètre, elle dépasserait la plupart de ses partenaires masculins. Elle avait une fâcheuse tendance à prendre les choses personnellement, et un certain talent pour transformer ces affronts en histoires. Amanda suivait la saga de la vie de Georgia comme sa mère regardait MSNBC ou son père le base-ball : pour se distraire, et s'évader.

Sa mère et son père étaient eux aussi des portes sur le monde réel. Son père, surtout. Ils se parlaient toutes les semaines, qu'il pleuve ou qu'il vente. Si elle laissait passer leur traditionnelle conversation téléphonique du dimanche, il s'inquiétait. Cela n'avait pas nécessairement de sens, compte tenu de leurs carrières respectives, partagées sans l'être réellement, mais quand Amanda parlait avec Charlie, leurs échanges avaient pour effet de placer le reste de son existence – c'est-à-dire de sa carrière – sous une autre perspective, plus lointaine.

Cependant, les dernières fois où ils s'étaient parlé, leurs conversations étaient teintées d'un soupçon de gêne. Que la cause de cette gêne saute aux yeux ne l'atténuait pas pour autant. «Alors, comment ça se passe à Rome?» avait demandé Charlie, et cette question, inoffensive a priori, prenait à présent l'aspect d'une pique acérée. *Quelles pierres retournes-tu? Qu'apprends-tu sur moi?* «Très bien», avait répondu Amanda. S'était ensuivi un silence pesant. Elle devrait apprendre à mieux masquer son embarras. Elle devrait apprendre à faire semblant ! Hélas, sa discipline mentale la trahissait.

Elle s'imposait des règles strictes. Un seul verre de vin les soirs de semaine. Les alcools forts seulement dans les occasions exceptionnelles. *Mais à situation désespérée...*, se dit-elle en s'arrêtant chez le caviste du marché couvert pour la troisième fois cette semaine. Elle en était à deux ou trois verres par soir car elle en avait besoin pour trouver le sommeil. Un compromis satisfaisant, non ? Si elle n'arrivait pas à dormir, elle ne pourrait pas faire son travail. Amanda s'imposait un haut niveau d'exigence (on ne devenait pas cheffe de poste à quarante ans sans cela), mais la pression qu'exerçait cette affaire était différente. Elle avait menti à Gasko, persuadée qu'elle seule possédait les qualités requises pour mener cette opération. Si elle voulait se racheter de ce mensonge, des progrès rapides s'imposaient. Elle avait besoin d'une avancée. Elle devait arrêter de faire du sur-place, bordel !

~

Et donc, en octobre, alors qu'elles gravissaient la pente raide du Janicule, Amanda annonça : « Je pars en Russie. »

Kath, qui marchait plusieurs pas devant, dans la via Garibaldi, jeta un regard sceptique par-dessus son épaule.

« Semonov ne revient pas en Italie avant l'été prochain », expliqua Amanda, essoufflée par l'ascension. Si cela n'avait tenu qu'à elle, elles auraient pris un taxi pour se rendre à ce cocktail. « C'est trop loin.

— Hmmph, grogna Kath.

— Il me presse. Gasko. Il veut voir des progrès.

— Le directeur est mû par la politique. Vous êtes plus près que lui de la réalité. C'est à vous de prendre les décisions.

— Et je les prends. J'ai décidé qu'il nous fallait un moyen de pression sur Komarovsky. Et comme on n'avance pas, j'ai besoin d'agir.

— Dans ce cas, pourquoi évoquer le directeur ? »

Cette pique irrita Amanda. Peut-être avait-elle eu tort d'emmener Kath à l'American Academy, où l'ambassadeur accueillait les nouveaux lauréats de cette année. Cet été, quand Osmond Brown était revenu à Rome pour vider son appartement et montrer les ficelles du métier à Amanda, il l'avait invitée à déjeuner dans un endroit chic près du Panthéon : un dernier repas aux frais de la princesse. « Un petit conseil, avait-il dit en coupant son *vitello tonnato*. Notre ambassadeur possède les capacités cognitives d'un enfant. S'il ne vous voit pas, il pense que vous n'existez pas. Et il adore les soirées. Vous devez y assister. Elles sont aussi inutiles qu'importantes. »

Osmond lui avait rarement donné un aussi bon conseil. Ces soirées étaient des mines de renseignements. Une pierre à aiguiser qui permettait à un menteur d'affûter son savoir-faire. Habituellement, il était préférable de s'y rendre seul, car il était plus facile de ne répondre que de soi-même, mais il était bon parfois d'introduire des variantes.

La soirée battait son plein quand les deux femmes arrivèrent. L'ambassadeur tenait salon près du bar au plateau de marbre, où des barmen servaient du prosecco et préparaient des negronis. Amanda demanda un verre de chianti et Kath de la San Pellegrino. Alors qu'elles déambulaient à travers les salles de réception aux plafonds hauts, se mêlant aux artistes et universitaires qui résideraient à l'Académie l'année suivante, Kath joua le rôle de la péquenaude.

« Oh, trésor, je viens de l'Idaho, dit-elle à un romancier qui exprimait son aversion pour les adverbes. Je ne connais rien à tout ça. »

Elle semblait passer un bon moment, mais quand elles prirent congé du romancier, son sourire s'évanouit. Elle froissa sa serviette dans son poing et dit à Amanda : « Je vous le répète : ce n'est pas une bonne idée. Ce voyage en Russie. Trop risqué. »

Amanda soupira.

« Je vous ai expliqué que j'avais besoin de mettre la pression sur Semonov.

— Je ne suis pas d'accord. Il livre des renseignements régulièrement. Il fait ce que vous lui avez demandé. Et si vous voulez augmenter la pression, vous avez des agents sur place, à Moscou, pour ça. Vous n'êtes pas obligée de vous en charger vous-même.

— Mais je...

— C'est un risque énorme. De la folie. Ils savent qui vous êtes. Ils savent que vous travaillez pour l'Agence. Dès que votre avion atterrira, ils vont se jeter sur vous.

— Il existe une chose qui s'appelle les techniques d'espionnage, répliqua Amanda d'un ton cassant. Vous en avez déjà entendu parler ? »

Kath haussa un sourcil et Amanda se mordit les doigts.

« Désolée. C'était idiot. Ce n'est pas ce que je voulais dire.

— Oh, allons, bien sûr que si.

— Je ne...

— Tout va bien, Amanda. Je n'approuve pas votre décision, mais vous êtes libre de faire ce que vous voulez. Je ne suis pas votre mère. Vous n'avez pas besoin de ma permission. »

~

Et donc, Amanda s'envola.

Une semaine plus tard, elle contemplait la mer Baltique par le hublot. Les hôtesses prièrent les passagers de relever leurs tablettes et de redresser leurs sièges. Ils allaient atterrir à Saint-Pétersbourg dans vingt minutes.

Débuterait ensuite une routine bien rodée, qu'elle avait accomplie des dizaines de fois. Faire glisser son passeport sur le comptoir et adresser un sourire évasif au douanier qui essayait de déterminer si elle était réellement Amanda Cross, fonctionnaire du Département d'État, voyageant dans le cadre de son travail. Même si les Russes n'y croyaient pas. Quiconque travaillait pour le gouvernement américain était ipso facto un espion. Mais le passeport diplomatique valait de l'or, c'était une carte « Vous êtes libéré de prison », au sens propre. Voilà pourquoi ce petit jeu ne la rendait plus nerveuse depuis longtemps.

Cette fois-ci, cependant, c'était différent. Tandis que l'avion poursuivait sa descente dans l'espace aérien russe, la voix de Kath résonnait dans sa tête. *Un risque énorme.* Si les choses tournaient mal, Amanda serait protégée du pire, mais Semonov ? Et si, en le contactant, elle les conduisait directement jusqu'à lui ? Était-ce juste de lui demander de faire ça ? Sans doute pas. Mais elle n'avait pas menti en affirmant que leur fenêtre de tir se réduisait.

Plusieurs facteurs motivaient cette urgence. Au cours du mois écoulé, la valeur de l'action Aeromach avait continué à monter. Elle approchait du seuil où, estimait Kath, l'enthousiasme atteindrait son maximum, ce qui signifiait que Komarovsky entamerait les travaux d'approche. S'ils voulaient éviter qu'il soit trop tard, ils devaient agir. L'autre raison, c'était l'érosion potentielle de la conscience de Komarovsky. Quelle que soit l'obligation morale qu'avait pu éprouver l'oligarque, quelle que soit l'étincelle de courage allumée par Vogel, maintenant que la pression sur Aeromach était enclenchée, nul doute que ce sentiment faiblissait.

Troisième raison : combien de temps encore pourrait-elle

continuer ? Non pas à gérer cette opération, c'était une épreuve, mais une épreuve familière, pour laquelle on l'avait formée. Ce qui était nouveau, en revanche, presque insupportable, c'était ce jeu dans lequel elle se retrouvait soudain prise au piège. La seule autre personne qui connaissait le problème nommé Charlie était Jenny Navarro, et Amanda pouvait difficilement l'appeler pour une petite conversation à cœur ouvert. Tôt ou tard, elle devrait confier à quelqu'un ce méli-mélo de loyautés, ne serait-ce que pour protéger sa santé mentale.

Concentration avant tout. Un pas après l'autre. Komarovsky d'abord. Outre ses habitudes, elle avait mémorisé sa biographie. C'était un oligarque au sens classique du terme. Après l'effondrement de l'URSS, quand le gouvernement russe avait lancé un grand plan de privatisations pour propulser le pays vers le capitalisme, lui et ses semblables avaient profité de cette occasion pour prendre le contrôle de pans entiers de l'industrie, moyennant une bouchée de pain. Peu importe qu'il soit mathématicien de formation, qu'il n'ait aucune expérience du monde des affaires, Ivan Komarovsky était intelligent, pugnace et motivé. Au début des années 1990, il avait acquis pour trois millions de dollars, sous forme de bons de privatisation, une entreprise de transport maritime qui en valait vingt.

Il avait bâti ainsi sa première fortune. Ensuite, il avait vendu l'entreprise de transport maritime et était parti s'installer à Londres où, avec cet argent, il avait créé des fonds spéculatifs. Pour ce faire, il avait engagé uniquement d'autres mathématiciens, et ainsi il avait fait fortune une seconde fois. Aujourd'hui, Pavel Partners avait des bureaux à Londres, à New York, à Hong Kong mais, curieusement, pas à Moscou. De même, son argent restait soigneusement à l'extérieur de son pays natal. Komarovsky avait déclaré un jour, dans une interview au *Financial Times*, qu'il ne voulait pas investir en Russie (malgré les innombrables occasions alléchantes, avait-il précisé, avec un grand sens du patriotisme) car il craignait que cela obscurcisse son jugement. Or il voulait se montrer à la hauteur de ses obligations envers ses clients.

Aux yeux du monde entier, Komarovsky n'avait aucun lien avec la Russie, et encore moins avec le gouvernement russe. Même s'il possédait une somptueuse villa à Roublevka, la banlieue huppée de Moscou, et une datcha au bord de la mer Noire, non loin du palais secret de Gruzdev, c'était avant tout symbolique. Il était citoyen britannique à présent. Il était respecté dans le monde de la finance internationale. Il faisait des dons généreux aux instituts de recherche contre le cancer en Grande-Bretagne et en Amérique. Il critiquait publiquement le Kremlin. Ivan Komarovsky évoluait au sein de l'élite occidentale comme s'il en faisait partie car, à bien des égards, il en faisait partie.

Par la suite, Kath affirma qu'elle avait toujours eu des doutes. Elle avait eu vent de rumeurs selon lesquelles Komarovsky avait assisté à la fête organisée pour les soixante-dix ans de Gruzdev, et qu'il avait même porté le toast le plus obséquieux de la soirée, ce qui, compte tenu des autres invités, n'est pas peu dire. L'oligarque possédait deux visages : le capitaliste lucide opposé au patriote loyaliste. Une question essentielle pesait sur cette opération : où se situait le vrai Komarovsky ?

L'avion tressauta au moment où il entra en contact avec la piste d'atterrissage. L'hôtesse annonça en anglais, avec un accent à couper au couteau : « Nous avons été ravis de vous accueillir à bord. Bienvenue à Saint-Pétersbourg. »

TROISIÈME PARTIE

DES COMPLOTS QUI EN CACHENT D'AUTRES

8

« Tout va bien ? demanda Grace. Tu as la tête ailleurs, on dirait. »

Charlie, qui regardait par-dessus son épaule pour voir si c'était son collègue de l'Agence qui était assis à la table voisine (ce n'était pas lui), sursauta. Que la douce et timide Grace, qui ne disait jamais un mot plus haut que l'autre, ait trouvé le courage de lui poser cette question, c'était la preuve qu'il ne parvenait pas très bien à cacher son angoisse.

« Oh, oui, ça va très bien, répondit-il chaleureusement. J'ai cru reconnaître quelqu'un, voilà tout. Bref ! Qu'as-tu pensé du dernier mouvement ? »

En ce samedi soir du mois d'octobre, après un concert du National Symphony Orchestra au Kennedy Center, ils dînaient tardivement dans un restaurant italien de Pennsylvania Avenue. Charlie avait la tête ailleurs, en effet. Parfois, l'angoisse était gérable. Ce soir, non. Amanda lui avait envoyé un SMS plus tôt dans la journée pour l'informer qu'elle ne serait pas fidèle à leur rendez-vous téléphonique car elle prenait l'avion le lendemain. En temps normal, il n'y accorderait aucune importance. Mais dans la situation actuelle, cette minuscule graine avait donné naissance à un terrifiant bouquet de questions. *Un avion pour aller où ? Pour quoi faire ? Sur quoi travaille-t-elle ?*

D'autant qu'il était entièrement responsable de ce merdier, de ce plan insensé et inconsidéré ! Aucun doute, il était l'homme le plus idiot qui avait jamais vécu sur cette terre.

Autre preuve de la gravité de la situation : il n'avait pas fini son dessert. Grace, imperturbable, vola une cuillerée de tiramisu dans son assiette. Apparemment, elle avait gobé l'explication de Charlie. Elle possédait une phénoménale capacité à croire tout ce qu'on lui racontait. Les obsessions, ce n'était pas son truc, les conflits non plus.

En regardant cette femme adorable reprendre un peu de tiramisu, Charlie eut une vision douloureuse des mois à venir. Le travail d'Amanda continuerait à le torturer. Il continuerait à mentir à Grace. Et Grace continuerait à tolérer ses absences. C'était injuste : elle n'avait pas signé pour ça.

Quand le serveur eut emporté leurs assiettes, Charlie dit : « Tu avais raison : j'ai la tête ailleurs. C'est une période étrange au boulot.

— Étrange dans quel sens ?

— Je ne peux pas vraiment… t'expliquer. Disons qu'il y a un problème… un truc compliqué, qui va me prendre pas mal de temps.

— Oh… D'accord.

— Beaucoup de temps, en fait. Je n'aurai pas de vie en dehors du travail.

— Oh, répéta Grace. Jusqu'à quand, à ton avis ?

— C'est ça, le hic. Ça risque de durer. » Charlie gardait les yeux fixés sur la nappe, incapable de croiser son regard. « Un bon moment. »

Après un long silence, Grace dit : « Ah bon. Je vois. »

Charlie leva enfin la tête.

« Je suis navré, Grace. Sincèrement. »

Ils se dirent au revoir devant le restaurant. En regardant Grace s'éloigner, Charlie sentit ses yeux se remplir de larmes. Il était très attaché à elle. Peut-être même qu'il était… amoureux (un mot qu'il avait refusé d'utiliser depuis Helen). La présence de cette femme dans sa vie lui avait accordé un sursis, mais elle était trop bien pour lui. On assistait au retour de l'ordre naturel des choses.

~

Un dimanche à Helsinki. En novembre 1985, un peu moins d'un an après la fête de Noël à l'ambassade. Un supermarché dans le quartier d'Ullanlinna, à quelques pâtés de maisons de l'appartement de Charlie et de Helen. Cela avait débuté comme débutent toujours ces choses-là. Par un léger contact : deux mains qui se frôlent.

« Oh, pardon, dit-elle en reculant. Allez-y, prenez-les, je vous en prie. »

Il ne restait qu'un lot de bananes en rayon. Ils avaient tendu le bras en même temps.

« Non, pas question, répondit Charlie en reculant lui aussi. Je vous les laisse. »

La femme sourit. Seule une minuscule cicatrice sur son menton brisait la symétrie de son visage ovale. Une infime anomalie qui rehaussait sa beauté.

« Je refuse. Je ne veux pas que vous mouriez de faim. »

Il sourit à son tour.

« Pourquoi dites-vous ça ?

— Peut-être que vous êtes venu ici uniquement pour les bananes. » D'un mouvement de tête, elle montra son Caddie vide. « Si je vous en prive, qu'est-ce que vous allez manger ?

— Votre accent… vous êtes britannique ?
— Et vous, américain, je parie.
— C'est toujours un plaisir de rencontrer un autre expat. » Il lui offrit sa main. « Charlie. »
Elle rougit. Elle était encore plus jolie.
« Mary. »
Il la croisa de nouveau la semaine suivante. Même endroit, même heure. Cette fois, elle examinait les agrumes.
« Alors, elles étaient bonnes, ces bananes ? demanda-t-il.
— Non, pas terribles. Je crois que mon sentiment de culpabilité m'a empêchée de les savourer.
— Ah, je vous plains, vous autres, les Britanniques. C'est ça, la différence entre nous. Les Américains ne s'arrêtent pas à ce genre de choses. Le vainqueur rafle la mise, comme on dit. »
La même scène se reproduisit la semaine suivante, et la suivante.
« Il faut qu'on arrête de se voir de cette manière », dit Charlie en plaisantant.
Apparemment, Mary et lui avaient les mêmes horaires. C'était le dimanche soir qu'il faisait les courses pour la semaine à venir, muni de la liste que lui avait remise Helen. Une de ses rares contributions aux tâches domestiques. Il aimait rentrer à la maison les bras chargés de provisions pour sa femme et sa fille. Une contribution modeste, mais concrète, à l'effort de guerre.
Hélas, si la situation s'améliorait au travail, ce n'était pas le cas sur le front intérieur. À croire qu'il existait un rapport inversé entre la santé de sa carrière et celle de son mariage. Jack, le nouveau chef de poste, l'avait à la bonne. Mais Jack aimait tout le monde, alors ça ne voulait rien dire. La crise d'angoisse de Charlie avait reflué, mais n'avait pas disparu totalement. Il avait l'impression à présent d'avancer sur un tapis de course permanent : chaque progrès engendrait de nouvelles questions,

chaque succès exigeait un autre succès. Lorsque le travail avait pris sa part, il ne restait pas grand-chose à la fin de la journée.

Quand il rentrait tard et se glissait dans le lit conjugal, il sentait que Helen était réveillée (elle avait le sommeil léger), et malgré cela, elle ne murmurait jamais un « bonsoir », elle ne lui demandait jamais d'où il venait. Chaque fois qu'il s'excusait d'avoir autant de travail, elle secouait la tête et répondait : « Ce n'est pas le problème.

— Ah bon ? s'étonnait Charlie. C'est quoi, alors ? »

Il n'en revenait toujours pas d'être marié à Helen. Son pouvoir de séduction, discret quand elle avait vingt ans, brillait maintenant de mille feux. Elle était belle et intelligente, elle avait des opinions arrêtées, c'était une excellente cuisinière et une meilleure mère encore. Toutefois, à mesure que les années passaient, elle avait de moins en moins besoin de lui, semblait-il. Elle était autonome, presque trop. Charlie aurait aimé qu'elle lui confie d'autres tâches que les courses dominicales, mais s'il réclamait une mission, elle répondait toujours, avec un soupçon de reproche : « Ne t'embête pas, je sais que tu es très occupé. »

Et donc, il commença à attendre avec impatience les dimanches soir, pour des raisons qui n'avaient rien à voir avec son rôle de mari chasseur-cueilleur. Au bout de quelques mois, Mary et lui avaient trouvé un arrangement tacite. Ils traînaient au rayon des fruits et légumes, en attendant l'arrivée de l'autre. Ensuite, ils déambulaient dans les allées, s'arrêtant en chemin pour prolonger la durée des courses, d'une heure, ou plus. Ils s'entendaient bien. Charlie se disait qu'ils ne faisaient rien de mal. Elle venait de débarquer à Helsinki : elle avait besoin d'un ami. Et Charlie était un gars sympathique.

Mary lui avoua qu'elle souffrait de la solitude dans cette ville inconnue. Quand elle était au travail, quand elle était occupée, ça allait, mais dès qu'elle se retrouvait seule dans son appartement sous les combles, elle avait l'impression d'être invisible. « Personne ne sait qui je suis. Si je mourais dans mon sommeil, nul ne s'en apercevrait. » Un peu de compassion, un peu de franchise entre un homme et une femme, rien de plus. « Je suis contente de vous avoir rencontré, Charlie. Avec vous, je peux parler pour de bon. » Ce n'était pas comme s'il couchait avec elle.

Jusqu'à ce jour de février 1986 où il coucha avec elle.

Cela se fit... naturellement. Sans catalyseur extérieur. Pas de dispute avec Helen, pas de bébé qui braille, pas de bouffée de désir incontrôlable. Mary lui avait indiqué où elle habitait. Le soir en question, après un rendez-vous avec un informateur, Charlie marchait près du port lorsque soudain, en levant la tête, il s'aperçut qu'il se trouvait devant chez Mary. Elle lui avait décrit dans le détail son immeuble, son appartement sous les combles, les fenêtres à pignon, les plafonds inclinés, la cuisinière, la baignoire à griffes de lion. Instinctivement, il sonna à l'interphone. Il monta et elle lui ouvrit la porte avec un sourire radieux. Il sentit son cœur s'emballer.

« Je suis contente de vous voir. »

Ils firent l'amour sur le futon. Une baise rapide et brutale, avec arrachage de vêtements, qu'il n'avait pas connue depuis des années. Après quoi, Mary se mit à pleurer.

« Je n'aurais pas dû, dit-elle, les lèvres tremblantes, recroquevillée en position fœtale, écrasée par la culpabilité. Tu as une femme. Tu as un enfant. Oh, je suis désolée. Je ne voulais pas que ça arrive. »

Charlie la serra contre lui et caressa ses cheveux, en murmurant qu'il n'y avait pas de problème, c'était juste une fois.

« On a fait une bêtise. Ce sont des choses qui arrivent. »

Il la revit la semaine suivante au supermarché. Il y eut un moment de gêne, vite passé. Ils se promenèrent dans les allées, en bavardant et en riant. Ils retrouvèrent leurs vieilles habitudes, et rien de plus. Le temps passa et l'éclat bienfaisant de la vertu réapparut. Charlie se prouvait quelque chose. Plus de sexe. Plus de bêtises. Le souvenir de cet épisode l'emplirait pour toujours d'un sentiment de culpabilité. Mais il n'y aurait jamais de seconde fois. Il avait échappé au pire, de justesse.

~

Et puis, deux mois plus tard, en avril, il vécut une journée difficile. Depuis dix mois, Charlie travaillait au corps un professeur de physique invité à l'université d'Helsinki, un éminent citoyen soviétique. Le professeur en question rechignait à retourner dans son pays à la fin du trimestre, c'était là qu'intervenait Charlie. Cette défection serait un de ces trophées qui font les carrières. Mais en cette fameuse journée d'avril, le professeur informa Charlie qu'il avait changé d'avis. Il ne pouvait pas faire ça, finalement. Sa femme et ses enfants avaient le mal du pays. Alors, dans l'intérêt de sa famille, il avait décidé de rentrer en Russie.

Dix mois de travail pour rien. Charlie était au trente-sixième dessous. Il était un agent minable. Et quand il rentrerait chez lui, en voyant le regard de Helen, il se souviendrait qu'il était un mari minable également, et un père minable. En chemin, l'idée de retrouver le domicile conjugal lui parut soudain insupportable. Alors, il fit demi-tour. En sonnant à la porte de chez Mary, il n'essayait plus de se mentir. Il savait qu'une deuxième fois en entraînerait une troisième, puis une quatrième et une cinquième. Mais il en avait besoin, se disait-il. Sa détermination, si elle avait existé, s'était envolée.

Mary était venue vivre en Finlande pour son travail. Elle était secrétaire dans une société de télécoms britannique basée à Londres. Elle avait profité d'un poste vacant dans leur agence d'Helsinki. C'était son premier séjour à l'étranger. Elle montra à Charlie son passeport sur lequel ne figurait qu'un seul tampon : celui de son entrée sur le sol finlandais.

« Un jour, j'aimerais bien voyager, dit-elle en faisant défiler les pages vierges. Voir le monde. Comme toi, Charlie. Tu es allé partout. »

Plus que le sexe, c'était cette reconnaissance qu'il préférait dans sa relation avec Mary. Le lustre de sa carrière s'était terni depuis longtemps. Les moments cinématographiques, les boîtes aux lettres mortes et les échanges clandestins, tout cela ne pouvait rivaliser avec les exigences sans fin de la bureaucratie. Les télégrammes, les rapports, les mémos de leurs cousins du MI6. À la CIA, tout devait être enregistré par écrit et Charlie passait presque toutes ses journées devant un clavier, il n'était rien d'autre qu'un gratte-papier idéalisé.

Mary le voyait sous un jour différent. Même si elle le prenait pour un simple diplomate nommé Charlie Franklin, cette couverture suffisait à l'éblouir. Charlie lui faisait partager des versions expurgées de ses aventures, il lui décrivait sa vie en Algérie, en Suisse et en Allemagne, les soirées auxquelles il avait assisté, les personnes importantes avec qui il avait trinqué et dîné. Après qu'ils avaient fait l'amour, elle posait la tête sur son torse et disait : « Parle-moi encore de ce drôle de type à Alger. » Aux yeux de Mary, Charlie était enfin le genre d'individu qu'il avait toujours rêvé d'être : courageux, intéressant et admiré.

Un soir, dans l'appartement sous les combles, pendant que Mary faisait griller des toasts et cuire un œuf à la coque en guise de repas post-coïtal, elle dit : « Je t'ai raconté que ma patronne avait décidé de me caser, mon chéri ? Elle connaît un type à l'ambassade du Royaume-Uni, et elle m'a raconté un truc super intéressant sur lui. Apparemment, ce serait un espion. Je n'ai pas le droit de le répéter. Elle m'a montré sa photo. Il n'est pas très séduisant, mais je suis tentée d'accepter, rien que pour l'excitation. Tu imagines ? Pouvoir dire que je sors avec un espion ? »

Un homme plus avisé aurait su à quoi s'en tenir. Mais en regardant Mary tapoter la coquille de son œuf avec une cuillère, Charlie, allongé sur le lit, songea : *C'est moi qui suis censé être la personne la plus intéressante de sa vie.* Ainsi, ce type avait fait monter les enchères ? Il allait trouver à qui parler.

Charlie commença en douceur. Désormais, quand il lui racontait ses histoires, il laissait échapper mine de rien quelques détails qui lui faisaient hausser les sourcils, intriguée. Alors, il s'interrompait, comme s'il regrettait d'en avoir trop dit.

« Quoi ? demandait-elle. Qu'est-ce qui se passe, mon chéri ? Dis-moi ! »

C'était un moment délicieux, cette marque d'intérêt. Charlie feignait une noble réticence, il se parait d'une feuille de vigne de droiture, pour obliger Mary à poser des questions, à mériter ses réponses. Un plaisir addictif, hélas. Après avoir commencé, il s'aperçut qu'il ne pouvait plus s'arrêter. C'était stupide, de toute évidence. Mais bon, à qui Mary pourrait-elle le répéter, hein ?

9

Amanda Clarkson, attachée économique, était à Saint-Pétersbourg pour assister à une conférence sur le commerce multilatéral. Employée par le Département d'État, Mme Clarkson avait cosigné plusieurs rapports sur les droits de douane agricoles. C'était le résultat qui apparaissait en premier quand on googlait son nom.

Amanda Clarkson aurait certainement été fascinée par cette conférence. Amanda Cole crut mourir d'ennui. Mais elle joua le jeu, badge suspendu à son cou, à l'intention des agents du FSB disséminés à travers le Four Seasons. Bien que le FSB soit totalement indépendant du GRU, pour lequel travaillait Semonov, ses agents n'en étaient pas moins dangereux.

L'hôtel était un ancien palais, somptueux, qui avait abrité autrefois le ministère de la Guerre. Sa chambre donnait sur la cathédrale Saint-Isaac. Ce premier soir, plongée dans la baignoire profonde, elle repensait à son premier voyage en Russie, en 2004. C'était amusant de songer que sa relation avec ce pays, colonne vertébrale de sa carrière, avait débuté sous le signe de l'aventure.

Quand on jouait les globe-trotters solitaires à vingt ans, il était facile de se faire des amis. Le jour où elle avait rencontré, dans une auberge de jeunesse de Berlin, un groupe de routards australiens à la peau bronzée qui partaient voir les aurores boréales en Finlande, elle s'était dit : *Pourquoi pas ?* Et quand ils avaient décidé de pousser jusqu'en Russie… Avait-elle mieux à faire ? s'était-elle demandé. Il lui restait un peu de l'argent gagné en donnant des cours de yoga au Maroc : de quoi tenir encore quelques mois au moins.

Les yeux fermés dans son bain, ces souvenirs lui semblaient aussi présents que l'eau chaude sur sa peau. D'emblée, la Russie lui avait paru différente. Dès son atterrissage à Saint-Pétersbourg, les douaniers l'avaient entraînée à l'écart et interrogée pendant plusieurs heures, convaincus que cette jeune Américaine mentait sur le véritable but de ses voyages. Une fois relâchée, elle avait rejoint les Australiens dans un bar miteux de la Perspective Nevsky. Ils avaient ri de ses mésaventures, et elle avait puisé du réconfort dans ces rires, dans les pirojkis servis avec de l'aneth et de la crème aigre, dans les petits verres de vodka frappée. Mais elle s'était réveillée le lendemain matin avec un reste de méfiance. Une vigilance accrue. Une semaine plus tard, quand les amis des antipodes avaient décidé d'émigrer vers le sud pour l'hiver, Amanda avait choisi de rester afin de découvrir tout ce que ce pays avait à offrir.

Le train de nuit pour Moscou, en troisième classe. La petite annonce au café : RECHERCHE PROFESSEUR D'ANGLAIS. De quoi payer le loyer de la chambre qu'elle louait à une veuve biélorusse. Dans l'appartement voisin vivait un jeune homme prénommé Jakob. Comme les douaniers, lui aussi était étonné par la décision d'Amanda. Le front plissé, il dit : « Tu es courageuse de voyager seule. Courageuse et stupide. » Pourtant, elle resta. Longtemps. Elle connut les chutes de neige en octobre ; les lectures de poésie dans des bars clandestins. Jakob et ses amis l'adoptèrent, ils lui prêtèrent des vêtements chauds pour l'hiver.

Ils l'appelaient leur petite Américaine sans collier. Le soir du réveillon du jour de l'An, une fête fut organisée, avec feu d'artifice sur la Moskova. À minuit, Jakob embrassa son petit copain, Ilia : rare démonstration, presque publique, de leur amour interdit. Elle se souvenait d'avoir regardé autour d'elle ce soir-là, et d'avoir éprouvé un sentiment de sérénité. Curieusement, elle commençait à se sentir chez elle dans ce pays.

Elle secoua la tête. Les clapotis du bain résonnaient contre les murs carrelés. Il se produisait toujours le même phénomène : franchir la frontière de la Russie était un déclencheur qui réactivait les parties les plus puissantes de sa mémoire. Elle devait se faire violence et se rappeler que dix-neuf ans s'étaient écoulés. Ce n'était pas le moment de s'égarer dans le passé. Le présent exigeait toute son attention.

Le lendemain matin, quand elle descendit pour le petit déjeuner, l'ambassadeur Romanoff l'attendait déjà, assis à une table dans un coin du salon de thé au plafond vitré.

« Je suis en retard ? demanda-t-elle.

— Hélas, non. On m'a réveillé à 4 h 30, bien que je sois certain d'avoir demandé qu'on me réveille deux heures plus tard. Impossible de me rendormir ensuite. Finalement, j'ai renoncé. » Romanoff montra la cafetière à piston en argent. « J'en suis déjà à la deuxième.

— C'est astucieux, reconnaissez-le. En réveillant les clients plus tôt, ils vendent plus de café. »

L'ambassadeur sourit.

« Vous avez toujours eu une imagination débordante. Eh bien, madame Clarkson, que pensez-vous de cette conférence ?

— Très intéressant, jusqu'à maintenant. Mais j'attends avec impatience le programme du jour.

— J'en suis sûr. »

La serveuse qui vint prendre leur commande se montra

agressive, comme on pouvait s'y attendre. Abe Romanoff, ambassadeur des États-Unis en Russie, possédait plusieurs qualités très utiles dans l'exercice de sa profession. Il parlait couramment la langue du pays, il avait une longue expérience de diplomate et une réputation de grande intégrité. Mais surtout, il avait une forte tolérance à la douleur. Des hommes le suivaient partout où il allait. Ils s'introduisaient dans son domicile par effraction, crevaient les pneus de sa voiture, répandaient des calomnies sur son compte dans la presse, le réveillaient en pleine nuit et ordonnaient aux serveuses de le maltraiter. Mais Romanoff savait que tout cela était le prix à payer pour faire son métier.

Ils poursuivirent leur conversation au cours du petit déjeuner. Romanoff avait travaillé pour le Département d'État pendant presque quarante ans, et il savait où étaient enterrés les squelettes. Son cerveau de diplomate lui permettait de mémoriser les réseaux complexes que tissaient les relations humaines. Pendant que la serveuse débarrassait leurs assiettes, il dit : « Au fait, je voulais vous demander : comment va votre père ?

— Toujours au volant de son camion. »

Amanda avait fait de son père un chauffeur routier. Parce que… il fallait bien inventer quelque chose.

« Il doit en falloir de l'énergie, dit Romanoff. Il n'a pas l'intention de prendre sa retraite un jour ?

— À la fin de l'année, apparemment. Je crois que ça lui fait peur.

— Il craint de ne pas savoir comment s'occuper.

— Oui, quelque chose comme ça. »

Romanoff tendit le bras au-dessus de la table pour lui tapoter la main.

« Il trouvera. »

Avec sa barbe épaisse et son regard doux, il était tout à fait du genre à prononcer des paroles bienveillantes. Et il paraissait sincère. Ce qui ne l'empêcha pas, ce faisant, de glisser un petit bout de papier entre les doigts d'Amanda. Quand il se leva, elle ramena ses mains sur ses genoux.

« Merci pour ce petit déjeuner, dit-elle. C'est toujours agréable de rattraper le temps perdu.

— Bonne chance pour aujourd'hui. »

~

En pleine communication, Amanda se leva et dérangea ses voisins pour passer.

« Pardon… excusez-moi… toilettes », murmura-t-elle.

Une femme se lavait les mains au-dessus d'un lavabo. Amanda entra dans un cabinet et attendit qu'elle ait fini. Quand elle entendit la porte des toilettes s'ouvrir et se refermer, elle réapparut. Conformément à ce qu'indiquait le mot, le sac à dos se trouvait derrière la plante verte dans le coin. Quelques minutes plus tard, Amanda ressortit des toilettes avec des lunettes, des cheveux châtains bouclés, un jean, des baskets et un coupe-vent. Plus rien à voir avec la diplomate en tailleur qui était entrée un peu plus tôt.

Le sac à dos contenait également une brochure sur papier glacé et un ticket d'hydroptère à destination de Peterhof. À 10 heures. Elle disposait de trente minutes pour parcourir la courte distance qui séparait l'hôtel de l'embarcadère. Elle quitta l'hôtel par la porte située sur le côté, en direction du dôme doré de Saint-Isaac, tourna à gauche, puis encore à gauche. Sans se presser. Elle s'arrêta dans un coffee shop pour acheter une viennoiserie, fit le tour du pâté de maisons, se promena dans le parc face à l'hôtel et photographia la statue de Gogol. Elle arriva à l'embarcadère quelques minutes avant le départ de l'hydroptère, certaine de ne pas avoir été suivie.

Malgré le temps gris, le bateau était presque plein. Le dernier passager qui monta à bord était un homme vêtu d'un blouson en cuir marron. L'engin accéléra sur les eaux de la Baltique dans un rugissement assourdissant. Il régnait une humidité glaciale dans la cabine. Assise à l'arrière, Amanda faisait mine de lire la brochure consacrée à Peterhof, la résidence d'été des tsars restaurée à grands frais. Son regard revenait sans cesse se poser, brièvement, sur l'homme au blouson en cuir. Si, en arrivant à destination, elle craignait d'être suivie, elle sortirait du sac à dos une écharpe rouge et l'enroulerait autour de son cou. Le signal indiquant à Semonov que le rendez-vous était annulé.

Ce n'était plus comme à Rome. En Russie, en cas de problème, ce serait du sérieux. Depuis quand n'avait-elle pas senti le souffle du danger sur sa nuque ? Là-bas, dans la capitale italienne, elle était enveloppée d'un cocon. Ici, le danger vous obligeait à demeurer vigilant. Elle songea soudain, tardivement, que c'était peut-être une des raisons pour lesquelles elle avait entrepris ce voyage : l'envie de frôler le précipice. Peut-être que son ego obscurcissait son jugement.

Au bout de quarante-cinq minutes environ, le rugissement du moteur faiblit. Les passagers descendirent sur la passerelle en file indienne. Amanda débarqua la dernière. Le vent, plus fort qu'en ville, projetait des rafales de pluie, qui venait de faire son apparition. Les mains fourrées dans les poches de son coupe-vent, elle suivit la jetée d'un pas lent. L'homme au blouson de cuir marron marchait vers l'entrée du parc, sans un regard en arrière. Le temps qu'Amanda fasse la queue pour acheter un billet, il était loin devant, et il disparut parmi la foule des visiteurs.

Elle soupira. Encore une demi-heure avant son rendez-vous devant la fontaine Pyramide. À Semonov de jouer maintenant. Si tout allait bien, il passerait devant la fontaine tête nue. S'il se savait suivi, il porterait un bonnet orange. Dans ce cas, il rentrerait à Moscou, et Amanda rentrerait à Rome. On en resterait là. Toute cette préparation minutieuse pour rien.

Elle atteignit la fontaine Pyramide avec quelques minutes d'avance, en regardant de tous les côtés. Il serait facile de repérer Semonov au milieu des touristes. Il était grand, il serait seul et, si Dieu le veut, tête nue, malgré le mauvais temps.

Il apparut à l'heure pile. Sans bonnet. Nouveau soupir. Amanda attendit qu'il l'aperçoive. Il tenait une brochure trempée et scrutait les environs, visiblement nerveux. Enfin, il l'aperçut, de l'autre côté de la fontaine. Elle soutint son regard, plus longtemps que nécessaire : elle voulait lui faire comprendre qu'il n'y avait pas de problème. Ils n'avaient rien à craindre. Tout se passerait bien. Il avait besoin d'être rassuré et, en toute franchise, elle aussi.

Amanda prit la direction de l'est, s'éloignant ainsi de l'axe central du palais. À mesure qu'elle s'enfonçait dans la propriété, les touristes devenaient moins nombreux. Jakob, son ami moscovite, lui avait expliqué un jour que ce palais et le parc étaient le résultat somptueux de la jalousie de Pierre le Grand. Celui-ci avait visité Versailles en 1717, et à peine rentré de France, il avait griffonné les plans de sa future retraite estivale, qui serait plus vaste, plus grandiose, que Versailles. Peterhof offrait une métaphore parfaite de la Russie, victime de son gigantisme. Impossible de visiter le parc en un jour et les touristes se cantonnaient aux fontaines et aux jardins. Le reste du domaine était quasiment désert.

Arrivée à l'extrémité est, Amanda s'arrêta devant une guérite vitrée. À l'intérieur, le gardien somnolait sur sa chaise. Un mur séparait Peterhof du parc Alexandria voisin et il fallait un ticket spécial pour y accéder. Elle frappa à la vitre et tendit au gardien trois cents roubles. Compte tenu de ce temps maussade, Semonov et elle seraient sans doute les seuls visiteurs qu'il verrait de la journée. Elle aurait préféré l'anonymat qu'offrait la foule, mais ils devaient faire avec les moyens du bord.

Le parc était tout l'opposé des jardins parfaitement entretenus et des fontaines dorées. Les Romanov y avaient fait construire une chapelle privée. Les communistes l'avaient laissée se détériorer, mais elle avait été restaurée au cours des dernières décennies, et sa blancheur étincelait à présent : une pierre précieuse dans un écrin de forêt sombre.

Une clôture entourait la chapelle. Amanda s'arrêta devant la porte verrouillée. Un autre gardien apparut au coin du bâtiment.

« La chapelle est fermée aujourd'hui.

— Ah, quel dommage. Ma mère m'a dit qu'il ne fallait pas manquer ça.

— L'orgue est en travaux.

— J'espère qu'il sera réparé pour son anniversaire. »

Le gardien posa sur elle un regard méfiant. Finalement, il sortit de sa poche une clé avec laquelle il ouvrit la porte. Amanda le suivit à l'intérieur en murmurant « merci ».

Le gardien était le frère d'un chasseur de l'hôtel Metropol à Moscou. Quand ils avaient cherché un endroit sûr pour leur rendez-vous à Saint-Pétersbourg, Amanda s'était souvenue de cet homme, et avait décidé de réclamer le service qu'il lui devait. À en juger par son air morose, il n'appréciait pas ce qu'on exigeait de lui. Même s'il ignorait qui étaient ces deux personnes, et la raison de cette rencontre secrète, il savait qu'il prenait un risque. Mais Amanda lui rappela que dans la vie, on n'avait rien sans rien.

Semonov l'attendait près de l'autel. Amanda posa sa main sur son bras.

« Tout va bien ?

— Je crois. »

Le gardien ne pouvait leur garantir que trente minutes d'intimité. Ils devaient aller droit au but.

« Ces deux hommes de l'Unité 29155, vous les voyez souvent ? interrogea-t-elle.

— Non. De temps en temps seulement.

— Ils travaillent dans un autre bâtiment ? Ils ne se mélangent pas avec les autres agents du GRU ?

— Je ne suis même pas censé les connaître. Mais ils m'aiment bien, j'ai l'impression. Ou plutôt, je les amuse.

— Comment ça ?

— Ils aiment se moquer de moi, pour tuer le temps. Quand ils s'ennuient, ils viennent me voir.

— Et de quoi ils vous parlent ?

— Ah, justement. » Il détourna le regard, le rouge aux joues. « C'est ça, le problème.

— Il s'est passé quelque chose ? Vous pouvez tout me dire. »

II secoua la tête, en regardant le sol.

« Ils se moquent de moi, c'est tout.

— Kostya, il vaut mieux que vous me racontiez précisément ce qui s'est passé. »

~

Cela s'était passé en été, peu de temps après son retour de Rome, et après que les deux gros bras étaient rentrés du Caire. Ils apparurent sur le seuil de son bureau.

« Semonov, dit Tweedledee. J'ai une question à te poser. Où est-ce que j'ai chopé ce coup de soleil, à ton avis ? »

Semonov fronça les sourcils. Était-ce une question piège ?

« Vous étiez en Égypte.

— Erreur. Tu ne sais pas où j'étais. Tu n'en as aucune idée. Tu piges ? »

Semonov eut un moment d'hésitation. Puis il comprit ce que voulait dire Tweedledee. Les deux hommes avaient pris conscience, un peu tard, qu'ils avaient été idiots de se vanter du meurtre de Vogel. Si leurs supérieurs l'apprenaient, ils leur passeraient un savon. Ou pire. Malheureusement pour eux, Semonov était un être pointilleux, et il y avait un défaut dans leur stratégie.

« Ouuuui, dit-il d'une voix traînante. Mais voyez-vous, j'ai cette note sous les yeux. Regardez : *Documents nécessaires pour deux hommes arrivant au Caire le 21 juillet.* Alors, j'ignore pourquoi vous étiez là-bas... » Il haussa un sourcil d'un air entendu. « Mais d'affirmer que je ne savais pas que vous alliez au Caire, ce ne serait pas logique. »

Tweedledee s'avança et planta ses poings sur le bureau de Semonov.

« Tu es un abruti. » Il remarqua la photo encadrée sur l'étagère. « C'est ton épouse ? Pourquoi cette jolie femme a épousé un abruti dans ton genre ? »

Tweedledum renifla avec mépris.

« Faut croire qu'elle est stupide elle aussi », dit-il.

Sa femme ! Il voulait bien se laisser maltraiter, mais pas question qu'ils insultent Chiara ! Le cœur battant, il pivota sur son siège, se saisit de la photo sur l'étagère et la cacha avec sa main.

« Je vous demande de sortir de mon bureau.

— Ha ! s'esclaffa Tweedledee. Tu n'aimerais pas qu'elle te voie comme ça, hein ? En train de trembler comme un chien ? Alors, fourre-toi bien ça dans ta tête de mule. Tu ne sais pas qui on est. Tu ne sais même pas qu'on existe. Tu piges maintenant, abruti ? Ou bien tu veux qu'on vous rende une petite visite, à ta femme et toi, dans votre appartement merdique de Taganski ? »

Aujourd'hui encore, des mois plus tard, dans la fraîcheur et le silence de la chapelle, Semonov ne pouvait s'empêcher de rougir à l'évocation de cette scène. Le souvenir de l'humiliation était aussi cruel que l'humiliation elle-même.

« Après ce jour, je croyais être débarrassé d'eux, mais de temps en temps, ils débarquent dans mon bureau.

— Pour vous menacer ? Ils veulent s'assurer que vous êtes obéissant ?

— Ils ne me croient pas capable de désobéir, je pense. Pour eux, je suis un animal qu'on dresse facilement. Quand vous frappez un chien une fois, il retient la leçon. En fait, comme je vous le disais : ils s'ennuient. Je les distrais. Par ailleurs, je pense que ces hommes sont peu sûrs d'eux. »

Amanda ne cacha pas son étonnement.

« Ça se voit à leur façon de parler. Et de se comporter. Ils gagnent leur vie en tuant des gens, mais ils manquent de confiance en eux. Alors, ils aiment bien passer un petit moment avec ce pauvre Semonov. Ils se sentent plus forts.

— Je vois. »

Les rouages se mettaient en branle dans l'esprit d'Amanda.

« Mais si pathétique soit ce pauvre Semonov, reprit celui-ci, ils savent qu'ils ont commis une erreur. Parfois, ils se vantent, mais sans jamais entrer dans les détails. Je suis certain qu'ils n'évoqueront plus jamais des cas précis comme Vogel. Je ne pense pas que… Comment on dit ? Que la foudre frappe deux fois au même endroit. »

Exact, pensa-t-elle. *Sauf si vous fixez un grand poteau métallique sur votre toit.*

La pluie, projetée par le vent de plus en plus violent, grêlait les fenêtres. Le gardien, resté dehors, devait avoir l'œil sur sa montre. Amanda prit une profonde inspiration. C'était risqué, elle en avait conscience. Mais ils avaient besoin de résultats.

« Kostya. Nous avons découvert pour quelle raison ils ont assassiné le sénateur Vogel. Vous aimeriez la connaître ? »

Il haussa les sourcils.

« Est-ce que j'aimerais… ?

— Après les risques que vous avez courus, vous méritez de connaître la vérité. » Elle se jeta à l'eau. « Le sénateur Vogel était sur le point de dévoiler une escroquerie organisée par le gouvernement russe. Voilà pourquoi le GRU l'a assassiné. Il allait révéler au grand jour cette dangereuse entreprise de corruption. Nous avons découvert également de quelle manière Vogel a mis le doigt sur cette combine. Il travaillait avec un certain Ivan Komarovsky. Vous savez qui c'est ?

— L'homme d'affaires ? Celui qui possède l'équipe de football ?

— Lui-même. Gruzdev a ordonné à Komarovsky de monter cette combine. Au début, il a joué le jeu. Vous savez comment ça se passe. Quand on vous demande de faire une chose, et que vous n'avez pas le choix. Mais au bout d'un moment, Komarovsky était tellement écœuré, horrifié, qu'il a décidé de cracher le morceau. Sa conscience le taraudait. Alors, il a collaboré avec Vogel pour faire éclater la vérité. »

Semonov ouvrit de grands yeux.

« Concernant l'escroquerie elle-même, j'aimerais vous en dire plus, mais c'est risqué. Il suffit de voir ce qui est arrivé à Vogel. Moins vous en saurez, mieux ça vaudra pour vous. Sauf si…

— Non. Non ! Je ne veux pas savoir.

— Vous êtes sûr ?

— Oui, oui. Je vous crois !

— Si jamais vous changez d'avis… »

Il secoua vigoureusement la tête.

« Non.

— Très bien. Maintenant, Kostya, voici ce que j'attends de vous. Nous devons parler à Komarovsky. Mais avant cela, nous avons besoin de savoir ce qu'ils lui ont dit en Islande. »

Semonov la regarda sans comprendre.

« L'Islande, vous vous souvenez ? En août dernier, le GRU vous a demandé de fabriquer des documents. Ces deux hommes de l'Unité 29155 sont allés là-bas pour voir Komarovsky. Et lui transmettre un message.

— Oh.

— On a besoin de savoir ce que disait ce message.

— Je ne peux pas… » Semonov remontait et descendait la fermeture Éclair de sa veste pour essayer de maîtriser le tremblement de sa main. « Ils sauront. Ils sauront forcément.

— Bien sûr que non, dit-elle d'un ton rassurant. Écoutez-moi, Kostya. Ces hommes sont des idiots. Vous êtes mille fois plus intelligent qu'eux. Vous ferez comme si c'était la chose la plus naturelle au monde. Ils ne se douteront de rien. Ils se comportent comme des tyrans, mais ce n'est pas eux qui commandent. C'est vous. »

La fermeture Éclair montait et descendait, montait et descendait.

« Je vous le promets, ajouta Amanda. Je ne vous demanderais pas ça si ce n'était pas important. »

~

Elle regagna l'hôtel à temps pour la dernière présentation de la journée. Après un passage par les toilettes pour remettre son tailleur, elle trouva une place au fond de la salle, juste au moment où l'orateur commençait son exposé sur un sujet fascinant : « La coopération internationale en matière de protection de la propriété intellectuelle ». Le reste de la soirée se déroula dans une sorte de brouillard de soulagement. Semonov, d'un hochement de tête stoïque, avait finalement accepté de faire ce qu'elle lui demandait. *Dieu soit loué*, pensait-elle. *Il appartient au camp des gens bien.*

Le lendemain matin, au moment de rendre sa chambre, Amanda demanda si elle pouvait laisser ses bagages quelques heures à l'hôtel. Son avion pour Rome ne décollait que dans l'après-midi. Elle marcha en direction du palais d'Hiver. Le ciel était clair, mais la température plutôt fraîche pour un mois d'octobre.

La place du palais était envahie de touristes, principalement des Chinois en voyage organisé. Rares étaient les Américains qui visitaient la Russie ces temps-ci. Ils imaginaient un pays sombre et inhospitalier. Mais ce matin, à Saint-Pétersbourg, sous un soleil éclatant qui faisait ressortir les teintes rouges et orange de l'automne, la Russie offrait un visage bien différent.

Une fois à l'intérieur du palais, après avoir affronté une longue file d'attente, Amanda gravit l'escalier et se faufila au milieu des visiteurs pour atteindre la salle des Rembrandt au premier étage. Romanoff l'attendait devant un tableau à cadre doré, les mains dans le dos. Amanda s'arrêta à côté de lui.

« Pourquoi tout le monde s'extasie devant ce Rembrandt ? » murmura-t-elle.

L'ambassadeur tourna vers elle son regard pétillant.

« Je vois que vous êtes de bonne humeur.

— Ce n'est même pas sarcastique. Je n'y connais absolument rien en art.

— Ce tableau s'intitule *Le sacrifice d'Isaac.* Vous connaissez l'histoire ? »

Amanda fit non de la tête.

« Dieu avait demandé à Abraham de sacrifier son fils Isaac, qu'il adorait. Au moment où Abraham allait planter un couteau dans le corps de son fils, un ange – que vous pouvez voir ici – est apparu pour retenir sa main. L'ange déclara qu'il avait réussi le test : son fils pouvait vivre. Abraham n'était pas obligé de commettre l'irréparable. Montrer à Dieu qu'il était prêt à le faire suffisait.

— Eh bé, dit Amanda. Si j'étais Isaac, je serais quand même furieux.

— C'est une interprétation de l'histoire, dit Romanoff. Il en existe une autre, que je préfère. En réalité, le test fonctionnait dans l'autre sens : Abraham voulait mettre Dieu à l'épreuve. Même au moment où il allait plonger son couteau dans le cœur d'Isaac, il savait que ce Dieu en qui il croyait allait intervenir car c'était un être bon et juste qui n'accepterait pas une telle souffrance. L'intervention de l'ange vient confirmer la foi d'Abraham. Puissant, n'est-ce pas ? Une démonstration de foi extrême. »

Amanda se sentit rougir. Le récit de Romanoff lui avait permis de percevoir quelque chose dans les rapports entre Isaac et Abraham, entre Abraham et Dieu. Et pour des raisons qui lui échappaient, elle éprouvait une sensation de malaise. Ou plutôt, pour des raisons qu'elle préférait ne pas comprendre.

L'ambassadeur lui toucha le bras.

« Suivez-moi. Celui-ci est très connu. »

Le retour du fils prodigue était exposé à proximité.

En s'en approchant, Amanda et Romanoff furent bousculés par la foule des visiteurs. Au milieu de cette cohue, ceux qui surveillaient l'ambassadeur ne pourraient pas entendre ce qu'ils se disaient.

« Alors, vous avez obtenu ce que vous vouliez ? murmura-t-il.

— Oui. Merci. Je sais que ce n'était pas facile de tout organiser en si peu de temps. J'ai une dette envers vous. »

Romanoff baissa la tête. On l'avait informé que l'Agence devait organiser en urgence une rencontre avec un précieux informateur. Le reste était strictement confidentiel. Beaucoup d'autres ambassadeurs se seraient offusqués, convaincus que le renseignement devait être au service de la diplomatie, et non l'inverse. Romanoff, lui, semblait accepter cette répartition des rôles. Debout côte à côte, ils examinèrent le tableau. Parfois, Amanda enviait les gens tels que lui. Son mode de vie était plus sain. Plus charitable.

« Vous repartez aujourd'hui, je crois ? demanda-t-il.

— J'aimerais rester plus longtemps. Ce pays m'a manqué.

— Je n'en doute pas. » Après un silence, Romanoff ajouta : « C'est une chose qui m'amuse toujours : l'endroit où se situe la frontière.

— Quelle frontière ?

— Si votre vice est l'alcool, le sexe ou le jeu, c'est terminé. L'Agence ne vous laissera même pas passer le premier entretien. En revanche, ils recrutent des drogués. Simplement, ces gens sont drogués à autre chose. L'action. L'adrénaline. Le drame permanent. »

Amanda se hérissa.

« Vous ne pouvez quand même pas comparer.

— J'ai vu autant de personnes détruites par ce genre d'addictions que par la drogue.

— Ce n'est pas un jeu. » Elle se souvenait soudain que Romanoff pouvait se montrer exaspérant parfois. « J'avais une bonne raison pour venir en Russie. »

Sans quitter le tableau des yeux, il se pencha un peu plus vers Amanda.

« Je crains que l'histoire se répète. Savez-vous pourquoi la guerre froide a duré aussi longtemps ?

— Parce qu'ils voulaient nous tuer et parce qu'on voulait les tuer. »

L'ambassadeur sourit, amusé par le ton de cette réponse. Il savait qu'il pouvait se montrer exaspérant, en effet.

« C'est une explication. L'autre, c'est que certaines personnes s'amusaient trop pour avoir envie d'arrêter. Pas toutes, évidemment. La plupart des êtres humains ne sont pas aussi cruels. Je parle d'une poignée d'individus influents, dans leur camp et dans le nôtre. Ils raffolaient de ce jeu. Ils étaient ravis d'avoir un ennemi à combattre, une croisade à mener. Ah, bon sang, quand on regarde en arrière, toute cette période a quelque chose d'extravagant. Les agents doubles. Les agents triples. La chasse aux taupes. Les complots qui cachent des complots.» Quand il se tourna vers elle, Romanoff ne souriait plus. «Vous êtes une femme intelligente, Amanda. Et je sais que vous aviez une bonne raison pour venir ici. Je dis juste que vous ne devez pas vous méprendre sur la nature de cette raison.»

~

Amanda s'envola pour Rome en repensant à ces paroles. Non, se disait-elle. Romanoff se trompait. Des complots qui en cachent d'autres? Ça ne lui ressemblait pas. Il croyait qu'elle aimait vraiment ce genre de choses? Il croyait qu'elle provoquait ces situations?

Au cours de ces dernières semaines, elle avait commencé à se dire qu'elle devrait avouer la vérité à Kath. Et à présent, ce désir de prouver que M. l'ambassadeur Je-Sais-Tout avait tort lui procurait la motivation nécessaire. Le lendemain, de retour au poste, Amanda informa Kath de sa rencontre avec Semonov, et ajouta : «J'ai autre chose à vous dire. C'est un peu... C'est difficile à expliquer.

— Oh, rassurez-vous, ça ne peut pas être pire que d'essayer de faire le tri dans ces ordres à seuil de déclenchement, répondit Kath en souriant, jusqu'à ce qu'elle remarque le visage grave d'Amanda. Hé, je plaisante!

— Vous allez penser que je suis une horrible personne.

— Les personnes horribles n'existent pas. Il n'y a que des actions horribles.

— C'est juste que… Je ne sais pas comment…

— Ne vous en faites pas. Commencez par le commencement. »

Alors, de la bouche d'Amanda sortirent les premiers mots, pour raconter la rencontre entre son père et Jenny Navarro, son père qui avait brûlé ce document devant elle et qui lui avait demandé de mentir pour le protéger. Chaque fois qu'au cours de son récit elle éprouvait l'envie de courir se réfugier dans l'intimité et la sécurité du secret, elle repensait à Romanoff, ce connard arrogant. Et elle continuait. La sérénité de Kath lui facilitait la tâche.

Finalement, celle-ci fit remarquer : « Il vous a montré le document, pourtant.

— Il voulait que ce soit moi qui prenne la décision à sa place.

— C'est certainement une des plus grandes marques de lâcheté que j'aie entendue.

— De lâcheté ?

— Vous obliger à choisir. Allez-y, continuez. »

Amanda était sur la défensive soudain.

« Peut-être qu'il essayait d'être honnête, simplement.

— Dans un sens, on peut dire que ça simplifie énormément la situation. Si on voit les choses sous cet angle. Si Charlie voulait absolument protéger son secret, quel qu'il soit, il ne vous en aurait pas parlé. C'est aussi simple que ça. Il vous a donné cette miette pour que vous découvriez la vérité. Donc, en réalité, vous faites ce qu'il attend de vous. Non ?

— Ce n'est pas l'impression que j'ai eue.

— En quelle année a-t-il quitté le Bureau des opérations ? Au début des années 1990 ? Je me demande si…

— Kath, arrêtez, je vous prie.

— Une époque étrange, bien sûr. Toutes ces questions en suspens. Le problème…

— S'il vous plaît ! Arrêtez !

— Quoi donc ?

— Votre numéro de Sherlock Holmes vaudou ! C'est mon problème, d'accord ? Et ne faites pas comme si c'était une décision facile à prendre. Il voudrait que je découvre la vérité, dites-vous ? Ah, nom d'un chien ! C'est trop facile !

— Je ne dis pas que c'était un désir conscient.

— Taisez-vous ! Arrêtez ! »

Amanda enfouit son visage dans ses mains et appuya ses paumes sur ses yeux. Au bout d'une minute, quand l'adrénaline retomba, elle s'aperçut qu'elle se comportait comme une conne. Kath était fidèle à elle-même. Elle voulait juste apporter son aide. Quand on y réfléchissait, c'est elle qui avait des raisons de s'énerver. Amanda ne venait-elle pas de lui faire ce que lui avait fait son père ? En déposant sur ses épaules le poids de cet épouvantable secret ? *Hé, vous savez quoi ? Je vous ai menti pendant tout ce temps ! Et maintenant, vous êtes coincée vous aussi ! Tordant, non ?*

Kath posa la main sur son bras.

« Je suis désolée, dit-elle. J'ai parfois du mal à quitter le mode Agence. J'en ai conscience.

— J'ai commis une grave erreur, marmonna Amanda.

— Comment ça ?

— J'aurais dû en parler à Gasko.

— Certainement pas. Vous avez fait le bon choix. »

Amanda releva la tête, surprise.

« C'est un conflit d'intérêts.

— Non, c'est une motivation. À vous de l'exploiter. Et je

suis contente que vous m'en ayez parlé. Je commençais à m'interroger.

— Vous saviez que je mentais ?

— Ce voyage en Russie. Me harceler toutes les cinq minutes pour savoir s'il y avait du nouveau. On aurait pu croire que vous étiez possédée ! Personne ne vous a jamais dit que vous étiez une cheffe particulièrement exaspérante ? De toute évidence, il y avait une raison derrière cette folie. Maintenant, je comprends mieux. Vous devez avoir une petite discussion avec Komarovsky. C'est lui qui a donné le nom de votre père à Vogel. Lui seul peut rassembler toutes les pièces. Et rien ne vous empêchera d'aller jusqu'au bout. »

Amanda sourit malgré elle.

« Vous avez pensé que j'étais folle ?

— Voyons, ma chérie. Je vous ai dit que vous étiez folle. »

10

Un soir de la fin d'octobre, un mail arriva dans la boîte de réception de Charlie.

> Salut, les amis. J'ai un peu honte, mais si je n'envoie pas ce message, Marjorie a menacé de le faire à ma place. Voir ci-dessous. Un dîner est organisé le mois prochain, au cours duquel je dirai quelques mots. La bouffe ne sera pas bonne, vous devrez porter un smoking, et mon discours va vous endormir. Alors, ne répondez pas tous oui en même temps.

Steve Raines comptait parmi les plus vieux amis de Charlie. L'hôpital Mount Sinaï avait décidé de lui rendre hommage en lui remettant une récompense qui couronnait sa carrière de chef du service de chirurgie cardiaque : dîner au Plaza à New York, tenue de soirée exigée et gros donateurs. Charlie n'était pas dupe du ton faussement modeste de ce message. Raines était fier, à juste titre. Pour cette raison, malgré le peu d'attirance qu'il éprouvait pour les smokings et les banquets « poulet ou steak », Charlie savait qu'il était obligé de dire oui.

En ce jour de novembre, alors qu'il roulait sur la I-95, il essayait de se rappeler depuis quand il n'avait pas mis les pieds à

New York. L'an dernier ? L'année d'avant ? Quand Amanda était petite, il faisait ce trajet en permanence. Le vendredi soir, devant chez Helen, leur fille se précipitait vers lui avec un sourire jusqu'aux oreilles, son sac à dos tressautant sur ses épaules. Et puis, le dimanche après-midi, c'était l'inverse : Amanda se jetait dans les bras de sa mère. À l'époque, ces séparations lui rappelaient clairement et cruellement ce dont il était privé. Mais le temps avait adouci ces souvenirs, et aujourd'hui ils le remplissaient de nostalgie.

Amanda ayant grandi, Helen et lui avaient moins de raisons de garder le contact. Ils se parlaient au téléphone, parfois, mais c'était tout. Sous le tunnel Lincoln, il éprouva soudain l'envie de la voir. Sans doute était-elle débordée. Et dans le cas contraire, sans doute trouverait-elle une excuse. Mais qu'avait-il à perdre ? Une fois installé dans sa chambre d'hôtel de Midtown, après avoir suspendu son smoking dans la salle de bains et fait couler l'eau de la douche pour le défroisser, il composa le numéro de Helen. Elle répondit dès la deuxième sonnerie.

« Tu plaisantes ? demanda-t-elle. Évidemment que j'ai envie de te voir, Charlie. Demain après-midi, ça te va ? Viens donc boire un café. »

Et voilà pourquoi il frappait à sa porte, un bouquet de dahlias à la main. Quand Helen lui ouvrit, il pensa : *Elle n'a absolument pas changé.* Elle était toujours aussi belle, en effet, mais sa beauté provoquait en lui une autre réaction. Autrefois, elle le rendait possessif. Aujourd'hui, il pensait simplement : *Je n'en reviens pas d'avoir partagé ma vie avec cette femme pendant quelque temps.*

« Tu veux visiter ? » proposa-t-elle en le faisant entrer.

L'appartement était clair et spacieux, haut de plafond, doté d'étagères encastrées. Helen et Sidney étaient étudiants quand ils s'étaient mariés (elle à Hunter College, lui à la Columbia Business School), mais cette période de vaches maigres n'était plus qu'un lointain souvenir. Sidney exerçait un vague boulot dans la finance et Helen, après avoir enseigné pendant longtemps dans des établissements publics, dirigeait à présent une organisation éducative à but non lucratif. Charlie enregistra tous ces éléments.

« C'est chouette ici, dit-il. Sincèrement. Dans le coin, il y a beaucoup d'appartements un peu…

— Étouffants ? Kitsch ? Style rideaux épais et colverts ? »

Il sourit.

« Tu as toujours détesté les goûts de ma mère.

— Tout est relatif. » Elle montra le fauteuil Eames dans le coin. « Prends ce fauteuil. Moi, je l'adore. D'autres personnes le trouveront affreux. Et elles n'auront pas forcément tort. J'ai mis du temps à retenir cette leçon. Allons dans la cuisine, que je puisse mettre ces fleurs dans l'eau. Elles sont magnifiqucs, Charlie. Franchement, tu n'étais pas obligé. »

Il y avait du café dans la cafetière et une assiette de cookies sur la table, encore tièdes, à la cannelle. Helen ouvrit un placard et se dressa sur la pointe des pieds pour essayer d'attraper un vase. Charlie hésita une seconde – n'était-ce pas un peu bizarre ? – puis vola à son secours. Il prit le vase sur l'étagère du haut.

« Tiens. »

Non, ce n'était pas bizarre. Rien de tout cela n'était bizarre. Jugement que semblait partager Helen.

« Je suis vraiment contente que tu m'aies appelée. C'est chouette. On aurait dû faire ça depuis longtemps. Tu sais, chaque fois que je demande de tes nouvelles à Amanda, elle me répond : "Il va bien", sans jamais donner de détails.

— Si ça peut te consoler, c'est pareil avec moi.

— N'empêche, Charlie, c'est une gentille fille.

— Il n'y a pas mieux. »

Helen prit la cafetière et regarda son ex-mari d'un air interrogateur. Il répondit par un hochement de tête et elle remplit sa tasse.

« Tu l'as vue, cet été ? demanda-t-elle. Quand elle est revenue ?

— En coup de vent. On a dîné ensemble. Juste avant qu'elle vienne te voir, je pense.

— Exact. » Une ride apparut entre les sourcils de Helen. « À ce propos... »

Charlie posa le cookie qu'il venait de prendre.

« Il s'est passé quelque chose ?

— J'hésitais à t'en parler. Quand je l'ai vue en juillet, j'ai eu l'impression qu'elle subissait une énorme pression. Encore plus que d'habitude. Et puis, elle... » Helen s'interrompit, elle dévisageait Charlie. « Elle m'a posé des questions. Sur Helsinki.

— Oh. » Il avait la gorge sèche soudain. « Sur Helsinki ? Et plus précisément ?

— Elle voulait savoir pourquoi tu étais parti. Elle avait du mal à croire, il me semble, que c'était un choix de ta part. Elle semble penser qu'il y avait autre chose derrière. Je lui ai répondu que je ne savais pas. Parce que c'est la vérité, Charlie. Je n'ai jamais réellement su. »

Il déglutit.

« Helen, je... »

Elle l'arrêta d'un geste.

« Je ne cherche pas à te faire culpabiliser. Je t'assure ! C'est de l'histoire ancienne. On n'a pas besoin, ni toi ni moi, de remuer le passé. Mais peut-être qu'Amanda voit les choses différemment, qu'elle essaie de comprendre quelque chose. C'est pourquoi je t'en parle. Vous vous êtes toujours bien entendus, elle et toi. » Son ton s'adoucit. « C'est toi qu'elle devrait interroger. Pas moi. Alors, la prochaine fois que vous vous voyez, tu pourrais peut-être lui ouvrir cette porte. Lui faire comprendre qu'elle a le droit de te poser des questions.

— Oui, bien sûr. D'accord. »

Il croyait voir de la pitié dans le regard de Helen. Il avait eu tort. Il avait quelque chose à perdre en venant ici : sa dignité. Son cœur s'emballait. C'était le sucre, la caféine, tout.

« Bon. » Il se leva brutalement et sa chaise racla le sol. « Il faut que j'y aille.

— Tu n'es pas obligé de…

— Je suis resté trop longtemps déjà. Merci pour le café. Ça m'a fait plaisir de te revoir, Helen. »

Dans le couloir, il appuya sur le bouton de l'ascenseur, d'un index rageur. Plusieurs fois. Dans le hall, le portier proposa de héler un taxi. À dire vrai, Charlie n'avait jamais aimé New York. Il n'avait jamais aimé les ascenseurs, les métros, les puits de ventilation, les trottoirs. Il redoutait de retrouver sa chambre d'hôtel grande comme un timbre-poste. Impossible de respirer entre ces quatre murs. Et il avait besoin de respirer. Soudain, il eut une idée.

« Non, répondit-il. Pas de taxi. Je vais marcher. »

Intervention divine : Maurice Adler habitait à quelques rues d'ici. Et Maurice, informé de ce qui s'était passé à Helsinki, saurait exactement quoi faire.

~

Janvier 1987. L'hiver, les chasse-neige qui déblayaient les rues d'Helsinki déposaient tout ce qu'ils charriaient à Fastholma, une zone boisée, paisible, à la périphérie de la ville. La route qui menait à la planque serpentait devant ces immenses murs blancs, dont les vestiges gelés constelleraient les forêts jusqu'au milieu de l'été.

Quand Charlie arriva, les lumières étaient déjà allumées. Maurice était à l'intérieur, il avait fait du thé et il préparait le décor pour leur invité, le riche homme d'affaires afghan que les Américains courtisaient. Maurice était venu exprès de Paris pour servir d'intermédiaire.

« Combien de temps ? demanda Charlie en tapant du pied pour faire tomber la neige de ses bottes.

— Cinq minutes. C'était moins une.

— Les routes sont glissantes. »

Maurice écarta le rideau pour s'assurer que Charlie s'était bien garé derrière la maison. Celui-ci leva les yeux au ciel.

« Tu me prends pour un débutant.

— Monte. Maintenant. »

Charlie mit la brusquerie de Maurice sur le compte du stress. La cible de ce soir était très importante. Cet homme d'affaires afghan voyageait fréquemment pour son travail ; il se déplaçait facilement, et utilement, dans les communautés d'expatriés riches en informations. Il s'était laissé enrôler par le KHAD, la police secrète afghane, qui transmettait tous ses renseignements au KGB. Mais il était mécontent de cet arrangement. Au point de basculer du côté des Américains ? Peut-être. Et cela faisait deux ans que Maurice s'efforçait de transformer ce « peut-être » en « oui ».

Charlie écouta la conversation du premier étage. À mesure que la soirée avançait, l'Afghan se détendait. Maurice et lui parlaient de choses qui n'avaient rien à voir avec l'affaire qui les occupait : leurs enfances, leurs familles, leurs religions. Maurice possédait un don rare, qui ne s'enseignait pas : il savait trouver des points communs avec n'importe qui. Au bout d'un moment, il annonça qu'il allait refaire du thé. C'était le signal. Charlie pouvait descendre.

L'Afghan, en homme d'expérience qu'il était, ne fut pas surpris par l'apparition de Charlie. Ensemble, ils passèrent en revue les détails techniques. Avant toute chose : établir de quelle manière ils entreraient en contact. Une heure plus tard, des promesses ayant été échangées, l'Afghan reprit sa voiture pour regagner son hôtel à Helsinki. En regardant les feux arrière disparaître dans l'obscurité de la forêt, Charlie poussa un soupir de soulagement. Pour une fois qu'un recrutement se passait bien.

Maurice se tourna vers Charlie.

« Qu'est-ce qui t'arrive ?

— Hein ? Je croyais que tout s'était bien passé.

— Je te parle d'hier soir. C'était quoi, ce numéro ?

— Je ne sais pas de quoi tu parles.

— Cette quinte de toux ridicule. Ça sortait d'où ? »

Chaque fois que Maurice était de passage en ville, Helen mettait un point d'honneur à préparer un dîner raffiné. La veille, elle s'était surpassée : bœuf Wellington, purée de pommes de terre et tarte à la mélasse.

« Je ne sais pas d'où ça vient, avait-elle dit, mais j'ai un penchant pour l'Angleterre. Mes ancêtres irlandais auraient honte. »

Maurice avait bu une petite gorgée de porto et répondu : « Ils n'auraient aucune raison d'avoir honte, c'était sublime, Helen.

— J'adore le bœuf Wellington. Un plat chic et réconfortant. Seigneur, grand-mère Dennehey doit se retourner dans sa tombe.

— Peut-être que vous devriez faire un voyage en Angleterre.

— Très bonne idée. Pourquoi pas ? » Helen s'était tournée vers Charlie en souriant. « Ça te dirait, des vacances, chéri ? »

Son faux accent anglais n'était pas très convaincant, mais cela avait suffi à raviver des souvenirs dans l'inconscient de Charlie, rongé par la culpabilité. En repensant à Mary, il avait été pris d'une quinte de toux, vite devenue si incontrôlable qu'il avait dû s'absenter. « Excusez-moi, avait-il croassé en quittant la table précipitamment. C'est passé de travers.» De retour, il avait évité le regard de Helen. Celle-ci ne paraissait pas s'en être formalisée. Contrairement à Maurice, visiblement.

«J'ai eu une quinte de toux, voilà tout.

— Tu tousses quand tu as peur.

— Ce n'était pas…

— Qu'est-ce que tu fous, Charlie? Tu caches quelque chose. Tu mens. Alors, je te repose la question, et je te demande de faire preuve d'un minimum de respect à mon égard. On a toujours eu confiance l'un en l'autre. Si on ne se fait plus confiance, à quoi ça sert tout ça?»

Non, il ne mentait pas. Il détestait ce mot. Depuis plusieurs mois qu'avait débuté cette liaison, Charlie était devenu un spécialiste de la dissonance cognitive. C'était comme dans n'importe quelle mission d'infiltration. Quand il était avec Mary, il n'offrait qu'une seule version de lui-même. De toute façon, il allait bientôt mettre fin à cette relation. En attendant, mieux valait cacher la vérité à Helen. Des barrières se dressaient entre les diverses personnalités de Charlie. La plus épaisse était celle qui séparait le mari de Helen de l'amant de Mary.

«Je ne vois pas où tu veux en venir», dit-il.

Maurice le foudroya du regard.

«Il y a une autre femme.

— Bien sûr que non», répondit Charlie, par automatisme.

Un silence. Et dans ce silence, il entrevit la possible clarification d'une confession. *Il y a une autre femme.* L'erreur la plus prévisible au monde. Charlie avait merdé, mais bon… comme des millions de personnes avant lui. Et leurs vies ne s'étaient pas arrêtées. Dire la vérité serait peut-être un soulagement. Alors, il avala sa salive et reconnut : «En fait… oui.

— Depuis combien de temps?

— Avril. Enfin… février. Techniquement parlant.

— Comment elle s'appelle ?
— Mary. Elle est anglaise.
— Ah, fit Maurice. Comment vous êtes-vous rencontrés ?
— Au supermarché. On faisait toujours nos courses au même moment. »

Le visage de Maurice se modifia soudain.

« Quoi ? demanda Charlie. C'est si surprenant que ça que je fasse les courses ?
— Que sait-elle sur toi, au juste ?
— Rien. Elle croit que je suis diplomate, à l'ambassade.
— Mon cul.
— C'est juste une secrétaire.
— Mon cul, répéta Maurice. Les petits services ont commencé ?
— Les petits services ?
— Un numéro de téléphone. Un nom. Un renseignement qui paraît totalement inoffensif, mais suffisant pour...
— Allons, je sais comment ça fonctionne.
— Apparemment, non. Une jolie jeune femme tombe sur toi par hasard au supermarché et tu ne trouves pas ça bizarre ? »

Charlie sentait son cœur cogner dans sa poitrine.

« Tu es parano.
— Non, pragmatique.
— Et comment tu...
— Écoute-moi, Charlie. Il faut que tu avoues tout. Supplie Helen de t'accorder une seconde chance. Supplie l'Agence de t'accorder une seconde chance. C'est la seule issue possible.
— Mais je n'ai pas...
— Supprime tous les risques de chantage. Il n'y a pas d'autre solution. »

Maurice surréagissait. Oui, sans aucun doute. Mary, une espionne ? Les images défilaient à l'envers dans l'esprit de Charlie, comme une bobine de film. La mère de Mary souffrante, en Angleterre. Les cachets de la poste sur les enveloppes. Brixton, Londres, SW9. Son addiction aux sachets PG Tips, sa valise remplie de thé après son récent voyage au pays. Autant de preuves. Le billet d'avion de ce même voyage, LHR à HEL, posé sur le comptoir de la cuisine. Sa fixation sur la princesse Diana, son stock de rumeurs puisées dans les tabloïds, sans cesse renouvelé. Anglaise jusqu'au bout des ongles.

Non ?

Il ouvrit la bouche et la referma, en silence. Ses neurones se noyaient dans la panique. Son pouls s'accélérait, la sueur faisait luire sa peau. Ce genre de réaction viscérale prouvait que Charlie savait, quelque part au fond de lui, aussi sûrement que Maurice, que Mary le manipulait depuis le début.

Maurice voyait ce qui était en train de se passer. Avec le plus grand calme, tel un médecin qui rédige une ordonnance, il expliqua très précisément à Charlie ce qu'il devait faire. Dresser la liste de tous les sujets qu'il avait abordés avec Mary. Informer Jack et subir le châtiment qu'il prononcerait. Dire la vérité à Helen et payer le prix de sa faute là aussi. Ce ne serait pas une partie de plaisir, mais il s'en tirerait. Charlie acquiesça. La honte le dévorait. Toutefois, si quelqu'un devait le prendre en flagrant délit de mensonge, il était content que ce soit Maurice.

Parce qu'ils ne devaient pas repartir ensemble, Charlie demeura un instant dans la planque après le départ de Maurice. Ça sautait aux yeux à présent. Comment avait-il pu ne pas s'en apercevoir ? Au moins, Helen n'avait pas besoin de savoir qu'il avait fait preuve d'une bêtise humiliante. Jack non plus. Il leur dirait qu'il avait découvert par lui-même la vérité au sujet de Mary. Il remit de l'ordre dans la planque, retapa les coussins du canapé et fit la vaisselle. C'est en éteignant les lumières qu'il repensa à l'interrupteur dans le placard.

Cet interrupteur actionnait le micro caché à l'intérieur du mur et relié au magnétophone. L'Agence aimait avoir des enregistrements des conversations comme celle qui venait d'avoir lieu avec l'homme d'affaires afghan. Le micro avait été ouvert. Forcément : Maurice n'aurait pas oublié. Et il était resté ouvert pendant tout ce temps.

Il imagina Jack écoutant cet enregistrement et découvrant l'ampleur de la stupidité de son agent, et la gravité de son déni. Si cette mésaventure avec Mary ne détruisait pas sa carrière, cette bande s'en chargerait à coup sûr.

Mais s'il n'y avait pas d'enregistrement? Quand vous vouliez un maximum d'intimité dans la planque, vous arrêtiez le magnétophone. Vous n'étiez pas censé le faire, mais certains agents ne s'en privaient pas. Charlie ouvrit le placard et coupa le micro. Il rembobina la bande, jusqu'au moment où l'Afghan s'en allait. Et mit sur pause. Son doigt hésita au-dessus de la touche « Effacer ».

Il avouerait tout. N'était-ce pas le plus important?

Charlie appuya sur « Effacer ».

Tout d'abord, en quittant la planque, il se sentit soulagé. Dieu soit loué, il avait pensé au micro. Les routes étaient verglacées et l'obscurité dense. Les phares de sa voiture éclairaient les flocons de neige. Il roulait prudemment. Soudain, une silhouette surgit de la forêt, devant lui. Charlie freina et la voiture s'arrêta en douceur. L'animal avança dans la lumière. C'était un cerf. Jamais ils ne s'aventuraient aussi loin au sud, si près de la ville, et pourtant, il était bien là. La neige formait comme un glaçage sur son pelage. Ses bois ressemblaient à des motifs de calligraphie. Un tableau magique.

J'aimerais que Helen soit là pour voir ça, pensa-t-il.

Helen. Ses yeux verts pailletés d'or, son sourire en coin, teinté d'ironie. La mère de sa fille. Comment avait-il pu lui faire ça? Elle était trop bien pour lui. Il le savait, elle aussi. Le monde entier le savait. Elle ne pourrait pas faire comme s'il ne s'était rien passé. S'il lui disait la vérité, elle le quitterait. C'était aussi simple que ça.

Évidemment, dit une voix, à qui il n'avait rien demandé. La voix de sa personnalité la plus cruelle. *C'est pour ça que tu as effacé l'enregistrement.*

Le cerf avait disparu, avalé par l'obscurité de la forêt hivernale. La neige avait redoublé d'intensité.

Tu as menti à Maurice, disait la voix. *Et il t'a cru. Félicitations, Charlie. Il faut croire que tu es plus doué que tu ne le penses.*

~

Il y avait forcément une issue. Que lui avait-il confié, d'abord? Quelques ragots. Un peu de *name dropping* ici et là. Rien. Rien du tout.

Le lendemain, de son ton le plus suave, il lui annonça que c'était terminé. Assise sur le futon, Mary le regardait d'un air hébété.

« Tu ne peux pas me faire ça.

— Désolé, trésor. J'ai une femme. Et un enfant. Je n'ai pas le choix. »

Sous le choc, elle demanda : « Je devrais te féliciter, je suppose? »

Cette remarque le mit mal à l'aise. Était-ce de l'ironie?

« Pour avoir enfin compris, précisa-t-elle. Je vais être honnête avec toi : je commençais à me poser des questions.

— Je ne comprends rien à ce que tu racontes.

— Charlie chéri, tout va bien. Inutile d'en faire tout un plat. Tu t'en aperçois seulement maintenant, mais c'est comme ça depuis le début, en réalité. Pas la peine de changer quoi que ce soit entre nous. »

Elle souriait. Elle se moquait de lui. Elle savourait cet instant. La colère monta en lui.

« Va te faire foutre. »

Elle rit.

« C'est exactement ce que je dis.

— Tu n'as rien sur moi ! s'emporta-t-il. Fous-moi la paix ! »

Il sortit en coup de vent et claqua la porte.

La colère lui fit du bien sur le coup, mais la gueule de bois qui suivit n'en valait pas la chandelle. Cet emportement avait révélé à Mary combien il avait peur. Ce n'était qu'une question de temps avant qu'elle en profite pour parvenir à ses fins.

Ce qui se produisit quelques jours plus tard seulement. En rentrant du travail, il les aperçut toutes les trois au pied de l'immeuble. Helen tenait par la main Amanda, qui levait les yeux vers cette inconnue. Qui l'observait elle aussi. Helen fut la première à le voir.

« Ah, tu tombes bien, lui dit-elle. Je veux te présenter quelqu'un. »

Cette femme mettait des affichettes, expliqua Helen, et elles avaient engagé la conversation.

« Je travaille comme jeune fille au pair, dit Mary avec un sourire enrobé de sucre. Hélas, la famille qui m'emploie s'en va, alors je cherche une nouvelle place. Et j'ai entendu dire qu'il y avait de charmantes familles américaines dans ce coin. Et d'adorables petites Américaines avec d'adorables prénoms comme Amanda.

— Maman, murmura la fillette, elle ressemble à Mary Poppins.

— J'aimerais beaucoup vous aider, dit Helen, en ignorant Amanda qui la tirait par la main. Mais je suis avec ma fille toute la journée. Je ne travaille pas. » Elle jeta un regard à Charlie. « Comme la plupart des épouses du personnel de l'ambassade. Vous aurez peut-être plus de chance ailleurs.

— Bien. Si jamais vous avez besoin d'une baby-sitter, ou ce genre de choses, je…

— Pas la peine, merci, la coupa Charlie. Nous avons déjà une baby-sitter. »

Helen ajouta : « Laissez-nous quand même votre numéro. C'est toujours bon d'avoir une autre option. » Quelques minutes plus tard, à l'intérieur de l'appartement, elle lança : « Ça t'aurait tué d'être poli ? Ça ne fait pas partie de ton travail, être aimable avec des inconnus ? Allô, Charlie ? Tu m'écoutes, au moins ? »

Il écoutait, mais il n'entendait rien. Oser aborder sa femme ? Sa fille ? La colère qui l'habitait différait de celle qui avait provoqué cet éclat, quelques jours plus tôt. Elle se consumait de manière plus régulière, mais plus intense. Il irait trouver Mary dès ce soir. Et il mettrait les points sur les i, nom de Dieu ! Elle voulait le faire chanter pour le contraindre à coopérer ? Elle voulait le faire danser comme une putain de marionnette ? Très bien. Très bien. Mais si elle voulait s'en prendre à Helen et Amanda, elle devrait d'abord lui passer sur le corps.

~

En ouvrant la porte, Maurice fut surpris de le voir.

« Charlie ! Je ne savais même pas que tu étais à New York.

— Ça s'est décidé à la dernière minute. Une réception en l'honneur d'un ami. Et comme j'étais dans le quartier – pour rendre visite à Helen, en fait –, j'ai eu envie de passer te voir. Je ne dérange pas, j'espère ? »

Ils s'installèrent dans le salon, où la chaîne stéréo diffusait du Mozart et où brûlait un feu de cheminée. Maurice sentait, assurément, que ça n'allait pas. L'angoisse irradiait de Charlie comme une mauvaise odeur. Pourtant, de l'eau avait coulé sous les ponts, ils n'étaient plus aussi proches qu'ils l'avaient été. Ils ne pouvaient plus se dire d'emblée : « Je te trouve bizarre. » La pendule au-dessus de la cheminée faisait entendre son tic-tac. Avec une politesse un peu forcée, Maurice demanda : « Comment va Helen ? »

Charlie s'agita dans son fauteuil. Il avait honte de ce qu'il s'apprêtait à faire. Maurice occupait cet appartement, au premier étage d'un hôtel particulier de la 71e Rue Est, depuis trente ans. Dans un décor inchangé. Le canapé de brocart, les tapis orientaux, le samovar en argent et l'odeur de feu de bois permanente. L'actuelle incarnation de Maurice Adler était celle qui avait duré le plus longtemps. Dans cette vie, il était professeur de philosophie à Hunter College, l'hôte distingué des dîners en ville, le vieux gentleman adorable. Mais Charlie était sur le point de faire voler en éclats cet après-midi paisible et cette fiction. Car ce dont il avait besoin à cet instant, c'était du jeune Maurice, l'homme à l'esprit vif, à la lucidité tranchante.

Charlie se racla la gorge.

« Je ne suis pas venu pour parler de Helen. Il s'agit d'Amanda. »

Maurice dressa un sourcil.

« Elle va bien ?

— Tu as eu vent de sa promotion, je suppose. Helen a dû t'en parler. Cheffe de poste à quarante ans. » Malgré la situation, il éprouvait un sentiment de fierté. « C'est plus ou moins comme ça que toute cette histoire a commencé, autant que je puisse en juger. »

Charlie expliqua que la nomination d'Amanda avait eu lieu dans la foulée de la mort du sénateur Vogel. Jenny Navarro avait découvert des documents dans le bureau de Vogel et les avait remis à Charlie. Qui, à son tour, les avait remis à Amanda, en précisant qu'il désirait rester en dehors de tout ça. Et maintenant, Amanda posait les questions qu'il redoutait.

« Sur Helsinki. Sur ce qui s'est réellement passé. »

Maurice plissa le front.

« Ne me dis pas que tu es surpris.

— Mais elle…

— Ta fille est une des plus jeunes cheffes de poste de l'histoire. Personne n'arrive jusque-là sans une certaine dose d'ambition.

— Elle ne peut pas…

— Quoi donc ? » Maurice semblait impatient. Agacé, même. « Elle ne peut pas te désobéir ? Faire passer l'enquête avant tes désirs ? Allons, Charlie, tu savais forcément que c'était une éventualité. Plus que ça, même. Une quasi-certitude. »

Charlie se sentit rougir.

« Je pensais que… Je croyais avoir plus de temps. Pour trouver une réponse.

— Eh bien, non.

— J'ai besoin d'aide, Maurice. S'il te plaît. Tu es le seul à qui je peux parler de tout ça.

— Amanda est ma filleule.

— Je le sais bien.

— Et je prends ce rôle très au sérieux.

— Je le sais aussi.

— Qu'est-ce que tu veux, d'abord ? Dans un monde idéal, quel dénouement imaginerais-tu ?

— Je… Je ne sais pas. Je n'y ai pas réfléchi. »

Maurice fronça les sourcils de nouveau.

« Eh bien, réfléchis, Charlie. Pendant que je fais du thé. »

Maurice disparut dans la cuisine. Charlie entendit ces bruits familiers qui, par un effet pavlovien, le plongèrent dans un gouffre de souvenirs. En 1989, juste après le départ définitif de Helen, Maurice, profitant des vacances scolaires, avait quitté Paris pour s'installer quelque temps avec Charlie, à Helsinki. Il avait fait la cuisine, le ménage, il l'avait aidé à élaborer un plan, tout cela en lui préparant des litres et des litres de thé. Il l'avait soutenu, même quand il était dans la merde. Il avait agi en ami fidèle. Charlie avait remis sa vie entre ses mains.

Maurice revint avec du thé et des biscuits sur un plateau. Charlie prit une grande inspiration et dit : « Bon, voici ce que je pense. Amanda finira par découvrir, tôt ou tard, ce qui s'est passé à Särkkä. Peu importe. J'étais aux abois, et j'ai agi sournoisement, mais il pouvait y avoir un tas de raisons pour ça. Non ? »

Le regard de Maurice fixait un point invisible. Sous ses paupières plissées, ses yeux transperçaient le vide. Comme chaque fois qu'il réfléchissait.

« Qui d'autre est au courant, après tout ? » poursuivit Charlie en se redressant sur son siège. Il reprenait confiance. « À part toi, moi, Jack et Mary ? Jack est mort en 2005. Et Mary est morte à Särkkä. » Il but une gorgée de thé pour calmer le picotement dans sa gorge. « Si je ne dis rien à Amanda, et toi non plus…

— Mary en a peut-être parlé à d'autres personnes avant de mourir. Une chose est sûre : elle l'a dit à une personne au moins. Quelqu'un a donné ton nom à Bob Vogel. » Maurice le dévisagea, dubitatif. « Tu n'as rien à voir avec cette combine découverte par Vogel ?

— Rien. Je te le jure, Maurice. Absolument rien.

— La première question qui se pose est donc : qui a donné ton nom à Vogel ? Je me demande si… » Il secoua la tête. « Non. C'est sans doute trop évident.

— Quoi donc ?

— On peut supposer qu'Amanda a reçu un tuyau au sujet de Vogel. D'accord ? Mais la personne qui l'a renseignée, est-elle celle qui a mis en garde Vogel à ton sujet ? Cela voudrait dire qu'ils ont contacté Amanda parce qu'ils savaient qu'elle est ta fille. Conclusion, ils voulaient qu'on en arrive là. Ce qui signifie que le but de tout ça, c'est uniquement de te piéger, et de piéger Amanda, dans ce bourbier. » Après une pause, Maurice ajouta : « Ce qui n'est pas impossible. » Nouvelle pause. « Mais est-ce probable ? Est-ce vraiment leur objectif ? »

Maurice plongea dans une réflexion silencieuse. Le tic-tac de la pendule se poursuivait. Finalement, il soupira et dit : « C'est le seul point de départ possible, me semble-t-il. De quelle manière Amanda a-t-elle découvert que Vogel avait été assassiné ? Que sait-elle au juste ? Tu connais Osmond Brown, je crois ? Je pense que tu devrais l'inviter à un déjeuner entre amis.

— Sous quel prétexte ? »

Maurice laissa échapper un petit ricanement.

« N'est-ce pas ainsi que tu gagnais ta vie à une époque, Charlie ? Je pense que le moment est venu de ressusciter tes compétences. »

11

À son retour de Saint-Pétersbourg, Semonov n'entendit plus parler des agents de l'Unité 29155 pendant plusieurs semaines. L'évitaient-ils ? *Savaient*-ils ?

Et puis, à la mi-novembre, ils réapparurent.

« Tu croyais peut-être qu'on t'avait oublié, dit Tweedledee, appuyé contre l'encadrement de la porte. Mais on n'oublie pas nos amis, nous. »

Tweedledum se laissa tomber dans le fauteuil inoccupé.

« C'est vraiment notre ami ?

— Je me sens d'humeur charitable aujourd'hui. »

C'était étrange. En imaginant ces retrouvailles, Semonov craignait d'être nerveux. Paralysé, même. Mais il s'aperçut que l'instinct prenait le dessus. Adoptant un air de désinvolture meurtrie, il répondit : « Vous étiez occupés ces derniers temps, je parie.

— Très occupés. Mais on te connaît, Semonov, dit Tweedledee en le montrant du doigt. Tu donnes le meilleur de toi-même quand on est là pour te surveiller. Pas vrai ?

— L'unité a une nouvelle commande ? Un voyage se prépare ?

— Ah, toujours très professionnel. Non, non, pas aujourd'hui.

— Oh. »

Semonov s'affaissa sur son siège, feignant d'être déçu.

Tweedledum s'esclaffa.

« Tu nous as manqué ! »

Semonov haussa les épaules, en déplaçant des feuilles sur son bureau.

« J'aime me dire que mon travail a de l'importance. Et que, à mon modeste niveau, je combats nos ennemis moi aussi, comme vous. C'est ce que vous faites, non ? Quand vous voyagez à l'étranger, en Islande ou ailleurs ? »

Tweedledee sourit.

« Tu n'es pas si idiot, finalement. Oui, on combat nos ennemis. Quand ils ont besoin… d'une leçon. C'est ça : une leçon. On leur donne une leçon.

— C'est nécessaire, j'imagine. Il y a des gens, dans d'autres pays, qui veulent attaquer la Russie parce que nous sommes forts. Des gens en Islande et ailleurs. »

Tweedledum dit : « L'Islande, c'était différent. C'était un ennemi d'un autre genre.

— Quel genre ?

— Le pire qui soit. Le Russe qui oublie sa loyauté envers la Russie. »

Bingo.

Semonov secoua la tête.

« Quel homme digne de ce nom peut oublier une telle chose ?

— Ce n'est pas un homme, rectifia Tweedledee d'une voix dégoulinante de mépris. Il vit comme un coq en pâte, dans des villas, des yachts et des avions. Il est faible et corrompu jusqu'à la moelle.

— Oui, j'ai entendu parler de ça, dit Semonov. Ces Russes qui partent vivre à l'Ouest, dans des endroits comme New York, Paris ou Londres.

— Tous des chiens. Et il faudrait les abattre comme des chiens. Même si on sait avoir pitié. On leur laisse toujours une chance de réparer leurs erreurs.

— Et s'ils refusent d'écouter ? » Semonov baissa la voix. « Ces gens que vous décrivez, vous avez déjà été obligés de…

— Les tuer ? »

Les deux agents du GRU s'esclaffèrent. Il émanait d'eux à présent une satisfaction mortifère : deux lions qui se prélassent au soleil après avoir tué leur proie. C'était le moment, songea Semonov. Le moment de frapper.

« Cet homme en Islande ? Il a réparé ses erreurs ?

— Oh, oui. Il était terrorisé. »

Semonov soupira.

« N'empêche, ça me fait de la peine.

— Pauvre petit Semonov ! Tu as pitié de cet homme ? C'est ça ?

— Non, non, ça me fait de la peine de penser qu'un Russe puisse trahir son pays. J'ai même entendu des rumeurs… » Il jeta un coup d'œil en direction de la porte restée ouverte et poursuivit, dans un murmure : « … selon lesquelles ces gens riches travaillent avec les Américains. C'est… Vous avez déjà entendu ça ? »

Tweedledee sourit.

« Tu crois qu'on est nés de la dernière pluie ? »

Ils étaient suffisamment détendus à présent pour évacuer toute idée de soupçons. Problème : ils étaient même trop détendus, ils éludaient ses questions, au lieu de mordre à l'hameçon. Comment faire pour raviver leur sentiment d'insécurité ? Qu'est-ce qui pouvait les inciter à fanfaronner de nouveau ? C'étaient des hommes simples. Ils portaient leurs préjugés en étendard : ils valaient mieux que l'Ouest. Ils valaient mieux que l'Amérique.

Quoi d'autre ? Ils valaient mieux que lui, évidemment. Ils valaient mieux que… *Ah, ah ! Oui. Ça devrait marcher.*

« J'ai entendu ces rumeurs de la bouche de mon copain du FSB. Il donnait l'impression d'en connaître un rayon. Il m'a raconté un tas d'histoires. » Les deux agents froncèrent les sourcils. Semonov poursuivit : « Il m'a parlé de toutes les fois où il a dû défendre la Russie, face à l'Amérique. Il a même été décoré par le président Gruzdev. »

D'un ton méprisant, Tweedledum dit : « Le FSB. Le FSB. Tu écoutes ces imbéciles ? »

La plupart du temps, pour être honnête, Semonov oubliait l'existence de cette rivalité ancienne et durable entre le GRU et le FSB. Sur le papier, les deux services de renseignement russes partageaient les mêmes objectifs, mais ce qui importait le plus, à leurs yeux, c'était celui des deux qui atteignait ces objectifs. Ce psychodrame à la Caïn et Abel était surtout perpétué par ceux qui n'avaient pas d'autres préoccupations, c'est-à-dire ceux qui sévissaient aux échelons les plus élevés, et ceux qui, comme Tweedledee et Tweedledum, ne savaient se définir que par la haine.

Les paroles de Semonov étaient un drap rouge agité devant un taureau. Tweedledee ricana.

« Le FSB ne connaît rien au fonctionnement du monde. C'est à cause de ton copain et du FSB qu'on a été obligés d'aller en Islande.

— Ils ne sont même pas capables de gérer leurs propres agents ! renchérit Tweedledum. Et ensuite, on doit aller faire le ménage derrière eux ! Et tu crois qu'ils nous diraient merci ?

— Comment tu veux qu'ils nous remercient, alors qu'ils ne savent même pas qu'il y a un problème ? »

Semonov sentait qu'il perdait le contrôle de la conversation, mais il avait reçu des ordres. Il inspira à fond en priant pour que les deux sbires soient suffisamment remontés pour ne pas trouver sa question louche : « Cet homme en Islande. Celui que vous êtes allés voir... Il fait partie de ces gens ? Il travaillait pour les Américains ?

— Ne te laisse pas bourrer le crâne par ces crétins.

— Ce n'était pas le cas, alors ? Mais...

— Pathétique, cracha Tweedledee. Le FSB ne sait même pas qu'il y a un traître parmi eux. Un traître lâche et corrompu. Mais il a suffi qu'il nous voie et *bam !* » Il frappa dans sa paume avec son poing. « Il s'est grouillé de rentrer à Londres pour faire ce qu'on lui demandait. »

~

Peu de temps après, le rapport arriva sur le bureau d'Amanda à Rome.

Elle le lut une première fois. Et le relut pour être sûre. Elle se renversa dans son fauteuil, les yeux au plafond, et laissa échapper un rire de soulagement. Elle sentit ses épaules nouées se relâcher. *Merci*, pensa-t-elle, sans savoir à qui elle s'adressait. *Merci.* MERCI.

Le début du rapport n'était pas très prometteur. En rapportant cet échange à Adrian, Semonov se disait convaincu d'avoir échoué. Malgré ses provocations, il n'avait pas réussi à savoir ce que le GRU avait dit à Komarovsky en Islande. Sans comprendre que la nature de ses provocations était en réalité un coup de génie.

En entrant dans la salle de réunion, Amanda trouva Kath en train de fredonner en écoutant Rachmaninov, pendant qu'elle passait en revue une impressionnante pile de documents.

« C'est quoi, ça ? demanda Amanda en se dévissant le cou pour mieux voir.

— Des formulaires S1.
— Oh, excitant.
— Vous seriez surprise. » Kath leva les yeux. « Eh bien, vous semblez heureuse en tout cas.
— Semonov a réussi à les faire parler de Komarovsky. Et écoutez ça... »
Son récit achevé, Amanda dit : « Vous comprenez ce que ça signifie ? Vitsine. Le galeriste de Londres. On l'a toujours soupçonné d'appartenir au GRU. Et, avant cela, de contrôler les gros bras de l'Unité 29155. Mais s'il...
— S'il appartient au FSB ? la coupa Kath. Oui. Bien sûr. Logique. »
Suivirent plusieurs secondes de silence, pendant lesquelles les deux femmes pensèrent la même chose. La Russie possédait de nombreux services de sécurité, chacun ayant sa spécialité. Une combine comme celle-ci, qui impliquait des oligarques, des manipulations boursières et des connivences au sein même des entreprises, était tout à fait dans les cordes du FSB. Les assassins faisant partie du GRU, ils avaient supposé, naturellement, que l'officier traitant de Komarovsky faisait partie lui aussi du GRU. Mais en avaient-ils la preuve ? Pourquoi n'avaient-ils pas pensé à se poser la question plus tôt ?
« Reprenons, dit Amanda en attachant ses cheveux en queue de cheval. Vitsine appartient au FSB...
— Vitsine appartient au FSB, répéta Kath. Il relaie les instructions du Kremlin : les cibles, les exigences. Komarovsky suit ses instructions.
— Et le jour où il arrête ? Il y a eu cette période pendant laquelle il a cessé de coopérer, après avoir commencé à discuter avec Vogel. Pourquoi le FSB n'a-t-il pas réagi plus tôt ?
— Parce que Komarovsky est en position de force, répondit Kath. Il est sur son territoire. Il sait quand il faut attaquer,

quand le marché a soif de nouvelles idées. Vitsine ne comprendra jamais rien à tout ça. Et c'est intraduisible en langage du Kremlin. Alors, quand Komarovsky lui annonce qu'il doit lever le pied, suspendre les transactions car les conditions ne sont pas réunies, ou parce qu'il y a un bug dans l'algorithme, ou je ne sais quelle excuse, ils le croient. Ils ne posent pas de questions. D'ailleurs, ils ne savent même pas quelles questions ils devraient poser.

— Exact. Donc, quand il a tout arrêté en début d'année, personne ne s'est inquiété. Il leur a refilé des explications, ils les ont gobées. C'est sûrement Vogel qui leur a mis la puce à l'oreille. Quelqu'un s'est aperçu que les deux hommes étaient en contact. Quelqu'un au GRU, pas au FSB. Donc, le GRU soupçonne Komarovsky de trahir le Kremlin. Ce sont plus que des soupçons d'ailleurs. Mais pas question, même pour eux, d'assassiner Vogel sans preuve.

— Donc, le GRU élimine Bob Vogel, enchaîna Kath. Ils obligent Komarovsky à rentrer dans le rang. Et pendant ce temps, informent-ils le FSB de ce qu'ils ont découvert ? Ou bien lui cachent-ils le comportement déloyal de cet agent ? »

Amanda ne répondit pas immédiatement. Puis : « Non. C'est trop croustillant. Et ça pourrait être utile. Un tiens vaut mieux que deux tu l'auras.

— Bravo, Amanda. Vous commencez à raisonner comme eux. »

Leur moyen de pression. C'était ça.

~

Officiellement, le gouvernement russe n'hébergeait qu'une petite équipe de diplomates dans son ambassade londonienne. Leur nombre fluctuait en fonction de la température des relations entre le Kremlin et le 10 Downing Street. Où l'on n'était pas particulièrement heureux de voir actuellement des oligarques (des contribuables du Royaume-Uni, après tout) mourir les uns après les autres dans la capitale. Crises cardiaques et AVC mystérieux, agressions et cambriolages qui tournaient mal. Bizarre, non, cette malchance qui semblait frapper les Russes en particulier ?

Lorsque le problème devint trop flagrant pour être ignoré plus longtemps, le Premier ministre remit une liste de noms à l'ambassadeur russe. Les diplomates qui y figuraient prirent l'avion pour Moscou, et pendant quelque temps, plusieurs bureaux de l'ambassade demeurèrent inoccupés, à prendre la poussière. Mais une fois la soif de justice de l'opinion publique étanchée (ce qui se produisait toujours plus rapidement qu'on pouvait le penser), le Premier ministre autoriserait en douce l'arrivée de nouveaux diplomates.

Les deux camps étaient passés maîtres dans l'art du kabuki, car ils savaient évidemment que ces diplomates n'étaient que des paravents. Les individus dont il fallait s'inquiéter pour de bon n'entretenaient aucun lien apparent avec le gouvernement russe. Des centaines d'agents du FSB envahissaient les rues de Mayfair et de Knightsbridge et s'immisçaient dans les clubs branchés et les galeries d'art, où ils se comportaient comme des membres de l'élite globalisée. Ils évoluaient sous d'épaisses couvertures, à l'abri de l'esprit vengeur de la population. Et en un sens, c'était mieux ainsi. Plus simple. Cela dispensait le gouvernement britannique d'engager une véritable confrontation. D'autant qu'en se déversant dans le pays, l'argent des Russes avait permis d'améliorer le niveau de vie de nombreux avocats, banquiers et consorts. Hélas pour ces Russes fortunés, cela signifiait également qu'ils ne bénéficiaient pas des lois et de la protection de l'État britannique.

En 2002, quand il s'était installé en Angleterre, Ivan

Komarovsky n'imaginait pas que cela pourrait se produire un jour. Il croyait s'affranchir des caprices de Moscou. À cette époque, Nikolaï Gruzdev exerçait depuis deux ans seulement ses fonctions illimitées de président, mais déjà, toute personne douée d'un peu d'intelligence voyait bien qu'il sortait du lot des leaders russes les plus récents. Ce n'était ni un réformiste comme Gorbatchev, ni un ivrogne comme Eltsine. Gruzdev appartenait à la race des autocrates d'autrefois. C'était un tsar du XXIe siècle. Un homme qui voulait tout contrôler, seul.

Avant de quitter la Russie, Komarovsky s'était débarrassé de la société de transport maritime qu'il avait achetée à l'État en 1993, et avait empoché un joli bénéfice. Ses amis s'étaient moqués de lui car la valeur de cette société ne cessait de grimper, et seul un imbécile pouvait renoncer à une telle fortune. Mais Komarovsky avait utilisé cet argent pour créer un fonds spéculatif à Londres, et même si celui-ci ne pourrait jamais rapporter autant que Gazprom ou Rosneft, au moins, il était à lui. Komarovsky croyait que, contrairement à ceux qui avaient décidé de rester en Russie, il était réellement libre.

Une illusion qui dura moins d'un an.

Un jour d'avril 2003, il se rendit en famille à la mairie d'Old Marylebone pour la cérémonie de naturalisation. (La procédure habituelle ayant été accélérée grâce à… l'argent, évidemment.) Ils prêtèrent allégeance à Sa Majesté la reine et fêtèrent ça en déjeunant au Ritz. Un bel après-midi de printemps : nuages cotonneux et jonquilles en fleur, son titre de naturalisation à la main, la gratitude dans le cœur. Il ne s'en apercevrait que plus tard, une fois que cela lui aurait été arraché, mais au cours de ces magnifiques vingt-quatre heures, il s'était réellement senti britannique. Il avait succombé à cette courtoisie qui rendait ce pays si agréable à vivre.

Mais dès le lendemain matin, quand un inconnu l'aborda devant sa maison de Mayfair, l'envers du décor lui apparut.

Le ciel d'un bleu éclatant. La Bentley noire qui tournait au ralenti le long du trottoir. L'inconnu, vêtu d'un costume bien taillé, appuyé contre un lampadaire, qui appelait Komarovsky par son nom. Ils échangèrent quelques mots. Cette conversation n'avait en soi rien d'alarmant. Que Komarovsky ait pu penser que l'apparition de cet homme le lendemain même de sa naturalisation était une étrange coïncidence trahissait sa naïveté toute récente.

Des dizaines d'années plus tard, il avait la nausée en y repensant. *C'était l'occasion pour toi, la seule, de dire non*, se reprochait-il aujourd'hui encore. Car une fois que vous laissiez entrer chez vous ce genre d'invité, impossible ensuite de le prier de s'en aller.

~

Komarovsky avait connu plusieurs officiers traitants depuis. Quand Alexander Vitsine entra en scène, l'oligarque s'était résigné depuis longtemps à participer à cette parodie de loyauté. Vitsine était son contact depuis cinq ans environ. Et il fallait reconnaître qu'il savait y faire. Le costume de Savile Row cachait un noyau d'acier sibérien.

Au cours de leur première rencontre, Vitsine expliqua à Komarovsky que la Russie avait besoin de son aide. Le Kremlin avait repéré une nouvelle occasion à saisir. C'était un homme aux multiples talents, et s'offrait à lui une chance unique de venir en aide à son pays. Car il aimait son pays, n'est-ce pas ? Et durant les cinq années qui suivirent, Komarovsky fit ce qu'on lui demandait. Il n'avait pas le choix. Il s'était enrichi en comprenant les mécanismes de l'économie de marché, en exploitant la dynamique qui faisait monter ou baisser les prix. À présent, on lui demandait de dénaturer les forces pour lesquelles il avait eu tant de respect.

Il y avait eu cette merveilleuse période illusoire pendant laquelle il avait cru pouvoir s'opposer à son destin, quand il avait tout raconté à Bob Vogel et mis cette combine de côté. Mais franchement, comment avait-il pu penser qu'il s'en tirerait ainsi ? Ne savait-il pas comment fonctionnait le monde ? Ne savait-il pas que la vertu n'était pas éternelle ? L'épisode nocturne en Islande avait été une dose glaciale de réalité.

Et voilà qu'il reprenait son téléphone pour rejouer son rôle de laquais préféré du Kremlin. C'était un matin de novembre dans les locaux de Pavel Partners, à Londres. La valeur de l'action Aeromach ne cessait de grimper depuis deux mois. Ils avaient atteint l'effet de levier maximum, le moment était venu pour Komarovsky de passer un appel.

Après un échange de banalités, il dit : « Écoutez-moi, David. J'ai une proposition à vous faire. Je préfère qu'on en parle de vive voix. Pouvez-vous venir à Londres ? »

Habituellement, David Hopkins, le PDG d'Aeromach, ne répondait pas à ce genre de sollicitation. Mais pour un gros actionnaire comme Ivan Komarovsky, il était disposé à modifier son emploi du temps et à traverser l'Atlantique à bord de son jet. Il arriva le lendemain, l'air particulièrement jovial. Et pourquoi ne le serait-il pas ? La valeur de sa société avait plus que doublé depuis septembre. Tout sourire, il serra la main de Komarovsky.

« Quelle fausse pudeur, Ivan. Me faire venir jusqu'ici pour me coller une main au cul.

— Je crois que des félicitations s'imposent. Combien vaut l'action aujourd'hui ? Quatre-vingt-sept ?

— Quatre-vingt-huit. Félicitations à vous, Ivan. Votre part du gâteau vaut un joli paquet maintenant. »

Komarovsky fit signe à Hopkins de s'asseoir.

« Vous pensez que ça peut durer ?

— J'en suis persuadé. Le marché découvre enfin ce qu'on sait depuis longtemps. Combien de fois a-t-on dit que le titre était sous-évalué ?

— Donc, ce n'est pas juste un coup de chance ?

— Dites-moi, Ivan... Vous avez toujours misé sur la hausse d'Aeromach. Pensez-vous que c'est un coup de chance ? »

Komarovsky but une gorgée de thé.

« J'aimerais discuter d'une chose bien précise avec vous.

— En fait, j'attendais votre appel.

— Vraiment ?

— Oui. Et cela nous offre l'occasion de faire quelques petits ajustements. D'investir davantage dans la recherche et le développement. Étendre nos compétences. Je sais que cela a toujours été votre souhait.

— Je vous aime bien, David. Mais je pense que vous n'avez pas la moindre idée de ce que je souhaite. »

Le sourire de David s'envola. Ancien militaire, c'était ce qui lui donnait le plus de fil à retordre : il ne savait pas comment se comporter face à des membres du conseil d'administration ou des actionnaires mécontents. L'instinct du respect de la hiérarchie restait trop ancré en lui.

« Ce que je veux, reprit Komarovsky, c'est que vous arrêtiez le développement de ces nouveaux missiles. Ceux que vous avez promis de vendre à la Pologne. »

Hopkins fronça les sourcils.

« C'est un contrat de six milliards.

— Exact.

— Pourquoi est-ce qu'on...

— David. David, David, *David*, dit Komarovsky d'un ton apaisant. Laissez-moi terminer. Vous n'êtes pas obligé de m'obéir, évidemment. Vous pouvez faire ce que vous voulez. Mais je dois vous informer que si la production de ces missiles se poursuit comme prévu, le cours de l'action Aeromach va chuter. Il repassera même en dessous du niveau de cet été. Vous avez raison : il ne s'agit pas d'un simple coup de chance. Si le titre s'est envolé, c'est pour une raison bien précise. Simplement, vous ignorez laquelle. »

Hopkins grimaça de nouveau.

« Je ne comprends pas.

— C'est ce que je viens de dire.

— Mais… Ivan… que se passe-t-il ? C'est une sorte de chantage ?

— Oui. »

Après un bref silence, Hopkins laissa échapper un grand éclat de rire forcé.

« Désolé, Ivan. Ça ne marchera pas. Vous ne possédez pas suffisamment de parts de la société pour formuler ce genre d'exigences. Alors, quoi ? Si je refuse de vous obéir, vous allez convoquer la presse pour annoncer que vous vendez vos actions ? Et vous pensez que ça suffira à faire chuter le titre ?

— Oh, non, non. Ne soyez pas bête, David ! Je ne prétends pas avoir autant de poids. Mais vous savez bien comment tout cela a débuté. Quelqu'un a posté un message sur Aeromach, ce post est devenu viral et le monde entier a réagi. Mais pourquoi ce post est-il devenu viral ? Qui a provoqué ce phénomène, à votre avis ? »

De nouveau, ce rictus d'incompréhension. Cette étape était toujours plus longue que ce à quoi on s'attendait. Et sincèrement, c'était choquant de voir tous ces PDG convaincus qu'ils méritaient de se retrouver dans cette situation avantageuse. Ils étaient naïfs comme lui-même l'avait été. Ils pensaient que c'était l'œuvre du marché ! Mais le marché, c'étaient des individus, et ces PDG ne comprenaient pas combien il était facile de manipuler les gens. Hopkins se montrait particulièrement retors. Peut-être était-ce un manque d'intelligence ? Ou bien l'obstination du militaire ? Ou peut-être que lui-même avait perdu la main ? Hopkins avait fini par saisir le mécanisme à présent, et malgré ça, il faisait une fixation sur le *pourquoi*. Pourquoi Komarovsky était-il si opposé à l'idée que la Pologne possède ces missiles ?

« Vous voulez vraiment que je vous explique ? Réfléchissez, David. Voulez-vous vraiment savoir ? »

Oui, ce pauvre idiot voulait savoir. Alors, Komarovsky lui expliqua : « Je sais ce que vous pensez. Vous pourriez contacter les autorités de votre pays et dévoiler toute cette opération. Mais vous croiront-elles ? Et si oui, vous ne craignez pas de passer pour le dernier des idiots ? Après tout, nous sommes amis. Je suis actionnaire d'Aeromach depuis des années. Et pas plus tard qu'au printemps dernier, je vous ai invité sur mon yacht. »

Hopkins devenait livide.

« Vous savez quoi ? poursuivit Komarovsky. Vous n'êtes pas obligé de me croire sur parole. Je vais vous *montrer*. Pour vous faciliter la tâche. Votre fille, l'aînée ? Elle est productrice dans un studio hollywoodien, n'est-ce pas ? Eh bien, surveillez leur titre. Demain, nous allons publier une info sur ce studio. Elle va se répandre comme une traînée de poudre, et le cours de l'action va commencer à monter. Là, vous me croirez, non ? J'attends votre appel, David. »

~

Ce même soir, de retour chez lui après un autre gala en tenue de soirée, Komarovsky s'arrêta dans le vestibule pour embrasser sa femme sur la joue.

« Désolé, Anouchka. À demain matin. »

Elle hocha la tête. Bien que jeune, elle n'était pas naïve, et elle comprenait qu'il y avait certaines choses qu'elle ne devait pas savoir. D'un pas lourd, Komarovsky ressortit dans le froid. Osipov avait laissé tourner le moteur de la voiture. Il monta à l'arrière et annonça : « East Ferry Road. »

Quatre ans plus tôt, il avait loué un pas de porte près de Canary Wharf, un ancien salon de coiffure dont l'arrière-salle abritait aujourd'hui son équipe de programmeurs. Un bâtiment cubique aux murs de brique beige, aux portes et aux fenêtres protégées par des volets métalliques, et devant lequel s'entassaient des sacs d'ordures chaque soir, dans un quartier sans âme, éclairé par des lampadaires à la lumière fluorescente crue. Komarovsky déverrouilla la porte et entra. Cette partie avait gardé l'apparence d'un salon de coiffure : fauteuils en vinyle déchirés, sol en linoléum bosselé et miroirs fêlés aux murs.

Au fond se découpait une porte en acier, munie d'un boîtier électronique. L'ancien débarras, encombré de bureaux, d'écrans d'ordinateurs et d'empilements de serveurs clignotants, accueillait le centre névralgique de l'opération. Un groupe électrogène occupait un coin, en cas de panne de courant imprévue. Dans l'air chaud flottaient des odeurs de vieux café et de plats au curry à emporter. La climatisation soufflait des courants d'air frais destinés à éviter la surchauffe des serveurs.

Komarovsky avait convoqué les cinq programmeurs un peu plus tôt dans la journée, après son entrevue avec Hopkins. Ils levèrent à peine la tête quand il entra. Il s'arrêta derrière Yulia et demanda : « Tout se passe bien ? »

Sans quitter l'écran des yeux, la jeune femme hocha la tête. Ses doigts filaient sur le clavier. C'était un peu comme regarder Lang Lang jouer du piano, pensa-t-il, ou Jackson Pollock projeter de la peinture sur une toile. N'importe quelle activité, exercée au plus haut niveau, pouvait vous remplir d'admiration. En s'asseyant, il envia à Yulia la pureté de sa motivation. C'était lui qui possédait des maisons, des voitures, des avions… mais qui était réellement le plus heureux?

« Pourquoi vous secouez la tête? demanda-t-elle, toujours concentrée sur son écran.

— Peu importe. Montre-moi le nouveau code.

— Ce n'est pas le moment de me déranger.

— Allez, fais-moi plaisir. »

Techniquement parlant, ces programmeurs travaillaient pour lui, et techniquement parlant, il payait leurs salaires, mais ce n'était pas l'argent qui les motivait. Leur objectif, c'était le défi : cracker cet algorithme réputé inviolable. Ils avaient souvent l'occasion de tirer profit de cet emballement fabriqué, et pourtant, cela n'arrivait jamais. Komarovsky les espionnait et contrôlait leurs comptes en banque (simple précaution), mais cela ne faisait que confirmer ce qu'il savait déjà. Il avait confiance en eux précisément à cause de leur je-m'en-foutisme. En vérité, il n'avait pas besoin de les surveiller, il n'avait pas besoin de passer autant de temps dans cet espace confiné. Mais il aimait être là. Il aimait cette concentration aveugle, cette camaraderie entre opprimés, cette impression de rigueur inflexible.

Le visage marqué par un rictus de contrariété, Yulia lui fit la démonstration du nouveau code, étape par étape. Quand elle eut terminé, elle poussa un long soupir et prit son casque à réduction de bruit. Komarovsky traversa la salle et brancha la bouilloire électrique pour faire du thé. C'était curieux, pensa-t-il. Une heure plus tôt, il rêvait de son lit. Maintenant qu'il était là, il n'avait plus sommeil.

Sur le coup de 5h30, Yulia se leva, enfila son blouson et s'en alla. Les autres l'imitèrent peu de temps après. Un utilisateur nommé HotDogQueenzzz avait posté un commentaire sur le studio hollywoodien en question, et déjà l'algorithme le propulsait en tête des publications. Komarovsky consulta sa montre : il avait juste le temps de rentrer chez lui pour dormir un peu avant de prendre une douche, de se changer et de se rendre au siège de Pavel Partners. Où, dans quelques heures, quand l'action se serait envolée à l'ouverture des cotations, il recevrait un appel du PDG d'Aeromach, David Hopkins, devenu conciliant.

Toutefois, au lieu de se dépêcher, il s'attarda devant le tableau blanc. Les programmeurs avaient passé une bonne partie de la nuit à gribouiller des codes, à se disputer, à souligner des erreurs, à tout effacer pour recommencer. Son cœur débordait d'affection. C'était l'élément qu'il avait du mal à expliquer. « Ce que tu fais est mal, Ivan », lui avait dit Bob Vogel. Il se souvenait très bien de cet échange : assis devant un feu de cheminée crépitant, dans une maison au bord d'un canal, à Amsterdam, pendant qu'une bouteille de barolo décantait sur la desserte. L'intense regard moralisateur de son ami. « Tu prends ces sociétés, des sociétés honnêtes, et tu les réduis en miettes pour le compte d'un homme que tu hais. Tu as forcément honte. »

Évidemment. Mais l'opération en elle-même lui semblait séparée du système de corruption qu'elle servait. Il était un scientifique qui sondait la matière de l'univers et observait les causes et les effets. Difficile de faire comprendre ça à Vogel. Les Américains ne pouvaient pas comprendre. Combien de fois lui avait-on demandé : « La vie en Union soviétique n'était-elle pas misérable ? Est-ce que vous ne souffriez pas du froid, de la faim, de la fatigue ? » Si. Bien sûr. Chaque jour. « Alors, pourquoi cette nostalgie ? Pourquoi dites-vous que votre pays vous manque ? »

Parce que, malgré les épreuves, ils avaient la dignité de jouer sur leur propre terrain. Parce que, même si l'expérience socialiste était un échec, au moins c'était leur expérience.

Komarovsky éteignit les lumières. Après avoir vérifié que la porte métallique était verrouillée, il traversa le salon de coiffure en sens inverse. Il sortit, baissa le rideau de fer, remit le cadenas et s'éloigna. Il demandait toujours à Osipov de se garer quelques rues plus loin. Il ne voulait pas attirer l'attention, même si, à cette heure, il n'y avait généralement personne dans East Ferry Road.

Curieusement, alors qu'il marchait sur le trottoir, une femme apparut au coin de la rue. Vêtue d'une longue doudoune, elle ressemblait à un sac de couchage informe. Comme elle était petite, le bas du manteau frôlait le sol. Capuche relevée, mains dans les poches. Komarovsky eut pitié d'elle. Si elle traînait dans ce quartier, à cette heure, c'était forcément une vieille clocharde épuisée, ou une pauvre créature dans le genre.

Mais au moment où elle s'approchait de lui, elle leva la tête. La capuche tomba. Les lampadaires éclairèrent son visage, juste assez pour que Komarovsky se fige. Elle était jeune, avec des joues bien rondes et un nez constellé de taches de rousseur… et elle le regardait droit dans les yeux.

QUATRIÈME PARTIE

EAST FERRY ROAD

12

Ils marchèrent dans East Ferry Road en direction de la Tamise, dont la surface ondulait dans la lumière grise de l'aube. Ils s'assirent sur un banc de la promenade, au bord de l'eau, et Komarovsky conserva un air impassible. La jeune femme lui avait proposé de discuter dans un endroit tranquille. Elle voyait un signe encourageant dans le fait qu'il ne l'avait pas envoyée se faire foutre d'emblée.

« Je m'appelle Amanda Clarkson. Je travaille pour le Département d'État. Permettez-moi, encore une fois, de vous adresser toutes mes condoléances, je sais que Bob Vogel et vous étiez très proches.

— Madame Clarkson, cette petite comédie est inutile. Venez-en au fait, que je puisse vous donner ma réponse et que chacun rentre chez soi. »

Elle l'observa, la tête penchée sur le côté.

« Vous ne semblez pas étonné de me voir.

— J'essaie de faire en sorte que rien ne m'étonne.

— Même en Islande ? Vous n'avez pas été étonné ? »

Une grimace d'agacement balaya le visage de l'oligarque.

« Ces hommes étaient de simples…

— De simples envoyés de Vitsine ? Qu'a donc répondu Vitsine

quand vous lui en avez parlé ? Il a prétendu qu'il n'était pas au courant ? Je parie que vous vous êtes dit qu'il mentait. Eh bien, non, monsieur Komarovsky : ce n'est pas Vitsine qui les a envoyés. Ces types ne travaillent pas pour le FSB. » Elle s'interrompit et se pencha en avant. « Voulez-vous savoir à qui vous avez eu affaire ?

— Je vois clair dans votre jeu, madame Clarkson. Madame Clarkson du Département d'État. Vous pourrez dire au Département d'État (des mots prononcés d'un ton méprisant) que je n'ai aucune intention de devenir leur larbin.

— Vous préférez rester à la merci de ces brutes ?

— C'est moi que ça regarde.

— Nous pouvons vous protéger.

— Me protéger ? répéta-t-il avec un rire amer. Comme vous avez protégé Bob ?

— Nous ignorions qu'il était en danger. Mais nous savons que c'est votre cas. »

Komarovsky exprima son indifférence par un haussement d'épaules. Il était en danger ? Bien évidemment. Il était le pilier d'une vaste entreprise de corruption soutenue par le Kremlin. Il était l'épée chargée de transpercer le bouclier fructueux du système capitaliste américain. Cette Amanda ne lui apprenait rien qu'il ne sache déjà. Elle se jeta à l'eau : « Voici la situation, monsieur. Les deux hommes qui vous ont rendu une petite visite en Islande sont ceux qui ont assassiné Vogel. Ils vous ont laissé la vie sauve, mais combien de temps va durer leur tolérance ? Que se passera-t-il quand ils n'auront plus besoin de vous ? Vous avez certainement entendu les histoires qui circulent autour de l'Unité 29155. »

En entendant ces dernières paroles, il regarda brièvement son interlocutrice.

« Vous travaillez pour le FSB. Mais ces hommes n'appartiennent pas au FSB. Ils font partie du GRU. Vous êtes un homme intelligent, vous connaissez l'intensité de cette rivalité.

Réfléchissez. Vous êtes coincé entre deux maîtres très dangereux et très exigeants. » Nouvelle pause. « Je veux vous montrer quelque chose. »

Elle sortit une photo de sa poche. Extraite des images de vidéosurveillance de l'aéroport du Caire. La date et l'heure figuraient dans un coin. C'était la veille de l'assassinat de Bob Vogel.

« Vous reconnaissez ces deux hommes, n'est-ce pas ? »

Komarovsky prit la photo et l'examina d'un air impénétrable. Toutefois, un très léger mouvement agitait sa main gauche : l'extrémité de son pouce frottait contre son index. S'il savait demeurer impassible, ce petit tic nerveux le trahissait : il avait peur. Au minimum, il réfléchissait.

« Bob Vogel était un homme bon, poursuivit-elle. Il essayait de bien faire. Vous aussi, monsieur Komarovsky, vous êtes quelqu'un de bien. Voilà pourquoi vous vous êtes confié à lui. Alors, pourquoi ne pas achever ce que le sénateur Vogel a commencé ?

— Parce que Bob était mon ami. Et vous, madame Clarkson, vous êtes une inconnue. »

Il voulut lui rendre la photo.

« Gardez-la. Je vous la donne.

— Je n'en veux pas. »

Il la lui tendit avec insistance, mais elle garda les mains croisées sur les genoux.

« Pour Diane, c'est très dur, dit-elle. Ils formaient un couple très uni. Ils devaient fêter leurs soixante ans de mariage cette année. Soixante ans ! Incroyable, non ? Je ne sais pas comment elle va surmonter cette épreuve. C'est tellement dur. Bob, lui, savait où il mettait les pieds. Il a accepté de collaborer avec vous en connaissance de cause. Diane, elle, n'avait rien demandé. Je l'ai vue en juillet, juste après l'assassinat de son mari. Elle m'a expliqué qu'ils se disputaient à ce sujet : chacun voulait mourir le premier. Quand deux personnes s'aiment à ce point, être celle qui reste, c'est trop douloureux. »

Diane n'avait rien dit de tel, mais Amanda estimait qu'elle aurait pu le dire.

« Il y a toujours un risque, n'est-ce pas ? reprit-elle. Quoi qu'il en soit. Vous avez été malin. Vous avez émigré à Londres en sachant que vous n'étiez pas en sécurité en Russie. Et votre famille non plus. Hélas, Gruzdev est tenace. Il ne renonce pas facilement. Alors, vous avez accepté de travailler pour le FSB, et manifestement, c'était risqué là aussi, mais vous n'aviez pas le choix. Et maintenant, vous voilà pris en tenaille entre le GRU et le FSB, obligé de remettre votre sort entre les mains des Russes. Vous avez choisi de jouer le jeu. Très bien. C'était à vous de prendre une décision, et vous l'avez fait. Mais Anya ? »

L'oligarque se retourna vivement.

« Quoi, Anya ?

— Elle a donné son accord ? Elle a accepté de courir de tels risques ? Vous n'êtes pas le seul concerné, monsieur Komarovsky. Que pense Anya, à votre avis ? Fait-elle confiance au gouvernement russe pour assurer sa sécurité ? A-t-elle envie de vivre à la merci de ces hommes ? »

Komarovsky se retourna vers le fleuve. Amanda savait, grâce à la surveillance mise en place, qu'il était fidèle à Anya. Étonnamment fidèle pour un oligarque. En vérité, il tenait à elle plus qu'à n'importe quoi au monde.

Il demeura muet un instant.

« Vous comprenez la situation, n'est-ce pas ? poursuivit Amanda tout bas. Le GRU sait ce que vous avez fait avec Bob Vogel. Et cette épée de Damoclès restera suspendue au-dessus de votre tête. Vous ne saurez jamais avec certitude si vous pouvez faire confiance à ces gens. Il n'existe pas de solution idéale, monsieur Komarovsky. Uniquement des options imparfaites. Aucune allégeance ne vous lie à nous. Mais vous êtes un homme intelligent et vous savez, je pense, que nous sommes les mieux placés pour vous protéger. Vous et Anya. »

~

Ils continuèrent à discuter. Amanda devina, en voyant la posture avachie de Komarovsky, qu'il allait accepter sa proposition, avant même qu'il le formule. Le soleil levant peignit le ciel en bleu pervenche. De l'autre côté du fleuve, les dômes et les colonnes du Greenwich Hospital se dessinèrent dans la lumière transparente du petit matin. Ils établirent de quelle manière Amanda entrerait en contact avec lui désormais. Komarovsky consulta sa montre et dit : « Osipov va se demander où je suis passé.

— Votre chauffeur ? » Ils se levèrent et s'éloignèrent du fleuve. « Depuis combien de temps est-il à votre service ?

— Douze ans.

— C'est long.

— C'est le meilleur de Londres. Je suis obligé de l'augmenter sans cesse pour éviter qu'on me le pique. »

À mesure qu'ils marchaient, les épaules de l'oligarque se redressaient. Chaque pas le ramenait vers le monde diurne, vers sa vie d'homme d'affaires, sûr de lui, qui contrôlait tout. Il demanda : « Vous connaissiez bien Bob ?

— Non, pas très bien, avoua-t-elle. Mais j'ai grandi dans l'État de New York, et c'était notre gouverneur. Je me souviens de lui avoir écrit plusieurs fois pour notre cours d'éducation civique. Un jour, je lui ai demandé de m'envoyer un exemplaire du nouveau livre de la série "Chair de Poule". Et il m'a répondu, très gentiment. Pour me suggérer de m'adresser plutôt à la bibliothèque. Je croyais sans doute qu'un gouverneur était une sorte de Père Noël. »

Komarovsky sourit.

« Nous avons été voisins, il y a longtemps. Quand Diane et lui possédaient une maison à Londres. Ses filles étaient les baby-sitters de mes filles. Adorables. Pas des enfants gâtées comme les miennes. Par ma faute. J'ai envie de tout leur offrir.

— C'est naturel. Vous les aimez. »

Après un silence, il demanda : « Quel âge avez-vous, madame Clarkson ?

— Oh… quarante ans.

— Vous ne les faites pas, dit-il en promenant sur elle un regard interrogateur. Nul doute que c'est un avantage dans votre métier. Mais je ne commettrai pas l'erreur de vous sous-estimer.

— Euh… merci.

— Non, non, ne me remerciez pas. Ce n'était pas un compliment. »

~

Ils avaient besoin d'un lieu sûr pour leurs rendez-vous, et par chance, il y avait un grand nombre de sites vacants dans cette triste portion d'East Ferry Road. Le propriétaire ne se montra pas trop curieux, surtout quand un des factotums du poste de Londres proposa de lui verser six mois de loyer d'avance, en liquide. La ruelle qui longeait l'arrière du pâté de maisons sur toute sa longueur offrait une dose d'anonymat supplémentaire. Une semaine plus tard, la première fois où Komarovsky traversa la ruelle jonchée de détritus entre l'ancien salon de coiffure et l'ancien kebab, il arriva au rendez-vous en plissant le nez et le front.

« Oui, je sais, ce n'est pas la Riviera », dit Amanda.

L'oligarque soupira.

« Nécessité fait loi. »

Après avoir caché les caméras et les micros, les factotums avaient rendu à l'ancien kebab son aspect antérieur. Des fils électriques pendaient du plafond, des boîtes de soda écrasées traînaient dans un coin. Amanda n'avait pas besoin de souligner que la CIA avait tout aménagé, même si Komarovsky s'en doutait. Ce premier jour, celui-ci s'approcha des fenêtres, masquées par de vieux exemplaires jaunis du *Sun* et du *Daily Mirror.*

« Je n'en reviens pas, dit-il en touchant du bout des doigts une photo décolorée par le soleil de Kevin De Bruyne, milieu de terrain de Manchester City, d'être passé aussi souvent devant ce restau sans le remarquer. »

Amanda consulta sa montre.

« En attendant Kath, j'ai pensé qu'on pourrait peut-être... »

Komarovsky dressa la tête, affolé.

« Kath ? Qui est Kath ?

— Kath Freeman », dit Amanda en utilisant son nom d'emprunt.

Après quoi, elle expliqua, en exagérant à peine, comment Kath avait, à elle seule, mis au jour toute la combine. Elle espérait ainsi secouer un peu l'oligarque, ébranler sa confiance en lui. Peine perdue.

« Vraiment ? dit-il, intrigué. Elle a tout compris toute seule ? »

Une heure plus tard, Kath arriva directement de Heathrow en traînant sa valise. En la voyant lutter pour la hisser sur la table, lestée sans doute par tous les dossiers qu'elle avait apportés de Rome, Komarovsky se leva d'un bond pour voler à son secours.

« Permettez. »

Elle le regarda d'un air surpris.

« Quel gentleman. »

Pendant qu'elle sortait les documents de la valise, il demeura posté derrière elle, quasiment tremblant d'excitation.

« Expliquez-moi comment vous avez fait, s'il vous plaît. Qu'est-ce qui vous a mis la puce à l'oreille ?

— Asseyez-vous. » Kath se tourna vers Amanda. « Il est toujours comme ça ? »

Sur le ton de la plaisanterie, Amanda répondit : « Peut-être qu'il a le béguin.

— Oh, non. Il n'aime pas les femmes nées au XXe siècle. »

Komarovsky parut vexé.

« C'est faux. Anya est née en 1993. »

Amusée, Kath prit son temps pour empiler soigneusement les dossiers sur la table. Cela étant fait, elle fit rouler dans un coin sa valise vide et s'assit face à l'oligarque. Elle avait défait ses longs cheveux argentés qui caressaient ses épaules. Elle portait un col roulé noir en cachemire et un rouge à lèvres écarlate. Le menton appuyé au creux de la main, elle l'observait d'un air songeur.

« Vous savez, dit-elle, que je ne suis pas obligée de vous dire quoi que ce soit.

— Exact. Mais êtes-vous réellement aussi cruelle ? »

Sourire faussement timide.

« Ça se pourrait.

— Dans ce cas, vous devriez changer de camp. »

Ils se draguent ou quoi ? se demanda Amanda.

« Si je veux bien éclairer votre lanterne, dit Kath en prenant une des chemises, c'est parce qu'il s'agit d'une erreur de débutant. Les numéros de queue, Ivan.

— Pardon ?

— Vous avez été malin. Très malin. Je l'admets sans difficulté.

Quelque part, je suis même admirative. Alors, voyons si j'ai bien compris votre combine. »

Pendant que Kath parlait, Amanda vit le visage de Komarovsky se crisper. Son impatience et sa curiosité, comprit-elle, n'étaient que son désir de prendre en défaut Kath, de souligner ses erreurs. Mais Kath ne commettait pas d'erreurs. La conception de l'engouement algorithmique. Le fait que Komarovsky était actionnaire, en toute légalité, des sociétés visées, raison pour laquelle les PDG le prenaient au téléphone. Leur refus de voir le cours de leur action retomber à son niveau antérieur, et les changements qu'ils acceptaient de mettre en œuvre. Et qui correspondaient aux exigences de Gruzdev. Il existait un schéma d'ensemble, bien visible, car ces actions mêmes étaient un authentique phénomène, et très souvent, l'enthousiasme n'était pas fabriqué. Komarovsky avait réussi brillamment à masquer ses traces. En veillant à ce que personne ne puisse remonter jusqu'à lui. Kath marqua une pause, avant de demander : « Juste pour savoir : j'ai bon ? »

Komarovsky déglutit. D'une voix enrouée, il demanda : « Expliquez-moi ce qui m'a échappé. S'il vous plaît.

— En fait, c'est vous qui m'avez donné l'idée. Quand on a appris ce qui s'était passé en Islande, j'ai pensé : *Ah, ça doit être notre homme*. Mais je voulais m'en assurer, alors je me suis intéressée à vos déplacements. Je voulais savoir où Vogel et vous aviez pu vous croiser. Bizarrement, votre nom n'apparaissait sur aucune liste de passagers des compagnies aériennes. Et puis, ça a fait tilt. Évidemment ! Cet homme ne voyage pas sur des vols commerciaux. L'Islande était une exception. J'ignore pourquoi. Votre Gulfstream avait peut-être un pneu à plat. On appelle ça des jets privés pour une bonne raison. Vous cachez les numéros de queue pour que la plèbe ne puisse pas suivre vos déplacements. Mais nous avons les moyens de forcer ce blocage. De toute évidence. »

Son sourire jusqu'aux oreilles prouvait qu'elle passait un bon moment.

« À partir de là, c'était un jeu d'enfant. Davos. Courchevel. Cannes. Avec Vogel, vous vous croisiez au moins un jour. Vous avez même répondu à la question qui nous a longtemps taraudés. Où a eu lieu votre dernière rencontre ? Celle du 30 mai ? Aucun document n'indique que Vogel a voyagé autour de cette date. Quand j'ai eu l'idée de dévoiler les numéros de queue, j'ai trouvé ce que je cherchais : le 29 mai, un avion appartenant à un ami de Vogel a effectué la liaison entre New York et Mykonos.

« … Et ça se tenait car désormais Vogel en savait suffisamment pour comprendre qu'il devait se montrer prudent. Il ne pouvait laisser derrière lui ces miettes de pain trop voyantes qui vous reliaient l'un à l'autre. Alors, il a demandé à cet ami de lui prêter son jet. C'était suffisant pour me permettre de comprendre la suite. Aeromach. Waouh. Ça, c'était du lourd, Ivan. »

Le visage de Komarovsky avait pris un teint cireux et grisâtre ; on aurait dit un morceau de viande trop cuit.

« Partout on trouve des modèles récurrents, enchaîna Kath. Il suffit de savoir où les chercher. J'ai donc commencé à recenser les numéros de queue des jets associés aux sociétés visées, et bien évidemment, les jets en question s'étaient rendus à Londres quelques jours seulement avant que les sociétés annoncent des changements de stratégie. Et quand l'action d'un sous-traitant de la Défense comme Aeromach s'envole en septembre, je me dis : *Tiens, tiens.* Et je m'intéresse aux numéros de queue des avions, là encore. Et voilà que la semaine dernière, la veille de votre petite conversation avec Amanda – formidable timing, n'est-ce pas ? –, leur jet se pose à Heathrow, et notre équipe repère David Hopkins au moment où celui-ci entre dans les locaux de Pavel Partners. Eh bien, de quoi s'agit-il, Ivan ? Vous qui êtes le garçon de courses préféré de Gruzdev. Qu'y a-t-il sur sa liste de commissions cette fois ? »

~

À la fin de cette première journée, Komarovsky quitta l'ancien kebab totalement abattu. Amanda se demandait si Kath n'avait pas été trop dure avec lui, mais celle-ci affirma que c'était nécessaire. L'oligarque avait une fâcheuse tendance à se mentir à lui-même. Si quelqu'un mettait en évidence sa culpabilité flagrante, il le qualifierait d'idiot, de simple d'esprit, et l'accuserait de ne pas avoir une vue d'ensemble, que lui seul, grâce à ses capacités intellectuelles, pouvait concevoir. Mais parfois, il croisait une personne dont il devait admettre qu'elle était aussi intelligente que lui. Voire davantage. Voilà pourquoi Bob Vogel était parvenu à ses fins. Et voilà pourquoi Kath devait faire en sorte que Komarovsky la trouve aussi intimidante, sinon plus, intellectuellement parlant, que Vogel.

Et ça fonctionna. Le lendemain matin, Komarovsky était disposé à prêter allégeance à Kath.

« Je vous ai apporté quelque chose, dit-il en sortant de la poche de sa veste un livre peu épais. Ce livre compte énormément pour moi. Je n'aime pas m'en séparer. Mais vous, madame, vous saurez comprendre la signification de cette histoire. En connaisseuse que vous êtes.

— J'essaierai, dit-elle en mettant le livre de côté. Amanda, il arrive, ce café ? »

Komarovsky plaqua sa main sur son cœur.

« Et je vous dois des excuses, madame. Je me suis aperçu que je ne vous avais pas remerciée.

— Pour quoi ?

— Pour m'avoir fait prendre conscience de l'horrible ironie

de la situation. Parfois, l'humiliation sert à nous rappeler ce que nous avons oublié. Le matérialisme est le péché de notre condition humaine. L'argent, les maisons, les voitures… tous ces biens matériels lient trop solidement l'homme à son environnement. Il oublie que le plus important, c'est son âme. Hélas, quand nous vivons sur cette terre, l'argent est nécessaire. Et la seule façon de survivre à cette réalité, c'est de rester lucide vis-à-vis de cette compromission. Hélas, à certains moments de mon existence, j'ai perdu cette lucidité.

— À certains moments seulement, Ivan ? Rappelez-moi le montant des actifs que gère Pavel Partners ? Cinq milliards ? Six ? »

Il baissa la tête.

« D'accord. Très souvent. Mais voyez-vous, votre méthode d'investigation m'a rappelé l'aspect sordide de ce travail. Les jets privés. » Il grimaça. « Les jets privés. Voilà ce qu'est devenu mon monde. »

~

Au cours des semaines suivantes, dans cet ancien kebab d'East Ferry Road, chacun se campa dans son rôle : Kath menait la danse et Komarovsky essayait désespérément de l'impressionner. En retrait, Amanda assistait à cette partie de ping-pong dont elle appréciait la dynamique. Après plusieurs mois d'efforts incessants, c'était agréable de céder les rênes et de demeurer sur la touche. Kath épluchait méthodiquement toutes les notes de Vogel, relevant le moindre détail ; elle analysait la manière dont Komarovsky était parvenu à ses fins. Contrer l'oligarque ne leur suffisait pas. Il avait repéré un point faible, et par conséquent, ce n'était qu'une question de temps avant que d'autres le repèrent à leur tour. Il fallait comprendre avec précision de quelle manière ces futurs adversaires essaieraient d'exploiter le système.

Amanda faisait du café et suivait leurs échanges. Mais elle sentait une autre présence, dans le coin de la pièce : la question non formulée, la dernière page, détruite, du dossier de Vogel. Apparemment, Kath percevait cette présence, elle aussi. Elle se tourna vers Amanda et demanda, mine de rien : « Est-ce que ça colle avec les documents retrouvés dans le bureau du sénateur ?

— Oh. Oui, oui. Tout colle.

— Il faudrait revérifier. Pour être sûr.

— D'accord, je m'en charge. Vous deux, continuez. »

Kath lui lança un regard éloquent. Amanda sentait le jugement muet. Les êtres humains n'étaient pas des entités figées, comme des chiffres ou des lettres sur une feuille de papier. Et Amanda avait le droit de changer d'avis, si elle le souhaitait.

Peut-être qu'elle ne devrait pas essayer de découvrir la vérité sur son père. Ses nausées de plus en plus fortes, l'angoisse grandissante : son corps l'incitait peut-être à rebrousser chemin. Elle commençait à envisager cette possibilité : *Et si je changeais d'avis ?*

Un tableau blanc était là pour représenter visuellement la machination, faire apparaître noir sur blanc les liens complexes entre tous les rouages. À l'évidence, Komarovsky, manches relevées, se régalait. Kath et lui échangeaient des plaisanteries en travaillant, et parfois, ils réclamaient une autre tasse de café. Si Amanda avait trouvé cela amusant au début, charmant d'une certaine manière, à mesure que le temps passait et que l'angoisse qui lui nouait le ventre s'amplifiait, elle en vint à éprouver du ressentiment envers l'oligarque. Surtout, elle lui reprochait de savoir pourquoi le nom de son père figurait à la fin de ce dossier.

Et si je décidais que je ne veux pas savoir ? Elle pourrait évoquer diverses raisons – tactiques, logiques – pour changer d'avis. Elle savait mentir. Elle ne serait pas obligée d'avouer la vérité à Kath : la perspective d'affronter Komarovsky pour l'obliger à expliquer la présence du nom de son père sur cette feuille lui flanquait une peur bleue.

~

Elle avait pris l'habitude à présent de boire quelques verres de vin chaque soir pour trouver le sommeil. Elle se disait que sa consommation demeurait stable (ce n'était pas comme si elle avait explosé d'un coup) et elle s'autorisa à aller un peu plus loin.

Rétrospectivement, c'était incroyable de voir avec quelle rapidité la spirale s'était enclenchée. Un soir, Amanda déboucha une bouteille de vin et, au lieu d'en garder la moitié pour le lendemain, elle décida de la finir. C'était merveilleux. Jamais elle n'avait aussi bien dormi. Le soir suivant, elle recommença. Puis elle songea qu'un peu de changement serait le bienvenu. Le fait d'être à Londres, loin de sa vie normale, lui accordait la permission d'enfreindre ses règles habituelles. Bénie soit l'Angleterre, et ses pubs à tous les coins de rue, où personne ne la regardait de travers quand elle commandait une pinte de blonde à l'heure du déjeuner. Bénis soient l'amertume du gin tonic, la touche salée du Dirty Martini, le goût fumé du bourbon. Ah, Seigneur, elle adorait boire. Désormais, elle se réveillait à 3 heures du matin la bouche pâteuse, et se levait avec la gueule de bois, mais elle s'en fichait. Elle adorait ça. Elle adorait ça, bordel de merde.

Au cours de ces dix-sept dernières années, Amanda avait commis quelques écarts, mais dans l'ensemble, elle savait se contrôler. De fait, elle n'avait pas picolé autant depuis son tour du monde. Dans chaque ville, sur tous les continents, il existait au moins un bar miteux qui vendait de l'alcool pas cher. Lubrifiant social, protection liquide, courage en bouteille : l'alcool était le meilleur ami du voyageur solitaire.

Pourtant, curieusement, quand elle avait débarqué en Russie, elle avait quasiment arrêté de boire. Au cours de cet hiver à Moscou avec Jakob et ses amis, bien qu'entourée de torrents de vodka, elle avait constaté que cette envie s'était tout simplement… envolée. Avec une facilité qui l'étonnait. C'est après les événements en Russie que la situation s'était aggravée pour de bon. Son séjour en Thaïlande avait été le théâtre d'une beuverie épique. Six semaines de souvenirs flous, aussi loin de Moscou que possible, de retour parmi ses amis routards qui voyageaient pour cinq dollars par jour. Une récompense, se disait-elle, après avoir subi une perte aussi brutale. Toutefois, cela ressemblait moins à une récompense qu'à une défaite, et finalement, la peur l'avait poussée à arrêter.

Mais ici, à Londres, tout allait bien ! Exception faite des migraines, elle assurait. Certes, il restait ce problème de la question non formulée. Certes, il y avait le jugement de Kath qui irradiait d'un bout à l'autre de la pièce. Mais elles mettaient la pression sur Komarovsky, et c'était ce qu'on attendait d'elles, non ? Elles faisaient leur travail. Du bon travail.

Au bout de trois semaines, Kath aborda enfin le sujet. Un vendredi soir, dans un minuscule et discret restaurant birman, un de ses endroits préférés à Londres. Malheureusement, l'alcool y était interdit.

Kath dit soudain : « Parlons de l'éléphant dans la pièce, Amanda. Je sais ce que vous endurez.

— Ça m'étonnerait, répondit celle-ci d'un ton amer.

— C'est une situation compliquée.

— Oh, vous parlez de ce secret honteux que mon père cache dans son passé ? Et qu'il me revient de déterrer ? » Elle grimaça et écarta le plat de nouilles à l'ail auquel elle n'avait pas touché.

« Merci pour votre compassion. Mais vous ne savez pas ce que j'endure, non. Votre père était un prof de catéchisme, je crois ? Littéralement.

— Je ne parle pas de ça.

— Vraiment ? Il y a un autre sujet ? »

Kath soupira.

« Petite idiote. Je parle de votre consommation d'alcool. »

Amanda releva la tête, le cœur battant.

« Je bois normalement.

— Vous croyez que je ne m'en aperçois pas ? Amanda, j'ai arrêté de boire il y a trente ans. Trente ans, trois mois et seize jours précisément. L'alcool était mon meilleur ami, jusqu'à ce qu'il devienne mon ennemi. Je n'en parle pas souvent parce que, franchement, c'est compliqué. Je ne cherche pas à vous faire la leçon. Je me place sur un plan pratique. Vous devez être au top en ce moment, au summum de vos capacités. C'est la plus grosse occasion de votre carrière et vous lui consacrez, au mieux, 50 % de votre talent. Moi, je me casse le cul, et pendant ce temps, vous risquez de tout foutre en l'air.

— Je ne…

— Komarovsky est intelligent, Amanda. Il n'est pas né de la dernière pluie. Il faut être plus forte que lui. Compris ? Il ne doit surtout pas établir le lien entre vous et Charlie Cole. S'il y parvient… pouf! Tout ça pour rien. Il ne nous fera plus jamais confiance. »

Désormais, le martèlement du cœur d'Amanda devait moins à la peur qu'à la colère.

« Vous croyez que je ne le sais pas ?

— À vous voir, on ne dirait pas.

— Oh, oui, bien sûr ! Vous savez mieux que moi comment je dois me comporter. »

Sans ciller, Kath rétorqua : « Je sais reconnaître une personne lâche quand je l'ai devant moi. »

~

Amanda sortit en trombe du restaurant birman avec l'intention d'entrer dans le bar le plus proche pour se noyer dans le gin. Mais après deux rues, elle s'arrêta. Elle avait laissé l'addition à Kath. Alors oui, c'était une alcoolique, à quoi bon le nier, elle n'en avait rien à foutre, mais cela ne l'empêchait pas d'être honnête.

Le temps qu'elle revienne sur ses pas, Kath s'était levée et boutonnait son manteau. Amanda l'observa à travers la vitre. Le serveur lui remit quelque chose dans un sac : les nouilles qu'elle n'avait pas mangées. Kath savait qu'elle aurait besoin de se nourrir. Soudain, Amanda repensa à ces trois dernières semaines dans leur QG d'East Ferry Road, elle revit Kath déposer devant elle des scones, des muffins, des sandwiches, des soupes… pour l'aider à absorber l'alcool qu'il y avait dans son estomac, pour prendre soin d'elle. Elle savait. Depuis le début.

Lorsque Kath ressortit sous le sinistre crachin de décembre, Amanda ravalait ses larmes.

« Je suis désolée, dit-elle. Vous avez raison. Je suis stressée à cause de toute cette histoire autour de mon père. »

Kath la serra contre elle. Puis elle recula et dit : « Ce n'est rien. Je sais ce qu'on va faire. »

Lundi serait le jour J, décréta Kath. Plus elles attendaient, plus Komarovsky trouverait ce silence suspect. Ils avaient traité toutes les informations qui figuraient dans le dossier. Sauf celle qui mentionnait le nom de Charlie Cole. Pourquoi ? Elles disposaient du week-end pour remettre Amanda en forme. Comme on pouvait s'y attendre, Kath formula des instructions très précises, qu'Amanda suivit à la lettre. Pas de café. Pas de sucre. Bouillons épicés et viande rouge. Des bains chauds après le dîner et des tisanes amères avant le coucher. Le samedi et le dimanche, elles firent des promenades revigorantes à Hampstead Heath, tout en révisant leurs rôles.

Quand Amanda se réveilla le lundi matin, cela faisait longtemps qu'elle n'avait pas eu les idées aussi claires. En regardant ses tailleurs-pantalons suspendus dans l'armoire de sa chambre d'hôtel, elle s'aperçut qu'elle les détestait. Comment avait-elle pu mettre ça ? Seule autre possibilité : son jean râpé, maculé de boue à cause de leurs promenades. Elle le détestait un peu moins, et elle se dit qu'il ferait l'affaire.

Ce matin-là, Komarovsky apporta une boîte blanche entourée d'un ruban festif. Noël était dans quelques jours.

« C'est pour vous », dit-il en tendant la boîte à Kath. Et une seconde plus tard, il ajouta : « Pour vous deux.

— Tentative de corruption ? plaisanta Kath.

— Daylesford fait les meilleurs gâteaux de Noël de toute la ville. En tout cas, c'est ce qu'on m'a dit. Hélas, Anya m'a ordonné de perdre cinq kilos avant janvier. »

Une carte, glissée sous le ruban, disait : DE LA PART DE PETER, JEMINA, ROBBIE ET TOUS VOS AMIS DE CHEZ BARCLAYS.

« Oh, quelle gentille attention », dit Kath.

Elle alla déposer le cadeau recyclé sur la table, dans le coin, où Amanda s'occupait du café.

« Le sale radin, lui glissa-t-elle. Vous êtes en forme ? »

Amanda hocha la tête.

« Ça va. »

Komarovsky retroussait ses manches devant le tableau blanc, prêt à commencer.

« Vous avez vu ça, madame Freeman ? lança-t-il en tendant la main vers le tableau, tel un peintre qui admire sa toile. Je voulais vous montrer comment… »

Une lame d'exaspération trancha dans les nerfs à vif d'Amanda. Elle l'interrompit : « Asseyez-vous. Il faut qu'on se parle. »

Son ton autoritaire amusa l'oligarque.

« Vous débordez d'énergie ce matin.

— Assis. »

Il se tourna vers Kath, qui se contenta de secouer la tête. Il marcha jusqu'à la table et prit place sur une chaise. Amanda gonfla ses poumons. C'était le jour J. Maintenant ou jamais.

« Dans les notes du sénateur Vogel, commença-t-elle, un nom était écrit sur une feuille. Et à côté de ce nom, il y avait une étoile.

— Ah. Je me demandais quand vous alliez aborder le sujet. Mais je comprends vos réticences. C'est un peu trop personnel, n'est-ce pas ? »

Amanda sentit sa gorge se nouer.

« Je vous demande pardon ?

— Soyons honnêtes, madame Clarkson. Charlie Cole est votre collègue. Vous ne travaillez pas pour le Département d'État. Comme lui, vous travaillez pour la CIA. »

Tout va bien, se dit-elle. *Parfait. Il ne sait pas.*

« C'est vous qui avez donné son nom à Vogel. Pourquoi ? Ce n'est pas son domaine. Il n'a rien à voir dans tout ça.

— En effet. Et je voulais que ça continue.

— Qu'est-ce que ça signifie ?

— Il y a une taupe à la CIA. Un agent recruté durant la guerre froide. J'en ai entendu parler il y a quelques années, par une femme, dans une soirée. Une femme bien placée, dirais-je. Vous ne vous êtes jamais demandé pourquoi vous aviez autant de mal à recruter des agents au sein du gouvernement russe ?

C'est parce qu'ils connaissent l'existence de cette taupe, et ils sont morts de peur. »

Amanda sentait les picotements de la sueur à la naissance de ses cheveux.

« Voilà pourquoi vous ne vouliez pas que Vogel contacte quelqu'un de la CIA. Parce que Charlie Cole est un agent double.

— Il travaille pour Moscou. Il est en relation directe avec le Kremlin.

— Charlie Cole…, répéta-t-elle. Charlie Cole est un agent double. »

Komarovsky la regarda d'un air soucieux.

« Ça ne va pas, madame Clarkson ? Vous semblez…

— Nom de Dieu ! s'emporta Kath. Évidemment que ça ne va pas ! Vous venez de nous annoncer qu'il y a une putain de taupe à la CIA, Ivan. Comment voulez-vous que ça aille ?

— Certes, mais…

— Vous ne pouvez pas balancer un nom comme ça ! Vous portez une accusation grave. On veut en savoir plus. Que s'est-il passé au juste ? Comment l'ont-ils retourné ?

— Je ne connais pas les détails.

— Qu'est-ce que vous savez alors, bordel ? Une rumeur, ça ne suffit pas.

— Pour Bob, ça suffisait.

— Bob était un amateur ! aboya Kath. Paix à son âme. Amanda, qu'est-ce que vous en pensez ? Vous y croyez ? »

Kath voulait l'empêcher de faire marche arrière. Son numéro d'indignation était revigorant. Amanda croisa les bras et répondit : « Disons que je suis sceptique. »

Komarovsky regarda alternativement les deux femmes.

« Vous ne me croyez pas ?

— Je crois que vous y avez cru, répondit Amanda.

— Qu'est-ce que ça signifie ?

— Ça signifie que cette femme vous a peut-être fourni délibérément un faux renseignement. Vous êtes un oligarque russe vivant à Londres. Vous connaissez un grand nombre d'Américains puissants. Ça signifie qu'elle a peut-être lancé une fausse rumeur pour cette raison. Pour que vous réfléchissiez à deux fois avant de coopérer avec ces puissants Américains en question. »

Il considérait Amanda d'un air abasourdi.

« Vous pensez que cette femme m'a menti.

— Je pense que c'est une possibilité. »

En effet, il était possible que le nom de son père fasse partie d'une campagne de désinformation. Les Russes étaient connus pour ça : ils lançaient des rumeurs, ils semaient le doute, y compris sur des fonctionnaires en contact direct avec le public, dont les véritables identités étaient connues, à l'image de « Charlie le chargé des relations publiques ». Peut-être avaient-ils trouvé son nom sur Internet et l'avaient-ils choisi au hasard comme bouc émissaire. C'était possible, oui… mais était-ce probable ? *Le rasoir d'Ockham*, pensa-t-elle. Le départ d'Helsinki dans des conditions obscures. Son insistance pour qu'elle le laisse en dehors de tout ça. Il cachait quelque chose, assurément. Quelles étaient les probabilités pour que, parmi tous les noms à leur disposition, les Russes aient justement choisi celui de son père ?

« Non, déclara Komarovsky en secouant la tête avec vigueur. Non. Elle ne mentait pas.

— Vous n'en savez rien, répondit Amanda, sans vraiment croire ce qu'elle disait.

— Je le sais. Vous oubliez pour quelle raison je suis ici. Bob est mort. Le GRU a découvert notre relation. Quelqu'un les a informés. »

13

Cela débuta par des missions de second ordre. La première eut lieu en mars 1987. Charlie Cole et Benjamin Hacker, un jeune agent clandestin frais émoulu, étaient chargés de surveiller une délégation gouvernementale russe en visite à Helsinki. Garés en face du restaurant, de l'autre côté de la rue, ils regardèrent sortir le groupe de Russes en manteaux sombres.

« Dix dollars qu'ils vont au Ratakatu, la boîte de nuit, dit Hacker.

— Trop évident, répondit Charlie. Je ne parie pas avec toi. »

Hacker se pencha vers le pare-brise de leur Opel Astra. Certains agents lisent des magazines, d'autres écoutent la radio. Hacker, lui, un fermier de l'Iowa au visage couvert de taches de rousseur, dernière recrue en date du poste d'Helsinki, avait décidé que le jeu était la meilleure façon de tuer le temps durant ces planques interminables. Charlie et lui ne cessaient de se refiler le même billet de dix dollars, froissé à force. Malgré la différence d'âge, les deux hommes avaient une relation agréable. Un duo parfait. Hacker le célibataire, Charlie le père de famille. Hacker le fouteur de merde, Charlie le pacificateur.

En fin de nuit, quand la délégation russe fut installée confortablement dans son hôtel, après que les deux agents eurent passé le relais à l'équipe suivante, Hacker demanda : « Un petit déj, ça te dit ? »

Charlie secoua la tête.

« Je rentre au poste.

— Tu n'es pas de repos ce week-end ?

— J'ai un ou deux trucs à faire. Des rapports à finir. »

Ce n'était pas vraiment un mensonge : il avait du retard dans la paperasse. La lenteur risible avec laquelle il tapait à la machine était connue de tous ses collègues. La dissimulation occupait une place considérable, constata-t-il, à l'intérieur des contours de sa vie. Certaines excuses étaient si compréhensibles, si naturelles, qu'elles en devenaient presque vraies.

En ce samedi matin, l'open space était désert. Assis à son bureau, Charlie arrêta de taper à la machine. Il se leva et considéra, par-dessus les cloisons de son espace de travail, les autres postes inoccupés.

« Il y a quelqu'un ? » demanda-t-il tout bas. Et puis, d'une voix plus forte : « Il y a quelqu'un ? »

Silence. Un silence si parfait qu'il semblait se moquer de lui.

Charlie se rassit, sortit une clé de sa poche et déverrouilla son classeur. Il en tira la liste, qu'il posa sur le bureau. C'était une feuille de papier fin, maculée d'auréoles de café et de taches de gras. Un document on ne peut plus ordinaire, une copie carbone, parmi de nombreuses autres : une liste d'officiers du KGB en poste à Helsinki, dont la CIA connaissait les noms et les visages. Charlie la contempla. Il comprenait, évidemment, pourquoi elle la voulait. Le KGB avait tout intérêt à savoir quels officiers avaient été repérés. Mettait-il quelqu'un en danger en lui remettant cette liste ? Était-ce si grave que ça ?

Bien sûr que oui, abruti. Bien sûr que c'est grave.

Mais était-ce pire que ce qui aurait pu arriver à Helen et à Amanda s'il avait refusé de coopérer ?

Au cours des mois suivants, il se rendrait compte que cet échange interne, cette comparaison entre les différents dangers, était désormais l'unique calcul qui définissait son existence.

Il plia soigneusement la liste en quatre. Il ôta sa chaussure, glissa le carré de papier dans sa chaussette et se rechaussa. Un des coins appuyait contre sa cheville, mais il s'y habitua très vite. Le poste demeura désert toute la journée, mais s'il y avait eu quelqu'un, cela n'aurait rien changé car Charlie, penché au-dessus de sa machine à écrire, ressemblait à un agent de la CIA comme les autres, un samedi matin comme les autres.

~

Bien des décennies plus tard, un jour de la fin de janvier, devant un restaurant éthiopien, dans un centre commercial de Fairfax, Charlie se souvint de cette impression d'habiter un mensonge qui n'en était pas vraiment un. Osmond Brown et lui déjeunaient enfin ensemble. Charlie, comme il l'avait expliqué à son ancien supérieur au téléphone, approchait à grands pas de la retraite, et il avait besoin de conseils pour préparer au mieux cette transition.

« Ravi de pouvoir vous aider ! » avait répondu celui-ci avec un entrain surprenant.

En fait, c'était étonnant, lui confia Osmond. Il croyait qu'il détesterait la retraite. Il faisait partie de ces personnes qui y voyaient une punition. On lui arrachait son identité d'un coup. Sans parler des piluliers, des magazines et des réductions pour seniors, des mots croisés, des chaussures orthopédiques, des verres progressifs, la faillite du corps, le langage condescendant et le défilé des humiliations qui pavaient la route à partir de cet instant, jusqu'à la fin. Sans parler de la fin elle-même ! Avec un F majuscule. Qui avait envie de ça ?

Aussi avait-il été surpris, agréablement, de découvrir qu'il se trompait du tout au tout.

« Je reviens de Jupiter, en Floride, dit-il, alors qu'ils s'asseyaient à table. C'est ma nièce qui m'a convaincu. Je lui ai dit que je ne voulais pas ressembler à un cliché : l'habitant du Nord qui descend au soleil. Et vous savez quoi ? J'ai adoré ! Et pas plus tard que la semaine dernière, j'ai fait une offre pour un appart. Vous êtes déjà allé à Jupiter ?

— Non, pas précisément, mais j'ai une tante qui…

— Ma nièce de vingt-cinq ans avait raison. C'est le paradis. En vérité, ça ne me déplaît pas d'être un cliché. De me fondre dans la masse. Je suis un vieil emmerdeur comme les autres. Personne ne fait attention à moi. Toute ma vie, j'ai essayé de rester anonyme, et c'est maintenant que j'y parviens. Je vais vous dire un truc : ça libère. »

Des conseils sur la retraite ? Charlie avait craint que ce prétexte paraisse un peu léger. Mais Osmond, absorbé par le flot ininterrompu de ses commentaires, semblait ne se douter de rien.

« C'est fou comme on peut se tromper sur son propre compte. Prenez ce restaurant… Je croyais détester la cuisine éthiopienne. J'avais connu trop de mauvaises expériences à Addis-Abeba. Et un jour où je me baladais à West Palm Beach, je me retrouve devant ce restau et je me dis : *Pourquoi pas ? Je me suis trompé concernant la retraite, et sur quoi d'autre ?* »

Le restaurant en question, coincé entre un Edible Arrangements et un Pet Depot, était étonnamment bondé en ce lundi midi. Plusieurs personnes faisaient la queue à l'entrée. La rotation était rapide. Conclusion, Charlie devait faire vite s'il voulait obtenir des réponses à ses questions. Hélas, leurs plats arrivèrent et Osmond se lança aussitôt dans un éloge du plaisir de manger avec ses doigts. L'Occident n'avait rien compris, affirmait-il. Pas moyen pour Charlie d'en placer une.

Enfin, Osmond se renversa contre le dossier de sa chaise pour souffler et digérer. Charlie décida de profiter de cette ouverture.

« Votre nièce m'a l'air très sympathique. C'est chouette de voir que la jeune génération prend les choses en main. Du coup, c'est un peu plus facile de transmettre le relais, hein ? Même si, en toute franchise, j'ai du mal à me faire à l'idée qu'Amanda a l'âge d'être cheffe de poste. Pour moi, c'est encore une petite fille.

— Elle est très douée, dit Osmond. Ça a toujours été une bosseuse. Très consciencieuse. »

Charlie sourit. Il adorait parler de sa fille. Le mensonge qui n'était pas vraiment un mensonge.

« Elle tient ça de sa mère. Mais bizarrement, il a fallu du temps pour que cela se manifeste. Enfant, elle se laissait très facilement distraire. J'étais surpris quand elle a décidé de suivre cette voie. Mais elle savait peut-être que ce métier lui apporterait ce dont elle avait besoin.

— La discipline, vous voulez dire ?

— Oui, et l'enjeu également. Elle a traversé une phase où rien n'avait d'importance. "Personne ne va en mourir si je foire mon exam d'histoire", ce genre de choses. Puis elle a choisi cette profession, où tout est une question de vie ou de mort, et ça l'a changée.

— Je me souviens très bien de ce sentiment », dit Osmond sur le ton de la confidence.

La serveuse apporta à Charlie un deuxième Coca Light. En ouvrant nonchalamment la cannette, il dit : « J'ai l'impression que vous vous entendiez bien, elle et vous. En tout cas, elle dit le plus grand bien de vous. »

Les sourcils d'Osmond se dressèrent légèrement.

« Vraiment ?

— Oui. Elle dit que vous étiez un bon patron.

— C'est gentil.

— Je ne sais pas si ça a encore de l'importance... » Charlie regardait fixement son Coca comme s'il fallait une intense concentration pour le verser dans son verre. « Mais je crois qu'elle continue à s'en vouloir d'avoir joué un rôle dans votre... D'avoir peut-être modifié votre plan de carrière...

— C'est très aimable de sa part. » Osmond ne pouvait s'empêcher d'employer un ton narquois. « Rien ne vaut la pitié des jeunes gens, n'est-ce pas ? Vous savez, j'ai eu le temps de réfléchir. Je n'avais que ça à faire. Et je dois vous dire une chose, Charlie. Votre fille n'a pas hésité une seule seconde. Elle s'est montrée implacable. Presque irrespectueuse. Sincèrement, si les choses s'étaient déroulées différemment, si elle s'était trompée, j'aurais probablement essayé de la faire muter. »

Il se tut, sourit et ajouta : « Oui, je sais. Je passe pour un vieux salopard en disant cela. Mais tant pis. Bref, elle avait raison. Et j'avais tort. Y a pas à tortiller. Je me suis senti humilié. Minable. Pourtant, je n'étais pas en colère. Comment en vouloir à quelqu'un qui avait objectivement raison ? Peu importe son jeune âge et son manque d'expérience. Vous savez quoi ? » Il se pencha en avant et baissa la voix de nouveau. « Je me demande si ce n'est pas grâce à Amanda que j'ai suivi le conseil de ma nièce. »

La serveuse revint. Osmond réclama l'addition.

Merde, pensa Charlie. *Merde, merde.*

« Euh, Osmond... Merci infiniment pour ces conseils. J'admire la sérénité avec laquelle vous avez géré le passage à la retraite. Tant de choses échappent à notre contrôle, n'est-ce pas ? Vous avez réussi à en tirer profit au maximum.

— Oui... » Quelque chose assombrit le regard d'Osmond. « En quelque sorte. »

Charlie baissa la voix.

« Je ne voudrais pas qu'Amanda en tire des conclusions erronées. Certes, il faut un certain talent pour recruter un agent, mais quant à savoir si cet agent va se montrer productif... C'est une question de chance, non ? »

Osmond, perdu dans ses pensées à présent, dit : « Elle a des convictions. Peut-être que je n'en ai jamais eu. »

La serveuse prit la carte de crédit de Charlie. Il avait encore deux minutes, trois au maximum.

« Avez-vous déjà rencontré ce type ? » C'était risqué, mais avait-il vraiment le choix ? « Je parle de la source d'Amanda. L'homme qui l'a informée de l'assassinat. Un sacré personnage, j'ai l'impression. »

Osmond revint brutalement sur terre.

« Elle vous a parlé de lui ?

— Elle n'aurait sans doute pas dû, je sais. Mais ça reste dans la famille. On s'échange souvent des conseils. Bref, j'ai cru comprendre que c'était un gars intéressant. Un peu... excentrique ?

— Excentrique ? » Osmond émit un petit ricanement. « Voilà ce que j'appelle un euphémisme.

— J'en déduis que vous l'avez rencontré ?

— Il n'avait pas l'air bien, à vrai dire. En passant devant la salle de réunion, j'ai vu un drôle de bonhomme, transpirant, qui faisait les cent pas. Sur ce, Amanda débarque dans mon bureau pour m'annoncer que ce Semonov, le type dans la salle de réunion, est celui qui a débarqué à l'improviste. Le puissant et valeureux héros. Ce type ? C'est une plaisanterie.

— Semonov, répéta Charlie. Oui, voilà. Je n'arrivais pas à me souvenir de son nom.

— Tout cela n'avait aucun sens. C'était trop aléatoire. Le type qui fabrique des passeports pour le GRU entend par hasard ces deux types parler de Bob Vogel ? Comme un fait exprès, il est en vacances en Italie, alors il décide de faire un saut à l'ambassade américaine pour donner l'alerte ? Je dois tirer mon chapeau à votre fille. Elle savait. D'une manière ou d'une autre, elle savait. Cette jeune femme, c'est quelque chose. Un détecteur de mensonges humain. »

~

« Manifestement, ce n'est pas la même source. Cet homme – Semonov, tu dis ? – qui est entré dans l'ambassade ne peut pas être celui qui renseignait le sénateur Vogel. Il ne pouvait pas avoir accès à des informations aussi précises. »

Plusieurs semaines s'étaient écoulées. En cette matinée glaciale, Maurice attisait le feu dans la cheminée de son appartement new-yorkais. Charlie demanda : « Qu'est-ce que ça signifie, alors ? Que fait-on de cette info ?

— Je ne suis pas sûr qu'il y ait quelque chose à faire. Mais haut les cœurs, Charlie. Apparemment, Semonov ne savait rien sur toi. Et de toute évidence, il ne leur a pas donné ton nom ce jour-là, à Rome. Si Osmond avait des raisons de se méfier de toi, jamais il n'aurait accepté ton invitation à déjeuner. Et surtout, il ne t'aurait pas parlé aussi ouvertement de Semonov.

— Autrement dit, jusqu'au moment où j'ai remis ces documents à Amanda, elle ne me soupçonnait pas.

— Exact. Mais tu avais une bonne raison de le faire. Ces documents contenaient des informations cruciales. Et tu l'as dit toi-même : tu ne voulais pas entraver l'enquête.

— J'ai fait une connerie.

— Non, tu as fait ce qu'il fallait. Et tu le sais, Charlie. »

Les deux hommes demeurèrent silencieux un instant. Charlie contemplait les braises dans la cheminée. Au cours de ces derniers mois, il avait parcouru tout le spectre de la terreur. Les cauchemars, les sueurs froides et les draps tire-bouchonnés. Les regards paranoïaques en direction de la voiture arrêtée un peu plus loin. Les projets foireux de fuite au Maroc, aux îles Samoa, partout où il n'existait pas d'accords d'extradition. Mais le plus terrible, c'étaient les moments de paralysie complète, où son esprit en surchauffe renonçait, simplement. Les moments où il s'apercevait qu'il n'y avait plus rien à faire, à part s'allonger et se laisser écrabouiller par le train lancé à toute allure. Il était venu à New York en espérant que Maurice aurait une idée, mais il se retrouvait de nouveau dans une impasse.

« Ça ne marchera pas, hein ? »

Maurice continuait de s'occuper du feu.

« Quoi donc ?

— Ce dont on a parlé cet automne. Amanda va peut-être découvrir ce qui s'est passé à Särkkä. Très bien. Soit. Mais je ne veux pas qu'elle apprenne… »

Charlie laissa sa phrase en suspens.

« C'est une très bonne professionnelle.

— Oui. »

Et il pensa, sans le dire à voix haute : *Malheureusement pour moi.*

« Tôt ou tard, ajouta Maurice, elle viendra te voir avec ses questions. Et comme l'a dit Osmond : elle sait quand les gens mentent. Tu seras obligé de lui parler de Mary. Tu n'as pas le choix. »

Charlie soupira.

« Je suis foutu.

— Charlie… » D'un ton plus autoritaire : « *Charlie.* Regarde-moi. »

Charlie obéit, à contrecœur.

« Amanda voudra connaître la vérité, tu lui diras la vérité et tout ira bien. Tu comprends ? Tu n'es plus l'homme que tu étais il y a trente-cinq ans. Tu as changé. Tu as commis de graves erreurs, mais c'est de l'histoire ancienne. Ce qui s'est passé entre toi et Mary est mort avec Mary. Elle n'existe plus, Charlie. Il est temps que tu l'acceptes. Tu dois t'autoriser à tourner la page. »

Elle n'existe plus, Charlie.

Que pouvait-il répondre à cela ? Il reporta son regard sur les flammes hypnotiques et amnésiantes.

14

« C'était parfait, commenta Kath après le départ de Komarovsky. Excellente idée de planter cette graine du scepticisme. Le coup de la rumeur en tant que désinformation. »

Amanda se laissa tomber dans son fauteuil. Elle se sentait vidée et molle, comme un ballon dégonflé. Kath fit un peu de rangement et rinça leurs tasses en fredonnant. « Il travaille pour Moscou, avait dit l'oligarque. Il est en relation directe avec le Kremlin. » Amanda n'aurait su dire quel sentiment l'habitait à cet instant – fatigue, tristesse, peur –, mais c'était affreux. Elle voyait des tsunamis s'abattant sur des rivages paisibles. Comment une chose aussi monumentale pouvait-elle survenir aussi rapidement ?

Il ne me pardonnera jamais, pensa-t-elle. De retour de ses voyages à travers le monde, âgée alors de vingt-deux ans, mortifiée par ce qu'elle avait vécu en Thaïlande, traumatisée par ce qui s'était passé en Russie, elle avait demandé conseil à son père pour décider de ce qu'elle allait faire ensuite. Maurice l'avait encouragée à suivre son instinct : excellente idée, elle ferait une très bonne espionne. Elle était ravie car l'elliptique Maurice donnait rarement un conseil aussi direct. Néanmoins, elle l'avait pris avec des pincettes. « On ne peut jamais vraiment savoir, avait-elle dit. Je crois que je pourrais être douée, mais il pensait sans doute la même chose.

— Vous parlez de votre père ? À mon avis, il avait d'autres raisons, très différentes, d'intégrer l'Agence. Son propre père avait choisi cette voie avant lui et il voulait l'impressionner. »

Amanda se souvenait d'avoir pensé alors, déjà à l'époque, à seulement vingt-deux ans, que le désir d'impressionner son père n'était pas le meilleur critère pour prendre une décision. Mais à cet instant, dans la situation actuelle, peu importait le bien-fondé ou non de cette décision. Car si Charlie croyait à ce critère (la nature même de sa requête n'était-elle pas la preuve qu'il y croyait ?), c'était l'assurance que toute cette histoire finirait mal. Il y avait deux portes. Derrière la première se trouvait une fille perfide ; derrière l'autre, une espionne perfide. Elle leva la tête.

« Tout ça est un jeu, dit-elle. Les dés sont truqués. Dans tous les cas, je suis perdante. »

Kath haussa les épaules en s'essuyant les mains sur un torchon.

« Nous verrons bien.

— Sérieusement, je viens d'avoir une révélation. Je suis baisée. Dans un cas comme dans l'autre, je suis baisée.

— C'est ce que vous ressentez ?

— Que pourrais-je ressentir d'autre ? »

Kath haussa les épaules de nouveau.

« OK, vous êtes baisée. Et ensuite ?

— C'est comme si… peu importe ce que je fais.

— Bien. Je répète ma question : et ensuite ?

— Je ne sais pas. » Après un silence : « Vous auriez une de ces fameuses pilules de cyanure sous la main ? »

Kath sourit. Puis elle éclata de rire. Et Amanda, à son grand étonnement, l'imita.

~

Elles mirent de côté le dossier Komarovsky durant les fêtes. Il passait Noël en famille à Gstaad. Kath partait pour une destination tropicale confidentielle. Amanda avait l'intention de s'offrir quelques jours de tranquillité à Rome, afin d'éponger son travail en retard, avant que tous les trois se retrouvent en janvier.

Au cours de ses semaines d'absence, une odeur de renfermé s'était installée dans son appartement aux murs nus, où l'égouttoir accueillait un bol unique.

Elle songea qu'elle pouvait remédier à cette situation. Puis elle songea qu'elle devait y remédier.

À Noël, elle bavarda avec Georgia sur FaceTime. Après avoir été obligée de saluer tous les membres du vaste clan Markopoulos, Amanda confia à son amie : « J'ai besoin de ton aide. »

Ayant précisé ce qu'elle attendait de Georgia, elle ajouta d'un ton contrit : « Je sais que c'est beaucoup demander…

— Amanda Margaret Cole, ferme-la ! C'est mon rêve qui se réalise. Littéralement. »

Quelques jours plus tard, les cartons commencèrent à arriver. Amanda aurait voulu s'en remettre entièrement à Georgia, qui avait répondu : « Pas question. On va apprendre à une femme à pêcher. » Elle commença par choisir quelques vêtements – chemises, pulls, chaussures et robes –, dont elle savait qu'ils plairaient à Amanda.

Le matin du 31 décembre, Amanda se réveilla tôt. Hormis les roucoulements des pigeons devant l'église, les rues de Rome étaient silencieuses. En arrivant au poste, elle découvrit le même calme. Elle commençait enfin à combler son retard et c'était bon. Elle demeurait consciente de sa situation, mais quand elle passait en revue toute cette paperasserie répétitive, la douleur s'atténuait. Ça ressemblait davantage à un léger mal de dent, omniprésent mais sourd. Elle n'avait jamais aimé cet aspect de ses fonctions. Aujourd'hui, toutefois, elle éprouvait une étrange gratitude pour ce travail de tri, cette inversion du principe d'entropie, si apaisante. *Kath a peut-être découvert quelque chose*, se dit-elle.

Au même moment – inquiétante coïncidence –, une voix lança : « Il y a quelqu'un ? »

Kath apparut sur le seuil de son bureau.

« Je vais vous dire une bonne chose. » Elle se laissa choir dans un fauteuil en soupirant. « Key West est l'enfer sur terre. Ils devraient envoyer Jimmy Buffett en prison.

— Vous étiez en Floride ? J'ai du mal à l'imaginer.

— Moi aussi, figurez-vous.

— Je croyais que vous ne rentriez pas avant le 5 janvier.

— Peut-être que cet endroit miteux me manquait. J'aime bien votre pull, soit dit en passant. Cette couleur vous va bien. »

~

Ce soir-là, au cours du dîner, Kath fit remarquer à Amanda qu'elle semblait aller un peu mieux. Amanda confirma.

« Je ne peux pas dire que ça a été facile, car ce n'est pas le cas. Loin de là. Mais c'était plutôt… simple. En fait, il s'agit de tenir jusqu'au soir. Se réveiller le lendemain matin et recommencer. C'est triste, mais que faire d'autre ? »

Kath acquiesça. Amanda parlait du problème nommé Charlie, mais aussi de son problème d'alcool. Et Kath semblait le comprendre.

« C'est curieux, reprit-elle. Quand Komarovsky nous a parlé de cette rumeur, cela paraissait tellement spectaculaire. Puis quelques jours passent, et ça devient juste une pièce du puzzle parmi d'autres. Un grand puzzle. Avec énormément de pièces.

— Qu'il faut poser l'une après l'autre.

— Exactement.» Après un silence, Amanda ajouta : «En fait, je voulais vous remercier.

— Pour quoi?

— Vous avez été super. Sur tous les plans. Je sais que j'ai été un peu... bordélique. Et vous donnez toujours de bons conseils.

— Oh, arrêtez. J'aime surtout donner des ordres.»

Amanda crut la voir rougir. Bizarrement, cette femme si bien dans sa peau, si sûre d'elle, semblait gênée par les compliments. N'était-ce pas la leçon primordiale de son travail? L'alpha et l'oméga du renseignement humain? Tout le monde peut vous surprendre.

~

Une pièce après l'autre. Cette approche les ramena à Londres, durant les mois de janvier et février, où se succédèrent les entretiens avec Komarovsky. Amanda prenait soin d'évoquer régulièrement la rumeur concernant Charlie Cole pour rassurer l'oligarque, en lui montrant que l'opération était étanche, top secrète, au cas où cette rumeur aurait une valeur quelconque : une certaine inquiétude, sans excès.

Coup de chance, Komarovsky était trop absorbé par ses propres problèmes pour analyser la prestation d'Amanda. David Hopkins, le PDG d'Aeromach, jouait les entêtés. Durant les mois qui avaient suivi leur conversation initiale, Hopkins s'était mis en tête qu'il disposait peut-être d'un moyen de pression lui aussi. Komarovsky exigeait qu'il annule cette vente de missiles à la Pologne, un contrat de six milliards? Très bien. Hopkins menait déjà un dur combat – n'oublions pas qu'il devait affronter son conseil d'administration –, et si Aeromach annonçait cette rupture de contrat, si le marché prenait peur, le cours de l'action chuterait, et sa tête se retrouverait sur le billot. Mais Komarovsky avait intérêt à ce qu'il reste en place, non ? Voici ce qu'il proposait : le jour où ils annonceraient cette rupture, Komarovsky devrait faire en sorte que le marché approuve ce changement. Compris ?

Pendant que l'oligarque pestait contre l'obstination des Américains qui croyaient que tout leur était dû, l'esprit d'Amanda fonctionnait à toute vitesse.

« Attendez une seconde, dit-elle. C'est une bonne chose. On peut s'en servir. »

Et donc, il fut décidé qu'au début du mois de mars, à une date qui approchait à toute vitesse, Ivan Komarovsky pénétrerait dans cette galerie de Soho. Comme à leur habitude, Vitsine et lui se retireraient dans le bureau, au fond. Pendant que Komarovsky transmettrait à son officier traitant les exigences de Hopkins et demanderait quels étaient les ordres du Kremlin, Amanda et son équipe espionneraient leur conversation à bord d'une camionnette garée à proximité.

Quand elle annonça à Komarovsky qu'il allait devoir porter un micro, celui-ci regimba.

« Et si Vitsine me fouille ?

— Il ne l'a jamais fait.

— Oui, mais supposons...

— Il ne vous fouillera pas. Mais au cas où, vous nous envoyez le signal et on vous sort de là. En trente secondes maximum, on intervient. »

Ils avaient besoin de preuves matérielles pour établir le lien entre le Kremlin et ces manipulations. Sans enregistrement, ils ne disposaient que de la parole de l'oligarque. Amanda le croyait, évidemment. Kath aussi. Mais si elles voulaient que ce dossier remonte jusqu'à la Maison-Blanche, leur conviction ne suffisait pas.

Elles n'auraient pas droit à une autre chance, elles le savaient. Le numéro de Komarovsky marcherait peut-être une fois, pas deux. Généralement, Vitsine et lui ne parlaient jamais de ces choses-là. Vitsine n'avait pas la moindre idée de la manière dont on pouvait dompter les ego des PDG américains culottés. Une telle dérive par rapport au schéma habituel ne manquerait pas d'attirer l'attention de l'officier traitant. Il y avait dans cette opération trop d'impondérables au goût d'Amanda, mais les plans parfaits n'existaient pas. Tôt ou tard, ils devaient se jeter à l'eau.

L'équipe fit de nombreuses répétitions. La première fois, l'émetteur caché dans le bouton de manchette de Komarovsky ne transmit pas le signal jusqu'à eux. Du fait de la configuration de Berwick Street, une camionnette blanche stationnée le long du trottoir ne manquerait pas d'attirer l'attention, aussi s'étaient-ils garés dans Livonia Street, mais apparemment, vingt mètres c'était encore trop demander à l'émetteur. Sur le point de céder à la panique, Amanda craignait qu'il faille tout annuler pour repartir de zéro. Jusqu'à ce que Bram, un des types du service technique de l'Agence, suggère : « Le lampadaire. Devant la galerie. Il y a un boîtier électrique en bas. On peut y installer un répéteur. Ça nous donnera au moins cent mètres de plus, facile. »

Pour le deuxième essai, Amanda, installée à bord de la camionnette dans Livonia Street, coiffa le casque. Elle entendait très clairement Komarovsky flirter et rire avec l'assistante de Vitsine. Et voilà le boss qui faisait son entrée. « Par ici. » Sièges qui craquent. Porte qui se referme. « Le mois prochain, c'est l'anniversaire d'Anya, dit Komarovsky au galeriste. Et vous savez qu'elle rêve de ce Peter Doig. Est-ce que vous pouvez utiliser vos pouvoirs magiques, mon ami ? »

Amanda se tourna vers Bram, pouces levés. Le répéteur fonctionnait à merveille.

~

La veille de l'opération, ils effectuèrent une ultime répétition.

« Et si, pendant que vous discutez avec Vitsine, vous avez le sentiment qu'il voit clair dans votre jeu ? » demanda Amanda.

Komarovsky récita : « Je dis : "David est sur son yacht à Miami."

— Et si vous courez un danger imminent ?

— Je dis : "Allons, Sasha, vous ne vous souvenez pas de cette soirée à Novikov ?" »

Dans ce cas de figure, l'équipe se tenait prête à investir la galerie, pour extraire l'oligarque et le conduire d'urgence à l'ambassade américaine. Les autorités britanniques n'apprécieraient guère cette intervention, mais il était possible que cela ne parvienne jamais à leurs oreilles. Les agents infiltrés comme Vitsine n'aimaient pas attirer l'attention.

« Et si tout se passe bien, sans aucun problème ?

— Osipov me conduira jusqu'ici. »

Amanda hocha la tête.

« Bien. Mais si vous avez le moindre sentiment que quelque chose cloche, ne venez pas ici. Cela ne servira qu'à conduire le FSB directement jusqu'à nous. Compris ? Montez dans votre voiture et demandez à Osipov de vous ramener. »

~

« C'est parti », dit une voix déformée par les parasites dans la radio.

Amanda prit une grande inspiration.

« Bien reçu. »

On était le lendemain après-midi. Kath et elle avaient pris place à l'arrière de la camionnette, Bram était au volant. Le deuxième agent de l'OTS, le service technique, celui qui venait de lancer cet appel radio, suivait la Rolls-Royce qui quittait à présent le siège de Pavel Partners. Le troisième agent de l'OTS était assis à la terrasse d'un café de Berwick Street, d'où il avait une vue directe sur la galerie. Bram se retourna. Sur la poche de poitrine de sa combinaison bleue était brodé le logo d'une fausse entreprise de plomberie, le même qui ornait le côté de la camionnette.

« Tout va bien ? demanda-t-il.

— Impec, répondit Amanda. Et vous ? »

Bram hocha la tête.

« Je vais piquer un petit somme. Réveillez-moi quand il approchera. »

Il se cala dans son siège, abaissa la visière de sa casquette sur ses yeux et, quelques secondes plus tard, il ronflait.

Le temps passait curieusement. Ces dernières semaines avaient filé – il fallait préparer tellement de choses –, et maintenant qu'ils étaient là, dans cette camionnette, les minutes s'écoulaient au compte-gouttes. Amanda consulta sa montre. Komarovsky avait quitté son bureau depuis quatre minutes seulement.

La radio les tenait régulièrement informés de sa progression dans les embouteillages londoniens. Pendant qu'Amanda gardait les yeux fixés sur sa montre, Kath tournait des pages et des pages de documents en marmonnant. Les jours de grande opération, certaines personnes enfilaient leurs chaussettes fétiches, d'autres buvaient leur café dans une tasse spéciale. Kath, elle, aimait s'entourer (au sens propre) des preuves, en disposant les documents devant elle, en un cercle magique : la version miniature de la salle de réunion du poste de Rome. Cela l'aidait à calmer ses nerfs, affirmait-elle.

Des cris stridents et des rires éclatèrent sur le trottoir, à la hauteur de la camionnette. C'était la sortie de l'école. Enfin, la voix grêlée de parasite annonça dans la radio : « Il tourne dans Mortimer Street. »

Amanda se pencha vers Bram et le secoua par l'épaule.

La Rolls s'arrêta le long du trottoir dans Berwick Street. Komarovsky en descendit, en costume bleu marine, lunettes de soleil sur le nez. Il se pencha par la portière ouverte et dit à son chauffeur : « Je vous appelle dès que j'ai fini.

— Entendu, patron », répondit Osipov.

Les voix leur parvenaient très clairement, maintenant que l'émetteur dissimulé dans le bouton de manchette se trouvait à proximité du répéteur de signal.

Bram capta le regard d'Amanda dans le rétroviseur. Elle hocha la tête.

« OK, c'est parti », se dit-elle à voix basse.

Le deuxième agent, celui installé en terrasse, annonça : « La cible approche de la galerie. »

Le troisième annonça : « Je prends position dans la ruelle. »

Au cours de la préparation, l'OTS s'était procuré les plans de l'immeuble de Berwick Street et avait découvert l'existence d'une deuxième entrée, à l'arrière. Ils avaient décidé de la surveiller également.

Arrivé devant la galerie, Komarovsky s'arrêta. De l'autre côté de la rue, l'agent attablé en terrasse ôta sa casquette de base-ball et la posa sur la table. Komarovsky ôta ses lunettes de soleil et les glissa dans sa poche de poitrine. Confirmation que le système audio fonctionnait. Confirmation reçue. Il se retourna, ouvrit la porte de la galerie et disparut.

« Ivan ! » s'exclama une voix féminine d'un ton enjoué. La communication demeurait parfaite. Bruits de talons hauts sur le sol. « Quelle joie de vous voir. J'ignorais que vous aviez rendez-vous.

— Je passais dans le quartier, simplement. Alexander est là ?

— Oui. Mais laissez-moi juste… » Les talons hauts claquèrent de nouveau sur le sol et la voix s'éloigna. Puis : « Je suis affreusement désolée, Ivan. Il est toujours au téléphone apparemment. Ça ne vous ennuie pas d'attendre quelques minutes ?

— Non, bien sûr que non.

— Ça ne devrait pas être trop long. Voulez-vous un thé ?

— Avec plaisir. »

Respiration profonde, parquet qui grince. Amanda n'avait pas besoin de voir Komarovsky pour l'imaginer : il changeait de position dans son fauteuil, il regardait les portes, les mains dans les poches pour masquer les tremblements. Une minute plus tard, alors que les talons hauts résonnaient de nouveau sur le parquet, il dit : « Formidable. Merci.

— C'est curieux : Alexander parlait justement de vous ce matin.

— Vraiment ? » Komarovsky se racla la gorge. « Et… à quel sujet ?

— Non, non, je ne veux pas gâcher la surprise.

— Dites-moi tout, ma chère. Mon vieux cœur fatigué n'apprécie pas trop les surprises. Vous ne voulez pas me voir succomber à une crise cardiaque, si ? »

La femme rit.

« Vous me promettez d'avoir l'air étonné ?

— Promis.

— Bien. » Elle baissa la voix. « C'est le Peter Doig.

— Le… ?

— Le tableau que voulait Anya pour son anniversaire. Le…

— Oui, bien sûr ! » Rire tonitruant. « Le Peter Doig ! Oui, oui, évidemment. En vérité, vous savez quoi ? J'ai changé d'avis : ne m'en dites pas plus. Laissez-lui ce plaisir. »

Une troisième voix se fit entendre : « Vanya, dit Vitsine. Que me vaut cette joie ?

— Bonjour, Sasha. Désolé de débarquer à l'improviste. Mais j'aurais besoin de vos conseils. Comme j'étais dans le coin… et parce que c'est assez urgent…

— Je vois. » Un silence. « Dans ce cas, suivez-moi. »

Des bruits de pas accompagnèrent les deux hommes qui se dirigeaient vers le bureau.

« Il s'agit de David Hopkins, murmura Komarovsky. Le PDG d'Aeromach. Il m'a appelé ce matin. Il ne…

— Stop, le coupa Vitsine d'un ton brusque. Attendez qu'on soit dans mon bureau. »

Les pas s'arrêtèrent. Un bruit de porte qui s'ouvre et se ferme. Deux corps qui s'enfoncent dans des fauteuils.

« Hopkins continue à jouer les fortes têtes. Il m'a dit que… »

Soudain un bruit strident creva les tympans d'Amanda.

« Putain de merde ! » cria-t-elle.

Elle arracha son casque et se retourna. Kath en avait fait autant. Bram également. Le gémissement perçant jaillissait des trois casques.

Bram se faufila à l'arrière de la camionnette.

« Vous avez touché à quelque chose ? aboya-t-il.

— Bien sûr que non ! Qu'est-ce qui se passe ?

— Tout semble OK », dit-il en examinant le matériel audio. Il parla dans la radio. « Ça vient du répéteur ? Il est HS ?

— Je suis en train de vérifier », répondit la voix noyée sous les parasites. Et quelques secondes plus tard : « Négatif. Le répéteur fonctionne.

— Quelqu'un capte quelque chose ? demanda Amanda, douloureusement consciente que les secondes s'écoulaient, des secondes pendant lesquelles Vitsine leur donnait peut-être exactement ce qu'ils attendaient.

— Un problème d'émetteur ? demanda Bram, front plissé.

— Peu probable, répondit une des voix.

— Mais pas impossible ?

— Non. Bien sûr. Donc c'est une coïncidence s'il déconne à la seconde même où Komarovsky entre dans le bureau de Vitsine ? OK. Admettons. »

Bram soupira.

« Putains de Ruskoffs.

— Bram, dit Amanda. Bram ! C'est quoi, ce truc ?

— Il brouille la fréquence.

— Ça veut dire…

— Ça veut dire que Vitsine s'attendait à un coup de ce genre. Quelqu'un l'a prévenu. »

« Il travaille pour Moscou », avait dit Komarovsky.

« Nom de Dieu, pesta Amanda. Merde, merde. Il faut le sortir de là. »

Elle avait déjà décollé les fesses de son siège quand Kath la retint par le bras.

« Asseyez-vous, ordonna-t-elle d'un ton sec. On ne fait rien.

— Vous plaisantez ?

— Respirez. On ignore ce que sait Vitsine.

— On sait qu'il sait quelque chose ! Sinon…

— Pas nécessairement. C'est une mesure de protection standard pour un agent du FSB. Vitsine n'en est pas à son coup d'essai. Vous vous souvenez de son rendez-vous au Dorchester ? »

Amanda sentait le sang battre à ses tempes.

« Il faut me rafraîchir la mémoire, répondit-elle d'un ton agacé.

— Vitsine prenait un verre avec quelqu'un. J'étais assise à trois sièges de lui, au bar. J'entendais tout ce qu'ils disaient. Ils ne cherchaient pas à être discrets, c'était une conversation banale. Mais j'ai voulu tester ma théorie, alors j'ai branché mon magnétophone. Quand j'ai écouté l'enregistrement en rentrant chez moi, le son était totalement brouillé. On n'entendait rien. Uniquement un bruit blanc. Si Vitsine prend de telles précautions pour une conversation anodine, il est évident qu'il fera de même pour une conversation compromettante.

— Ça ne s'est jamais produit durant les tests.

— Parce que Komarovsky n'a jamais dit des choses importantes. Et puis, Vitsine a confiance en lui, pour le moment. Alors, il ne prend pas la peine de brouiller toutes leurs conversations. Mais si son agent se met à déblatérer contre David Hopkins... » Kath tendit le bras en direction de Berwick Street. « Vitsine appuie sur le bouton. Il serait idiot de ne pas le faire. Et on sait qu'il n'est pas idiot. »

Amanda la dévisageait.

« Vous êtes sûre de ce que vous avancez ?

— Bien sûr que non. Je ne suis sûre de rien.

— Bram ? Votre avis ? »

Le technicien secoua la tête.

« C'est vous qui commandez, Cole.

— Quelles sont nos options ? À part rester assis, les bras croisés ?

— On a toujours notre plan d'extraction. »

Kath leva les yeux au ciel.

« Formidable. On débarque à la galerie, et comme ça on est

sûrs de griller sa couverture. Si on intervient, Amanda, c'est foutu. Nous n'aurons jamais de seconde chance.

— Vous pensez sérieusement qu'on peut avoir une seconde chance ?

— Disons que je ne veux pas me priver de cette possibilité. »

Amanda ferma les yeux. Bram et les deux autres agents étaient des anciens Navy SEALs. Si elle leur demandait d'extraire Komarovsky, ils s'en chargeraient. Avec succès. Sans le moindre doute. Certes sa couverture serait foutue, mais il serait sain et sauf. Anya et ses enfants le reverraient.

Mais elle dans tout ça ? Et Bob Vogel ? Et Diane Vogel ? Et Konstantin Semonov ?

Les gens avaient une vision déformée de la réalité. La partie la plus difficile dans ce métier, ce n'était pas l'action. C'étaient les moments d'inaction, quand il n'y avait rien d'autre à faire que d'attendre et de laisser les choses se dérouler, en rongeant son frein. Amanda inspira à fond.

« Soit, dit-elle. On attend. Mais dès qu'il ressort, on trouve un moyen de l'intercepter. Compris ? J'ai besoin de savoir ce qui se passe. »

15

Au cours du printemps 1987, Charlie apprit à masquer ses traces. Le travail de nuit du vendredi, par exemple. Très utile. Si un agent envoyé en planque le vendredi soir ramenait la voiture au poste le samedi matin, tout le monde comprenait qu'il décide de monter dans son bureau ensuite, et de profiter du calme pour abattre du boulot en retard, pendant quelques heures.

D'ailleurs, ces justifications étaient parfois fondées. Comme ce jour-là, le samedi 18 avril pour être précis. Charlie n'était pas au poste dans le but d'accomplir une mission perfide pour Mary. Simplement, il était surexcité par tout le café qu'il avait ingurgité durant sa planque nocturne, il avait de la paperasse en retard et, aiguillonné par le sentiment permanent de la trahison, il se sentait obligé de s'impliquer à 110 % dans son travail. Ce qui ne manquait pas de sel. Dans un effort pour compenser le mal par le bien, Charlie avait retrouvé une efficacité perdue depuis des années.

Dans la soirée, quand les effets du café commencèrent à se dissiper, les yeux brûlants à cause du manque de sommeil, Charlie décida d'en rester là. Lorsqu'il émergea dans l'air frais du printemps, sa faim se réveilla. Il se demanda ce que Helen avait préparé pour le dîner. Des lasagnes, espérait-il. Mais sur le trajet qui le ramenait chez lui, une pensée tenace l'assaillit : il était censé participer à ce dîner. Mais de quelle manière? Devait-il rapporter quelque chose? Bah, maintenant qu'il était presque arrivé, autant poser la question directement à Helen. Il tourna au coin de leur rue, leva les yeux vers leur immeuble, et pour une raison mystérieuse, la vue de la fenêtre éclairée de leur salon lui rafraîchit la mémoire subitement.

18 avril 1987. Les quatre ans de sa fille.

Oh, bon sang. Il regarda sa montre : un peu plus de 18 heures. *Oh, bon sang.* La fête d'anniversaire avait commencé à midi. Il devait aller chercher le gâteau à la pâtisserie dans la matinée, en rentrant de sa planque. Un gâteau au chocolat, surmonté d'un glaçage vanille et décoré d'un Elmo. Helen l'avait arrêté sur le seuil de l'appartement, la veille, avant qu'il s'en aille. « Tu n'oublies pas le gâteau, hein? Il est payé. Tu donnes juste mon nom. » Charlie avait acquiescé, vexé par cette question. Quel père pouvait oublier l'anniversaire de sa fille?

Il gravit l'escalier comme s'il montait à la guillotine. En ouvrant la porte, il découvrit le salon jonché de détritus : un ballon de baudruche rouge collé au plafond, des assiettes dans lesquelles restaient des traces de glaçage, des serviettes en papier froissées. Une ribambelle de lettres multicolores punaisées au mur proclamait : JOYEUX ANNIVERSAIRE AMANDA.

Helen et Maurice étaient assis au fond de la pièce. Maurice leva la tête, mais Helen garda les yeux fixés sur Maurice, en disant : « Non, non, continuez. Vous me parliez de cet étudiant... »

Maurice se racla la gorge, hésitant.

« Euh, oui... Cet étudiant me disait...

— Je suis désolé, dit Charlie. Helen, je suis sincèrement désolé.

— Oui, bien sûr. Dieu merci, Maurice a pu aller chercher le gâteau.

— Helen... » Sa voix se lézardait. « Je ne sais pas comment j'ai pu oublier. C'est juste que...

— Garde tes explications pour ta fille. Après tout, c'était son anniversaire.

— Elle est...

— Je l'ai couchée. Elle était épuisée. Un autre café, Maurice ? »

Pendant tout ce temps, elle fuyait le regard de son mari.

Maurice se leva.

« Non, merci. Je suis déjà resté trop longtemps. »

Helen l'accompagna jusqu'à la porte, en frôlant Charlie au passage. Maurice parti, elle se retourna vers son mari. Ce dernier osait espérer que la tension retomberait au moment où elle le regarderait enfin, mais il se trompait. Au contraire, c'était pire encore. Helen posait sur lui un regard dégoûté, teinté d'incompréhension.

« Je me suis toujours demandé pourquoi tu avais été aussi grossier avec cette femme. Mais je comprends tout maintenant. C'est ta maîtresse.

— Hein ?

— Ne joue pas les idiots, Charlie. Tu as l'air encore plus pathétique.

— Mais je n'ai pas...

— Je vous ai vus. En déposant Amanda chez une copine. Tu es sorti de l'immeuble, et une minute plus tard, elle est sortie à son tour. Alors, ne t'avise pas de me mentir. Et épargne-moi tes histoires de boulot à la con. Tout ça est écœurant. Tordu. Cette femme nous aborde dans la rue, Amanda et moi, en se présentant comme baby-sitter, alors qu'en réalité, elle couche avec toi ! Qui est capable de faire une chose pareille ? »

Charlie ouvrit la bouche pour répondre, mais Helen le devança : « Non ! Ferme-la ! Tu n'as pas le droit à la parole.

— Helen. Helen ! Je t'en supplie, laisse-moi t'expliquer.

— Je savais bien que quelque chose n'allait pas. Depuis des mois. Tes vêtements sentent le parfum. Tu rentres à la maison avec un suçon dans le cou. Et malgré cela, j'essaie de trouver des explications. Je m'interdis de voir cette putain de réalité en face. Jusqu'à ce qu'elle devienne impossible à ignorer. » Sa voix se brisa. « En pleine journée. Dans la même rue où habite une amie d'Amanda. Putain, Charlie, c'est comme si tu voulais que je découvre la vérité. »

Il tomba à genoux.

« Ce n'était rien, Helen. Une histoire sans importance.

— Non, ce n'était pas rien. Tu ne peux pas dire ça. »

Il se traîna jusqu'à elle et enlaça ses genoux. Déséquilibrée, elle faillit tomber à la renverse. (« Non, non, Charlie, arrête ! Arrête ! ») Mais il resserra son étreinte, la joue collée contre sa robe.

« Je t'aime. Je ne mérite pas de t'aimer, mais je t'aime, Helen. Je t'aime plus que tout au monde. »

Cette fois, elle ne parvint pas à ravaler ses sanglots.

« J'ai attendu, Charlie. C'est ça le plus affreux. Je pensais que tu m'avouerais tout. Je croyais que tu avais encore un reste de conscience. Quelle naïveté de ma part. Quelle idiote je suis. Tu ne m'aurais jamais rien dit. »

Il se redressa et la prit dans ses bras pendant qu'elle pleurait, la tête appuyée contre sa poitrine. Il proposa de tout lui expliquer, mais elle refusa de l'écouter. Avait-il couché avec cette femme, oui ou non ? Elle n'avait pas besoin d'en savoir plus. Finalement, le visage marbré et boursouflé, elle le repoussa et dit : « Tu es un sale connard, Charlie. »

Il passa la nuit sur le canapé. La lueur des lampadaires dans la rue projetait un rectangle gris pâle au plafond. Il avait la nausée.

Quelle naïveté de ma part. Quelle idiote je suis. Cela avait toujours été la plus grande qualité de Helen, sa conviction que n'importe qui, même la personne la plus méprisable, finissait par faire les bons choix. Elle avait cru ça de lui. Et pourtant, de la pire manière qui soit, il lui avait prouvé qu'elle avait tort. Il avait brisé le cœur de sa femme, il avait rompu leurs vœux, mais ce qui l'emplissait de honte surtout, c'était de se dire qu'il avait peut-être brisé sa foi en l'être humain.

Sans doute finit-il par s'endormir car, à l'aube, alors que le ciel s'éclaircissait, il fut réveillé par des pas feutrés sur la moquette. Amanda se tenait au bout du canapé, vêtue de sa chemise de nuit en flanelle. Son pouce dans la bouche, elle tenait dans son autre main un Elmo en peluche.

« Papa ! »

Elle grimpa sur ses genoux. Il caressa ses cheveux, soyeux et chauds, emmêlés par le sommeil. Ravalant la boule qui obstruait sa gorge, il demanda : « Alors, cette fête d'anniversaire ? C'était bien ?

— On a joué au jeu de la queue de l'âne. Linna ne connaissait pas.

— Linna… »

Linna Kivi. La meilleure amie d'Amanda depuis la maternelle, dont les parents habitaient près du port, dans la même rue que Mary. Il le savait pourtant, il le savait, et malgré cela, il n'avait jamais intégré cet élément dans son comportement.

« Papa ! Papa ! Devine qui a gagné !

— Attends, laisse-moi réfléchir… » Il la serra fort contre lui. « Ce ne serait pas une petite fille qui s'appelle Amanda Cole ? »

La fillette se tortilla de plaisir. Et Charlie fut submergé par la honte encore une fois. Le poids de ce corps d'enfant, véritable ancre, l'odeur diffuse du sommeil. Sa fille. Comment avait-il pu lui faire ça ?

Plus tard dans la matinée, en entrant dans le salon, Helen trouva Amanda blottie contre Charlie. Elle s'était rendormie, en tétant son pouce. Charlie n'osait pas bouger de peur de la réveiller. Helen lâcha, d'un ton cassant : « Tu es encore là.

— Bien sûr que je suis encore là.

— Oui. Évidemment. Dans ce cas, tu peux t'occuper de notre fille. Je sors. »

Il tendit le cou pour la suivre du regard jusqu'à la porte.

« Où tu vas ? » murmura-t-il.

Soit elle ne l'entendit pas, soit (c'était plus probable) elle estimait qu'elle n'était pas obligée de lui répondre.

Quand Amanda se réveilla pour de bon, Charlie essaya de leur faire des pancakes. Assise à table, sa peluche Elmo sur les genoux, Amanda regardait les pancakes fumer et noircir dans la poêle.

« Ce n'est pas comme ça, dit-elle d'un ton grave. Maman, elle, elle fait autrement. »

Charlie l'autorisa à mettre de la glace sur ses pancakes pour masquer le goût de brûlé, et c'est à ce moment-là, alors qu'il allait plonger la cuillère dans le pot, que Helen revint.

Il était évident qu'elle reviendrait. Elle pouvait le quitter, mais jamais, jamais, elle n'abandonnerait sa fille. N'empêche, en la voyant là, dans la cuisine, Charlie sentit renaître un faible espoir. Leurs regards se croisèrent. Amanda, impatiente, le tira par la manche.

« Papa ! La glace ! »

~

Après cette confrontation, Helen dormit comme une souche. Les interrogations, l'inquiétude, les spéculations sans fin l'avaient rendue folle. Ainsi, son mari entretenait une liaison.

Maintenant, elle savait. Elle sombra dans le sommeil au moment où l'épuisement atteignait son apogée.

Mais le lendemain matin, à peine eut-elle ouvert les yeux qu'elle fut assaillie par l'inévitable question : que faire à présent ? C'était une femme de trente-trois ans, responsable d'une fillette de quatre ans, et pourtant, recroquevillée en position fœtale, les yeux mouillés de larmes d'impuissance, elle ne pensait qu'à une chose : *Je veux ma maman.*

Théoriquement, elle pourrait appeler ses parents, mais c'était encore le milieu de la nuit sur la côte Est. Un téléphone qui sonne à 1 heure du matin, il n'y avait rien de plus terrifiant, et elle ne voulait surtout pas les effrayer. Conclusion, elle devrait attendre encore cinq, six ou sept heures pour leur parler. Elle songea à la voix de sa mère, inaccessible, et elle pleura de plus belle. Que lui dirait sa mère ? Quel conseil lui donnerait-elle ? Que faire quand vous découvrez que votre mari vous trompe ? Elle n'en avait aucune idée. Sa mère, elle, saurait. Elle était toujours de bon conseil : mange quelque chose, prends une douche brûlante, va te promener, va à l'église. Prier ? Oui, voilà à coup sûr ce que lui dirait sa mère.

Helen prit une douche brûlante. Elle mangea quelque chose. En découvrant Charlie sur le canapé, et Amanda qui dormait blottie contre lui, elle annonça qu'elle sortait.

Sa promenade la conduisit au-delà du parc du quartier. En cette première véritable journée de printemps, il soufflait une douce brise et la neige fondait enfin. C'est seulement en atteignant l'église et en voyant les lis sur les marches qu'elle se souvint que ce n'était pas n'importe quel dimanche : c'était le dimanche de Pâques. *Eh bien*, songea-t-elle, *peut-être que nous sommes quittes.* Charlie avait oublié l'anniversaire de leur fille ? Helen avait oublié la résurrection du Christ.

La messe avait déjà débuté. Helen se faufila dans une rangée au fond de l'église. Cela faisait longtemps que… elle ne voulait même pas y penser. L'office était en finnois, mais le rythme familier de la liturgie lui permettait de suivre. Pour une église catholique, celle-ci faisait dans la sobriété. Néanmoins, les voix qui reprenaient en chœur les cantiques, la chaleur de la main d'un inconnu au moment du geste de paix… Tous ces rites lui procurèrent un sentiment de calme, de réconfort.

Elle s'estimait chanceuse d'être venue là ce dimanche, et pas un autre. La cérémonie de Pâques plaçait le curseur de la foi très haut, et si quelque chose pouvait arracher Helen à elle-même, c'était ça.

Hélas, le timing lui apparaissait comme un cruel coup du sort : elle avait découvert l'infidélité de son mari le jour de l'anniversaire de leur fille. Dès lors, les deux événements demeureraient éternellement liés.

Mais quelle importance? Car ce dimanche n'était pas n'importe quel dimanche. Cette réflexion l'accompagna même après la communion. Elle avait trente-trois ans. Et ces douze dernières années, elle avait été, aux yeux du monde, Mme Charles Cole. Ils pouvaient rester mariés encore douze ans, et encore douze ans, et douze ans de plus, cela ne changerait rien à ce qu'elle avait toujours su au fond d'elle-même : elle resterait éternellement Helen Martha Dennehey, l'intello, la sœur cadette bagarreuse, qui avait besoin de sa mère pour surmonter les moments difficiles.

Évidemment que cela signifiait quelque chose pour elle. Comment pourrait-il en être autrement?

Après la messe, elle alla serrer la main du prêtre et le remercia dans un finnois hésitant. Elle s'éloigna, puis se retourna afin de contempler l'église. Pour la première fois depuis des semaines, elle songeait qu'elle pourrait peut-être se sentir à nouveau en paix. Un sentiment si fugace qu'elle ne pouvait même pas en être sûre. Les briques rouges érodées par les éléments, le clocher, la flèche. *Mon refuge*, pensa-t-elle.

Et la vision d'Amanda qui regardait le pot de glace, affichant un sourire jusqu'aux oreilles. *Mon refuge.*

Et la vision de Charlie plongeant vaillamment une cuillère dans ce pot de glace. *Mon refuge.*

Était-il son refuge ?

Peut-être. Peut-être pas. Elle ne le savait pas encore. Mais peut-être que dans l'immédiat, dans l'intérêt de cette fillette au sourire radieux, elle était disposée à essayer.

16

Une heure plus tard, assis face aux deux femmes, Komarovsky saisit d'une main tremblante la tasse de café, dans laquelle Amanda venait de verser une bonne dose de whisky.

« Calmez-vous, dit Kath. Vous paniquez sans raison. »

Il but deux gorgées et tendit sa tasse. Amanda consentit à rajouter une dose de whisky.

« Il sait, dit-il d'une voix enrouée. Il sait, c'est sûr.

— Qu'est-ce qui vous fait dire ça ?

— Il était en colère. Très, très en colère.

— David Hopkins menace de tout faire foirer et Gruzdev ne sera pas content, alors évidemment que Vitsine est en colère.

— Kath…, dit Amanda pour la réfréner.

— Quoi ? Je ne suis pas là pour le materner, Amanda. C'est un adulte. D'accord, ça ne s'est pas passé comme on l'espérait. Mais inutile de devenir parano. Sincèrement, Ivan. Vous ne craignez rien. »

En ressortant de la galerie, Komarovsky avait aperçu Amanda assise à la terrasse du café, de l'autre côté de la rue. Son visage déjà pâle était devenu exsangue, et elle avait songé l'espace d'un instant : *Il va nous filer entre les doigts. Il va courir sa chance avec le GRU et le FSB, plutôt que de continuer à coopérer avec nous.*

Très vite, elle s'était levée, avait traversé la rue, et en passant à sa hauteur, elle l'avait frôlé pour lui fourrer un bout de papier dans la main. Il avait obéi aux instructions jusqu'à maintenant, mais il pouvait changer d'avis à tout moment. Voilà pourquoi elle lui parlait d'un ton doux, en lui tapotant la main.

« Tout va bien. Prenez votre temps. »

Il lui adressa un regard abattu, chargé de gratitude. Kath leva les yeux au ciel.

Une minute plus tard, elle demanda, sans le brusquer : « Pouvez-vous nous raconter ce qui est arrivé ?

— Vitsine n'y a pas cru. Il a affirmé que Hopkins bluffait. "Il ne le fera pas, disait-il. Bien sûr que non." J'étais stupide de le croire.

— Alors, qu'est-ce qu'il attend de vous ?

— Il veut que je persuade Hopkins de la boucler et de faire ce qu'on lui ordonne. Qu'importe la manière. Il m'a bien fait comprendre que ces missiles destinés à la Pologne étaient très importants pour Moscou. Conclusion, si je ne règle pas le problème, Moscou sera terriblement déçu. »

Komarovsky grimaça et regarda la table. Tous les trois demeurèrent muets un instant. Enfin, il releva la tête, et demanda : « Pourquoi vous me posez toutes ces questions ? Vous savez déjà tout ça.

— Euh… justement, dit Amanda. À ce propos… »

Elle lui avoua que le signal était brouillé. Komarovsky se leva d'un bond en braillant.

« Tout va bien ! dit-elle. Je vous le jure, Ivan. Tout va bien. Je sais que, vu sous cet angle, ça peut faire peur. Et si vous voulez partir, je ne vous retiendrai pas. Vous n'êtes pas prisonnier. Toutefois, je pense que vous devriez écouter les explications de Kath. Ça vous rassurera.

— Vitsine est un professionnel, enchaîna cette dernière. Il n'y a aucune raison de s'alarmer. »

Pris d'une panique animale, Komarovsky respirait vite.

« Asseyez-vous, dit Amanda en le ramenant vers la table. Oui, voilà. C'est bien. »

Kath livra des explications. Avec brio. Amanda elle-même, tout en sachant qu'il s'agissait essentiellement de conjectures, se laissa convaincre. Contrairement à elle, Kath ne chercha pas à apaiser l'oligarque. Elle se fraya un chemin à travers sa panique, jusqu'à son être rationnel. Un stock de confiance s'était accumulé entre eux au cours de ces trois derniers mois ; le moment était venu de piocher dedans. Ainsi parvint-elle, peu à peu, à le rasséréner.

« Ça ne résout pas mes problèmes pour autant. À savoir : si je ne parviens pas à cadrer Hopkins, c'est ma tête qui se retrouve sur le billot. Alors, on fait quoi ? »

La vérité, c'était qu'Amanda n'en avait pas la moindre idée. Elle n'avait pas encore établi de stratégie. Komarovsky la regardait avec des airs de chien apeuré, que sa maîtresse envisage d'euthanasier. Comme si elle tenait sa vie entre ses mains. *Ce qui correspond un peu à la réalité,* constata-t-elle. Cette opération était peut-être arrivée à son terme. Pousser le bouchon un peu plus loin pouvait se révéler dangereux.

« Madame Clarkson, insista-t-il. Par pitié. Vous avez bien une idée. Maintenant qu'on a fait tout ça. Je veux voir la fin de cette histoire. Je le dois à Bob. »

Amanda l'observa en plissant les yeux. *Je le dois à Bob ?* Ces paroles la mettaient mal à l'aise. Soudain, une question se posait. Comment avait-elle pu passer à côté jusqu'à maintenant ?

L'après-midi cédait déjà la place à la soirée. La luminosité déclinait à l'intérieur de l'ancien kebab. Mais ils ne voulaient pas allumer les lumières pour ne pas attirer l'attention. Au moment où Amanda tournait la tête vers les fenêtres tapissées de papier journal, celles-ci s'illuminèrent : les lampadaires d'East Ferry Road venaient de s'éclairer.

Un déclic satisfaisant se produisit dans son esprit : une idée.

Elle se retourna vers Komarovsky, le dévisagea et dit : « Allez-y, continuez. Accordez à Hopkins ce qu'il veut. Qu'il annule la livraison de missiles. Et protégez votre couverture. »

Il la regarda sans comprendre.

« Je continue ?

— Oui.

— Mais… c'est… Vous êtes sûre ?

— Vous n'êtes pas soulagé ? J'imaginais que vous seriez soulagé.

— Je ne comprends pas.

— Faites ce que vous avez à faire, dit Amanda. Je m'occupe du reste. »

~

Après le départ de Komarovsky, Kath demanda : « Qu'est-ce que ça veut dire ? »

Amanda entreprit de débarrasser les tasses. Elle jeta la bouteille de whisky vide dans la poubelle.

« Quoi donc ?

— Ce plan. "Accordez à Hopkins ce qu'il veut" ? Vous n'allez quand même pas laisser Komarovsky commettre une nouvelle escroquerie boursière, si ?

— Je vais le laisser essayer. Mais ça ne marchera pas. En supposant que mon intuition soit bonne. Il faut que j'aille à Washington.

— Washington ?

— Je dois vérifier un truc. Avec un peu de chance, je pourrai attraper un avion ce soir. Je vous appelle ces prochains jours. »

~

Quand Jenny Navarro avait accepté ce job dans K Street*, elle avait imaginé le froncement de sourcils du sénateur Bob Vogel. Il détestait les lobbyistes en règle générale. *C'est très bien*, pensait-elle parfois quand son ancien patron se targuait de n'avoir jamais touché un seul dollar de la part d'entreprises privées. *Mais tout le monde à Capitol Hill n'est pas aussi riche que vous.* Au cours de son ascension, des classes populaires à l'élite mondialisée, le changement d'altitude avait fait oublier à Bob Vogel que, dans l'Amérique contemporaine, l'intégrité avait un prix.

Jenny, elle, avait un prêt étudiant à rembourser. Ses parents venaient d'hypothéquer leur maison pour la troisième fois. Les cabinets de lobbying avaient attendu quelques jours, en signe de respect, mais une semaine après les obsèques de Vogel, Jenny avait reçu plusieurs propositions, de la part des plus gros cabinets de K Street. Ils lui offraient six fois ce qu'elle gagnait en tant que cheffe de cabinet. Elle avait accepté la proposition qui lui paraissait la plus éthique.

Aujourd'hui, dans la partie depuis plusieurs mois, Jenny trouvait que c'était une vie plutôt agréable. Si le travail n'était pas particulièrement intéressant, c'était comme apprendre une nouvelle langue, et elle avait toujours aimé les défis. En outre, elle appréciait ses collègues. Beaucoup d'entre eux se trouvaient dans une situation semblable à la sienne : ils essayaient de

* Avenue de Washington connue pour abriter de nombreux cabinets de think tanks, lobbyistes et groupes de pression.

mettre un peu d'argent de côté avant de réintégrer la fonction publique ; de quoi rembourser leurs dettes et constituer un apport personnel pour devenir propriétaires.

Son patron ignorait tout des sentiments véritables que lui inspirait son travail.

« Vous êtes douée, lui avait-il dit. Je parie que vous serez nommée associée en un temps record. »

Jenny n'avait pas pris la peine de le détromper. Elle savait qu'elle travaillerait dans ce cabinet pendant quelques années seulement, mais ce n'était pas son rôle de le lui expliquer. Son rôle, en revanche, c'était de persuader le sénateur de Caroline du Sud, récemment élu, qu'il avait tout intérêt à installer des champs d'éoliennes au large de ses côtes.

Un jeudi du mois de mars, Jenny et le sénateur en question venaient de finir de déjeuner chez Charlie Palmer. Il avait commandé des huîtres, l'entrecôte de wagyu et un dry Martini. Jenny, quant à elle, s'en était tenue à ses habituelles coquilles Saint-Jacques à peine saisies et à son eau pétillante avec du citron. En cet après-midi du début de printemps, le ciel était changeant, pluvieux, balayé de nuages gris qui filaient à toute allure. Sur le trottoir, devant le restaurant, elle tendit la main au sénateur et dit : « Je vous enverrai le projet dès que je serai rentrée au bureau. Je pense que ça va vous intéresser. Et si ce n'est pas le cas, je suis certaine que nous pouvons trouver le moyen de le rendre plus intéressant. »

Le sénateur rit en lui serrant la main.

« C'est toujours un plaisir, madame Navarro. »

Alors qu'elle suivait du regard le sénateur qui traversait Louisiana Avenue pour rejoindre le Capitole, une voix s'éleva dans son dos : « Bravo. »

Jenny sursauta. En se retournant, elle se retrouva face à... Amanda Cole. Cette horrible femme ! Cette semeuse de paranoïa, cette faiseuse de cauchemars, cette incarnation de la fausse innocence.

« Je suis désolée, dit Amanda en souriant poliment. Je ne voulais pas vous prendre par surprise. »

Jenny recula d'un pas, le cœur battant.

« Je crois que si.

— Si nous marchions jusqu'à votre bureau ? »

Jenny recula encore d'un pas.

« Ou bien préférez-vous que je vienne frapper à votre porte ce soir ? Qu'est-ce qui est le plus pratique ?

— Ce que je préfère, c'est que vous me fichiez la paix.

— Écoutez, Jenny. Je sais que je vous ai fait une promesse. Et je déteste me dédire.

— Je suis sérieuse : laissez-moi tranquille.

— Impossible. Je suis désolée. C'est très important. »

Diane avait raison, pensa Jenny. *Voilà exactement ce contre quoi elle m'avait mise en garde.*

~

Quelques mois plus tôt, un matin de juillet, le lendemain des obsèques de son mari, Diane Vogel avait prié Jenny Navarro de venir la voir.

« Quand mon père est mort, dit Diane en ôtant le film plastique qui couvrait un plateau de viennoiseries et de muffins, dans la cuisine du penthouse, ma mère m'a dit : “Eh bien, peut-être que tu vas perdre tes rondeurs enfantines, Diane. Le chagrin est un coupe-faim naturel.” Je n'avais jamais rien entendu d'aussi stupide. Vous avez faim ? Moi, je suis affamée. »

Les fenêtres étaient ouvertes sur la douceur de cette matinée estivale. Les bruits de la circulation montaient de Park Avenue. Diane prit un muffin aux myrtilles, dont elle détacha le chapeau.

Elle jeta l'emballage, revint s'asseoir et mordit dans le gâteau à pleines dents.

« Bob ne supportait pas qu'on gâche la nourriture. Mais je suis vieille et je m'en fiche. C'est un des avantages d'être veuve, je suppose. » Elle ôta quelques miettes du bout de ses doigts. « Jenny, à propos d'hier... Cette femme qui vous a entraînée à l'écart.

— Oh. J'ignorais que vous l'aviez remarqué.

— Je suppose qu'elle vous a dit la même chose qu'à moi, quand elle est venue me parler avec le directeur Gasko. Donc, vous êtes au courant vous aussi. Sincèrement, quand ils m'ont avoué la vérité, j'ai été soulagée. Je savais que ça ne pouvait pas être un AVC. Bob était plus en forme que jamais. Ils ne m'ont pas dit grand-chose, cependant. Simplement qu'ils détenaient... comment ont-ils formulé ça ? Des informations suggérant que les Russes étaient impliqués dans cet assassinat. »

Jenny acquiesça.

« Oui, c'est aussi ce qu'elle m'a dit. Grosso modo.

— Ce qui signifie que mes soupçons étaient fondés. Et ceux de Bob également. Dans un registre différent. »

Jenny fronça les sourcils, perplexe.

« Bob ne vous avait rien dit à vous non plus ? Non, évidemment. Voyez-vous, Jenny, vous étiez comme sa fille. Et il voulait vous protéger. C'était ce qu'il me répétait toujours : il voulait me protéger. Vous protéger. » Diane grimaça. « Et moi, je le soupçonnais d'être paranoïaque. »

Diane s'enfonça dans le silence, les yeux fixés sur sa tasse vide. Jenny alla faire du café. Quand elle revint, Diane semblait toujours perdue dans ses pensées.

« Encore un peu de café ? »

Pas de réponse. Jenny remplit malgré tout la tasse que la

veuve du sénateur tenait toujours entre ses mains. La chaleur du café sembla la ramener sur terre.

« Oh, merci. Certaines personnes cloisonnent, reprit-elle. Pas lui. Vous le savez bien. Son travail, c'était sa famille, c'était sa vie. Tout se mélangeait. Néanmoins, il avait décidé que ce qu'il manigançait avec Ivan Komarovsky était trop dangereux pour me le faire partager. Je lui avais répondu que si cette chose était réellement aussi dangereuse, il devait m'en parler, au contraire. Pour garder les idées claires.

— Komarovsky ? Je n'ai jamais entendu ce nom.

— Il était notre voisin à Londres, il y a des années de cela. Bob et lui ne s'étaient pas reparlé depuis au moins dix ans. Jusqu'en février dernier, à Courchevel. Nos chemins ne cessaient de se croiser. J'ai mis un certain temps à comprendre que ce n'était pas dû au hasard. Bob refusait de me dire sur quoi ils travaillaient. "C'est important", affirmait-il simplement. Et moi, je demandais : "Pourquoi tu t'acoquines avec cet homme ? Cet oligarque russe ? Pourquoi tu lui fais confiance ?" Et il me répondait : "Parce que je n'ai pas le choix. Parce que je suis le seul à qui il peut faire confiance." Et maintenant, Bob est mort. Alors, vous comprenez où je veux en venir ? J'avais raison au sujet de Komarovsky. Et Bob avait raison d'être paranoïaque. »

Jenny déglutit.

« Est-ce qu'il… Est-ce que les gens de…

— De la CIA.

— Oui, les gens de la CIA. Ils étaient au courant pour Komarovsky ?

— Non.

— Mais avez-vous…

— Leur ai-je fait part de mes soupçons ? Non. Est-ce que cela leur aurait été utile ? Probablement. Mais ai-je envie de me laisser entraîner dans cette histoire, comme mon mari ? » Long silence. « J'ai des enfants. J'ai des petits-enfants. Je suis certaine que vous pouvez le comprendre. »

Jusqu'à cet instant, Jenny s'était interrogée : devait-elle évoquer les documents découverts dans le bureau du sénateur Vogel ? Devait-elle en parler à Diane ? Ou pas ? Les deux options lui apparaissaient comme une forme de trahison. Mais Diane venait de le dire elle-même : elle ne voulait pas se laisser entraîner dans cette histoire. La question était réglée.

« Je vous raconte tout ça…, reprit la veuve du sénateur. Si jamais le cas se produit, Jenny, je pense que vous devriez faire comme moi. Restez en dehors de tout ça. J'étais choquée de voir cette femme vous aborder. Elle n'avait pas le droit. Si elle recommence…

— Non, ça n'arrivera pas, la coupa Jenny en repensant à la promesse que lui avait faite Amanda, la veille au soir, sur un banc de Central Park. Elle me l'a promis.

— Alors, tant mieux. Mais si elle vous recontacte – ou quelqu'un d'autre de la CIA – pour votre sécurité, je pense que vous devriez garder vos distances. »

~

Amanda s'avança et posa la main sur le bras de Jenny. Qui dut réprimer l'envie de repousser cette main en ordonnant à cette femme de lui foutre la paix. Mais elles étaient dans la rue, en plein jour, au milieu de cette marée d'hommes et de femmes qui sortaient de leurs déjeuners d'affaires, et les doigts d'Amanda frôlaient à peine le tissu de sa veste. Jenny ne voulait pas passer pour une idiote.

« C'est à propos du sénateur Vogel, chuchota la femme de la CIA. Nous sommes sur le point de résoudre le mystère. Mais pas tout à fait, et vous êtes la seule personne qui puisse répondre à cette question. Il a sacrifié sa vie pour cette affaire, Jenny. Et je vous serais extrêmement reconnaissante si vous pouviez m'accorder quelques minutes. »

Amanda parut prendre le silence de Jenny pour un acquiescement. Elle montra le trottoir en demandant : « Voulez-vous qu'on marche un instant ? »

Et donc, elles marchèrent un instant, dans un canyon bordé de bâtiments gouvernementaux imposants et d'immeubles vitrés abritant des cabinets d'avocats. Amanda renversa la tête en arrière pour regarder le ciel.

« Dommage que je ne puisse pas rester plus longtemps. Je me débrouille toujours pour manquer les cerisiers en fleur. »

Ce bavardage était destiné à calmer Jenny. Et celle-ci, pas dupe, s'en agaçait. D'autant plus que ça fonctionnait. Après quelques pâtés de maisons, son pouls avait presque retrouvé un rythme normal. Comme si elle le sentait, Amanda dit : « Nous avons énormément progressé, en poursuivant le travail du sénateur Vogel. Et nous sommes à deux doigts d'obtenir les preuves dont nous avons besoin.

— Grand bien vous fasse… Désolée, ce n'est pas ce que je voulais dire.

— Bien sûr que si. Et je comprends. Vous pensez que nous sommes dans deux camps opposés.

— Non. C'est juste que…

— Quelqu'un vous a conseillé de garder vos distances avec nous. » Amanda lui jeta un regard en coin. « Diane Vogel ?

— Comment vous le savez ?

— Simple déduction. Le plus important, c'est que nous savons maintenant ce que le sénateur Vogel voulait dénoncer. Et nous connaissons l'identité de son informateur. Ce que nous ignorons, en revanche, c'est jusqu'à quel point le sénateur faisait confiance à cette source. Vous avait-il parlé d'un certain Ivan Komarovsky ? »

Jenny prit le temps de réfléchir. Soigneusement.

« Non.

— Vous êtes sûre ?

— Oui.

— Bon. »

Amanda paraissait déçue, et Jenny s'en voulait, même si elle avait simplement dit la vérité. Bob ne lui avait jamais parlé d'Ivan Komarovsky. Jouer sur les mots était le moyen le plus rapide pour mettre fin à cette conversation dérangeante. Mais…

« Diane, si, lâcha-t-elle avant de changer d'avis. Elle m'a parlé de Komarovsky. Le lendemain des obsèques du sénateur. Elle supposait que Bob travaillait avec lui sur… je ne sais quoi. »

Le visage d'Amanda s'éclaira.

« Formidable. Formidable, Jenny ! Et qu'a-t-elle dit au sujet de Komarovsky ? A-t-elle précisé si son mari avait confiance en lui ?

— Elle l'a laissé entendre. Personnellement, je ne pense pas que Bob n'aurait pas pris un tel risque s'il ne faisait pas confiance à cet homme. Et de toute évidence, il savait qu'il prenait un risque. Voilà pourquoi il ne nous en parlait pas.

— Nous ?

— À Diane et à moi. Habituellement, il ne me cachait rien. Et il ne cachait jamais rien à sa femme. Du coup, je crois qu'elle se sentait mise sur la touche. Elle estimait que Bob aurait dû lui demander son avis. S'il l'avait fait, elle lui aurait dit de couper les ponts avec ce Komarovsky. Et il serait encore parmi nous aujourd'hui. »

Amanda haussa les sourcils, surprise.

« Couper les ponts ?

— Bob faisait confiance à Komarovsky. Mais pas Diane. Elle

ne m'a pas expliqué pourquoi. Manifestement, elle est persuadée que son mari est mort à cause de lui. »

Arrêtées au croisement de la 4e et d'E Street, elles attendaient pour traverser. Jenny regarda l'agente de la CIA en plissant les yeux.

« Pourquoi vous n'interrogez pas directement Diane ?

— Elle nous a clairement fait comprendre qu'elle ne voulait pas être mêlée à cette histoire.

— Moi aussi.

— Certes. Mais j'ai senti que vous ne le pensiez pas vraiment. » Après un silence, Amanda ajouta : « C'est un compliment, je le précise. »

Le feu passa au rouge et elles traversèrent. Elles demeurèrent silencieuses jusqu'à K Street. Visiblement préoccupée, Amanda réfléchissait à la suite. Jenny, de son côté, songeait qu'elle aurait dû s'offusquer de voir qu'après l'avoir utilisée, on la jetait comme une cannette de soda vide. Pourtant non, et cela l'étonnait. En vérité, elle éprouvait un sentiment de jalousie. Après cette conversation, elle allait retrouver ses réunions et ses vidéoconférences, alors que cette femme allait reprendre sa vie de… Jenny ignorait à quoi ressemblait cette vie, précisément, mais elle était assurément plus intéressante que celle d'une lobbyiste.

Elle tendit la main à Amanda.

« Bonne chance. J'espère que vous pourrez terminer ce qu'il avait commencé. »

Elle fut surprise, là encore, de constater qu'elle le pensait sincèrement.

~

Amanda avait rendez-vous le lendemain matin avec le directeur Gasko, à la première heure. Il avait la réputation d'être très matinal, mais elle avait réussi à le devancer, et elle nota son regard approbateur quand il la vit devant son bureau. Il ouvrit la porte et lui désigna un siège. Sans préambule, elle déclara : « Je pense que Komarovsky nous mène en bateau. »

Gasko, qui suspendait sa veste de costume sur le dossier de sa chaise, se figea. Ses mains agrippèrent le haut du fauteuil.

« Expliquez-vous.

— En début de semaine, quand nous avons tenté d'enregistrer sa conversation avec Vitsine, un brouilleur de fréquences nous en a empêchés. D'après Kath, c'est un procédé fréquemment utilisé par le FSB. Pas de quoi s'inquiéter. Tout d'abord, j'ai pensé qu'elle avait sans doute raison. Mais par la suite, pendant le débriefing de Komarovsky, quelque chose m'a paru bizarre.

— À savoir ?

— Komarovsky s'attendait à ce qu'on lui demande d'annuler l'offensive contre Aeromach. À croire qu'il voulait que je lui demande d'annuler. Comme s'il se souciait, subitement, du sort de cette entreprise. Et ça sonnait faux.

— C'est tout ? » Gasko se glissa dans son fauteuil. « Un pressentiment, rien de plus ?

— Non, ce n'est pas tout. Il y a également notre informateur à l'intérieur du GRU. Il discute régulièrement avec les hommes de main de l'Unité 29155, et de temps en temps, il les interroge sur "le traître qu'ils sont allés voir en Islande". La dernière fois que notre informateur leur a parlé de lui, les deux autres semblaient hésiter à en dire du mal. Ce qui ne leur correspond absolument pas. »

En prononçant ces paroles, elle ressentit un pincement de culpabilité. Elle aurait dû écouter Semonov. Elle aurait dû savoir que s'il flairait un truc bizarre, ça voulait dire qu'il y avait bel et bien un truc bizarre. Mais quand elle avait lu le rapport en provenance de Moscou, en janvier, elle avait estimé qu'un tas de raisons pouvaient expliquer la soudaine discrétion de Tweedledee et Tweedledum au sujet de Komarovsky. Ils avaient peut-être compris qu'il était stupide de raconter des histoires sans queue ni tête. Toutefois, Semonov avait jugé ce changement d'attitude suffisamment important pour le signaler à son officier traitant, et Amanda aurait dû prendre cette information au sérieux. Elle avait eu des semaines – des mois ! – pour la prendre au sérieux, et elle ne l'avait pas fait.

« Encore une chose, ajouta-t-elle. Hier, je suis allée voir Jenny Navarro. Vous vous souvenez d'elle ? La cheffe de cabinet du sénateur Vogel. Je voulais savoir si Vogel lui avait parlé de Komarovsky. Et dans ce cas si, selon elle, il avait confiance en lui.

— Donc, elle connaît les circonstances exactes de sa mort ?

— Oui. »

Gasko grimaça.

« Vous avez pris des risques, Cole.

— Je sais. Et je suis désolée.

— Mon œil.

— Bref, Vogel n'a jamais parlé de Komarovsky à Jenny. En revanche, le lendemain des obsèques, Diane lui en a parlé. Diane savait que son mari et l'oligarque mijotaient un truc louche. Pour une raison quelconque, Diane n'a pas voulu nous transmettre cette information, tout en sachant que cela aurait pu nous faire gagner énormément de temps, mais passons. Ce qui est fait est fait. Mon hypothèse, c'est que Diane Vogel s'est toujours méfiée de Komarovsky. Comme c'est une femme intelligente, j'ai tendance à me fier à son jugement. Les Vogel et les Komarovsky ont passé beaucoup de temps ensemble l'année dernière.

— Que pense-t-elle alors ? Que Komarovsky a balancé son mari ? Pour quelle raison ? »

Amanda secoua la tête.

« Je ne suis pas certaine que Komarovsky ait trahi Vogel. Plusieurs choses ont pu mettre la puce à l'oreille des Russes. Vogel et Komarovsky n'étaient pas forcément très discrets. Quoi qu'il en soit, tous ces détails m'ont fait réfléchir. Revenons un peu en arrière. Si nous savons une chose sur Komarovsky, c'est que sa loyauté est monnayable. Il est prêt à tout pour assurer sa survie. Voilà pourquoi il a accepté de collaborer avec nous au départ. Il aime se ménager des portes de sortie. »

Amanda s'interrompit. Elle savait que tout cela, ou presque, reposait sur des suppositions. Toutefois, elle était encline à croire cette théorie. Plus important, elle avait besoin que Gasko y croie lui aussi.

Elle reprit : « Une porte de plus ou de moins, quelle différence, hein ? Je pense que Komarovsky a changé de camp une fois de plus et qu'il travaille pour le GRU à présent. Je pense qu'il leur a avoué qu'il collaborait avec nous, et je pense que c'est lui, et non pas Vitsine, qui a brouillé le signal. Avec l'aide du GRU. »

Il existait une autre possiblité, évidemment : Komarovsky n'avait joué aucun rôle dans l'échec de cette opération. La CIA comptait très certainement une taupe dans ses rangs, et cette taupe avait très certainement alerté le Kremlin. Même si le cercle de l'opération londonienne était réduit, il restait possible de l'infiltrer. C'était peut-être le bon moment pour cracher le morceau et parler de son père à Gasko. Mais qu'arriverait-il ensuite ? Elle voulait aller au bout de cette affaire. Il le fallait.

Après un long silence, le directeur dit : « Hmmm. Je comprends votre raisonnement. Je ne suis pas forcément convaincu, mais c'est… possible. Quoi qu'il en soit, nous devons prendre une décision à propos d'Aeromach. Et de la manière de récolter la preuve dont nous avons besoin. » Gasko considéra Amanda en plissant les yeux. « Bizarrement, j'ai le sentiment que vous avez déjà une petite idée en tête.

— En effet. Mais c'est un peu… brutal.

— Je n'ai rien contre. Je vous écoute. »

17

Durant la première année où il travailla pour Mary, Charlie s'autorisa à imaginer une version différente de l'histoire. Une version dans laquelle les documents qu'il transmettait étaient des broutilles, un moyen de prouver sa bonne foi sans rien dévoiler. *Une agente du KGB a tenté de me séduire. Je lui ai laissé croire que j'étais tombé dans le panneau. Alors qu'en réalité, depuis le début, c'était moi qui la manipulais.* Ce n'était pas inenvisageable. Admettons qu'il parvienne à retourner Mary ? Dans ce cas, chaque acte de trahison passerait pour de l'intelligence tactique. Les mois s'écoulèrent, les trahisons s'accumulèrent, et il continua à s'accrocher à cette idée. La rédemption. Savoir faire contre mauvaise fortune bon cœur.

Jusqu'à cette paisible journée de janvier 1988, un mardi, où la mauvaise fortune prit un tour irréversible.

À la fin de la journée, Benjamin Hacker, le jeune collègue de Charlie, se leva de son fauteuil et lui demanda s'il partait lui aussi. Charlie lui répondit qu'il devait aller chercher Amanda chez une copine, et comme c'était sur le chemin, il allait en profiter pour continuer à travailler. Tandis que le poste se vidait peu à peu, Charlie demeura à son bureau pour taper un rapport avec application.

L'été précédent, une note avait circulé dans tous les postes de la CIA en Europe, à propos des lance-missiles Stinger que l'Amérique fournissait aux rebelles afghans. Des armes légères et maniables. Il était facile pour un moudjahidine d'en caler un sur son épaule, de le pointer vers le ciel et d'abattre un hélicoptère russe en plein vol. Certaines personnes s'interrogeaient sur le bien-fondé de cette livraison de lance-missiles aux moudjahidines, des voix couvertes par ceux qui, à Washington, voulaient saisir cette occasion au vol. Les Soviétiques battaient en retraite, ils perdaient la guerre. Ces armes permettraient de les saigner à blanc. L'auteur de cette note se donnait beaucoup de mal pour démontrer que chaque dollar dépensé pour l'opération Cyclone l'était à bon escient.

Mary avait connaissance de cette note. Elle en voulait un double.

~

Pour des raisons de sécurité, le poste ne disposait d'aucune photocopieuse, contrairement à l'ambassade. Elle se trouvait dans une petite pièce du premier étage, non loin du bureau de la secrétaire de l'ambassadeur. Quelques mois plus tôt, en été, Charlie s'était arrêté devant elle, et lui avait demandé, en prenant un air penaud : « Glynda, auriez-vous la bonté d'aider un vieil homme à se sortir du pétrin ? »

Elle l'avait considéré par-dessus ses lunettes.

« À votre avis, qu'est-ce que je fais toute la journée ? »

Il lui avait expliqué son problème. Sa fille était en colonie de vacances, et elle devait réaliser un projet artistique – un collage des membres de sa famille – pour le lendemain, il avait promis de l'aider, mais ça ne lui était revenu que ce matin.

« J'ai apporté ça. » Il avait montré leurs vieux albums photos d'Alger, de Berne et de Berlin. « En me disant que je pourrais les photocopier. Malheureusement, je ne sais pas me servir de cette machine. Vous voulez bien m'aider ? »

Compatissante, Glynda avait montré à Charlie sur quelles touches il fallait appuyer.

Au fil des mois, Charlie s'était familiarisé avec le maniement de la photocopieuse. Et en cette soirée de janvier, quand il se retrouva enfin seul dans les locaux de l'Agence, Charlie se dirigea vers le coffre-fort et entra la combinaison. Il glissa la note sur les lance-missiles Stinger dans l'album photos qu'il avait gardé à portée de main, en guise de prétexte. L'album sous le bras, fredonnant nonchalamment, il ouvrit la porte qui donnait sur les locaux de l'ambassade proprement dite. Tout le bâtiment était désert. Arrivé devant la photocopieuse, Charlie eut un moment d'hésitation. Il entendait le bourdonnement d'un aspirateur au loin. Presque désert, donc. Il faudrait faire avec.

Une heure plus tard, il était chez Mary. Elle lut la note avec un degré de concentration inhabituel.

« C'est très utile, murmura-t-elle. Merci. Tu commences à réaliser des prouesses, Charlie. »

En rentrant chez lui, il se dit, comme toujours, qu'il n'y avait pas de quoi en faire un fromage. Après tout, Washington ne cessait de mettre en avant ces lance-missiles. Quand on y réfléchissait, cette note ne recélait pas davantage d'informations que certains articles dans le *New York Times* ou le *Washington Post*. Des broutilles.

Toutefois, Mary avait paru particulièrement intéressée par ces broutilles.

~

Elle formulait des demandes de plus en plus précises, accompagnées d'une pression nouvelle. En mars 1988, elle réclama les schémas du lance-missiles Stinger. En juin, les coordonnées de l'endroit où se cachait un important chef tribal, dans la vallée du Panchir. En septembre, les noms des hauts fonctionnaires du gouvernement afghan, allié aux Soviétiques, qui avaient reçu de l'argent des Américains.

La liste de commissions de Mary comportait également des informations liées au programme de « Guerre des étoiles », aux contras du Nicaragua ou encore à l'épidémie de sida. Ces demandes étaient peut-être légitimes ou destinées à envoyer Charlie sur une fausse piste. Mais celui-ci était de plus en plus persuadé que l'Afghanistan était la préoccupation principale de sa maîtresse.

Le timing pouvait surprendre, cependant. Gorbatchev avait décidé depuis longtemps de retirer les troupes soviétiques d'Afghanistan, et ce retrait entrait dans sa dernière phase. Mais les guerres de ce type ne débutaient et ne s'achevaient jamais de manière nette, du jour au lendemain. Le KGB s'était implanté dans ce pays bien avant l'arrivée du premier soldat. Et il y resterait longtemps après le départ du dernier. Bientôt, le monde cesserait de s'intéresser à cette partie du globe, mais Mary et le KGB y seraient toujours.

Charlie devait inverser la situation. Problème : plus cela durait, plus le prix à payer serait élevé. Le trou qu'il avait lui-même creusé était de plus en plus profond. À la fin de 1988, il livrait bien davantage que des broutilles. Des alliés pouvaient mourir à cause des informations qu'il transmettait au KGB via Mary. Il devait trouver son point faible.

Il fouina dans ses affaires pendant qu'elle était dans la salle de bains ou aux toilettes, sans rien découvrir de compromettant. Il se posta dans le café situé en face de l'opérateur téléphonique où elle travaillait, mais elle se conformait scrupuleusement à sa couverture : arrivée à 8 heures, départ à 18 heures. Parfois, il la suivait le soir, mais c'était plus difficile car Hacker et lui étaient souvent envoyés en missions de surveillance, et quand ce n'était pas le cas, Charlie se disait qu'il devait quand même faire acte de présence chez lui.

L'hiver succéda à l'automne. Il se détachait de sa propre vie et avait l'étrange impression de se voir évoluer dans un film. La petite table en pin dans la cuisine, les bruits et les odeurs de la préparation du dîner, les personnes qu'il aimait le plus au monde, sa femme, sa fille : cet homme ne savait donc pas quelle chance il avait ? Parfois, il se demandait s'il n'était pas trop tard pour tout avouer. Sa lâcheté détruisait tout ce qu'il possédait.

Heureusement, Amanda était une échappatoire bénie. Perchée sur son rehausseur, elle racontait des histoires d'école, aussi longues qu'alambiquées. Souvent, elle portait à table son déguisement de cow-girl, vestige d'Halloween. On aurait pu croire qu'elle avait été fabriquée en laboratoire dans le simple but d'apaiser les tensions entre Helen et Charlie. Après le dîner, tous les trois répétaient la routine du soir : le bain, le pyjama et *Le Pôle-Express*, le seul et unique livre qu'Amanda voulait lire, en dépit des efforts de sa mère.

Hélas, dès qu'ils refermaient la porte de sa chambre, l'atmosphère changeait dans l'appartement. Charlie et Helen échangeaient juste quelques mots en faisant la vaisselle. Des banalités. Puis ils lisaient un petit moment, dans le salon. Helen se plongeait dans un roman, pendant que Charlie feuilletait *Newsweek* ou *Sports Illustrated.*

Mais les mots n'imprimaient pas dans son esprit. Celui-ci le ramenait dans le passé. Quand ils étaient jeunes et souriants. Helen, collée à lui au bord du lac Léman, les yeux plissés pour contempler l'eau bleue et claire, disant : « C'est presque trop beau. » Helen marchant dans les ruelles d'Alger, bordées de maisons blanchies à la chaux.

Et plus loin encore dans le temps, les étés dans la vieille maison des Dennehey qui sentait le moisi, au bord de la plage, l'odeur de l'huile solaire. Les nuits dans le lit étroit de Helen, à la fac, Neil Young à fond au bout du couloir, l'abat-jour en batik de la lampe qui peignait leurs peaux en rouge. Et la première fois où il l'avait invitée chez lui à Greenwich. Le silence étrange et inquiétant dans le vestibule. Helen qui se balançait nerveusement d'un pied sur l'autre dans ses sabots. « Dennehey, avait dit M. Cole en lui serrant la main. Vos parents doivent être irlandais. » Heureusement, sa mère s'était montrée un peu plus chaleureuse.

Plus tard, ce soir-là, Charlie avait dit : « Ça s'est plutôt bien passé, non ? Ma mère t'adore, ça se voit. »

Helen avait éclaté de rire.

« Elle m'adore ? Non, je ne crois pas.

— Elle n'a pas arrêté de dire que tu es intelligente.

— Oui, mais ce n'est pas un compliment. »

Charlie fronçait les sourcils.

« Pour moi, c'est un compliment, non ?

— Charlie, avait-elle répondu en s'approchant pour repousser une mèche de cheveux sur son front. Tu es un homme merveilleux, mais je ne suis pas sûre que tu comprennes comment fonctionnent les femmes. »

Assis à la table de la cuisine, il repensait à cette remarque de Helen, si ancienne. Et à une chose que lui avait dite récemment Hacker : « J'ai une théorie. C'est plus difficile de recruter des femmes. Parce qu'elles ne raisonnent pas comme nous. Elles sont plus subtiles, en un sens. C'est sexiste de dire ça ? Pourtant, à mes yeux, c'est une qualité. »

Charlie s'apercevait qu'il n'avait jamais recruté une femme, en effet. Pas une seule, durant toutes ces années. Il avait essayé, mais ça n'avait jamais marché, avec aucune des cibles choisies.

Comment se faisait-il qu'il ne s'en soit jamais aperçu ? Et comment pouvait-il imaginer qu'il allait mettre fin à cette succession d'échecs avec Mary, surtout elle, qui ne laissait jamais rien paraître de sa véritable personnalité. De ses angoisses, de ses aspirations, de ses faiblesses.

Elle le comprenait. Lui, en retour, ne comprenait rien à ce qu'elle était.

Il n'avait aucune chance.

C'est à cet instant que Charlie avait commencé à renoncer.

~

Helen ignorait tout de la décision qu'avait prise Charlie. Mais, comme tout le monde, elle en voyait les manifestations extérieures : le dos voûté, la bedaine. Il ne faisait plus de jogging. Il mangeait trop. Manger était une des rares choses qui parvenaient à lui changer les idées. Avec l'équipe des Yankees, curieusement. Ils accomplissaient une saison désastreuse, une fois de plus, et malgré cela, il aimait lire des articles consacrés à cette bande de losers.

Helen faisait preuve envers lui d'une patience qu'il ne méritait pas. Il sentait que la fin approchait, et en dépit de cela, il se sentait incapable de faire quoi que ce soit pour l'éviter.

Celle-ci survint finalement au mois de mai 1989, un samedi matin, quelques semaines après le sixième anniversaire d'Amanda. Ce jour-là, Helen dit à sa fille : « Va mettre tes chaussures, ma chérie. J'arrive tout de suite. » Elle se tourna vers Charlie qui débarrassait la table du petit déjeuner et dit : « Je la dépose chez Linna. Tu seras encore là à mon retour ? »

Charlie connaissait bien cette expression sur le visage de sa femme, celle qui voulait dire : *Il faut qu'on parle.* Il s'y attendait, en un sens, mais maintenant que le moment était venu, la panique prenait le dessus. Il devait réagir ! Pouvait-il fuir ? Non. C'était stupide. Cela ne ferait que retarder l'inévitable. Pouvait-il essayer de lui expliquer la situation, alors ? Tout ce bazar ? La supplier de comprendre, réclamer son pardon ? Là encore, c'était reculer pour mieux sauter. Qu'est-ce qu'il croyait ? Que la vérité suffirait ?

La porte d'entrée se referma. Charlie regarda le bol à céréales dans sa main. Et se dit : *Tu ne peux prendre aucune décision avant d'avoir lavé ce bol.* Cela étant fait, il s'attaqua au bol suivant. Puis aux tasses à café. Après quoi, il essuya la table. Il sentait son calme revenir. Remettre de l'ordre et nettoyer lui faisaient du bien. Quand Helen rentra, il passait l'aspirateur. Elle demanda, un peu étonnée : « Tu fais le ménage ?

— J'ai pensé que je pouvais me rendre utile.

— Asseyons-nous.

— Je refais du café ? »

Helen secoua la tête.

« Charlie, j'ai pas mal de choses à dire, et je ne veux pas que tu m'interrompes, d'accord ? Laisse-moi parler. »

Obéissant, il l'écouta sans ouvrir la bouche. Il avait une sensation étrange, comme si une version de lui-même était là, dans cette pièce, à écouter Helen parler, tandis qu'une autre version revoyait déjà cette scène en se projetant dans l'avenir. La douleur de la perte se mêlait à la douleur du souvenir.

« Tu n'as jamais vu combien j'étais seule », disait-elle, et il savait qu'il ne pourrait jamais oublier ces paroles, ni son visage, au moment où leur mariage volait en éclats. Sa dignité dévastatrice, son refus catégorique de pleurer.

Le week-end précédent, en allant chercher Amanda chez Linna, elle l'avait vu sortir de cet immeuble, celui-là même d'où il était sorti deux ans plus tôt. Cela faisait un moment déjà qu'elle craignait que les dégâts soient irréparables.

« Je vais être franche. Quelque part, j'étais soulagée de t'avoir surpris en flagrant délit. Car maintenant, je sais ce que je dois faire. »

Elles partiraient dès le lendemain. Amanda passerait la nuit chez Linna, et Helen en profiterait pour faire ses valises. Quand elle eut fini de parler, elle enfouit son visage dans ses mains.

« Ah, putain, dit-elle avec, pour la première fois, un soupçon de colère dans la voix. Ça fait tellement cliché. Et je déteste être un cliché. »

Parce qu'elle le lui avait demandé, Charlie resta muet. Mais il savait également que ce silence était un acte de cruauté. *Dis-lui la vérité. Mets fin à ce mensonge. Non, tu n'es pas un cliché, Helen. Ce que j'ai fait est bien plus grave que ça.*

Mais elle avait raison : il resta un lâche jusqu'au bout.

CINQUIÈME PARTIE

LE PARRAIN

18

Après moins de quarante-huit heures passées à Washington, Amanda reprit un vol de nuit à destination de Heathrow. L'avion atterrit le samedi matin. Le lundi, Aeromach annoncerait l'annulation du contrat et Komarovsky doperait le prix de l'action. Il fallait agir vite.

Quelques heures plus tard, l'équipe se réunit dans une salle sécurisée du poste de la CIA à Londres. Kath tenait un sac plastique de chez Pret A Manger. Elle croisa le regard d'Amanda.

« Eh bien, quoi ? demanda-t-elle. Je meurs de faim. J'en ai pris pour tout le monde. Quelqu'un en veut ? Amanda ? Bram ? »

Amanda secoua la tête. Bram haussa les épaules et dit : « Pourquoi pas ? »

Kath fit glisser un sandwich vers lui, sur la table.

« Sûre, Amanda ? Vous devriez manger quelque chose. Ça n'a pas l'air d'aller. Gasko a été désagréable à ce point ?

— Non, il a été très bien. Kath, vous vous souvenez du jour de la panne de courant au kebab ? Je suis sortie voir ce qui se passait. Il y avait un chantier un peu plus loin dans la rue et les ouvriers avaient obtenu l'autorisation de couper l'électricité dans certaines portions d'East Ferry Road.

— Oui, je me rappelle.

— Et quand on est sorties par la ruelle, on est passées derrière la planque de Komarovsky. La fenêtre des toilettes donne sur l'arrière et il y avait de la lumière. Je me souviens que j'avais trouvé ça bizarre : tout le pâté de maisons était privé d'électricité.

— Rien de surprenant, dit Bram. Ils possèdent un groupe électrogène.

— Exact ! » s'exclama Amanda. Elle se tourna vers Bram, étonnée. « Attendez voir... Vous le saviez ? »

Même haussement d'épaules.

« Il se peut que je me sois livré à quelques activités extrascolaires. »

Kath haussa un sourcil.

« Qu'est-ce que ça veut dire ?

— Ça veut dire qu'après le coup du brouilleur de fréquences, ou je ne sais quoi, j'ai eu envie de me renseigner un peu sur Komarovsky. Leurs mesures de sécurité font pitié, soit dit en passant.

— Et quand pensiez-vous nous en parler ?

— Relax, Frost, marmonna-t-il, la bouche pleine de sandwich. Pas la peine d'en faire tout un plat. Regardez, j'en vois une qui est contente. Pas vrai, Cole ? »

En vérité, Amanda était folle de joie. Elle avait envie d'embrasser Bram. Ce n'était peut-être pas génial de voir les gars de l'OTS agir de leur propre chef et forcer les portes, n'empêche : Bram leur avait fait gagner un maximum de temps. Essayant de prendre un air sévère, néanmoins, elle dit : « Kath a raison : vous auriez dû nous en parler... Mais c'est formidable, Bram. Alors, qu'avez-vous découvert ?

— Sincèrement, pas grand-chose. C'est pour ça que je ne vous ai rien dit. Mais comme vous l'avez souligné : ils possèdent un groupe électrogène. Et cela n'a rien de surprenant. Ils ne peuvent pas risquer une panne de courant en pleine transaction.

— Il est gros, ce groupe électrogène ?

— Deux cents kilowatts. C'est ce qu'on mettrait devant un stade de foot. La cuve à gas-oil contient de quoi tenir vingt-quatre heures. » Il secoua la tête. « En fait, ces engins ne doivent pas être installés à l'intérieur. Les émanations sont toxiques.

— Y a-t-il un moyen de vider cette cuve sans qu'ils s'en aperçoivent ?

— Oui. Sans problème.

— Parfait, dit Amanda. Parfait. Question suivante : serait-il possible de couper le courant dans East Ferry Road ? Pendant... trente minutes, disons ? Lundi soir ?

— Impossible... normalement. » Bram fit une boule de l'emballage du sandwich. « Mais j'ai discuté avec des ouvriers du chantier. Le contremaître les paie au noir. Je parie qu'il serait ravi d'empocher un petit bakchich. Sinon, on peut toujours menacer de le dénoncer aux impôts. »

~

Le lundi sur le coup de 17 heures, Komarovsky, posté de l'autre côté d'East Ferry Road, regarda Yulia entrer dans l'ancien salon de coiffure. Les autres programmeurs arrivèrent peu de temps après.

Il jeta un coup d'œil sur sa gauche, sur sa droite. La rue était calme. En passant devant l'ancien kebab, il ralentit pour essayer de voir entre les feuilles de journaux jaunis qui couvraient les vitres. Personne. Amanda lui avait donné le feu vert pour accéder aux desiderata du Kremlin. C'était la seule façon de protéger sa couverture, lui avait-elle expliqué. Logique, se disait-il, non sans une certaine nervosité. Il était important aux yeux des Américains.

Il pianota le code d'entrée. Quand il pénétra dans la pièce du fond. Yulia et les autres ne levèrent même pas la tête. Il se surprit à envier les œillères de ces codeurs compulsifs. Les incertitudes angoissantes de la vision d'ensemble ne les affectaient pas. Ils se souciaient uniquement des algorithmes, qui se conformaient toujours à leurs attentes.

Yulia fit apparaître une page sur l'écran de son ordinateur et soupira. Komarovsky bondit.

« Quoi ? Que se passe-t-il ?

— Shell a clôturé à plus de soixante-cinq.

— Quoi ? Pourquoi ? Qu'est-ce que ça veut dire ?

— C'est mauvais pour moi, dit-elle en se penchant pour ramasser son sac à dos, d'où elle sortit un billet de vingt livres. Mais c'est bon pour Sergei. Je viens de perdre mon pari. Vous connaissez le sens de ce mot ? Ou bien je dois vous faire un dessin ? »

Le temps passait au ralenti. L'estomac récalcitrant de l'oligarque se soulevait. Il se rendit aux toilettes et, penché au-dessus de la cuvette, il fut saisi de haut-le-cœur, mais rien ne sortit. Sans doute un truc qu'il avait mangé, se disait-il. Le saumon du déjeuner. Il l'avait trouvé bizarre.

Cela ne l'empêchait pas de suivre de près les cotations. Le cours de MACH subissait de légères fluctuations, rien d'anormal, mais chaque mouvement à la hausse ou à la baisse lui procurait un pincement au cœur. À 21 h 15, après la fermeture de la Bourse de New York, Aeromach annoncerait qu'il annulait le contrat de six milliards de dollars avec le gouvernement polonais. Aussitôt après, un utilisateur se faisant appeler Porno_Bacon_God parlerait d'un coup de génie. *MACH en route vers la lune*, suivi d'une ribambelle d'emojis. Simultanément, Yulia et les autres programmeurs ouvriraient une brèche dans le mur numérique et apporteraient les modifications requises aux algorithmes, qui projetteraient cette publication en tête. Il suffirait de pas grand-chose : juste un peu d'essence ici et là pour allumer le feu. Le titre MACH s'échangeait maintenant à trois cent douze dollars à la Bourse de New York. Mais quand le post de Porno_Bacon_God serait devenu viral, le titre monterait encore plus haut sur le marché secondaire et David Hopkins pourrait dormir sur ses deux oreilles en sachant que le marché venait de lui offrir la couverture dont il avait besoin pour exécuter sa manœuvre.

On y est presque, se dit Komarovsky. Bientôt, toute cette histoire serait terminée. Il lui suffisait de tenir encore une heure.

À 21 h 07, sa vessie l'obligea à se rendre aux toilettes. Il avait bu six tasses de thé en deux heures. Face à la fenêtre grillagée qui donnait sur la ruelle derrière, il savoura ce plaisir de se soulager, qui apaisait le bouillonnement de son cerveau. Son affaire terminée, il se contempla dans le miroir au-dessus du lavabo. Il avait une sale tête. Il faisait vieux. Il rejeta la faute sur l'éclairage brutal. Au moment où il s'apprêtait à tirer sur la chaînette rouillée de l'ampoule, la lumière s'éteignit.

Il cligna des yeux dans l'obscurité. Une coïncidence ?

C'est alors qu'un cri traversa la porte des toilettes.

~

La totalité de l'arrière-salle était plongée dans l'obscurité. Yulia utilisait la lampe de son portable pour éclairer la jauge du groupe électrogène.

« Il est vide ! »

Komarovsky se précipita.

« C'est impossible. J'ai vérifié hier. La cuve était pleine. Sergei !

aboya-t-il. Va voir ce qui se passe. C'est sûrement les ouvriers qui ont coupé le courant. Dis-leur de le remettre tout de suite !

— Il est 21 h 10, fit remarquer Yulia, alors que Sergei fonçait vers la sortie. Il nous reste moins de cinq minutes.

— Laisse-moi voir ça ! »

Arrachant le portable des mains de Yulia, Komarovsky constata qu'elle avait raison : l'aiguille noire de la jauge avait atteint le zéro. Il ouvrit la cuve et se servit de la lampe du téléphone pour regarder à l'intérieur. Vide. Il balança un coup de poing dans la machine.

« Où est Sergei ? Il en met du temps ! »

Sergei revint, essoufflé d'avoir couru.

« L'électricité est coupée dans toute la rue. Elle ne sera pas rétablie avant une demi-heure.

— Va leur dire que c'est inacceptable ! Dépêche-toi ! Dis-leur ! »

Sergei dansait nerveusement d'un pied sur l'autre. C'était un garçon tout maigre, au teint blafard, qui n'impressionnait personne. Il n'avait pas besoin d'expliquer à Komarovsky que ça ne servirait à rien d'aller protester. Les écrans des ordinateurs étaient noirs. Un silence de mort s'était abattu dans la salle où régnait habituellement le bourdonnement compact des serveurs. Yulia consulta son smartphone.

« Deux minutes.

— La station-service ! Sergei ! Rapporte autant de litres de diesel que tu peux !

— La jauge est certainement foutue, souligna Yulia sans se départir de son calme. Elle vous a donné une fausse indication hier.

— Non ! J'ai vérifié la cuve également. Elle était pleine. Quelqu'un l'a vidée ! »

Les programmeurs l'observaient avec effroi. Jamais ils ne l'avaient vu perdre son sang-froid dans de telles proportions.

« Merde! pesta-t-il. Merde, merde, merde! »

Yulia consulta de nouveau son téléphone.

« 21 h 15. »

Komarovsky devenait fou. Son cœur cognait, un long hurlement strident avait envahi son cerveau. Il avait senti que quelque chose clochait. Il le savait. Malgré cela, il avait continué d'avancer bille en tête, comme un idiot, un entêté, car il refusait d'aller au bout de son raisonnement. Et maintenant?

À cet instant, Aeromach faisait son annonce. À cet instant, le prix de l'action s'effondrait. Les yeux fixés sur son téléphone, il assistait au drame en direct. Et maintenant que son téléphone sonnait, il voulait l'ignorer, il voulait fuir et disparaître pour toujours, mais il ne le pouvait pas. Car s'il n'essayait pas de sauver sa peau, personne ne le ferait à sa place.

Il appuya sur la touche « Répondre ». Avant même qu'il puisse dire « Allô? », la voix fielleuse de David Hopkins sortit du haut-parleur : « Espèce de sale fils de pute! *Qu'est-ce qui se passe, bordel?* »

~

À l'autre bout de la ville, au poste de la CIA à Londres, Amanda et Kath écoutaient la conversation téléphonique en direct.

« Sortez! hurla Komarovsky à ses programmeurs. Du balai!

— On avait conclu un accord, Ivan. Qu'est-ce que vous croyez? Que je vais continuer à jouer le jeu? Que je vais rester assis les bras croisés et tout encaisser? Espèce d'ordure.

— David! David! Laissez-moi vous expliquer. On a une panne de courant. Et notre groupe électrogène nous a lâchés. Laissez-nous un peu de temps. On peut arranger ça. Je me mets à votre place, mais je vous jure que…

— Votre bloc électrogène vous a lâchés ? Vous vous foutez de moi ? Drôle de coïncidence, hein ? Je le savais, Ivan. Depuis le moment où je suis entré dans votre bureau et où vous m'avez fait part de votre petit plan merdique. Entuber Gruzdev. Assis ! Pas bouger ! Couché ! Annulez la livraison de missiles ! Je ne suis pas votre toutou, Ivan. Je n'ai pas l'intention de faire le beau devant vous et Gruzdev…

— David, David. On ne peut pas régler ça au téléphone.

— … et d'obéir à vos ordres. Vous avez cru que vous pourriez avoir le beurre et l'argent du beurre, hein ? Me manipuler comme un pantin et me foutre dans le pétrin par la même occasion. C'est fini, Ivan. Terminé. Je vais appeler les fédéraux. Je vais leur raconter ce que vous manigancez. Oh, j'oubliais ! Pour ce qui est des missiles… On maintient le contrat. Marche arrière toute. Mes collaborateurs sont en train de rédiger un nouveau communiqué.

— C'est un simple contretemps. Accordez-moi quelques minutes. Je vous promets que le marché va adorer.

— Pourquoi je vous ferais confiance de nouveau, Ivan ? Votre groupe électrogène vous a lâchés ? Vous vous foutez de ma gueule. C'est terminé. »

Un bref silence. Komarovsky avait encore une carte dans sa manche. Tout bas, il dit : « David, s'il vous plaît. J'ai besoin de votre aide.

— Je m'en fiche.

— Par pitié. Ma vie est en danger.

— Il fallait y penser plus tôt.

— Je ne voulais pas faire ça ! Depuis le début. Mais ils pointent un flingue sur ma tempe. Ils vont me tuer, David. Aidez-moi. Je vous en supplie.

— Ne me mettez pas ça sur le dos, ordure.

— J'ai une femme. J'ai des enfants !

— Moi aussi, j'ai une femme ! Et des enfants ! Et qui sait ce que vous aviez prévu pour eux ! Ce n'est pas mon problème. Après avoir raccroché, je vais appeler le FBI, et si Gruzdev ne vous liquide pas avant, on va vous faire plonger. Adieu, Ivan. Bon séjour en enfer. »

~

Cet appel terminé, Kath ouvrit la bouche pour livrer un commentaire, mais Amanda l'arrêta en levant le doigt. Son ordinateur portable suivait l'activité sur la ligne téléphonique de David Hopkins. Durant son bref séjour à Washington, elle avait convaincu Gasko de contacter ses amis du FBI pour qu'ils installent les écoutes. Entendre Hopkins perdre son calme et s'incriminer de manière aussi flagrante, c'était exactement ce qu'ils espéraient.

« Il bluffait, affirma Kath. Ça m'étonnerait fort qu'il appelle les fédéraux.

— Je sais, murmura Amanda. Mais je veux voir si… »

S'il était torturé par sa conscience ? S'il se renseignait, au moins, sur les protections offertes aux lanceurs d'alerte ? Non : Hopkins luttait pour sa survie. Il approuvait le nouveau communiqué de presse, il regardait comment réagissaient les marchés, il s'impliquait à fond dans la gestion de crise. Plusieurs minutes s'écoulèrent. Rien. Évidemment. Il n'avait pas l'intention de se rendre. Il ne fallait pas rêver.

Elle soupira.

« D'accord. Voyons ce qui se passe maintenant. »

Komarovsky, comme tout milliardaire qui se respecte, était extrêmement paranoïaque au sujet de sa sécurité numérique.

L'Agence n'avait jamais réussi à pirater son téléphone, mais le dimanche soir, quand Bram était allé vider la cuve du groupe électrogène, elle s'était dit qu'il pourrait planquer un micro dans cette arrière-salle d'East Ferry Road. En temps normal, les interférences produites par les serveurs empêcheraient d'obtenir un signal clair, mais le black-out de lundi soir réglerait peut-être ce problème ? Alors, Bram avait collé un micro de la taille d'une pièce de monnaie sous un des bureaux et planqué un répéteur de signal derrière une poubelle dans la ruelle. À présent, dans les locaux de la CIA à Londres, de l'autre côté de la ville, la liaison était limpide.

Komarovsky marmonnait et respirait bruyamment.

« Il ne sait plus vers qui se tourner, commenta Kath. Il ne sait plus où il est en sécurité. »

Le téléphone de l'oligarque sonna de nouveau. Il inspira à fond.

« Bonjour, Vitsine, dit-il d'une voix maîtrisée. Oui, oui. Je sais. Il y a eu une coupure de courant. Simple contretemps… Oui, j'ai vu ça. Je viens de lui parler. Tout va bien. On a un plan. Tout va rentrer dans l'ordre. Vous leur ferez la commission ?… Oui. Très bien. »

Fin de la communication. Plusieurs minutes s'écoulèrent. Le portable d'Amanda vibra. C'était un texto de Bram, en poste devant l'hôtel particulier de Komarovsky à Mayfair. *Arrivée d'un visiteur. Inconnu. Âgé. 60-70 ans. Cheveux gris. Costume sombre.*

Âgé. Ce n'était pas Vitsine, donc. Ni les hommes de main de l'Unité 29155. Qui donc, alors ?

Nouveau texto : *Anya lui a ouvert la porte. Elle semblait ne pas le connaître.*

Quelques instants plus tard, le téléphone de Komarovsky sonna de nouveau.

« Oh, putain, se dit-il tout bas. Non, non. »

Comme précédemment, il prit une longue inspiration.

« Anouchka... Qui ?... Comment s'appelle-t-il ?... Oui, ma chérie, laisse-le entrer. Tout de suite. Offre-lui un verre. Veille à ce qu'il soit bien installé... Je vais demander à Osipov de me ramener... Non, ma chérie. Il n'y a aucune raison de s'inquiéter. Je... j'attendais sa visite. J'avais oublié, voilà tout. J'arrive tout de suite. »

~

Osipov s'était garé à quelques rues d'East Ferry Road. Un autre agent de l'OTS était posté à proximité, prêt à suivre la Rolls-Royce noire. Komarovsky surgit, il s'engouffra à bord de sa voiture, claqua la portière et la Rolls démarra sur les chapeaux de roues. Elle se faufila au milieu de la circulation, passa plusieurs feux à l'orange et grilla quelques stops, grâce à quoi elle atteignit l'hôtel particulier de Mayfair en un temps record.

La CIA n'avait aucun moyen de savoir ce qui se déroulait au domicile de Komarovsky ce soir-là, mais Amanda avait la conviction, douloureuse, que cette conversation aurait pu leur apprendre la vérité. Pour qui travaillait-il ? À qui avait-il véritablement prêté allégeance ? Tout cela n'était-il qu'un rideau de fumée ? Était-ce lui, en réalité, qui avait trahi Vogel ? Elle envoya un texto à Bram : *Prévenez-moi dès que ça bouge.*

Une heure plus tard, Bram lui rapporta : *L'inconnu quitte la maison.*

L'homme aux cheveux gris regagna sa Volkswagen et repartit. Le second agent de l'OTS prit la relève pour le filer, informant Kath et Amanda de ses mouvements, par radio.

La Volkswagen traversa le quartier de Belgravia, puis de Westminster, à faible allure. C'en était presque suspect. Elle traversa

Vauxhall Bridge. Amanda sentait monter un sentiment de terreur.

« Il tourne dans Lambeth Road, annonça l'agent. Dans Parry Street maintenant. Oh, merde. Merde. Je suis devant…

— Vous êtes arrivé devant l'ambassade, dit Amanda.

— Je ne pensais pas que…

— Il vous a repéré. » Elle soupira. « Tant pis. C'était trop demander. »

Et voilà : l'inconnu aux cheveux gris était l'officier traitant de Komarovsky au GRU. Et par conséquent, il s'attendait à être suivi. Il effectua un demi-tour devant l'ambassade et, en guise de clin d'œil, il fit un appel de phares à l'agent de l'OTS en le croisant.

~

Dans la salle de réunion, les deux femmes attendaient les dernières infos de Bram. Désormais, la balle était dans le camp de Komarovsky. Tant qu'il n'avait pas réagi, tant qu'Amanda ne pouvait pas prévoir son plan, elle était obligée de rester les bras croisés.

Finalement, alors que l'aube approchait, elle reçut ce texto de Bram : *Ils quittent l'hôtel particulier. Tous les deux. Avec des valises.*

Des valises. *Ils semblent effrayés ? Inquiets ?*

Trop loin pour le dire. Puis : *Je les suis.* Puis : *Ils prennent la M4. Sans doute pour se rendre à Heathrow.*

Kath se pencha par-dessus l'épaule d'Amanda afin de voir ce qui s'affichait sur l'écran de son téléphone.

« Heathrow ? » Elle se leva. « Allons-y. On peut le retenir avant qu'il monte dans l'avion. »

Mais Amanda demeura assise, les yeux fixés sur son téléphone.

Heathrow signifiait une seule chose : Komarovsky rentrait en Russie.

« Non », dit-elle.

Kath la regarda d'un air abasourdi.

« Vous êtes devenue folle ? On sait maintenant qu'il travaille pour le GRU. On peut s'en servir. Pour lui mettre la pression. On peut en tirer beaucoup plus ! »

Kath n'avait pas tort. C'était le moyen de pression ultime. Komarovsky avait peur de Gruzdev, il avait peur du FSB et il avait peur du GRU. Seuls les Américains pouvaient le protéger. Et quand on pensait à tout ce qu'il savait ! Sur le fonctionnement interne du Kremlin, sur Gruzdev, sur la suite des événements. Komarovsky serait enfin obligé de leur dire la vérité. Autant d'arguments que brandissait Kath, mais Amanda l'écoutait d'une oreille distraite. Elle repensait à cet après-midi au musée de l'Ermitage à Saint-Pétersbourg. La grisaille froide du ciel de la Baltique derrière les fenêtres de la salle des Rembrandt. Agents doubles. Agents triples. Chasse à la taupe. Des complots qui en cachent d'autres. Quand vous aimiez ce jeu, vous n'aviez pas envie d'arrêter.

« Non, répéta-t-elle. Car on ne pourra pas croire tout ce qu'il nous dira.

— Ne me dites pas que nous… que vous envisagez sérieusement de le laisser filer.

— Il travaille pour le GRU depuis le début. On ne peut pas lui faire confiance. »

Une souffrance authentique se lisait sur le visage de Kath. Les liens qu'elle avait tissés avec l'oligarque n'étaient donc pas de la comédie.

« Ils vont le tuer, dit-elle d'une toute petite voix. Vous savez bien que, tôt ou tard, ils vont le tuer.

— Peut-être. Mais ce n'est pas notre problème. »

Kath se laissa retomber sur son siège.

« C'est brutal. »

Et après un court silence, elle ajouta : « Rappelez-moi de ne jamais rien faire qui vous mette en colère. »

19

Quatre jours après le départ de Helen, Maurice débarqua à Helsinki. Jack, le chef de poste, l'avait fait venir de Paris de peur que Charlie ne commette un geste inconsidéré sous l'effet du désespoir, du genre se suicider ou passer à l'Est. En découvrant le tableau déprimant qu'offrait Charlie – rideaux fermés, peignoir couvert de miettes –, Maurice dit : « Je suis sûr que tu préfères te vautrer dans ton chagrin, mais ça ne fait plus partie des options. Je vais défaire ma valise, et toi tu vas nettoyer cet appartement. »

Charlie n'était pas en état de protester. Maurice avait bien conscience de la situation. En regardant Charlie traverser la pièce d'un pas traînant en remplissant le sac-poubelle de cannettes de bière écrasées et de sachets de chips vides, il comprit que la situation ne pouvait pas être pire. *À quoi bon se battre ?* se disait Charlie. Pour quoi se battrait-il ? Helen et Amanda l'avaient quitté. Il avait honte que Maurice le voie dans cet état pathétique, au fond du gouffre, et en même temps, il éprouvait un vague soulagement. Car il se sentait prêt à suivre le conseil que lui avait donné son officier traitant, bien des années plus tôt, dans la planque de Fastholma, et à tout avouer.

Maurice lui tendit une tasse de café.

« Je ne l'ai pas fait, avoua Charlie d'un ton maussade. Je ne t'ai pas écouté.

— Commence par le début. Sans omettre le moindre détail. Compris ? »

Charlie regardait ses pantoufles. *Vas-y, fais-le*, s'encourageait-il. *Arrache ce putain de sparadrap, imbécile*. Difficile d'obliger les mots à sortir de sa bouche. Ils se rebellaient et manquaient de l'étouffer au passage. La première partie était la plus dure à reconnaître. Au départ, tout était blanc ou noir : vous étiez un traître ou non.

Mais il se fit violence, et peu à peu, parler devint plus facile, car une fois que vous aviez franchi la limite, une trahison de plus ou de moins, qu'est-ce que ça changeait ? Et encore une ? Encore une ? Les humiliations étaient gravées au fer rouge dans son esprit, avec une redoutable précision : chaque note classée top secret, chaque nom de code, chaque coordonnée géographique. Tête baissée, abattu, il conclut en disant : « Je sais ce que tu vas dire : je dois tout avouer. »

Il y eut un long silence, au bout duquel Maurice dit : « En vérité, je n'en suis pas sûr. »

Charlie leva la tête, surpris.

« C'est un désastre, Charlie. Tu as causé trop de dégâts. Désormais, tu dois faire en sorte que tout cela en vaille la peine. Mary est persuadée que tu travailles pour elle. Qu'elle te mène par le bout du nez. Eh bien, inverse la situation. Utilise-la à ton avantage.

— J'ai déjà essayé. Elle est inaccessible.

— Tu n'as pas essayé suffisamment.

— J'ai fait tout ce que j'ai pu.

— Tu crois que tu as le choix ? rétorqua Maurice d'un ton cassant. Tu crois qu'on parle de ce que tu as envie de faire ou pas ? Tu as mis des gens en danger, Charlie. En danger de mort. Alors, tu dois réparer tes erreurs. Tu as une dette envers eux. »

~

Cela dura dix jours. Ils n'avaient jamais passé autant de temps ensemble. Charlie appréciait cette cohabitation, même si Maurice était un colocataire d'un genre très particulier, un obsédé du rangement, encore plus exigeant que Helen. Et puis, Maurice n'avait aucun scrupule à vider dans l'évier les bières de Charlie, même si on pouvait comprendre qu'un homme qui a été plaqué par sa femme puisse avoir envie d'une bière.

Ils formaient un drôle de couple. Maurice avait seulement quelques années de plus que Charlie, et pourtant, il se comportait comme s'il était né dans un siècle différent. Il leur arrivait de parler stratégie, mais la plupart du temps, Maurice optait pour une approche philosophique. Et si la plupart de ses observations paraissaient vagues et inutiles aux yeux de Charlie, des préceptes de *fortune cookies*, émis par un Yoda moustachu portant une veste en tweed, parfois, elles résonnaient en lui comme le tintement limpide d'une cloche.

« Je t'ai vu te comporter avec Helen, fit remarquer Maurice, un soir au dîner. Et je crois que tu es animé de bonnes intentions. Tu essaies de la protéger. Tu ne veux pas la blesser. Mais ne vois-tu pas que la force est aussi une faiblesse ? C'est une vérité universelle. La plus grande force d'une personne est également sa plus grande faiblesse. Toujours. »

Ce soir-là, dans son lit, Charlie repensa à cette remarque. Quand il essayait de trouver les faiblesses de Mary, il faisait chou blanc. Quelle était sa plus grande force ? La discipline, assurément. C'était une excellente comédienne, par ailleurs. Et elle était rusée. Elle savait déceler ce qui se cachait derrière l'apparence d'une personne. Des années plus tôt, dans ce supermarché, elle avait perçu la solitude derrière le sourire de Charlie. Alors, elle lui avait renvoyé la même image. Elle lui avait offert très exactement ce qu'il cherchait : quelqu'un à sauver. Un problème qu'il pouvait régler.

Le dimanche soir, Maurice annonça à Charlie, avec un mélange de bienveillance et de sévérité, qu'il avait suffisamment fait le ménage. Il était temps de reprendre le collier. Les craintes qui habitaient Charlie se concrétisèrent le lundi matin. En le voyant, la plupart de ses collègues marmonnèrent quelques salutations gênées, et s'écartèrent de lui comme s'il était porteur d'une maladie contagieuse. Seul Hacker se montra imperturbable.

« J'ai appris pour Helen. Désolé. Tu savais que mes parents avaient divorcé ?

— Oh. Je l'ignorais.

— Ma mère est partie vivre à Chicago quand j'étais au collège. Au début, mon père était en colère. Ensuite, il était triste. Et puis, il est redevenu comme avant. Et tu sais quoi ? Quel soulagement, en définitive. Ils étaient tellement malheureux ensemble. Ce que je te raconte là, tu peux penser que c'est des conneries, mais sincèrement, on a vécu ça comme une aubaine, mes frangins et moi. »

Charlie avala sa salive.

« Et ton père est redevenu comme avant ?

— On s'habitue à tout. »

Cet après-midi-là, Charlie alla frapper à la porte de Jack. Désireux de se faire pardonner son absence prolongée, il se porta volontaire pour des opérations de surveillance. Il avait besoin de s'occuper, même si c'était une activité terriblement ennuyeuse. Suivre la même personne jour après jour, semaine après semaine, produisait rarement des résultats. Les gens étaient tellement prévisibles. Charlie s'était fait cette réflexion un jour où il avait suivi l'attaché culturel soviétique au moment où celui-ci quittait l'ambassade en fin de journée. La plupart des agents du KGB en poste à Helsinki étaient connus de l'Agence. Mary, elle, avait réussi, on ne sait comment, à rester en dehors des radars.

Après ces dix jours passés dans la capitale finlandaise, Maurice devait retourner à Paris pour dispenser ses cours, mais la question qu'il avait semée dans l'esprit de Charlie ne cessait de ressurgir. Quelle était la plus grande force de Mary ? Sa plus grande faiblesse ? Charlie ne connaissait pas la réponse, mais il n'aurait de cesse de la découvrir.

~

Au début du mois de juillet, à Helsinki, on frappa de nouveau à sa porte. Cette fois, Maurice trimballait une plus grosse valise. Il déclara : « Je viens passer l'été ici. Je pense que tu as besoin de mon aide. »

Charlie ne prit pas la peine de protester. Il n'avait pas progressé d'un iota. Il avait l'impression de vouloir escalader une paroi rocheuse gelée sans piolet. Il n'avait aucune prise. Quand il transmettait des informations à Mary (qui concernaient presque toutes l'Afghanistan, à présent), il se surprenait à la dévisager. D'où venait-elle ? Avait-elle une famille ? Souffrait-elle d'une quelconque pathologie ? Mystère.

Charlie se portait régulièrement volontaire pour des planques et des filatures. « Vous êtes un gars bien, Cole, avait souligné Jack. Vous avez l'esprit d'équipe. » Charlie devait bien avouer que cette nouvelle réputation lui procurait un certain plaisir. Hélas, ce plaisir avait ses limites. Un jour du mois d'août, il s'aperçut qu'il avait proposé de remplacer un collègue un dimanche soir. Or c'était justement le dimanche soir qu'il appelait Helen et Amanda à New York, le meilleur moment de sa semaine. Autrefois, le choix aurait été cornélien. Ce jour-là, il n'hésita pas une seconde. Ignorant le fantôme de l'ancien Charlie désireux de plaire à tout le monde, il annonça à son collègue qu'il était désolé, mais un imprévu l'empêchait de le remplacer, malheureusement.

Quelque temps plus tard, alors qu'il rentrait à pied de son travail, Charlie repensa à cet instant. Il était fier de sa décision, mais nul doute que Mary trouverait ça idiot : on ne savait jamais à quel moment une occasion pouvait se présenter. La réussite exigeait de la constance, et la constance exigeait de la discipline. Sans discipline, aucune victoire possible. Faire le choix qu'avait fait Charlie, cela revenait à reconnaître sa défaite. La fierté de Mary ne l'autoriserait jamais à agir ainsi.

La défaite. Ce mot le taraudait.

La défaite. Il repensa à l'obsession de Mary pour l'Afghanistan. Les troupes soviétiques avaient achevé leur retrait. Les envahisseurs avaient pris soin d'éviter le mot « défaite », même si c'en était une, indéniablement. Pour les Russes ordinaires, l'humiliation importait peu. Trop de fils, de frères, de maris et de pères avaient été sacrifiés sur l'autel de cette guerre sanglante. Mais les hommes et les femmes du KGB, orgueilleux, verraient-ils les choses de la même façon ? Et Mary ?

Non, bien sûr que non.

En même temps, des rumeurs circulaient à la CIA. Le KGB appréciait de moins en moins la politique d'ouverture menée par Gorbatchev. Des rapports indiquaient que certains officiers des services de renseignement russes agissaient de leur propre chef, convaincus de savoir ce qui était bon pour leur pays, bien mieux que ce vendu de Gorbatchev. Et Mary dans tout ça ? La guerre avait pris fin depuis plusieurs mois déjà, et pourtant, son intérêt vis-à-vis de l'Afghanistan ne faiblissait pas. Cette fixation cachait-elle autre chose ? Et si, avec ses collègues, ils préparaient une opération pour effacer cette défaite humiliante ?

Un éclair de possibilité se propagea à l'intérieur dc son cerveau.

Il se mit à trottiner, puis à courir. Il arriva chez lui en sueur et à bout de souffle. Maurice était dans la cuisine, en train de couper des légumes.

« J'ai une idée », haleta-t-il. Quand il eut repris sa respiration, il expliqua son plan à Maurice, qui l'écouta en hochant la tête. Lui aussi avait eu vent de ces rumeurs. Il lui semblait tout à fait plausible qu'une faction du KGB puisse contrevenir aux ordres du Kremlin dans le but de prendre les rênes.

« Elle est trop fière pour accepter la défaite, conclut Charlie. Elle va riposter. C'est certain. »

~

Il dut faire apparaître une constante derrière les constantes. Pour cela, il s'obligea à prendre le temps d'étudier tous les documents qu'il remettait à Mary. Les détails. Les lieux. Le nom d'un moudjahidine, dans la vallée du Panchir, revenait sans cesse : Ahmad Baraath.

Baraath était un combattant légendaire, de la veine du Che ou d'Hô Chi Minh. Les Américains eux-mêmes prononçaient son nom avec respect. *Un dur à cuire*, disaient-ils. *Coriace, l'enfoiré.* Il avait orchestré des dizaines d'embuscades contre des troupes ennemies. Il était responsable de la mort de centaines, voire de milliers, de compatriotes de Mary.

Au début du mois d'août, Charlie, assis à son bureau, lisait un rapport du poste d'Islamabad. Les Soviétiques étaient partis, mais l'armée communiste afghane poursuivait le combat, pour essayer de protéger le régime de plus en plus fragile, face à la progression des moudjahidines. Le rapport décrivait une rencontre récente entre Baraath et un haut gradé soviétique. Les deux hommes tentaient de négocier un cessez-le-feu dans une région particulièrement ensanglantée du pays.

Mais le KGB souhaitait-il réellement un cessez-le-feu ? Ou bien voulait-il, au contraire, infliger le maximum de pertes à l'ennemi ? Les négociations seraient sans doute longues, mais Baraath bénéficiait du respect de ses compatriotes. Il finirait par réussir, c'était juste une question de temps.

Ce soir-là, au dîner, Charlie déclara : « Ils ont ciblé Baraath. Ils veulent le liquider. C'est certain.

— Ce serait un gros coup, confirma Maurice. Sur le terrain et sur le plan symbolique.

— Mais ils ne peuvent pas l'atteindre. Il est trop prudent. Quoi qu'il en soit, ce n'est pas le scoop du siècle, hein ? Il est évident que le KGB veut éliminer Baraath.

— En effet. Mais tu dois voir les choses de cette façon : tu as deviné les objectifs de Mary. Et maintenant, petit à petit, tu transformes des suppositions en probabilités mesurables. »

~

Difficile de ne pas mettre à profit ce qu'il avait découvert. Il aurait pu débarquer dans le bureau de Jack pour lui annoncer que Mary était une agente du KGB, et que le KGB voulait supprimer Baraath. Mais serait-ce suffisant pour racheter ses transgressions ? Non. Certainement pas. D'une manière ou d'une autre, il devait transformer ce renseignement en véritable moyen de pression.

Hélas, il sentait son élan faiblir. Piolet en main, il gravissait cette paroi glacée centimètre par centimètre, mais c'était un travail épuisant, frustrant, qui reposait entièrement sur ses épaules. La présence de Maurice lui avait offert l'illusion d'un effort partagé, mais celui-ci s'apprêtait à regagner Paris au début de septembre, et l'illusion se lézardait.

Lors de leur dernier dîner, Maurice dit : « Tout ira bien. Il y a le téléphone.

— On ne peut pas parler de ça au téléphone. Trop risqué.

— Oui, mais on peut parler d'autres choses. »

Charlie coupait sa côte de porc. Il était de mauvaise humeur depuis plusieurs jours.

« Oui, bien sûr. De quoi, par exemple ?

— N'importe quoi. La vie continue. Tu peux m'appeler pour me parler du temps. De ce que tu as mangé ce soir. Ou de ce qui te tracasse. » Après un silence, Maurice ajouta : « Je sais ce que c'est, figure-toi.

— Quoi donc ?

— D'être seul. De se sentir seul.

— Je ne me sens pas seul. Je suis réaliste, voilà tout. Et j'ai besoin d'une oreille critique dans cette affaire. »

Le lendemain matin, très tôt, il conduisit Maurice à l'aéroport. Bizarrement, en le regardant disparaître à l'intérieur de la porte à tambour, il sentit une boule dans sa gorge. Et sur le trajet du retour, il se demanda si c'était cela dont parlait Maurice : ce sentiment indéfinissable, difficile à avaler. La solitude ? Il secoua la tête. Non. Il avait reçu une leçon d'humilité, il était habité par les remords et la détermination, mais il ne se sentait pas seul.

Son itinéraire le conduisit dans le quartier du port. En cette matinée fraîche, le soleil faisait scintiller la surface de l'eau, et les arbres, le long de la promenade, s'efforçaient de retenir leurs dernières feuilles. Devant lui, le feu passa à l'orange. Charlie s'arrêta. Il en profita pour contempler le port. Un couple marchait sur la promenade. La femme avait quelque chose de familier. Charlie se pencha vers le pare-brise, les paupières plissées. S'il n'y avait pas eu les cheveux roux et les lunettes à grosse monture noire…

Le feu passa au vert. Son cœur cognait. Il accéléra et, arrivé au bout du premier pâté de maisons, il tourna dans une rue perpendiculaire. Il se gara et revint sur ses pas en courant. Le couple continuait à suivre la promenade, une quinzaine de mètres devant lui. Il pressa le pas. La femme portait un manteau informe. Les yeux de Charlie glissèrent jusqu'à ses chaussures : des ballerines noires aux talons usés. Familières elles aussi.

Le couple s'arrêta. L'homme et la femme se firent face. Elle dit quelque chose, il acquiesça. La femme traversa la rue, l'homme la suivit des yeux. Puis il se retourna et repartit en sens inverse. Il marchait droit vers Charlie.

Une fraction de seconde avant de détourner le regard, Charlie aperçut distinctement son visage. Et il le reconnut. C'était un politicien en vue. Le chef du Parti rural finlandais. Un parti bien connu, entre autres choses, pour ses opinions très antisoviétiques.

~

Une chance inespérée. Mais n'était-ce pas le secret d'un recrutement réussi ? Savoir repérer la chance et en profiter au maximum ?

Charlie passa le mois suivant à suivre dans tout Helsinki le politicien devenu instrument du KGB. Son bureau au Parlement, son domicile soigneusement entretenu dans le quartier d'Eira, les restaurants gastronomiques, les boutiques du Design District. Matti Sorsa avait des goûts de luxe, qui dépassaient de loin les moyens d'un chef de parti, surtout d'un parti populiste, anti-élite.

Un soir d'octobre, Charlie planquait devant un de ces restaurants gastronomiques, et quand le petit groupe en sortit, il le suivit à distance. Les hommes se séparèrent l'un après l'autre. Sorsa continua à marcher, jusque chez lui. Arrêté sur le pas de sa porte, il chercha ses clés dans ses poches. À cette heure tardive, la rue était déserte.

« Excusez-moi, dit Charlie en s'avançant. Monsieur ? Je crois que vous avez laissé tomber ça. »

Sorsa se retourna. Charlie tenait un portefeuille à la main. Le politicien tapota sa veste.

« Ah, je vous remercie, mais ce n'est pas le mien.

— Je vous ai vu le faire tomber, insista Charlie en tendant le portefeuille. À l'instant. Je l'ai vu de mes propres yeux. Je n'ai pas rêvé, je vous le jure. »

Sorsa posa sur lui un regard méfiant.

« Je suis sûr de ne pas me tromper, insista Charlie.

— Non, non, je vous assure…

— Je vous ai reconnu. » Charlie fit un pas de plus en avant. « Monsieur Sorsa, c'est bien ça ? Matti Sorsa ? Permettez que je me présente : Charlie Franklin. Je suis diplomate à l'ambassade américaine. »

Sorsa eut un petit mouvement de recul.

« Nous avons une haute opinion de vous à l'ambassade, monsieur. Nous admirons la ligne de votre parti. Surtout la fermeté avec laquelle vous vous opposez aux Soviétiques. Je pense sincèrement que nous devrions prendre le temps de bavarder, vous et moi.

— Euh… » Toussotements. « Oui, certainement. Hélas, mon emploi du temps est très chargé.

— Si on disait ce week-end ? Dimanche matin ? Oh, non, zut ! » Charlie se frappa le front. « J'oubliais. Le dimanche matin, ce n'est pas possible. Vous retrouvez votre charmante amie rousse, ce jour-là. Et vous ne pouvez pas lui poser un lapin, hein ? »

Il rit.

« Ah, ah, l'imita Sorsa en affichant un étrange rictus.

— Vous vous êtes mis dans le pétrin, monsieur. Je sais que ce n'est pas volontaire. Au départ, ce n'était pas grand-chose, hein ? Juste un petit service de temps en temps, pour une jolie femme. Et puis un jour, vous vous réveillez, et vous, le leader du parti le plus antisoviétique du pays, vous découvrez que vous travaillez pour le KGB. Ce doit être effrayant. Vous vous dites qu'il n'y a aucune échappatoire. »

Sorsa était adossé à sa porte, les yeux écarquillés. Acculé. Charlie avait presque de la peine pour lui. Presque.

« Erreur, reprit-il. Il existe une échappatoire. Et nous voulons vous aider. Alors, regardons de plus près votre emploi du temps, monsieur Sorsa. »

20

En cette soirée d'avril, David Hopkins, assis sous la baleine bleue du Musée d'histoire naturelle de New York, s'agitait dans son smoking qui le démangeait. Il ne savait jamais comment se comporter dans ces galas de bienfaisance. Sa femme essayait de lui expliquer les fluctuations du pouvoir dans cette salle (certaines années, il était détenu par les fondateurs de la tech, d'autres années par les fonds de pensions), mais l'ancien élève de West Point qu'il était avait toujours du mal à saisir la rapidité de ces changements.

Présentement, il avait surtout du mal à s'intéresser à la lauréate du soir : une héritière bien préservée, en robe à paillettes. Il consulta ses mails sous la table. Cela faisait presque un mois qu'il n'avait pas de nouvelles de Komarovsky. Après le désastre de ce retournement dans l'affaire des missiles polonais, sur l'air de « on plaisantait », il essayait de convaincre le conseil d'administration d'Aeromach qu'il n'était pas complètement cinglé. La valeur de l'action avait chuté, mais au moins, elle avait fini par se stabiliser. Et à cette heure, Komarovsky était probablement mort. Hopkins commençait à se dire que, peut-être, il avait réussi à se sortir de ce pétrin en préservant sa liberté.

Il leva les yeux de son téléphone, conscient que la lauréate s'était arrêtée de parler. Les yeux plissés dans la lumière des projecteurs, elle scrutait le fond de la salle.

« Que se passe-t-il ? murmura-t-elle. C'est… ? »

Table après table, les invités tournèrent la tête en direction de l'entrée de la salle. Des dizaines d'hommes en coupe-vent bleus descendaient les marches. Hopkins sentit son estomac se soulever. *Non*, se dit-il. *Non*. Contre toute logique, il se demanda s'ils venaient pour quelqu'un d'autre. Dans ce genre de gala, il y avait facilement une demi-douzaine d'escrocs en col blanc dans l'assistance.

Hélas, les agents fédéraux s'arrêtèrent à sa table. On aurait entendu voler une mouche à présent. L'un d'eux lui fit signe de se lever et de tendre les poignets.

« David Hopkins, dit-il d'une voix puissante qui résonna dans la salle. Vous êtes en état d'arrestation pour fraude boursière dans l'intérêt de Nikolaï Gruzdev et du gouvernement russe. »

~

Alertés à l'avance, les journalistes étaient déjà massés devant le musée. Flanqué de deux agents, aveuglé par un océan de flashes, Hopkins fut conduit au pied des marches et poussé à l'arrière d'une camionnette garée dans Central Park West. Les images tourneraient en boucle sur les chaînes d'info pendant les prochaines vingt-quatre heures.

Kath Frost avait dressé la liste des PDG qui avaient travaillé avec Ivan Komarovsky. Plusieurs de ces hommes (car c'étaient uniquement des hommes) assistaient également au gala de ce soir, et les autres verraient à coup sûr les images à la télé. Si les agents fédéraux ne disposaient pas de preuves irréfutables (comme le coup de téléphone de Hopkins) contre eux, ils savaient que le spectacle du PDG d'Aeromach emmené menottes aux poignets aurait un effet terrifiant et pédagogique.

Pour faire bonne mesure, ils distillèrent des bribes d'informations. Et le lendemain matin, un présentateur d'une chaîne d'info déclara d'un ton grave : « Des rumeurs évoquent de nouvelles arrestations à venir. David Hopkins ne serait que la partie émergée de l'iceberg. »

Au cours des jours qui suivirent, les agents du FBI frappèrent aux portes, de Greenwich à l'Upper East Side, en passant par Tribeca, afin d'interroger toutes les personnes qui figuraient sur la liste de Kath. Dans la plupart des cas, une petite dose de théorie des jeux, niveau débutant, suffit à leur tirer les vers du nez. « Dans l'immédiat, vous avez encore la possibilité de coopérer, leur expliquèrent les agents. Dites-nous tout ce que vous savez et nous réduirons les chefs d'inculpation pour les rendre acceptables. »

Certains comprirent que c'était du bluff. Ils savaient que le FBI n'avait aucune preuve concrète contre eux. Sinon, ils auraient déjà les menottes aux poignets, comme Hopkins. Dans ces cas-là, les agents haussaient les épaules et sortaient leur atout suivant : « C'est vous qui décidez. Mais si vous refusez notre protection… Je vous conseille de mettre de l'ordre dans vos affaires. Nikolaï Gruzdev n'aime pas laisser des questions en suspens. Vous avez vu ce qu'il a fait à Bob Vogel. »

Cela prit un certain temps – une succession d'avancées et de reculs, à cause des avocats qui leur mettaient des bâtons dans les roues –, mais les agents fédéraux finirent par obtenir les aveux de toutes les personnes figurant sur la liste de Kath. Aucune ne choisit de garder le silence et de protéger Komarovsky. Même s'ils le connaissaient depuis des années. Même s'ils l'aimaient bien. Et d'ailleurs, peut-être savouraient-ils cette petite excitation de la transgression qu'il leur offrait. Même s'ils savaient que chaque aveu attiserait un peu plus la fureur de Gruzdev, que chaque aveu planterait un clou supplémentaire dans le cercueil de Komarovsky. Car, en définitive, il n'y avait jamais rien eu de sentimental dans ces arrangements. *Mieux vaut que ce soit lui que moi*, se disaient-ils. Tous sans exception.

~

En ce même mois d'avril, après le succès de l'opération d'East Ferry Road, Amanda prit l'avion à destination de Washington pour le débriefing. Le directeur Gasko la pria d'assister à la réunion organisée à la Maison-Blanche. Le président McAllister souhaitait la féliciter en personne. Elle hocha la tête pendant qu'il décrivait les sanctions qui seraient infligées à la Russie, et comment ils espéraient convaincre le Conseil de sécurité de l'ONU d'en faire autant. Grâce à la précision de leur enquête, ils savaient exactement de quelle manière Gruzdev avait préparé cette agression, et ces révélations avaient flanqué la frousse aux autres grandes puissances, qui craignaient qu'il agisse de même avec elles. L'enquête était qualifiée de grande réussite et la reconnaissance de McAllister palpable. Une élection se profilait au mois de novembre, et étant donné les sondages, le moindre succès était bon à prendre. *Souviens-toi de cet instant*, songea Amanda, alors qu'elle serrait la main du président dans le Bureau ovale. Cela aurait pu marquer le couronnement d'une carrière.

Hélas, elle n'avait pas réussi à cacher qu'elle avait la tête ailleurs.

« Vous aviez l'air un peu absente, fit remarquer Gasko, alors qu'ils rentraient à Langley. Tout va bien ?

— Oui, ça va. Je suis fatiguée, voilà tout.

— Logique. Vous avez bien mérité des vacances. »

Kath lui avait tenu les mêmes propos quelques semaines plus tôt, alors qu'ils faisaient le ménage dans l'ancien kebab d'East Ferry Road. « Vous devriez prendre quelques jours de repos, Amanda. Pour vous aérer. Vous changer les idées. Allez vous prélasser sur une plage. Moi, c'est ce que je ferais. »

Amanda avait secoué la tête.

« Je dois en finir avec cette affaire. »

Elle avait effacé le tableau blanc, sans parvenir à faire disparaître toutes les traces de marqueur : il conserverait éternellement un palimpseste de ces derniers mois. Elle avait senti le regard de Kath sur elle. Et le poids des questions non formulées : serait-elle vraiment à la hauteur ? Ou bien, confrontée à la vérité nue, chercherait-elle du réconfort, comme quelques mois plus tôt, et s'enfoncerait-elle dans la même spirale éthylique ? Pourquoi serait-elle plus forte cette fois-ci ? Sentant l'inquiétude muette de Kath, elle avait été assaillie par un léger doute. L'instinct de Kath ne la trompait jamais.

Mais il y avait des décisions qu'elle devait prendre seule.

~

Des dizaines d'années après son baptême, Amanda n'avait plus aucun souvenir de la cérémonie. Elle se rappelait un peu mieux la fête qui avait suivi : le clan Dennehey entassé dans l'arrière-salle d'un restaurant italien, les jeunes cousins et cousines excités par les sodas et les gâteaux, sa robe blanche tachée de sauce tomate. C'était en 1991. Alors qu'elles assistaient régulièrement à la messe dominicale depuis leur installation à New York, Helen avait attendu que sa fille soit en âge de décider si elle voulait être baptisée ou pas.

Âgée alors de huit ans, Amanda avait répondu oui immédiatement. Elle traversait une période d'intense attachement filial, grâce notamment à la relation que Helen entretenait depuis peu avec un dénommé Sidney Wilson, et elle aurait fait n'importe quoi pour s'attirer les bonnes grâces de sa mère. Par ailleurs, elle n'ignorait pas, grâce à la maturité des élèves de primaire à New York, que les baptêmes étaient souvent synonymes de cadeaux.

En 1991, Maurice avait posé ses valises à New York lui aussi. Helen lui avait demandé d'être le parrain d'Amanda. En dépit du total désintérêt d'Amanda pour la foi, c'était Maurice qui l'avait aidée à traverser les années mouvementées qui avaient suivi : l'acceptation de Sidney dans le rôle du beau-père, son désintérêt pour l'école, son insolence vis-à-vis des professeurs, particulièrement douloureuse pour Helen qui exerçait le métier d'enseignante à présent. Maurice ne la réprimandait et ne la rabaissait jamais; il la traitait en adulte, même quand elle piquait des colères enfantines.

Ce matin d'avril, le lendemain de l'entrevue à la Maison-Blanche, elle avait pris le train de Washington à New York. Arrivée à la porte de la maison de ville de la 71e Rue Est, elle appuya sur la sonnette à côté du nom ADLER. À la dernière seconde, elle songea à éteindre son téléphone et à le glisser dans l'épaisse pochette en nylon noir au fond de son sac. Elle aurait remis sa vie entre les mains de Maurice (d'où sa présence ici), mais cela ne l'empêchait pas de prendre des précautions.

Maurice ouvrit la porte, tout sourire. Quand ils s'étreignirent, Amanda remarqua que la différence de taille entre eux se réduisait. Elle avait toujours été plus petite que lui, mais il avait perdu au moins deux centimètres depuis la dernière fois qu'elle l'avait vu. Comme Helen, il rapetissait avec l'âge. Le décor n'avait pas changé (la pendulette d'officier, le samovar en argent, les papillons sous verre), mais ce jour-là, subitement, elle eut l'impression de pénétrer dans l'appartement d'un vieil homme.

« Tu ne sembles pas surpris de me voir, dit-elle en s'asseyant dans le canapé, tandis que Maurice prenait le fauteuil. J'en conclus qu'il t'a exposé le problème.

— En effet. Et je me demandais, je l'avoue, quand tu te déciderais à me rendre visite.

— Je m'en doute. Je redoutais ce moment. J'espérais que si j'attendais assez longtemps… le problème se réglerait tout seul.

— Tu as le droit d'être en colère après lui. Il t'a placée dans une situation délicate.

— Je ne comprends pas. Helsinki… Il est tellement évident que quelque chose s'est mal passé là-bas. Cette histoire de burn-out, son désir de quitter le Service des clandestins pour des raisons personnelles. Comment ont-ils pu gober ça ? »

Maurice opina.

« Je pensais que cette couverture ne durerait pas aussi longtemps. Mais c'est une chose que j'ai souvent sous-estimée : l'incroyable capacité qu'ont les gens de voir ce qu'ils veulent voir.

— Donc, tu connais la vérité. » Un silence. « Depuis le début. »

Maurice répondit par un léger raclement de gorge.

« Et pourtant, tu ne l'as jamais dénoncé ? Tu n'as jamais rien dit ?

— En fait, c'est un peu plus compliqué que ça. Si je nous faisais du thé ? Ensuite, je te raconterai toute l'histoire. »

~

Helsinki, des dizaines d'années plus tôt. Comme prévu, grâce aux goûts de luxe de Sorsa, il avait été relativement facile de le retourner : la CIA accepta, sans sourciller, de le payer trois fois plus que le KGB. En réalité, Sorsa se contrefichait des Russes, des Américains et des Finlandais. Ce qui l'intéressait, c'étaient les mets de choix, les beaux costumes, le vin français. Cette indifférence de mercenaire était son principal atout. Les informateurs dans son genre, ceux qui trahissaient joyeusement, faisaient souvent les meilleurs espions.

Jack, le chef de station, était aux anges. Sorsa leur servirait d'agent double, ils l'utiliseraient comme une fenêtre sur les opérations ennemies. « C'est fantastique, Cole, s'enthousiasma-t-il. Fantastique ! Comme je le dis toujours : le travail acharné paie. » Sans avoir conscience, évidemment, que Sorsa n'était qu'une étape avant le gros lot.

Au cours de l'automne, Sorsa et Charlie se rencontrèrent une fois par semaine. Une fréquence plus soutenue qu'habituellement, mais Charlie n'avait pas le temps de se livrer au jeu de la séduction. Il devait trouver un moyen de neutraliser Mary sans tarder.

« Elle veut que l'on édulcore notre discours, expliqua Sorsa au cours de l'un de leurs premiers rendez-vous. Elle estime que le Parti rural creuse le fossé entre l'Union soviétique et la Finlande. Elle me fournit des éléments de langage.

— Quoi d'autre ? demanda Charlie.

— Je lui remets des documents. Des comptes rendus de nos réunions. Des rapports de commissions. Des esquisses de projets de lois.

— De quelles commissions faites-vous partie ?

— Environnement et audit des comptes publics. » Sorsa balaya la planque du regard. « Vous n'avez rien à manger ? Je devrais être en train de dîner à cette heure-ci. »

Charlie dénicha un peu de pain de seigle, du beurre et des harengs en conserve. Pour agrémenter le tout, il déboucha une bouteille de vin. À la grande satisfaction de Sorsa.

« Je dois dire, confia celui-ci, que c'est agréable de ne pas être traité en ennemi, pour une fois. Mes nouvelles opinions ne me rendent pas très populaire auprès de mes collègues. Je lui ai dit que c'était risqué, et j'avais raison.

— De quoi parlez-vous ? »

Sorsa tendit son verre et Charlie lui resservit du vin.

« Les membres du parti sont décidés à m'isoler. Ils m'ont évincé de mon poste à la commission des Affaires étrangères. Du coup, je suis obligé de fureter le soir et de voler des documents dans les bureaux de mes collègues.

— Les Affaires étrangères », répéta Charlie. Une idée commençait à prendre forme dans son esprit. « Y a-t-il un sujet qui semble l'intéresser particulièrement dans cette commission ?

— À vrai dire, elle est obsédée par l'Afghanistan. »

Bingo. Peu de temps après cet échange, Sorsa commença à remettre à Charlie des doubles des documents qu'il transmettait à Mary. Charlie les survolait, à la recherche d'un nom familier, récurrent. En faisant preuve d'une grande prudence, pour ne pas effrayer sa proie, il demanda : « Matti, est-ce que le nom d'Ahmad Baraath évoque quelque chose pour vous ? »

Sorsa fronça les sourcils.

« Non. Qui est-ce ?

— Elle n'a jamais prononcé ce nom ?

— Pas que je me souvienne. »

Ce n'était qu'une question de temps. Charlie était confiant : Sorsa lui avait été envoyé pour assurer son salut. Il suffisait d'être patient et d'attendre le signe.

~

Sans surprise, la semaine suivante, Sorsa déclara : « J'ai une bonne nouvelle. Enfin, je ne sais pas si c'est une bonne nouvelle, mais ça va certainement vous intéresser. Le gouvernement finlandais propose d'organiser des pourparlers de paix en janvier. Des négociations entre les moudjahidines et les communistes afghans. » Il remit un document à Charlie. « Jetez un coup d'œil sur cette liste. »

Le nom lui sauta aux yeux. S'efforçant de maîtriser son excitation, il demanda : « Et quand vous dites que le gouvernement finlandais propose... ? »

Sorsa mima une révérence.

« Je suppose qu'elle a un plan, mais elle affirme que cette idée serait un moyen de... Comment a-t-elle dit ? De me faire rentrer dans les bonnes grâces du parti. Des négociations de paix pour aider à redorer notre image anti-guerre. Et elle avait raison. Le parti a adoré cette idée. On parle déjà de me réintégrer dans la commission des Affaires étrangères.

— Les hommes qui figurent sur cette liste... Ils seront présents. Tous. Ici, à Helsinki.

— C'est ce qui me fait peur. » Sorsa prit l'initiative de déboucher une bouteille de vin. « Vous avez l'habitude de ces négociations multilatérales ? Les Afghans arrivent dès la semaine prochaine, avant les négociations. Faut-il une table ronde ou rectangulaire ? À quelle heure faut-il commencer ? Combien de temps durent les pauses ? Doit-on servir du thé ou du café ? Et c'est moi qui devrai éviter qu'ils s'entretuent à cause du plan de table.

— Ahmad Baraath sera ici la semaine prochaine, pour le début des négociations ?

— Je crois qu'il est trop important pour participer à ce genre de choses. Les moudjahidines vont envoyer leurs subalternes. Baraath ne viendra qu'en janvier. Toutefois, vous aviez raison, ajouta Sorsa, sourcil dressé. Elle semble très intéressée par cet homme. »

~

Le lendemain, vibrant d'excitation, Charlie dit à Jack : « Pour elle, c'est l'occasion de liquider tous les chefs moudjahidines d'un coup. Assassinés dans une ruelle. Une agression qui a mal tourné. Ou quelque chose dans ce goût-là. Plus facile de les atteindre à Helsinki que dans la vallée du Panchir. »

Jack acquiesça.

« Nous devrions les dissuader de venir.

— Certes, mais j'ai réfléchi. Elle se méfierait. Or Sorsa est un bon informateur. Il ne faut pas l'expédier sur la touche.

— Nous parlons d'Ahmad Baraath. Sa disparition pourrait changer la physionomie de cette guerre. Je suis partisan de l'informer qu'il va tomber dans un piège. »

Charlie avait anticipé ce raisonnement. S'ils se contentaient de contrecarrer ce plan, Mary serait très contrariée, certes, mais elle resterait une femme libre. Conclusion, elle représenterait toujours une menace pour lui. « Fais en sorte que tout ça en vaille la peine », lui avait dit Maurice. Voilà pourquoi Charlie avait décidé de placer la barre un peu plus haut. Lui aussi aspirait à la liberté.

« Ça va bien au-delà de Baraath, expliqua-t-il. Il existe une guerre entre le Kremlin et le KGB, n'est-ce pas ? Si on les prend sur le fait, en train d'organiser leur propre programme d'éliminations, dans leur coin, cela pourrait fournir à Gorbatchev le prétexte dont il a besoin pour décapiter le KGB, une bonne fois pour toutes. On lui offrirait une couverture politique. Imaginez un peu les répercussions. »

Jack grimaça.

« C'est un gros "si".

— Limitons les risques, alors. En coupant la poire en deux. Les lieutenants de Baraath débarquent à Helsinki la semaine prochaine. Je les accueille. Non pas pour les mettre en garde, à proprement parler, mais pour leur suggérer de prendre des précautions. Et leur rappeler qu'on les protège. Car si jamais ce plan fonctionne, ils ne doivent pas croire qu'ils nous ont servi d'appâts. »

Après une brève hésitation, Jack hocha la tête. Très bien. Charlie avait l'autorisation d'accueillir les Afghans la semaine prochaine quand ils viendraient participer aux négociations avant les négociations. C'est seulement en rentrant chez lui qu'il prit conscience d'une chose : la semaine prochaine, c'était également Thanksgiving, date à laquelle il devait se rendre à New York.

Il avait formulé cette requête quelques mois plus tôt. Charlie n'avait pas vu sa fille depuis qu'elle et Helen étaient parties, en mai. Son désir de voir Amanda était sa principale motivation, mais il souhaitait également prouver à Helen, et à lui-même, qu'il avait changé. Il avait compris que cette séparation lui offrait l'occasion de repartir de zéro. Au cours de ces derniers mois, il avait fait des progrès. Quand il appelait Helen à New York, c'était souvent le soir là-bas, et il l'entendait préparer le repas. Ces bruits réconfortants l'incitaient à bavarder; il lui demandait comment se passaient ses cours du soir, ce qu'elle lisait, comment allaient ses sœurs. Peu à peu, Helen se lançait dans des réponses plus développées, elle retrouvait sa manière bien particulière de raconter une histoire, comme au bon vieux temps. La route serait longue pour retrouver sa confiance, mais Charlie sentait qu'il était sur la bonne voie.

Et donc, ce soir-là, Charlie décrocha son téléphone avec une boule au ventre. Quand il eut annoncé la mauvaise nouvelle à Helen, celle-ci demeura muette. Puis, dans un murmure teinté d'agressivité, elle dit : « Tu sais combien elle attend ce moment. Elle barre les jours sur le calendrier. Elle ne parle que de ça.

— Je suis sincèrement désolé, Helen. Je n'avais pas le choix.

— Mon cul. Évidemment que tu avais le choix. »

La violente réaction de Helen le prit au dépourvu. Et le remplit de colère lui aussi.

« Tu n'as aucune idée de ce que je dois gérer ici, répliqua-t-il.

— Réfléchis à ce que tu fais, Charlie. Réfléchis bien. On parle de ta fille. De ta famille.

— Il faut que je raccroche.

— Soit. Vas-y. Va vivre ta vie.

— Ne joue pas les enfants gâtées, Helen.

— Va te faire foutre, Charlie. »

Elle raccrocha. Il resta interdit. Son cœur cognait, le sang rugissait à ses oreilles. Qu'est-ce qui déconnait chez lui ? Son intention, au départ, était de se mettre à plat ventre, de s'excuser. C'était lui le fautif, il le savait. Il était tenté de rappeler Helen pour retirer tout ce qu'il venait de dire… Mais à quoi cela servirait-il ? Le problème, en définitive, ce n'était pas ce qu'il disait. C'était ce qu'il faisait, ou plutôt, ce qu'il ne faisait pas. Hormis changer ses plans et prendre l'avion pour New York, que pouvait-il bien faire pour se racheter ?

Soudain apparut l'ombre d'un doute. Et si l'occasion offerte par Sorsa était trop belle pour être vraie ? Il n'y avait qu'une seule personne avec qui il pouvait en parler. Alors, il reprit son téléphone, appela Maurice et lui demanda s'il pouvait venir à Helsinki.

Le lendemain, en ouvrant sa porte, il dit : « Tu es un véritable ami. Je suis désolé de t'obliger à faire ça. Entre, je vais tout t'expliquer pendant le dîner. »

Maurice accepta de l'accompagner dans leur planque le lendemain soir. Là, Charlie lui présenta Sorsa.

« Mon collègue est un spécialiste de l'Afghanistan, mentit-il. Il souhaiterait vous poser quelques questions. »

Des questions sans importance, destinées uniquement à permettre à Maurice de jauger leur informateur. Sorsa se montra désinvolte comme à son habitude, ce qui parut de bon augure à Charlie, mais comment en être sûr ? Après le départ de Sorsa, Charlie, maintenu dans l'expectative toute la soirée par le visage impassible de Maurice, se tourna vers son ami et demanda : « Alors ?

— Alors, répondit Maurice, il ne nous donne aucune raison de nous méfier de lui. Il ne fait pas semblant d'être autre chose que ce qu'il est. Attention, je ne suis pas en train de dire : j'ai confiance en lui. Mais je ne vois rien de louche. »

L'ombre du doute s'était envolée. Charlie les ramena à son domicile, rasséréné.

~

Une semaine plus tard, assis dans le hall de l'hôtel, Charlie consultait sa montre. Bientôt 19 heures. Les Afghans seraient ponctuels. Baraath avait la réputation de faire preuve de rigueur. Hacker était assis à côté de lui ; son genou tressautait nerveusement. C'était de loin la plus grosse opération qu'ils avaient jamais menée l'un et l'autre.

« Les voici », dit Charlie. Il était 18 h 59. « Allons-y. »

Deux hommes venaient de sortir de l'ascenseur. Un vieux et un jeune. Conformément aux instructions, les Afghans traversèrent le hall, entrèrent dans le restaurant de l'hôtel et franchirent les portes battantes des cuisines. Charlie et Hacker les suivirent en gardant leurs distances.

Dans la chambre froide, au milieu des plateaux d'œufs et des cageots de pommes, les quatre hommes échangèrent des poignées de main. Khalil, le plus âgé des deux Afghans, arborait une barbe épaisse et se tenait droit comme un I. L'autre, Awad, doté d'une pilosité moins fournie, était maigrichon. Leurs haleines produisaient des nuages de vapeur.

« Veuillez transmettre mes salutations au général Baraath, dit Charlie. Nous avons hâte de le recevoir au mois de janvier. »

Khalil répondit par un bref hochement de tête.

« Lui aussi est impatient.

— Je n'irai pas par quatre chemins. Nous savons vous et moi que les Russes n'ont pas réellement quitté l'Afghanistan. Quoi qu'en dise Moscou, ils continuent à participer aux combats. Mais grâce à vous, ils perdent cette guerre. »

Autre hochement de tête.

« Et comme vous le savez, poursuivit Charlie, il y a beaucoup de Russes ici, à Helsinki. Nous voulons être certains que le général Baraath prendra toutes les précautions nécessaires durant son séjour. Nous n'avons eu vent d'aucune menace directe, mais notre influence dans cette ville est limitée, et le général est un homme important. Si certaines personnes tentent de l'approcher de trop près, sous un prétexte quelconque... Vous comprenez ce que je veux dire ? »

Toujours le même petit signe de tête. Ces deux émissaires étaient des professionnels. Ils connaissaient leur Virgile sur le bout du doigt : « Méfiez-vous des Grecs qui apportent des cadeaux. »

Awad n'avait pas prononcé un seul mot durant cet entretien. Aux yeux de Charlie, ce n'était qu'un vulgaire garçon de courses, un grouillot qu'on avait emmené pour porter les bagages, tenir la porte et servir les cafés. Mais le lendemain, ce même Awad lui envoya un message pour solliciter un rendez-vous, en tête à tête. Quand Charlie entra dans la chambre froide, Awad déclara d'emblée : « À propos de ce que vous nous avez dit hier... Je pense que c'est un piège.

— Les négociations de paix ? »

Charlie fronça les sourcils. Il craignait par-dessus tout que les lieutenants de Baraath annulent ce déplacement.

« Non. Je parle de ces gens qui proposent de nous vendre des armes.

— Des armes ?

— Du gaz neurotoxique. Du sarin. Du gaz moutarde. Ça n'a aucun sens. Pourquoi ces gens nous vendraient-ils des armes ? Nous sommes leur ennemi. Mais si je dis ça, ils m'accuseront d'être naïf ! » Awad parlait à toute vitesse, visiblement terrorisé. « Ils me disent que nous devons faire tout ce qu'il faut pour gagner cette guerre. Je le sais. Mais ce sont des ennemis !

— Attendez un peu, dit Charlie. Pas si vite. Qui sont ces gens dont vous parlez ?

— Les Russes.

— Les Russes vendent des armes aux moudjahidines ? Ça n'a aucun sens.

— C'est ce que je viens de dire, non ? rétorqua Awad en se balançant sur la pointe des pieds. Pourtant, c'est la véritable raison de ce voyage en janvier ! On apporte l'argent, ils apportent les armes, et de retour au pays, on se sert de ces armes pour tuer des communistes. Mais eux-mêmes sont des communistes ! Pourquoi veulent-ils tuer encore plus de communistes ?

— Bonne question. » Charlie cogitait. « Ça veut donc dire que vous n'êtes pas ici pour préparer les négociations. Cette conférence n'est qu'un prétexte ? En fait, vous venez pour finaliser la vente d'armes. »

Awad confirma d'un hochement de tête.

« Avez-vous déjà rencontré les Russes depuis votre arrivée ?

— Nous avons vu cette femme hier, après vous avoir quittés.

— Votre contact est une femme ?

— Oui. »

~

Awad précisa les termes du contrat, finalisé par Khalil et Mary la veille au soir. L'échange se ferait à Särkkä, une petite île située à un kilomètre de la côte. Russes et Afghans s'y rendraient séparément, par bateau, dans la nuit du 12 janvier. Les deux parties viendraient armées, accompagnées de renforts. Baraath n'était pas idiot, il prendrait ses précautions. Mais Helsinki était le territoire de Mary. Charlie imaginait très clairement la scène : la neige blanche constellée de taches rouges, le bain de sang, la trahison. Voilà comment elle allait frapper. Cette information valait son pesant d'or. D'où le scepticisme de Jack.

« Vous êtes en train de me dire que ce type, cet Awad, a été pris de remords subitement ? Et qu'il a décidé de vous dévoiler, à vous, un Américain, l'existence de cette vente d'armes avec les Russes ? Franchement, je trouve ça louche.

— Parce que c'est louche, insista Charlie. L'idée que les Russes puissent vendre des armes chimiques aux moudjahidines est ridicule. Awad en est bien conscient. Il ne voulait pas m'en parler, mais je suis son dernier recours. Quand il a essayé de convaincre Khalil, celui-ci lui a ordonné de la fermer.

— Ce qui signifie que Khalil fait confiance aux Russes. Pourquoi ?

— Il lui fait confiance *à elle*. J'ai rencontré cette femme. Souvenez-vous, je vous en ai parlé. Elle avait essayé de me recruter. » Charlie avala sa salive pour combattre le picotement dans sa gorge. « Heureusement, j'ai vu clair dans son jeu. Mais elle sait se montrer extrêmement persuasive.

— Au point d'embobiner un chef moudjahidine ?

— Oui.

— Mais pas au point d'embobiner un agent de la CIA ? »

Charlie tiqua.

« Vous... » Il déglutit de nouveau. « Vous voulez dire... »

Un grand sourire fendit le visage de Jack.

« Ah, si vous voyiez votre tête ! Je vous taquine, Cole. Évidemment que vous êtes plus intelligent que ce Khalil. Vous croyez que je ferais confiance à un type qui débarque de son bled boueux, plutôt qu'à vous ? Toutefois, nous devons être absolument sûrs de notre coup. Supposons qu'on débarque là-bas le 12 janvier, et que ce piège nous soit destiné ? Qu'on soit les dindons de la farce ? Les révélations d'Awad ne suffisent pas. Je veux que vous obteniez une confirmation. Entendu ? »

Charlie aurait éclaté de rire s'il n'avait pas eu envie de pleurer. Mary était une professionnelle. Sa méthode était bien huilée. Il avait eu de la chance avec Sorsa. Encore plus avec Awad, mais quelles étaient les probabilités pour que la foudre frappe une troisième fois au même endroit ? Nulles.

Mary, prise la main dans le sac à Särkkä. Renvoyée à Moscou, humiliée. Enfermée dans les sous-sols de la Loubianka pour déloyauté envers le Kremlin. Exécutée même.

Et lui, enfin libre.

Allait-il réellement laisser passer cette occasion ?

~

« On peut y aller, déclara Charlie une semaine plus tard. Ma source, le politicien, a confirmé l'information. »

Jack haussa les sourcils.

« Vraiment ?

— Cette femme l'a chargé de soudoyer les douaniers du port. Et la police. Pour qu'ils ferment les yeux. Elle l'a mis dans une position où il participe activement à un assassinat. C'est ce qu'on appelle un *kompromat.* Elle a de quoi le maintenir en son pouvoir jusqu'à la fin de ses jours. »

Les mots sortaient facilement de sa bouche. Car même s'ils

n'étaient pas vrais, ils auraient pu l'être. Les renseignements fournis par Awad ne suffisaient pas aux yeux de Jack. Mais Jack était trop éloigné du terrain. Jack ne voyait pas que tout cela correspondait parfaitement à l'objectif de Mary. Jack ne pouvait pas comprendre. Charlie, si.

Ce n'était pas vraiment un mensonge. Plutôt une simple traduction.

SIXIÈME PARTIE

DU SANG SUR LA NEIGE

21

Maurice venait de lui raconter ce qui s'était passé à Särkkä. Et Amanda savait que cette île était au cœur de l'histoire. Toutefois, elle souhaitait revenir à un fait antérieur.

« Cette femme l'a abordé dans un supermarché, dit-elle. J'ai tout de suite compris. Toi aussi. Comment a-t-il fait, lui, pour ne pas comprendre ?

— C'est toujours le même problème, chère Amanda. Les gens voient ce qu'ils veulent voir.

— Quel égoïsme. »

Maurice ne dit rien. Sur un plan rationnel, Amanda avait deviné depuis longtemps que seul un fait abominable pouvait expliquer que le nom de son père figure sur cette feuille. Elle en avait déduit depuis longtemps que Charlie Cole avait mal agi. En outre, elle avait toujours su qu'il avait eu une liaison. Mais peut-être qu'une partie d'elle-même, la partie animale faite de chair et de sang, s'était accrochée à l'idée que cette liaison n'était rien de plus qu'une liaison. De la fumée sans feu. Une erreur sans conséquences.

« J'aurais dû le dénoncer, dit-elle d'un ton amer. Dès le départ. »

Amanda ignorait depuis le début de leur entretien l'assiette de biscuits au gingembre posée sur la table basse, mais elle finit par en prendre un. Puis un second.

Putain de merde, se dit-elle. *Mon père est un espion russe.* Dans cette guerre au quotidien entre la Russie et l'Amérique – une guerre dans tous les sens du terme, sauf militaire ; une guerre qui n'avait jamais cessé –, son père et elle se battaient dans deux camps différents. Comment pouvait-elle continuer à vivre normalement en sachant cela, nom de Dieu ?

Comme s'il lisait dans ses pensées, Maurice dit : « Je pense que ça s'est arrêté à Särkkä. »

Amanda leva les yeux.

« Tu crois qu'il ne travaille plus pour eux ?

— Ton père a changé. J'ai été témoin de ce changement au fil des ans. Il n'est plus le même homme.

— Mais tu ne peux pas l'affirmer.

— Exact. Hélas, il n'y a qu'une seule personne qui connaît la vérité. Alors, il serait peut-être intéressant d'écouter ce que cet homme a à dire. Et pour lui, il serait peut-être bon de te parler dans le cadre de tes fonctions.

— Dans ce cas, je ferais bien de me procurer un gilet pare-balles. » Voyant une ombre balayer le visage de Maurice, elle s'empressa d'ajouter : « Je plaisante !

— Justement, à ce propos. Avant de lui parler, tu devrais peut-être prendre… quelques précautions.

— Quel genre ?

— Il sait qui est ta source au sein du GRU.

— Hein ? Attends voir…

— Le dénommé Semonov. J'ai des raisons de penser que cet homme est en danger, mais peut-être que… »

Amanda se leva d'un bond.

« Nom de Dieu !

— … tu devrais envisager de mettre ton informateur à l'abri avant de parler à ton père.

— Pourquoi tu me dis ça seulement maintenant ? »

Elle se saisit de son sac à main, de son manteau, et se rua vers la porte.

~

Elle fonça récupérer sa valise chez sa mère, après quoi elle fila à l'aéroport, où elle prit le premier avion pour Rome. Sur un plan purement intellectuel, elle comprenait la double allégeance de Maurice : son affection pour Amanda d'une part et pour Charlie d'autre part l'obligeait à marcher sur un fil. Mais émotionnellement, elle était furieuse. La vie d'un homme était menacée. Certes, Semonov avait accepté de jouer à un jeu dangereux. Mais pas à ce jeu-là.

Le lendemain, de retour au poste de Rome, elle consulta les télégrammes les plus récents en provenance de Moscou, ceux où figurait le nom de Semonov codé. Elle voulait savoir si Adrian, leur agent sur place, avait signalé des problèmes. Une extraction était une opération de dernier recours. Car si quelque chose tournait mal, tout le monde se retrouverait dans une prison russe. Amanda secoua la tête. Leurs relations diplomatiques avec la Russie étaient, pour employer un euphémisme, tendues. Et elles ne feraient qu'empirer à cause des sanctions qui se profilaient.

Mais le télégramme envoyé la semaine précédente ne laissait aucun doute quant à l'attitude à adopter : *Le contact n'avait pas de nouvelles informations à nous fournir. Il dit ne pas avoir vu Tweedledee et Tweedledum depuis trois semaines, mais estime qu'il n'y a pas de raison de s'inquiéter. Il suppose qu'ils sont partis en mission.*

~

Särkkä, lieu de l'échange, faisait partie du chapelet de petites îles qui constituaient la vieille forteresse de Suomenlinna. Cette construction datait du XVIIIe siècle, quand la Finlande appartenait à la Suède, qui voulait protéger le port des attaques venant de l'immensité de la mer Baltique, et notamment de la Russie voisine.

Hacker rappela cette histoire à Charlie alors qu'ils progressaient non sans mal dans la neige qui montait jusqu'aux genoux. Il conclut : « Je me demande si les Russes ont choisi cet endroit pour cette raison. »

En cette soirée de janvier, Charlie et lui effectuaient leur dernière reconnaissance de l'île. Hacker s'accroupit pour examiner une ouverture ménagée dans la muraille.

« Ils devaient sortir leurs mousquets par là. Cool, non ? »

Charlie frissonna.

« Allons-y. On se gèle. »

À l'endroit le plus large, l'île de Särkkä mesurait moins de trois cents mètres. Il y avait, sur la côte ouest, un ponton en bois où, en été, le ferry débarquait et embarquait les touristes. D'après Awad, c'était là que les Russes attendraient les Afghans pour réaliser la transaction. Ensuite, les Afghans les suivraient sur le sentier, passeraient sous l'arche découpée dans la muraille et pénétreraient dans l'enceinte de la forteresse, à l'abri des regards, au cas où un bateau croiserait à proximité. Les Russes sortiraient alors une malle contenant le gaz neurotoxique. Si tout était en règle, les Afghans leur remettraient plusieurs valises contenant de l'argent liquide. Tout ce petit monde regagnerait ensuite le ponton. Les Russes ouvriraient la marche et quitteraient l'île les premiers. Cette chorégraphie avait sans doute été réglée par Baraath. Ainsi, à aucun moment lors de la transaction, il ne serait obligé de tourner le dos aux Russes.

Le KGB serait persuadé d'agir en toute discrétion. Charlie avait suggéré que des micros soient cachés dans les murailles de la forteresse. Le chef de la police d'Helsinki, un nommé Seppanen, et ses hommes seraient dissimulés en divers endroits de l'île, prêts à intervenir. Charlie estimait qu'ils devaient attendre la toute dernière seconde. Le but, avait-il rappelé à Jack, n'était pas uniquement de procéder à des arrestations, mais de fournir au Kremlin des preuves concrètes de la trahison du KGB.

À mesure que le jour fatidique approchait, Charlie fut plusieurs fois assailli par le doute : pouvait-il faire confiance à Awad ? La police d'Helsinki avait la réputation d'être une usine à fuites. Mais dans l'ensemble, il restait calme. Car il était certain, absolument certain, d'avoir vu juste.

Le lundi soir, quelques jours avant l'arrivée de la délégation afghane, Sorsa afficha son optimisme lui aussi, convaincu que ces négociations pourraient véritablement déboucher sur la paix. Et qu'ils pourraient véritablement parvenir à un accord entre les moudjahidines et l'armée communiste afghane. Charlie, qui savait à quoi s'en tenir, ne put s'empêcher d'ironiser.

« Oh, je vois, dit Sorsa. Vous ne pouvez pas imaginer que je souhaite la réussite de ces négociations. Vous pensez que j'agis par pur égoïsme. Eh bien, sachez que je suis à la fois égoïste et altruiste.

— Vous n'êtes même pas à l'origine de ces pourparlers.

— Peu importe. La paix est une bonne chose. Je vous trouve cynique. Ce n'est pas parce que l'idée vient d'elle que c'est une mauvaise idée. »

~

À Rome, Amanda s'empressa d'envoyer un télégramme à Adrian. Elle avait de bonnes raisons de croire que leur informateur était en danger. Il fallait enclencher l'extraction.

À partir de là, tout alla très vite. Ils avaient élaboré le plan des mois plus tôt. Elle passa quelques appels. Adrian transmit le message à Semonov. Cinq jours plus tard, Amanda et Bram s'envolèrent pour Helsinki.

Sur place, ils louèrent un bateau pour la semaine. C'était leur lune de miel, expliqua Amanda au propriétaire, avec un grand sourire. Ils avaient prévu de camper sur les îles qui bordaient la capitale. Le propriétaire, en bon Finlandais, avait l'esprit pratique, et il se montra très préoccupé par le niveau de préparation du couple. Savaient-ils qu'ils devaient éviter les eaux territoriales russes ? Car la marine soviétique était très pointilleuse et n'appréciait pas les touristes indisciplinés.

C'était la première semaine de mai. À cette époque de l'année, sous cette latitude, les nuits étaient courtes. Leur destination se trouvait à cinq heures de navigation d'Helsinki et les quelques heures d'obscurité ne suffiraient pas à effectuer l'aller-retour. Au crépuscule, ils chargèrent à bord du bateau leur tente et leurs sacs de couchage, leur trousse de premiers secours et leur réchaud à gaz, et suffisamment de provisions pour au moins une semaine. Si jamais quelqu'un les arrêtait et les interrogeait, ils ne voulaient pas que l'absence de vivres fiche en l'air leur couverture.

Aux commandes, Bram quitta le ponton et sortit du port en prenant soin de ne pas attirer l'attention. Dès qu'ils furent au large, il lança à Amanda : « Prête ? »

Celle-ci jeta un coup d'œil par-dessus son épaule. Derrière elle scintillaient les lumières de l'île de Särkkä, si proche qu'elle en frissonna.

« Prête », répondit-elle en affichant une assurance qu'elle était loin de ressentir.

~

Le vendredi matin, assis dans le hall de l'hôtel, Charlie feuilletait un journal quand un groupe d'hommes sortit de l'ascenseur. En dépit de leurs tenues quasi identiques (vestes vertes, pantalons kaki et bérets *pakol* en laine), on voyait immédiatement qui était le chef. Le général Baraath avait une démarche chaloupée et décontractée qui lui permettait de soulager sa jambe gauche, touchée par une balle durant des combats dans la province de Takhâr. Alors qu'ils traversaient le hall, Baraath s'adressa à Khalil.

La sécurité du général n'était guère menacée en ville, entouré comme il le serait par un contingent de soldats armés. Le point faible, c'était Särkkä, où il serait accompagné uniquement de Khalil et d'Awad.

Quelques heures plus tard, peu avant minuit, les Américains et les Finlandais étaient rassemblés à l'intérieur de la forteresse : une vingtaine d'agents de la police d'Helsinki, plus Hacker et Charlie. Seppanen lâcherait ses hommes seulement lorsque Charlie lui donnerait le feu vert.

« Mes hommes sont en première ligne, maugréa Seppanen pour la énième fois. Pourtant, c'est vous, les Américains, qui prenez les décisions. Franchement, vous trouvez ça juste ?

— Sans nous, vous vous retrouveriez avec un carnage sur les bras, rétorqua Charlie. Vous devriez enquêter sur un paquet de meurtres et affronter un tollé international. »

Sans cesser de grommeler, le chef de la police s'approcha de la fenêtre et observa la cour en écartant le rideau occultant.

Hacker murmura : « Peut-être que vous devriez être un peu indulgent avec lui. Il est nerveux. »

Charlie consulta sa montre une fois de plus. Encore cinq minutes avant l'arrivée des Russes. Dix minutes avant l'arrivée des Afghans. Il était gêné par le poids et l'encombrement de son gilet pare-balles. Cela faisait combien de temps qu'il n'en avait pas porté ? Seize ans ? Il avait pris des cours de tir pour se remettre à niveau, mais leur utilité demeurait limitée. Une petite appréhension de dernière minute. Il regarda Hacker avec envie. Il était tellement plus jeune, et de ce fait, beaucoup plus proche de cette fontaine de courage un peu stupide, qui vous persuadait que cette mission était une bonne idée.

La radio grésilla.

« Les Grecs arrivent, annonça une voix.

— Bien reçu », répondit Charlie.

Ils avaient établi leur QG dans un restaurant fermé pour la saison, à l'intérieur de la forteresse. Chaises empilées le long des murs, des draps sur les tables, une collection d'armes et de matériel audio-vidéo. Un peu plus tôt dans la soirée, les Américains et les Finlandais avaient débarqué sur la côte est de l'île et rejoint la forteresse par-derrière, afin de ne pas être trahis par leurs empreintes de pas. Les Russes et les Afghans arriveraient par l'ouest, sans se douter qu'ils étaient attendus.

Quelques minutes plus tard, une autre voix se fit entendre, venue du ponton cette fois.

La première voix, celle venue du continent, répondit : « Les Troyens sont en route. »

« Si les Russes sont les Grecs et les Afghans les Troyens, qu'est-ce que je suis, moi ? Cassandre ? avait demandé Charlie quand Jack leur avait révélé les noms de code de l'opération. Vous oubliez une chose essentielle : les Troyens n'ont pas écouté Cassandre. »

De nouveau, la seconde voix : « Les Troyens ont débarqué.

— Combien ? interrogea Charlie.

— Six Grecs, trois Troyens. Ils gravissent le sentier. »

Charlie s'approcha à son tour de la fenêtre. Il les entendit avant de les voir : les micros captaient les bruits de leurs pas sur la neige gelée dans la cour.

~

Amanda et Bram mirent le cap à l'est et s'enfoncèrent dans les profondeurs du golfe de Finlande, puis dans les eaux territoriales russes. Après plusieurs heures de navigation, ils approchèrent d'un endroit peu peuplé, baptisé Primorsk. Cette côte forestière avait changé de mains très souvent, entre la Russie et la Finlande. En face se trouvait une île fortement boisée elle aussi, aux rivages rocailleux. C'est là qu'ils établiraient leur campement pour la nuit.

Bram coupa le moteur et laissa les vagues pousser l'embarcation jusqu'à terre. Ils sautèrent par-dessus bord et la traînèrent sur le rivage où ils la recouvrirent d'un filet de camouflage, auquel ils accrochèrent des branches de sapin.

Bram désigna la ligne des arbres. Sans un mot. Amanda hocha la tête. Ils hissèrent leurs sacs à dos sur leurs épaules et se mirent en marche. Dans la forêt, l'obscurité était totale. À mesure qu'ils s'y enfonçaient, leurs yeux s'habituaient et ils bénirent cette végétation dense qui les protégeait du monde extérieur. Quand ils atteignirent une petite clairière, Bram s'arrêta et demanda : « Qu'est-ce que vous en pensez ? »

Ils plantèrent leur tente et déroulèrent leurs sacs de couchage. Bram proposa de prendre le premier quart, mais Amanda refusa.

« Je n'arriverai pas à dormir, dit-elle. Alors, autant que je reste debout. »

Elle promit de réveiller Bram dans quatre heures. Quelques minutes plus tard, elle l'entendait ronfler.

~

À une vingtaine de kilomètres de la côte, dans un petit village russe baptisé Zelenaya Roshcha, Konstantin Semonov était réveillé depuis au moins une heure. Chiara, elle, dormait encore, indifférente à l'aube. Il songea que c'était le dernier matin de sa vie où il se réveillait en Russie, le dernier matin de sa vie où il entendait chanter les oiseaux de son pays natal.

Quelques jours plus tôt, à Moscou, alors qu'il se rendait à son travail, il avait remarqué une femme de l'autre côté de la rue. Assise sur un banc, vêtue d'un ciré jaune, elle tenait en laisse un petit chien blanc. Il sut immédiatement ce que cela signifiait. Au cours de ces huit derniers mois, il avait souvent prié pour qu'apparaisse cette femme, avec son ciré jaune et son chien blanc, symbole de sa liberté imminente. Maintenant que le moment était venu, il éprouvait des sentiments contradictoires. Il comprenait soudain que le travail qu'il effectuait était important. Il ripostait, il se vengeait du tort qu'on lui avait fait : cela lui donnait un but. Et il prenait conscience à cet instant de tout ce qu'il allait perdre.

Ce soir-là, de retour chez lui, après avoir poussé au maximum le son de la télé, il avoua la vérité à Chiara, en parlant tout bas. Elle ne paraissait pas réellement surprise. Peut-être savait-elle depuis le début, songea-t-il. Elle pressa la main de son mari dans la sienne et répondit : « Dis-moi juste ce qu'on doit faire. »

Ils remplirent leurs plus petites valises, juste de quoi partir en week-end. Le lendemain, le train les conduisit de Moscou à Saint-Pétersbourg. Là, ils louèrent une voiture pour prendre la direction de l'ouest. Après quelques heures de route, ils atteignirent le village de Zelenaya Roshcha qui accueillait un vieux complexe touristique délabré de l'ère soviétique : quelques cabanes en bois disséminées au milieu des grands sapins. La literie sentait le moisi, il n'y avait pas d'eau chaude et les repas, servis dans la cabane principale, laissaient à désirer, au mieux. En ce vendredi soir, il n'y avait qu'une seule autre famille au dîner : la mère, le père et deux jeunes garçons. Apparemment, les autres cabanes étaient inoccupées. Semonov poussa intérieurement un soupir de soulagement.

Le samedi matin, couché dans son lit, il essaya de savourer cet instant, en écoutant les oiseaux qui saluaient ce jour nouveau. Depuis sa jeunesse, il n'avait plus ressenti ce sentiment que tout était possible, cette foi conquérante dans tout ce que le monde avait à offrir.

~

« Vous croyez au karma ? » demanda finalement Amanda, brisant ainsi le silence.

Bram avait passé presque toute la journée à lire. Amanda avait passé presque toute la journée à scruter la forêt. Elle cherchait désespérément quelque chose à dire. En vain. Maintenant que le crépuscule approchait, ils démontaient le camp.

Bram la regarda d'un drôle d'air.

« Je ne vous imaginais pas en hippie.

— C'est juste que… »

Elle n'acheva pas sa phrase. Impossible de préciser le sens de sa question sans raconter l'histoire dans sa totalité. De plus, le mot « karma » n'était pas le bon. C'était plutôt l'impression que le temps se repliait sur lui-même, une sensation étrange qui l'habitait depuis qu'ils avaient traversé le port d'Helsinki. Des dizaines d'années plus tôt, sur une autre île du golfe de Finlande, son père avait tout misé sur une seule opération, comme elle s'apprêtait à le faire. Avec quel résultat ? « Un désastre, avait dit Maurice. Un bain de sang. » Elle n'était pas assez bête pour penser que Charlie avait souhaité cette issue. Chacun croit être le héros de l'histoire. Charlie avait essayé, véritablement, d'arranger les choses. Il avait suivi son instinct. Mais c'était un être humain, affecté par les faiblesses humaines.

« *Yo*, dit Bram. Qu'est-ce qui se passe dans votre tête ?

— Je crois que je flippe, murmura Amanda.

— Vous préférez rester ici ? On peut se retrouver ensuite.

— Hein ? Non. Impossible.

— Bien sûr que si. Des extractions, j'en ai réalisé un paquet. Et celle-ci est un jeu d'enfant. Sans vouloir vous vexer.

— Non, ça ne marchera pas sans moi. Semonov ne vous connaît pas.

— Et alors ? Ce n'est pas comme s'il s'attendait à vous voir. Ce n'était pas prévu. C'est vous qui avez insisté pour participer à l'opération. Vous pouvez encore vous retirer. »

Était-elle prête à accepter la proposition de Bram ? Et à se retirer ? Son implication conduirait-elle à un nouveau drame, un nouveau bain de sang, une répétition des mêmes erreurs ?

« Ah, putain. Je ne sais pas !

— Dans ce cas, je vais décider à votre place, d'accord ? Ressaisissez-vous, Cole. Et en route. »

~

Cette nuit-là, sur l'île de Särkkä, les Russes entrèrent les premiers dans la cour de la forteresse. Ils étaient six au total : cinq hommes plus Mary. Deux d'entre eux portaient une lourde malle en métal, qu'ils étaient obligés de soulever à cause de l'épaisse couche de neige. Mary désigna un endroit à l'autre extrémité de la cour. Le ciel était dégagé. La neige reflétait l'éclat de la lune presque pleine. Les Afghans apparurent à leur tour. Baraath marchait en tête, suivi de Khalil et d'Awad.

Ce dernier ne cessait de regarder par-dessus son épaule, en direction du ponton. Il était assez intelligent pour savoir que quelque chose résulterait de sa conversation avec Charlie : une intervention des Américains, sous une forme ou une autre.

Les Afghans s'arrêtèrent, tournant le dos aux fenêtres masquées derrière lesquelles les Américains et les Finlandais les observaient.

Mary tendit la main.

« Général Baraath. »

Celui-ci lui serra la main, calme et néanmoins déconcerté.

« Je me targue d'avoir beaucoup d'imagination, et malgré cela, je n'aurais jamais pu concevoir cette rencontre. »

Mary lui fit signe d'avancer. Il s'exécuta et souleva le couvercle de la malle. Awad s'approcha à son tour pour promener un instrument au-dessus du contenu.

« Un spectromètre, expliqua Baraath. Vous comprenez cette précaution. »

Mary baissa la tête.

Quelques secondes plus tard, le spectromètre émit un gazouillis.

À l'intérieur du restaurant, Seppanen glissa à l'oreille de Charlie : « Qu'est-ce que ça signifie ? Vous avez promis qu'il n'y aurait pas de véritable transaction. Vous disiez que la malle serait vide.

— Je n'ai jamais rien promis.

— Si jamais mes hommes se trouvent exposés à cet agent neurotoxique…

— Ne vous inquiétez pas. C'est tactique. Elle cherche à les rassurer. »

À l'extérieur, Baraath adressa un signe de tête à Khalil et à Awad, qui tenaient chacun un sac de voyage. Ils s'avancèrent et les tendirent aux Russes. Mary ouvrit les fermetures Éclair, jeta un rapide coup d'œil à l'intérieur et les referma.

« Vous ne comptez pas l'argent ? demanda malicieusement Baraath.

— Je sais que vous êtes un homme de parole.

— J'ai honte de ne pas pouvoir vous retourner le compliment. »

Mary esquissa un sourire.

« Vous courez un plus gros risque que nous. »

Toujours ce petit ton narquois. Elle jouait avec sa proie avant la mise à mort. On y était ! D'une seconde à l'autre, elle allait frapper.

« Hacker, murmura Charlie. Tu as entendu ? »

Celui-ci s'était posté devant la fenêtre voisine. Il pointait l'objectif de son appareil photo dans l'interstice entre les rideaux. Le spectromètre, les sacs remplis de billets de banque. Grâce aux appareils photo et aux micros, ils avaient suffisamment de preuves de la trahison du KGB. Les Américains pourraient montrer à Gorbatchev ce qui se passait dans son dos. Conscient de cette réalité, Seppanen souffla à l'oreille de Charlie, littéralement : « C'est le moment. Vous avez ce que vous vouliez.

— Hacker », répéta Charlie, tout bas. C'était à lui qu'incombait la responsabilité d'envoyer les forces de police, de procéder aux arrestations et de mettre fin à cette scène nocturne. Mais quelque chose le tracassait. Quelque chose clochait. Et son équipier le sentait lui aussi. « Hacker, que se passe-t-il ? »

Celui-ci continuait à regarder dehors. Aux aguets, les nerfs à vif : un chien qui flaire un orage.

« On s'est trompés, dit-il. Elle ne va pas le tuer. »

~

Le samedi soir, Semonov et Chiara dînèrent dans la cabane principale du complexe touristique miteux de bord de mer. Semonov ne cessait d'observer l'autre famille. C'était de la folie, il le savait, d'imaginer que les services de contre-espionnage du GRU aient pu le suivre jusque dans ce village perdu. Plus fou encore de penser qu'ils avaient recruté cette fausse famille pour donner le change. Ce n'était pas leur genre : s'ils le surveillaient, ils voudraient qu'il le sache, au contraire. Chiara percevait sa nervosité. Elle lui tapota la main pour le rassurer.

Après le dîner, ils regagnèrent leur cabane. Semonov avait demandé la plus proche de l'eau, à l'extrémité de la propriété. Dans quelques heures, un bateau viendrait les chercher pour les emmener loin d'ici. Se pouvait-il que ce soit aussi facile ? Dans l'obscurité silencieuse, Chiara et lui sortiraient de la cabane, en laissant derrière eux leurs portefeuilles, leurs téléphones, leurs passeports, leurs valises, tout ce qui pouvait trahir leur nationalité russe.

Pour tuer le temps, ils jouèrent aux cartes. Semonov regardait sa montre toutes les deux minutes. Un peu avant 23 heures, il adressa un signe de tête à Chiara. Ils se levèrent, enfilèrent leurs bottes, leurs anoraks et leurs bonnets. On leur avait recommandé de s'habiller chaudement pour la traversée.

Ils descendirent jusqu'à la plage et longèrent le rivage. À moins d'un kilomètre de la propriété, il y avait une petite crique. Une fine bande de sable séparait les sapins de l'eau. Ils s'arrêtèrent à cet endroit, le dos aux arbres, et ils attendirent, attendirent. Semonov avait les mains moites, la poitrine comprimée, la gorge serrée.

Soudain, il perçut le grognement rauque d'un moteur. Apparut alors un bateau, étonnamment petit. Une modeste embarcation en aluminium dotée d'un moteur hors-bord, qui ne semblait pas capable de les emmener bien loin. Deux personnes se trouvaient à bord, une grande et une petite. Il plissa les paupières. Était-ce bien… ?

« Madame Clarkson ! » chuchota-t-il en lui adressant un geste de la main. Il n'osait pas crier. « C'est vous ! »

Elle lui rendit son geste. Puis elle sauta dans l'eau et pataugea jusqu'au rivage. Elle ressemblait à une enfant dans son poncho trop large. Semonov éprouva à cet instant une immense tendresse pour cet étrange petit bout de femme. Ils s'étreignirent. Sans un mot, elle leur fit signe de la suivre jusqu'au bateau.

~

Quand Amanda étreignit Semonov, l'odeur de la peur qui suintait de sa peau lui chatouilla les narines. Elle avait eu raison de venir. Elle avait fait le bon choix. Plus que jamais, Semonov avait besoin à cet instant de voir un visage familier pour être rassuré.

Cette constatation aida Amanda à retrouver son calme. Tout allait bien. Ils y étaient presque. *Je ne suis pas comme mon père*, pensa-t-elle en conduisant Semonov et Chiara vers l'embarcation. *Mon histoire ne se termine pas de la même façon.*

22

Hacker, posté à la fenêtre, contemplait la cour enneigée.

« Elle ne va pas le tuer.

— Quoi ? fit Charlie.

— Regarde-les. »

À l'autre extrémité de la cour, les Russes, après avoir hissé sur leurs épaules les deux sacs de sport, repartaient vers l'arche. Charlie tressaillit. *Non. Non !* Mary voulait tuer Ahmad Baraath. Il le savait. Il avait bâti sa rédemption sur ce postulat.

Mais les trois Afghans, sains et saufs, regardaient les Russes s'éloigner.

« Ça se voit, ajouta Hacker. Elle le respecte. »

Du respect. Voilà donc pourquoi Mary lui avait paru différente.

Dans la cour de la forteresse, Baraath se tourna vers Khalil. Les micros captèrent leur échange en pachto. Khalil s'emporta. Il essayait manifestement de le dissuader de faire quelque chose. Mais juste avant que les Russes atteignent l'arche découpée dans la muraille, Baraath leur cria : « Attendez, s'il vous plaît ! J'ai une question à vous poser. »

Seppanen avait presque la bave aux lèvres. Hacker lui fit face.

« Il a raison, chef. Il faut intervenir maintenant. On ne peut plus attendre. »

Charlie le fit taire d'un geste. Dès que la police envahirait la cour, ce serait terminé. La véritable motivation de Mary lui échapperait. Or il avait besoin de savoir s'il avait vu juste.

Dehors, Mary se retourna. Elle affichait un sourire serein. Elle dit : « Vous vous demandez pour quelle raison nous avons accepté cette transaction.

— Nous sommes des ennemis de longue date. Vous auriez pu vendre ces armes à Najibullah et ses hommes. Mes proches m'ont dit... Quelle est cette expression, déjà ? "À cheval donné, on ne regarde pas les dents." Pour eux, il existe certainement une explication simple. Nous sommes sans doute prêts à payer plus cher que Najibullah. Mais je n'y crois pas. » Ses yeux pétillaient. « À mon avis, vous jouez sur les deux tableaux. Je me trompe ? »

Le sourire de Mary s'effaça. Les Russes postés derrière elle, des gros bras qui ne parlaient pas anglais, échangèrent des regards interloqués.

« En vérité, nous avons une source au sein de l'armée communiste, poursuivit Baraath. Et cette personne a eu vent de rumeurs selon lesquelles Najibullah s'est procuré récemment le même gaz neurotoxique.

— Il l'a peut-être volé.

— Peut-être. Mais je n'y crois pas.

— La vérité, général Baraath, c'est que cette guerre est la vôtre désormais. Ce n'est plus la nôtre. Dès lors, il s'agit d'une simple transaction commerciale. »

Baraath émit un ricanement.

« Oh, non. Je pense que vous ne vous intéressez pas à notre argent. J'ai une théorie. Vous faites cela pour semer le chaos. Pour que les combats deviennent encore plus sanglants. Que les deux camps se massacrent. Vous voulez nous affaiblir. Un Afghanistan faible est un Afghanistan utile. »

Mary recula d'un demi-pas. Aussitôt, un des Russes porta la main à sa ceinture. Le métal sombre de son arme luisait au clair de lune.

Baraath leva les bras.

« Stop. Je suis un homme de parole, comme vous l'avez dit. Nous avons accepté cette… transaction commerciale. » Il ricana de nouveau. « J'avais envie de connaître vos motivations, voilà tout. Je ne suis pas là pour juger. »

D'un ton crispé, Mary répondit : « Vous êtes libre de croire ce que vous voulez.

— Vous n'avez pas peur, n'est-ce pas ? Nous n'avons pas l'intention de vous faire du mal. »

Soudain, un éclair illumina les yeux de Mary. Son regard se durcit.

En une fraction de seconde, Charlie entrevit ce qui allait se passer.

« Merde ! » Il se retourna vivement. « Merde, merde. Allons-y, Seppanen. On intervient. Maintenant ! »

« Peut-être que vous ne savez plus compter, rétorqua Mary, habitée soudain par une fierté mâtinée de fureur. Pardonnez-moi, général Baraath, mais… vous croyez vraiment que vous pourriez nous faire du mal ? De quelle manière ? Vous ne voyez donc pas que nous sommes plus nombreux ? »

Des parasites et des braillements jaillirent de la radio lorsque Seppanen lança des ordres à ses hommes.

Mary regarda par-dessus son épaule. À son signal, les Russes dégainèrent leurs armes.

Mais Baraath avait toujours les bras levés, et il souriait.

« Sauf si on compte les Américains, dit-il. Et étant donné qu'ils sont ici pour vous, je vous suggère de les compter. »

~

Chiara et Semonov étaient montés à bord du canot à moteur. Amanda pataugeait encore dans l'eau lorsqu'un cri retentit dans son dos.

Elle avait l'habitude de ces instants où la terreur pouvait prendre le pas sur tout le reste, quand vous êtes tenté par la paralysie. Mais si vous vous êtes entraîné suffisamment, si vous avez assez de sang-froid pour affronter ce moment passager, la mémoire musculaire reprend le dessus.

Bram et Amanda échangèrent un regard muet. L'un et l'autre connaissaient parfaitement la conduite à adopter.

Tournant le dos à la forêt, Amanda leva les bras, le plus haut possible. Bram l'imita. Ils attendirent une seconde, deux secondes, trois secondes et, avec une synchronisation parfaite, ils passèrent à l'action.

Bram plaqua Chiara et Semonov au fond de l'embarcation. Amanda dégaina son pistolet et fit volte-face. L'homme sur la plage pointait déjà son arme sur elle, mais elle fut plus rapide. Elle l'atteignit à l'épaule.

Pendant qu'il reculait en titubant, Amanda se rua vers lui et le plaqua aux jambes. À genoux sur son dos, elle lui enfonça la tête dans le sable. Bram se tenait juste derrière elle, son arme braquée en direction des arbres. Il avait repéré un mouvement dans les bois. Il cria, en russe : « Si vous bougez, je tire ! »

Un autre coup de feu claqua, suivi d'un cri étranglé. C'était une voix aiguë, une voix de femme. L'homme immobilisé sous Amanda se débattait. Il était grand et fort, et elle n'était pas assez lourde pour le maintenir au sol.

« Bram ! cria-t-elle. Bram ! »

Hélas, Bram s'était déjà engouffré dans les bois, où il luttait contre une autre personne. *Tu as un flingue*, se dit-elle, tandis qu'elle se démenait pour maîtriser l'homme blessé. *Utilise-le, idiote!* Une balle dans la tête et on n'en parlait plus. Cela aussi, ça faisait partie de l'entraînement. Mais l'homme parlait en russe, une langue que comprenait Amanda. Il hurlait : « Si vous lui faites du mal, je vous tue! »

C'était un couple, comprit-elle. Elle avait entendu parler de ces duos homme-femme, mortels, de l'Unité 29155. Des mariages bidon, qui parfois donnaient naissance à de l'amour, voire à des enfants. Manifestement, cet homme était amoureux de sa collègue, ou du moins, il tenait à elle. L'angoisse contenue dans sa voix, la hargne avec laquelle il se débattait en apportaient la preuve.

« Taisez-vous! » hurla Amanda, d'une voix empreinte du même désespoir car plus il parlait, plus ce serait difficile. « Fermez-la! Arrêtez de parler! »

~

Tout se déroula en même temps. Charlie, Hacker et Seppanen jaillirent du restaurant. La police envahit la cour de la forteresse. Mary glissa la main à l'intérieur de son manteau pour sortir une arme.

Qu'elle pointa sur Baraath, les yeux étincelants de haine. Elle respectait cet homme, elle lui avait fait confiance, et voilà comment il la récompensait? En la livrant aux Américains? Elle avança à grandes enjambées, sans se soucier des projectiles qui fusaient, en pressant la détente à chaque pas. Baraath se baissa et fit un bond sur le côté. La muraille se dressait juste derrière lui. Mary continuait de se rapprocher. Ce n'était plus qu'une affaire de quelques secondes avant que…

Soudain, elle tournoya comme une toupie, en reculant, une

main plaquée sur son épaule. Là où une balle l'avait atteinte. Elle pivota sur elle-même. Hacker lui faisait face, arme au poing. Charlie le suivait, quelques mètres plus loin.

En le voyant, elle comprit. Tout s'emboîtait. Charlie Cole : le responsable de cette trahison. Le visage déformé par la douleur, Mary fit passer son arme dans sa main gauche. Avec une effroyable agilité d'ambidextre, elle pointa le canon sur lui. Charlie était paralysé. L'air glacé brûlait ses poumons. Des corps gisaient autour de lui. Des taches rouges éclaboussaient la neige. *Et voilà, c'est la fin.*

Mais il vit Mary se retourner vers Baraath, seule cible digne de son respect. Et tirer. *Bang.* Encore un pas en avant. *Bang.* Le prochain tir ne raterait pas sa cible. Au moment où elle pressait la détente encore une fois, Awad se précipita pour venir se placer devant son commandant.

Bang. Le corps d'adolescent maigre d'Awad se replia sur lui-même. *Bang.* Il tomba à genoux, en chancelant, les yeux déjà vitreux. Derrière lui, Baraath et Khalil étaient dos au mur, littéralement. Dans la ligne de mire de Mary.

« Hé ! s'écria Hacker en fonçant vers elle. MARY ! »

Elle tourna la tête en entendant son nom. Une brève hésitation, mais suffisante. Khalil en profita pour bondir devant Baraath, en dégainant son arme. Quand Mary se retourna vers eux, il fit feu.

Elle bascula vers l'avant en se tenant le ventre et lança des paroles qui se perdirent dans le chaos. Khalil et Baraath se précipitèrent vers l'arche qui menait à la sortie de la forteresse. En soldats aguerris, ils zigzaguaient entre les volées de projectiles. Quelques secondes plus tard, ils avaient disparu.

Quand Mary se releva, son expression trahissait la folie. Et Charlie était là, dans son viseur.

~

Elle en était incapable. Alors, Amanda se contenta de lui tirer une balle dans le genou. L'homme hurla de douleur. Bram ressortit du bois, en poussant devant lui la femme dont il immobilisait les mains dans son dos. Il la projeta à terre, à côté de son équipier. Le souffle court, Bram dit : « Ils peuvent nous identifier.

— Il fait nuit. Ils n'ont pas bien vu nos visages.

— Peu importe. Trop risqué. Si on leur laisse la vie sauve, les Russes sauront précisément ce qui s'est passé cette nuit.

— Vous croyez que s'ils découvrent les deux corps, ils ne feront pas le rapprochement ?

— Trop risqué. »

Il leva le canon de son pistolet, mais Amanda l'arrêta.

« Stop. C'est un ordre.

— À quoi vous jouez, nom de Dieu ?

— Écoutez-moi. Allez chercher la trousse de secours.

— Vous avez perdu la boule ?

— On va nettoyer leurs blessures et poser des garrots, ensuite on va les ligoter et les bâillonner. Le temps que quelqu'un les trouve, on sera loin. » Elle se tourna vers le couple à terre. « Vous parlez anglais ? » Après quelques secondes d'hésitation, la femme répondit par un bref hochement de tête. « Bien. Donc, vous avez entendu ce que j'ai dit. Si vous tentez quoi que ce soit, je vous abats d'une balle dans la tête. Tous les deux. Compris ? »

~

Mary pointa son arme sur lui. Charlie se sentait de nouveau paralysé. Il percevait confusément le côté absurde de cette situation. Une fois de plus ? N'avait-il donc rien appris ? Quoi qu'il en soit, il n'avait pas la force de courir, de se battre, ni même de bouger. Il allait mourir. Et peut-être qu'il le méritait.

Mary plaquait une main sur son ventre ensanglanté. De l'autre, elle tenait son pistolet. Le doigt sur la détente. Ce doigt qui se crispait sur la détente et…

La tête de Charlie fut projetée en arrière ; il s'écroula et brisa la croûte neigeuse. L'obscurité envahit son champ de vision. Une obscurité totale, intérieure plus qu'extérieure. Une boue visqueuse semblable à des sables mouvants qui l'aspirait, l'entraînait vers les profondeurs de la terre, vers cette chaleur primaire qui s'étendait sous la neige gelée. Ce n'était pas si désagréable, en vérité. Pour la première fois depuis des jours (des semaines ? des années ?), son esprit était en paix. Certes, il ne pouvait pas se mouvoir, mais si l'immobilité était le prix à payer pour connaître cette quiétude, peut-être que ça valait le coup.

Cette impression dura une seconde, deux, trois. Peut-être un peu plus.

Et soudain, un scintillement. Une fine bande dorée au milieu de tout ce noir. Elle s'épanouit, magnifique et menaçante, semblable à du fil barbelé tendu au plafond de ses paupières. Il entendit la nuit au-dessus de lui, emplie de détonations. Cloué au sol, il sentait la pression, mais pas la douleur. En essayant de bouger, il découvrit la présence d'un corps au-dessus du sien. Il releva légèrement la tête.

« Hacker, grogna-t-il. Allez, Hacker, debout. »

Ce mouvement fit entrer un peu de neige sous son col de chemise. Un filet d'eau glacée coula dans son cou. Le poids du corps d'Hacker l'empêchait de respirer. Il se débattit pendant plusieurs secondes et parvint enfin, au prix d'un effort considérable, à repousser son collègue pour se redresser.

Le ciel étoilé et le clair de lune. La blancheur scintillante de la neige constellée de rouge. Trois Russes sans vie affalés contre la muraille. Le corps maigrelet d'Awad, ses yeux vitreux. Des policiers étendus sur le sol, qui rampaient en gémissant, ou ne bougeaient plus du tout. Et au centre de la cour, le corps recroquevillé d'une femme.

Les deux Russes rescapés couraient vers elle, en ripostant aux tirs des policiers survivants. L'un continua à mitrailler pendant que l'autre se penchait vers Mary et la soulevait dans ses bras. Sa tête bascula en arrière, son corps était aussi mou qu'une poupée de chiffon.

Seppanen, le front en sang, conduisait la charge contre les Russes, en poussant des cris de sauvage. Les Russes reculaient devant le nombre. La poudre rendait l'atmosphère irrespirable. Les tympans bourdonnaient. La sueur et le sang piquaient les yeux.

Ils s'enfuyaient.

Ce fut la dernière chose que vit Charlie.

~

Lorsque le hors-bord s'éloigna enfin de la plage, Semonov et Chiara restèrent muets de stupeur. Bram ne disait rien lui non plus. Il pilotait l'embarcation avec un mélange de ressentiment et d'indifférence, heurtant de front les vagues qui projetaient des embruns glacés par-dessus la proue.

Amanda était assise seule dans son coin, les coudes sur les genoux, la tête dans les mains.

Il était tard. Les deux Russes saignaient abondamment et Amanda avait perdu un temps précieux à soigner leurs blessures. Par conséquent, ils ne pourraient pas atteindre Helsinki avant l'aube. Ils allaient devoir retourner sur l'île située en face de Primorsk, réinstaller leur campement et patienter toute la journée, jusqu'au soir.

Vingt-quatre heures de plus en territoire russe, pendant lesquelles tout pouvait arriver.

~

Quand Charlie se réveilla à l'hôpital à Helsinki, une intense douleur lui vrillait le crâne. Une perfusion était plantée dans son bras gauche. Il était entouré de fins rideaux blancs derrière lesquels s'étendait le service des urgences. Des médecins et des infirmières réclamaient des renforts à cor et à cri ou poussaient à toute allure des patients vers les salles d'opération. Charlie essaya de se redresser, mais la douleur à l'intérieur de son crâne redoubla. Il se pencha par-dessus le garde-corps du lit et vomit.

Une minute plus tard, une infirmière tira les rideaux d'un geste brusque. Voyant le vomi sur le sol, elle disparut et réapparut avec des copeaux de glace dans un gobelet et un bassin métallique. Elle montra la bouche de Charlie et posa le bassin sur ses genoux. Il ne se souvenait plus d'un seul mot de finnois. D'une voix éraillée, il demanda : « Hacker ? Benjamin Hacker ? »

L'infirmière secoua la tête pour dire qu'elle ne comprenait pas. Un garçon de salle vint nettoyer le vomi.

Charlie se rallongea. Il voyait flou. Mieux valait garder les yeux fermés, et cesser de combattre la douleur. Sans doute finit-il par s'endormir car, plus tard, il sentit qu'il se réveillait. Autour de lui, le vacarme avait cédé la place à des murmures, ponctués de bips réguliers. Au pied de son lit, il découvrit le chef de poste qui l'observait.

« Sept personnes tuées, dit Jack. Dix en comptant les Russes. Sept personnes tuées et six autres dans un état critique. » Charlie déglutit et ouvrit la bouche pour parler, mais Jack l'arrêta d'un geste. « Non, ne dites rien. Vous souffrez d'une commotion cérébrale, paraît-il. Mais on verra ça plus tard… Nom de

Dieu, Cole ! Qu'est-ce que je viens de dire ? N'essayez pas de parler, bordel. »

Charlie ignora cet ordre.

« Hacker ? demanda-t-il d'une voix cassée. Hacker ? »

Jack eut un petit mouvement de tête. Bref et définitif, sans équivoque.

~

Ils plantèrent leur tente au même endroit, dans la clairière dissimulée au cœur de l'île boisée. L'aube approchait. Chiara, enveloppée dans une couverture de survie, ne cessait de trembler. Quand Semonov demanda s'ils pouvaient allumer un feu, Amanda secoua la tête.

« Désolée, dit-elle. C'est trop risqué, à cause de la fumée. Mais je vais nous faire du café. »

Quelques minutes plus tard, grâce au réchaud à gaz, Amanda leur tendit à tous les deux un petit gobelet en fer-blanc. Elle apporta ensuite un café à Bram qui montait la garde un peu plus loin, ostensiblement, adossé à un arbre. Elle se plaça à côté de lui et regarda dans la même direction.

Après un silence, Bram demanda : « Je vous ai déjà parlé de Jalalabad ? »

Amanda fit non de la tête.

« Mon pote et moi, on regagnait la base. On est passés devant un gamin adorable. Huit ou neuf ans. C'était jour de marché. Il y avait foule sur la place. En me retournant, j'ai vu que mon pote s'était accroupi devant le gamin pour lui parler, une quinzaine de mètres en arrière. Mais le gamin portait un gilet piégé. »

Amanda sentait son cœur cogner.

« Merde alors.

— Je sais bien qu'ici, ce n'est pas l'Afghanistan. » Bram ferma les yeux. « Mais parfois, j'ai l'impression que tout ressemble à l'Afghanistan. »

Dans la clairière, Semonov et Chiara étaient assis sur un tronc couché, blottis l'un contre l'autre. Elle avait posé sa tête sur l'épaule de son mari. Au bout d'un moment, Amanda demanda : « Je vous ai déjà parlé de mon ami Jakob ? »

Ce fut au tour de Bram de secouer la tête.

« Je l'ai connu à Moscou quand j'avais une vingtaine d'années. Je bourlinguais et je buvais énormément en ce temps-là, j'étais paumée. J'ai rencontré Jakob et j'ai décidé de rester. Il avait une bonne influence sur moi. C'était un dissident, un garçon très intelligent, et surtout très courageux. J'étais heureuse à Moscou. Un jour, j'ai dit : "Je pourrais même venir vivre ici." Mais Jakob m'a répondu : "Non, non, Amanda. Ce n'est pas un endroit fait pour toi. Tu dois découvrir ce que tu veux faire de ta vie." »

C'était tellement bizarre de parler de Jakob à présent. Elle avait l'impression de prononcer le nom d'un inconnu.

« Je savais, au fond de moi, qu'il avait raison car c'est à cette époque que j'ai commencé à prendre conscience que je voulais choisir ce métier. Postuler pour entrer à l'Agence. Mais je n'osais pas le lui avouer. Le FSB avait fait de sa vie un enfer. Il n'aimait pas beaucoup la CIA non plus. "Je sais ce que tu penses, lui ai-je dit. Tu penses que c'est une bande de meurtriers sans cœur." Jakob n'a pas répondu tout de suite, et puis il a dit : "Tu peux mener la vie que tu souhaites, Amanda. Mais si tu ne veux pas être une femme sans cœur, rien ne t'y oblige." »

Après un nouveau silence, Bram demanda : « Qu'est devenu Jakob ? »

Amanda secoua la tête. Bram sembla comprendre ce que ça signifiait. Cette histoire était trop horrible, elle ne pouvait pas la raconter à voix haute : l'arrestation en pleine nuit, la mort lente dans une cellule, à cause des privations… Mais il devinait les grandes lignes.

« Oh, fit-il. Désolé. »

Un oiseau gazouillait, une douce brise soufflait entre les grands sapins. Amanda avait l'impression d'être à la fois cette femme de quarante et un ans, ici sur cette île, et la jeune fille de vingt-deux ans, là-bas à Moscou ; elle revivait les heures qui avaient suivi l'arrestation de Jakob. Dont tous les autres amis étaient dévastés. Mais ils n'avaient pas peur car ce genre de tragédie courait dans leurs veines. Contrairement à elle. Terrorisée, elle était repartie. Très souvent, elle se disait que tout ce qui s'était passé au cours de ces dix-neuf dernières années n'était qu'une tentative pour racheter cette fuite.

Elle leva les yeux vers Bram. Il avait appuyé sa tête contre le tronc d'arbre, renversée vers le ciel. Amanda l'imita. Ils ne parleraient jamais de ce qui s'était passé sur la plage, mais ils avaient dit ce qu'ils avaient à dire.

23

Charlie sortit de l'hôpital avec un bandage autour de la poitrine, un flacon d'antalgiques et ordre de se reposer. Jack, venu le chercher, le ramena au poste sans un mot. Ils passèrent devant le port, où le soleil couchant déversait des pièces d'or à la surface de l'eau. Charlie tenait son manteau ensanglanté sur ses genoux. Hacker était mort, et rien, aucune parole, aucune action, ne pourrait le ressusciter.

Quand ils arrivèrent au poste, Jack le fit attendre dans la salle de réunion. Charlie se prit la tête entre les mains, les paumes appuyées sur ses yeux. Moins de vingt-quatre heures s'étaient écoulées depuis qu'Hacker avait été assassiné. Par sa faute. La tête ainsi baissée, il vit sa ceinture. Levant les yeux, il vit le luminaire en cuivre au plafond. Il vit le fauteuil dans lequel il était assis. Ceinture, plafond, fauteuil. Il devrait le faire. Se lever. Et passer à l'acte. Ce serait mieux pour tout le monde.

Mais tu sais que tu ne le feras pas, disait une voix moqueuse dans sa tête. *Parce que tu es un lâche. Tu as toujours été un lâche.*

Jack réapparut avec une tasse de café et un sandwich. Il les fit glisser sur la table.

« Buvez. Mangez. C'est un ordre. J'ai besoin que vous soyez totalement concentré. »

Charlie s'obligea à avaler le café amer et à mâchonner le pain sec.

« Apparemment, dit Jack, les blessés dans un état critique vont s'en tirer. C'est la bonne nouvelle. La seule. La seule putain de bonne nouvelle dans tout ce merdier. Alors, écoutez-moi bien, Cole. Vous vous êtes fait manipuler. Et de nombreuses personnes sont mortes la nuit dernière parce que vous vous êtes fait manipuler.

— Il faut que je parle aux parents d'Hacker.

— Non.

— Je dois leur expliquer. Je vais…

— Vous ne ferez rien du tout, sale égoïste. Ces pauvres gens viennent de perdre leur fils. Si vous les appelez, vous allez vous mettre à pleurer, et brusquement, il n'y en aura plus que pour vous.

— Il faut au moins que je parle à Seppanen. »

Cinq Finlandais avaient été tués. Un carnage. Seppanen devait être furieux, et Charlie avait besoin d'entendre cette fureur. Il voulait qu'on l'insulte, qu'on le frappe, qu'on le tue. N'importe quoi. Il ne voulait pas être ici, dans cette salle propre et calme, devant un café et un sandwich, bien vivant.

« Ressaisissez-vous, Cole ! aboya Jack. Si vous voulez vous flageller, faites-le sur votre temps libre. Nous sommes exposés. Et ça, c'est un putain de problème. Compris ? On doit essayer de comprendre ce qui s'est passé, pour éviter que la situation empire. Cette transaction était un piège. Sorsa vous a menti. Il vous a berné. Ça signifie que nos agents sont en danger. »

Charlie secoua la tête avec force.

« Non. Sorsa ne savait rien sur Särkkä. C'est moi qui ai tout inventé. Sorsa ne m'a pas menti. C'est moi qui ai menti. À cause d'elle. Mary. Vous vous souvenez quand je vous ai dit qu'elle avait essayé de me recruter, en 1985 ? »

Jack plissa les paupières.

« Mais vous saviez qui elle était.

— Non. Je ne me doutais de rien. Elle m'a abordé au supermarché, elle m'a dragué et un jour elle m'a emmené chez elle, et là…

— Vous êtes un agent de la CIA, nom de Dieu ! Vous auriez dû comprendre.

— Je croyais que c'était une simple secrétaire. Elle…

— Taisez-vous. » Jack se leva. « Plus un mot.

— Je ne sais pas pourquoi. La solitude, je suppose. L'orgueil aussi. Cette jeune et mignonne secrétaire… » Charlie grimaça. « J'ai mordu à l'hameçon. Je suis tombé dans le panneau. En vérité, c'est bien plus grave que vous ne l'imaginez. »

Jack faisait les cent pas.

« Non, non. Ça ne tiendra pas.

— Tout est ma faute. À moi et à personne d'autre. Ces trois dernières années, j'ai vécu sous son emprise. Mais je voulais y échapper. Je voulais me venger. Hélas, je me suis fourvoyé. Elle ne voulait pas assassiner Baraath. On aurait pu agir. On aurait pu arrêter les Russes et interrompre la transaction, mais j'ai voulu tenter un coup.

— Non ! le coupa Jack. Ce n'est pas ce qui s'est passé. »

Charlie regarda son supérieur d'un air interloqué.

« Vous ne m'écoutez pas ?

— Si, Cole. Je vous écoute. Et vous allez m'écouter vous aussi, nom de Dieu. Ce n'est pas ce qui s'est passé, vous dis-je. D'accord ? Mary a tenté de vous recruter, en effet. Mais vous avez vu clair dans son jeu. Et par la suite, vous avez cherché à vous venger. Mais aveuglé par vos sentiments, vous avez manqué de lucidité, vous avez déformé la réalité, et tout cela a conduit à un désastre. »

Charlie commençait à comprendre, tardivement.

« Non, non, protesta-t-il. Ce n'est pas…

— Ce n'est pas quoi ? J'essaie de sauver le peu de dignité qu'a conservé ce poste. Car vous avez détruit le reste. J'essaie de protéger les autres de vos conneries. Qu'est-ce qui ne tourne pas rond chez vous, Cole ? L'autodestruction ne vous suffit pas ? Vous voulez nous détruire nous aussi ?

— Elle a gagné ! Je suis en train de vous expliquer qu'elle m'a berné ! C'est moi le fautif. Moi seul ! Vous autres n'avez rien à voir dans tout ça.

— Fermez-la, Cole ! Fermez votre gueule ! Vous n'avez pas idée de la gravité de la situation. Alors, écoutez-moi. On est dans la merde jusqu'au cou. Je n'ai pas le temps de supporter vos jérémiades. Alors, je vais vous expliquer ce qui va se passer. Je vais me rasseoir et vous accorder trois minutes, ni plus ni moins. Vous pouvez les gaspiller en ressassant votre sentiment de culpabilité. Ou bien, vous pouvez mettre à profit ces trois minutes pour m'expliquer comment arrêter l'hémorragie. Et me dresser la liste des opérations que vous avez compromises. Et celle des agents que nous devons retirer du terrain. Pigé ? »

Jack inspira profondément, s'assit face à Charlie et joignit les mains. Après quelques secondes de silence, son visage déformé par la colère disparut derrière un masque de sérénité. Charlie l'observait, en songeant : *Ce type est un sociopathe*. Il plaisantait, n'est-ce pas ? Un de ses hommes venait de lui avouer qu'il avait espionné pour le compte des Russes pendant trois ans. Jack regarda sa montre.

« Il vous reste deux minutes et cinquante-cinq secondes… Cinquante-quatre… Cinquante-trois… »

Peut-être qu'il ne plaisantait pas, finalement.

Si Charlie avait imaginé divers dénouements, celui-ci n'en faisait pas partie.

« Charlie, reprit Jack calmement. J'essaie de protéger les

nôtres. Et je vous demande de m'aider. Je sais que vous voulez bien faire.

— Je ne... »

La voix de Charlie se brisa. Il ne pouvait pas accepter cette situation. Il ne pouvait pas accepter que la pire erreur qu'il ait jamais commise soit ainsi balayée sous le tapis.

Mais Jack avait peut-être raison. Peut-être savait-il ce qui était préférable. À quoi Charlie devait-il se fier présentement ? À son instinct, qui l'avait conduit là ? Ou à l'instinct de son supérieur, un homme qui n'avait jamais eu un comportement aussi méprisable que le sien ?

~

Il passa la nuit dans la salle de réunion, affalé sur la table. Après ses aveux, il avait plongé dans un sommeil intermittent, peuplé d'arrestations, de menottes qui mordaient la chair de ses poignets. Au matin, Jack était là. Il fit glisser une tasse de café sur la table, en disant : « Je vous fais le topo. »

Charlie serait expédié à Langley. Là-bas, il serait transféré au Bureau des opérations, dans un placard où il n'aurait plus jamais aucun contact avec un agent étranger, où il n'aurait plus le pouvoir de faire tuer quelqu'un et serait tenu à l'écart de tous les renseignements précieux. Il finirait sa vie à l'intérieur de la prison de l'Agence car Jack ne voulait pas qu'il révèle sa bêtise aux yeux du monde entier. Mais il ne serait rien d'autre qu'un bureaucrate. Tel était l'arrangement, son châtiment.

Les journaux d'Helsinki parlaient déjà de Särkkä. Les Américains laisseraient filtrer une information selon laquelle un des leurs, un certain Charlie Franklin, avait été tué lors d'une fusillade. Si Mary avait parlé de Charlie à quelqu'un du KGB, les Russes le croiraient mort eux aussi. Et étant donné que Mary avait été tuée à Särkkä, cela signifiait que deux personnes seulement, sur terre, savaient ce que Charlie avait fait. Et toutes les deux étaient réunies dans cette salle.

« C'est le cas, n'est-ce pas ? interrogea Jack. J'ose espérer que vous n'avez pas été assez idiot pour en parler à quelqu'un ? Vous n'avez rien dit à Helen, par exemple ? »

Charlie secoua la tête. Docilement.

« À la bonne heure, dit Jack. Maurice est ici. Je l'ai appelé hier. Il va vous épauler. Vous verrez, Charlie, tout ira bien. »

Maurice était venu directement de l'aéroport. Il proposa d'appeler un taxi pour les conduire chez Charlie, mais celui-ci secoua la tête. Il préférait marcher. Ils parcoururent plusieurs pâtés de maisons sans parler.

Finalement, Maurice demanda : « C'était un piège, alors ? Elle t'attendait ?

— Non. Il n'y avait aucun piège dans tout ça. Mary ignorait notre présence. Et elle n'avait pas l'intention de tuer Baraath. Ce n'était pas son plan.

— Alors, qu'est-ce qui…

— C'est moi. J'ai trop attendu. Awad a sans doute parlé de notre conversation à Baraath. Et peut-être que Baraath s'est réjoui. Les Afghans auraient leur gaz, nous on pourrait arrêter les Russes et eux garderaient leur argent. Baraath devait se demander quand on allait sortir du bois. Alors, il nous a incités à agir. Et moi, j'attendais encore. Le moment idéal.

— Oh, Charlie. »

Nouveau silence.

Puis Maurice reprit : « Mais Mary a été tuée, en définitive ? »

Le film de cette nuit repassait dans la tête de Charlie. Mary recroquevillée dans la neige. Les autres personnes présentes sur l'île avaient vu son corps inerte être transporté à bord du bateau, elles avaient vu ce bateau quitter le ponton dans un rugissement.

Et ensuite ? Dans une première version du film, les Russes lui palpent le pouls, constatent qu'il ne bat plus et se concertent. Ils mettent le cap au large et le cadavre de Mary disparaît dans les profondeurs. Dans une seconde version du film, les Russes prennent le pouls de Mary, constatent qu'il bat encore et se concertent. Ils mettent le cap sur le rivage. À l'ambassade de Russie, un médecin la soigne. Elle survit. Elle rentre à Moscou.

Toutefois, Jack avait décidé qu'elle était morte. Et même si tel n'était pas le cas, le dénommé Charlie Franklin, lui, était bien mort. Jack avait estimé que cela suffirait.

Ils étaient presque arrivés chez Charlie. Celui-ci s'aperçut qu'il n'osait pas regarder Maurice.

SEPTIÈME PARTIE

CE QUI NE PEUT ÊTRE DIT DOIT ÊTRE CACHÉ

24

Finalement, le canot regagna Helsinki sans incident. Amanda prit l'avion de Washington avec les Semonov. Là-bas, ils seraient officiellement débriefés. Après quoi, ils pourraient entamer une vie nouvelle à New York, où les attendaient un modeste appartement et un compte en banque bien garni. L'Agence avait tiré quelques ficelles pour offrir à Chiara un poste dans une maison d'édition. Semonov, lui, continuerait à travailler pour la CIA de manière plus ou moins officieuse, en tant que traducteur.

À Langley, le lendemain de l'arrivée des Semonov dans la capitale, le directeur Gasko félicita Amanda.

« Vous avez la baraka, on dirait. Même si, je l'avoue, je m'étonne que vous ayez choisi d'éloigner du terrain un informateur aussi productif. J'ai le sentiment qu'il ne chômait pas à Moscou.

— Justement, monsieur. À ce sujet… »

Dans l'avion qui la ramenait d'Helsinki, elle avait essayé d'établir les priorités. Le devoir filial lui imposait-il de parler d'abord à son père, d'écouter sa version des faits, avant d'impliquer l'Agence ? Dans ce cas, pouvait-elle lui faire confiance pour ne pas fuir ? « Ton père a changé », avait dit Maurice. Et elle voulait le croire. L'homme qu'elle connaissait – qui se déguisait en pirate pour distribuer des friandises à Halloween, qui s'occupait amoureusement de son jardin, qui tentait de faire aboyer Lucy pour qu'elle dise bonjour quand ils se téléphonaient le dimanche soir –, cet homme pouvait-il, en se levant chaque matin, décider de trahir son pays ?

Bien sûr que oui. Comme n'importe qui. Elle n'avait donc pas le choix : elle devait parler à Gasko d'abord.

Amanda poursuivit : « Nous disposions de preuves solides indiquant que le GRU commençait à se méfier de notre informateur. Il fallait agir vite pour l'exfiltrer. Komarovsky avait mis en garde le sénateur Vogel contre d'éventuelles fuites. Selon lui, il y avait une taupe au sein de l'Agence, raison pour laquelle le sénateur ne nous a jamais transmis ses informations.

— Ah ! Et Bob a gobé ce bobard ?

— En fait, Komarovsky lui a livré un nom. Et apparemment, le sénateur a accordé foi à cette accusation. Par conséquent, l'an dernier, quand toute cette histoire a débuté, j'ai décidé... d'en avoir le cœur net. Je sais que j'aurais dû vous en informer plus tôt. Mais dans ce contexte... c'était délicat. »

Gasko haussa un sourcil.

« Vous connaissez la personne en question ?

— Euh... oui, on peut dire ça. »

Quand elle avait répété son texte mentalement, Amanda avait décidé de reconnaître ses fautes – car elle avait commis des fautes, évidemment –, mais elle n'irait pas jusqu'à formuler des excuses. Ses agissements pouvaient lui valoir une rétrogradation, une mutation ou même un renvoi. Mais plus elle y réfléchissait, plus elle se demandait : *Est-ce que je regrette réellement ma décision ? Si c'était à refaire, est-ce que j'agirais différemment ? Si la réponse est non, pourquoi prétendre le contraire ?*

Après qu'elle eut prononcé le nom de son père, Gasko se mura dans un silence impénétrable qui se prolongea plusieurs secondes. Puis il dit : « Vous avez envisagé, je suppose, qu'il s'agissait là d'une provocation. Et que le nom de votre père sur cette feuille était une tentative de désinformation délibérée. À votre intention.

— Oui. Mais Vogel avait noté le nom de mon père bien avant que je sois impliquée dans cette affaire. J'aurais dû me récuser aussitôt, mais je n'ai pas pu. Il fallait que je découvre la vérité. »

Amanda prit une longue inspiration. Il n'y avait plus qu'une seule chose à faire : continuer. Raconter au directeur ce qui s'était passé à Helsinki. Le pot de miel, le piège, la pression. L'horrible bain de sang de Särkkä, fruit de la trahison de Charlie Cole. Et tout cela avait-il pris fin là-bas, à Särkkä ? Ou bien son père poursuivait-il, d'une manière ou d'une autre, ses activités de taupe soviétique ? Amanda nourrissait quelques doutes. Son père avait eu plus de trente ans pour se dénoncer. Qu'il ne l'ait pas fait, de toute évidence, attisait les soupçons. Mais aussi, Charlie Cole n'était rien d'autre qu'un simple communicant désormais. Il n'avait plus accès aux documents confidentiels. Si c'était toujours une taupe, ce n'était pas une taupe très utile.

« Je dirais que les chances sont à cinquante-cinquante. Mais bien évidemment, je ne suis pas objective. Quelqu'un doit prendre le relais à partir de maintenant. Toutefois, avant cela, j'aimerais vous demander une faveur. Je voudrais lui parler d'abord. Être celle qui le pousse à tout avouer. Je pourrais porter un micro pour vous prouver qu'il n'y a pas de coup tordu. En fait, je veux porter un micro. »

Gasko la dévisageait. Elle ne manquait pas de culot. Pouvait-il miser sur sa loyauté, alors qu'elle avait dissimulé la vérité pendant tout ce temps ? Il ne lui était pas redevable. Plus le silence se prolongeait, plus Amanda était tentée de renoncer. De dire : *Laissez tomber, c'est une mauvaise idée. Inutile de me raccompagner.* Mais elle tint bon, et finalement, Gasko secoua la tête.

« Nom de Dieu, Cole. Nom de Dieu. Quel merdier. Mais vous savez quoi ? J'aurais dû m'en douter. La victoire était trop nette. Ce n'est jamais aussi net. Surtout quand vous avez affaire aux Russes. Au moment où vous pensez avoir l'avantage, quand vous êtes convaincu d'avoir réussi votre smash, cette putain de balle vous revient en pleine gueule. N'est-ce pas ? Il y a toujours un coup de théâtre à la fin de l'histoire. »

Amanda regardait le directeur d'un air perplexe. Il semblait partir du principe qu'elle savait de quoi elle parlait. Il secoua la tête de nouveau. Puis : « Cinquante-cinquante, vous dites ? Vous le pensez vraiment ?

— Oh… oui. Je le pense.

— Bien. Si c'est cinquante-cinquante, je vous autorise à aller lui parler. Je m'en remets à vous, Cole. Si les probabilités pour que votre père soit notre homme sont plutôt de… quatre-vingt-dix contre dix, votre démarche devient beaucoup plus risquée. Alors, oui, vous porterez un micro. Et vous aurez des renforts, au cas où il essaierait de fuir. Je vous fais confiance. Vous n'avez pas ménagé votre peine au cours de l'année écoulée, et si quelqu'un a mérité cette confiance, c'est vous. Toutefois, cela ne veut pas dire que je vous crois capable de tirer sur votre père si la situation l'exige. Sans vouloir vous vexer, ajouta-t-il avec un sourire crispé. Vous êtes coriace, mais pas à ce point. »

~

À Helsinki, Jack ordonna à Charlie d'inventer une explication : il était dépressif, sa famille lui manquait, il voulait rentrer en Amérique.

« Ou n'importe quoi d'autre, dit-il. Je m'en fous. Le message, c'est que vous quittez les Opérations à votre demande. À votre demande, d'accord ? Vous avez pris votre décision et personne ne doit imaginer le contraire. C'est compris ? »

Ainsi débuta la période la plus étrange de la vie de Charlie. Une période difficile, mais pas comme à Helsinki. Là-bas, il avait survécu en imaginant qu'un jour, peut-être, il pourrait se libérer de ce mensonge nommé Mary. Hélas, ce mensonge, vécu au quotidien, resterait en lui jusqu'à la fin de ses jours. Et malgré cela…

Malgré cela, le monde continuait à tourner. Quand il rentra aux États-Unis en février 1990, il n'avait plus de logement. Heureusement, Raines, son ami de la fac, avait une chambre inoccupée dans son appartement de Fairfax. Son épouse venait de demander le divorce, elle aussi, et les deux célibataires pourraient se tenir compagnie.

À Langley, il était redevenu un novice qui devait apprendre la stratégie et les procédures d'une branche du renseignement totalement différente. Sans même parler de tous les changements, de plus grande envergure, survenus au sein de l'Agence maintenant que la guerre froide était terminée. L'empire soviétique s'écroulait. Le KGB se désintégrait. La Russie et l'Amérique devenaient amis. Amis ? Dans quel film vivait-il ? Il se nourrissait de plats surgelés, portait des chaussettes dépareillées, ne baissait jamais la lunette des toilettes. Finalement, ce fut Raines qui l'arracha à son état dépressif pathétique. Il expliqua à Charlie que s'il voulait avoir une chance de s'envoyer en l'air de nouveau, il devait commencer par perdre du poids. C'est pourquoi il se mit à jouer au tennis au club de Raines, en tant qu'invité, plusieurs matins par semaine, avec un groupe de médecins, d'avocats, de professeurs et autres. Il savait que ça lui faisait du bien de rencontrer des gens en dehors du vase clos de la CIA.

Le week-end, il prenait le train pour New York. Il passait tous ses samedis avec Amanda, il l'emmenait au zoo de Central Park et au Met pour voir le temple de Dendour, il lui achetait des glaces aux camionnettes Mister Softee qui écumaient le quartier. En août, il demanda une semaine de congé et il emmena Amanda chez ses parents à Greenwich. Son père lui battit froid car Charlie avait prouvé qu'il appartenait à la race des dégonflés, trahissant ainsi la lignée des Cole. Sa mère ne lui adressait pas la parole elle non plus, mais c'était plus par peur de contredire son mari. Charlie s'aperçut, à son grand étonnement, qu'il s'en fichait. Il était ici pour Amanda, et sa fille savourait l'été dans cette banlieue résidentielle, les pelouses verdoyantes et le chant des cigales, sans oublier les frites ondulées du snack-bar de la piscine municipale.

Souvent, il se demandait pourquoi personne ne disait rien. Son père avait raison, après tout : les gens comme Charlie ne subissaient pas des années de formations et de boulots rasoir pour finalement démissionner. Pourtant, au cours des décennies qui suivirent, nul dans son entourage ne lui posa la question qui s'imposait : que s'est-il passé à Helsinki ?

Ce silence généralisé ressemblait à un complot. À moins qu'il ne s'agisse d'un test. À plusieurs reprises, il s'en fallut de peu qu'il crache le morceau. En 1991, par exemple, quand Maurice vint s'installer à New York, Charlie était convaincu que Helen et lui allaient se mettre en couple, mais il s'avéra que son ex-femme était tombée amoureuse de Sidney Wilson, et que Maurice et elle étaient seulement amis. Ou en 1993, lors de la cérémonie d'hommage à Hacker, quand il fit la connaissance des parents de celui-ci. Il leur confia combien il aimait leur fils, il s'accusa de sa mort et fondit en larmes. Mais le père d'Hacker le serra dans ses bras, et la force de cette étreinte le réduisit au silence. Ou encore en 1995, quand il témoigna à propos d'Ahmad Baraath devant la commission sénatoriale des

Affaires étrangères. Le sénateur Vogel paraissait soupçonner que Charlie cachait quelque chose, mais la séance fut ajournée, on le renvoya chez lui, et il se dégonfla. En 2002, quand Jack fut pressenti pour prendre la direction de l'Agence, Charlie, effrayé par cette perspective, faillit retourner de son propre gré devant les sénateurs pour leur raconter ce qui s'était passé à Helsinki. Et puis, on découvrit que Jack avait couvert les tortures infligées à quelques sandinistes au début des années 1980, et sa carrière s'arrêta là.

En 2011 enfin, à l'enterrement de son père, quand il se leva pour prononcer l'éloge funèbre, il songea combien il serait jubilatoire de briser ce moment si distingué en passant aux aveux. Mais en voyant sa mère au premier rang, si fragile et écrasée par le chagrin, il comprit qu'il ne pouvait pas lui faire ça.

Puis Amanda décida de rejoindre l'Agence. La connaissant, il savait qu'elle ferait des merveilles, que ce travail canaliserait et amplifierait ses forces tout à la fois ; et il se dit qu'elle devait savoir la vérité sur son père, savoir quelles erreurs il avait commises, pour ne pas les commettre à son tour. Mais il s'aperçut que l'amour d'Amanda comptait plus pour lui que tout au monde, et il ne pouvait courir le risque de le perdre.

Et donc, bien des années plus tard, quand Jenny Navarro découvrit ces documents, quand l'univers lui envoya enfin ce message, pour lui ordonner : *Fais-le, fais-le bordel de merde*, Charlie repensa à toutes les fois où il s'était avancé jusqu'au bord du précipice, et ce jour-là, il se dit qu'il était peut-être temps de cesser de fuir.

Mais il avait peur. Il paniqua. Et dans sa panique, il appela la personne qu'il aimait le plus au monde, et c'est ultérieurement, quand tout fut devenu irréversible, qu'il prit conscience de ce qu'il avait mis en branle.

~

À présent, cette personne était assise dans sa voiture, de l'autre côté de la rue. Le moteur refroidissait en cliquetant à l'ombre d'un chêne. Elle vérifia que le micro dissimulé sous son chemisier fonctionnait. Elle jeta un coup d'œil dans le rétroviseur. Une camionnette électrique immatriculée en Virginie stationnait au coin de la rue. Une autre camionnette, identique, garée un peu plus loin, couvrait la porte de derrière.

Elle se sentait étrangement calme. Elle suivit l'allée de briques rouges jusqu'à la porte d'entrée et sonna. À l'intérieur, Lucy aboya. Une minute plus tard, son père ouvrit la porte.

« J'en connais une qui est heureuse de te voir, dit-il en retenant la chienne par son collier. Entre. »

La porte refermée, il lâcha Lucy et le père et la fille s'embrassèrent. Cette étreinte, elle aussi, paraissait étrangement banale. Charlie précéda Amanda dans la cuisine.

« Du café ? proposa-t-il. Je vais en refaire du frais. »

Amanda regarda autour d'elle. Elle remarqua l'appareil à gaufres, le cul-de-poule contenant la pâte, la bouteille de sirop d'érable.

« Il t'arrive souvent de faire des gaufres en semaine ?

— Si tu dressais la table pendant que je prépare tout ça ? » Il versa le café moulu dans la cafetière sans cesser de parler. « Je t'ai vue quitter le bureau hier soir. Je sortais du parking au même moment. Tu ne m'avais pas informé que tu étais en ville, contrairement à d'habitude. Et puis, j'ai remarqué ton expression. »

Amanda s'interrompit alors qu'elle mettait le couvert.

« Quelle expression ?

— Tu paraissais soulagée. J'en ai déduit que tu avais sauté le pas. Et j'ai pensé que tu voudrais sans doute m'annoncer la nouvelle toi-même.» Il affichait un sourire déterminé, uniquement à son intention, devinait-elle. «D'où les gaufres.»

Amanda tressaillit. Il savait, donc. Il avait toujours su ce qu'elle allait faire. Une vague de compassion la submergea. Qu'avait-il éprouvé au cours de ces douze dernières heures? Non, pas les douze dernières heures. Au cours de ces neuf derniers mois?

«Papa», dit-elle. Sa gorge la brûlait. «Tu dois me détester.

— Impossible.

— Mais tu voulais... Tu m'as demandé de le faire, mais je... je ne pouvais pas.

— Je sais. Et je n'aurais jamais dû te demander ça.

— Tu dois me détester, répéta-t-elle.

— Non, ma chérie. Quoi que tu fasses, jamais je ne pourrai te détester.»

Il était si placide. Peut-être n'avait-il pas conscience de la gravité de la situation? Il y avait des traîtres de la guerre froide qui étaient toujours derrière les barreaux. Son père ne survivrait pas à la prison. Il était vieux, faible. Il y mourrait, comme Jakob. Nom de Dieu! Cet homme était son père, et elle allait l'expédier en taule! Qu'est-ce qui déconnait chez elle?

Charlie vit l'horreur déformer les traits de sa fille.

«Amanda. Tout va bien. Assieds-toi. Respire.» Il la conduisit vers une chaise. «Tout va bien, je t'assure. Je crois même que, quelque part, je me sens soulagé moi aussi.

— Mais... Pourquoi, papa? Pourquoi?»

Il comprenait le sens de sa question.

«Je ne sais pas. On pourrait penser que trente ans, c'est suffisant pour trouver la réponse, mais je n'ai jamais réussi. Je ne suis pas comme toi et ta mère : je ne suis pas assez intelligent pour analyser mes motivations.» Il tourna la tête vers la fenêtre au-dessus de l'évier. De profil, il faisait particulièrement vieux.

L'appareil à gaufres se mit à grésiller, interrompant sa contemplation muette. « C'est bientôt prêt. Tu as faim ?

— Non, papa. Ce n'est pas le moment de manger des gaufres.

— Pourquoi pas ? » Il souleva le couvercle de l'appareil. « Si c'est mon dernier repas d'homme libre, autant terminer en beauté. »

Amanda le regardait, hébétée, pendant qu'il versait la préparation dans l'appareil. Il se retourna vers elle.

« Je plaisante, ma chérie ! C'était une blague. »

Le petit ricanement qu'elle laissa échapper devait plus à la peur qu'à l'amusement. Son père émit un son similaire, sans qu'elle puisse déterminer s'il trouvait ça drôle, ou s'il était aussi terrorisé qu'elle. Tout cela paraissait tellement absurde. Son père, le traître, la taupe russe, qui faisait des gaufres et des plaisanteries sur la prison, et qui riait. Ou faisait semblant. Tellement absurde qu'elle éclata de rire. Pour de bon cette fois.

C'est certainement le moment le plus bizarre de toute ma putain de vie.

« Soit, dit-elle. Va pour une gaufre. Pourquoi pas ? »

L'odeur de la vanille, les volutes de vapeur dans les rayons de soleil, les reniflements de Lucy qui dormait dans son panier. Amanda aurait voulu rester assise là un instant, tout simplement, en compagnie de cet homme qu'elle aimait, et laisser la vérité se déverser tout naturellement… Mais elle savait que les agents assis au volant des camionnettes les écoutaient. Et que, si elle n'allait pas jusqu'au bout, ils enfonceraient la porte et concluraient cette scène à sa place. Elle se racla la gorge.

« Je suis allée voir Maurice la semaine dernière. Il m'a raconté ce qui s'est passé à Helsinki. »

Charlie hocha la tête.

« Je me doutais que tu irais le trouver tôt ou tard.

— Et j'ai rapporté à Gasko tout ce qu'il m'a dit. Mary. Särkkä. Sans rien omettre. »

Il détacha la première gaufre.

« Je vois. Gasko pense que je travaille toujours pour les Russes ?

— Je lui ai dit la vérité. En d'autres termes… Je ne sais pas. »

Il lui tournait le dos, occupé à faire cuire la gaufre suivante. En entendant les paroles de sa fille, il sembla se raidir. *Oh, mon Dieu*, pensa-t-elle. *Non.* Il fuyait son regard. Il écrivait son scénario, il préparait sa fuite.

Vraiment ? En l'observant plus attentivement, elle constata que sa posture avait changé. La tête était un peu plus penchée, le dos un peu plus voûté. Elle n'avait pas devant elle un homme prêt à fuir ou à se battre. C'était son vieux père, penché au-dessus d'un appareil à gaufres, parce qu'il n'avait pas le courage de lui faire face.

Elle comprit soudain combien cela avait été dur pour lui. Pas seulement ces douze dernières heures ni ces neuf derniers mois. Mais ces trente dernières années. Elle ressentait une immense tristesse. Mais sa tristesse et celle de son père ne pouvaient faire oublier la trahison. Jamais la tristesse ne ressusciterait les morts. Et elle savait – parce qu'elle était la chair de sa chair – que la souffrance de son père était mille fois plus intense que la sienne. Rien de ce qu'elle pouvait dire ou faire ne pourrait l'atténuer.

« Je suis désolée. » Elle avait du mal à parler. « Oh, papa. Je suis désolée. »

Il secoua la tête, en continuant à lui tourner le dos.

« Tu n'as aucune raison d'être désolée.

— Si. Je suis désolée que tu sois resté seul si longtemps. »

Finalement, il se retourna et lui adressa un sourire timide.

« Au moins, on est là, tous les deux. »

Il fit glisser une assiette devant elle. Amanda n'avait absolument pas faim. Néanmoins, elle noya la gaufre sous le sirop d'érable et en avala une bouchée. La gaufre était croustillante à l'extérieur, moelleuse à l'intérieur, sucrée et réconfortante. Comme elle les aimait.

« En tout cas, reprit-il, c'est gentil de leur part. De t'avoir envoyée. Tu peux leur dire que je ne vais pas m'enfuir. Car je suppose que tu es venue avec des renforts, au cas où. Alors, comment veux-tu procéder ? Je sors par-devant, les mains en l'air ?

— Ça ne me paraît pas nécessaire.

— Tant mieux. Et c'est la preuve qu'ils ont confiance en toi. » Il se racla la gorge. « Sais-tu comment ça va se passer quand on arrivera là-bas ?

— Je l'ignore. Je vais rester à l'écart.

— Oui, bien sûr. Forcément. »

Quelques minutes plus tard, quand Charlie eut jeté à la poubelle les deux gaufres presque intactes, rincé les assiettes et chargé le lave-vaisselle, il dit : « Ma chérie, avant qu'on s'en aille, puis-je te demander une faveur ? »

Il tourna la tête vers Lucy qui ronflait dans son panier, à l'autre bout de la cuisine. Son ventre rose se soulevait et retombait, son pelage noir brillait au soleil. Il éprouvait pour sa chienne un amour sans fin. Chaque jour, elle donnait des coups de truffe dans ses jambes et levait vers lui son tendre regard noir pour qu'il la nourrisse, la sorte, lui frotte le ventre ou la gratte derrière les oreilles. Et il s'exécutait, sans faillir. Depuis ce jour où il l'avait ramenée chez lui, onze ans plus tôt, ils n'avaient cessé de s'aimer. Ils s'étaient tenu compagnie. Ce qui, avait-il compris tardivement, était souvent la même chose. Il avait les larmes aux yeux.

« Tu pourras t'assurer que... »

Sa voix se brisa. Il alla poser sa main sur le ventre doux de

Lucy. À moitié endormie, celle-ci leva la tête, et la laissa retomber dans son panier.

Elle n'éprouvait aucune inquiétude. Normal : c'était l'heure à laquelle Charlie partait travailler habituellement. Une femme viendrait vers midi pour la promener. Et ce soir, il rentrerait. Elle sentait tout ce qui se passait : les pas de son maître qui s'éloignent, le déclic de la porte qui se ferme, le bruit de la voiture qui démarre. Mais pourquoi serait-elle triste ? C'était la routine. Ce qui se reproduit jour après jour ne nous manque pas. Le soleil était chaud, son panier moelleux et son ventre plein. Jusqu'à ce qu'il rentre, elle rêverait de lapins qui cavalent en pleine nature et d'un ciel bleu qui s'étend à perte de vue.

25

En cette matinée de juin, la circulation était particulièrement ralentie dans les rues de Moscou. Ivan Komarovsky, d'humeur irritable après une mauvaise nuit, se pencha vers son chauffeur et demanda : « Il n'y a pas d'autre itinéraire ? »

Osipov secoua la tête.

« Ils font des travaux sur le pont. »

Komarovsky soupira et prit son téléphone : toujours pas de nouvelles d'Anya. Ils avaient eu une terrible dispute la veille au soir, pire que jamais. Quand ils avaient quitté Londres au mois de mars, il lui avait menti en expliquant que c'était l'affaire de quelques semaines, tout au plus. Depuis, il ne cessait de repousser la date de leur retour, en espérant qu'Anya finirait par se résigner, et cesserait de l'interroger. Mais il avait craqué. Ils ne retourneraient jamais à Londres, avait-il avoué. Ils vivraient à Moscou pour toujours. Du moins jusqu'à ce qu'il ait réglé certaines choses.

« Quel genre de choses ? avait-elle demandé.

— Ça ne te regarde pas.

— Bien sûr que si ! » s'était-elle emportée.

Ils revenaient d'un sinistre dîner, un de plus. Ils sortaient très souvent, beaucoup plus qu'à Londres, Komarovsky estimant qu'il était crucial de se montrer et de prouver ainsi qu'il n'avait pas peur. Anya détestait les épouses moscovites, ces femmes convaincues qu'elles étaient les subalternes de leurs époux, et qui la réprimandaient chaque fois qu'elle l'oubliait.

Ivre de colère, elle s'était écriée : « C'est ma vie, Vanya ! »

Il avait très mal dormi dans la chambre d'amis, submergé par la lame de fond de la culpabilité. Il aurait voulu dire la vérité à Anya, mais comment ? Elle haïssait Nikolaï Gruzdev et tout ce qu'il incarnait. Certes, elle comprenait que la position de son mari l'oblige à être en contact avec lui de temps à autre, mais si elle apprenait qu'il travaillait avec Gruzdev, qu'il lui obéissait... Il espérait présenter ses excuses au petit déjeuner, mais leur domestique l'avait informé qu'Anya était partie tôt. Elle avait rendez-vous avec son coach sportif. Komarovsky l'avait bombardée de SMS obséquieux. Il était affreusement désolé. Ils pouvaient annuler l'opéra ce soir si elle le souhaitait. Ils dîneraient à la maison et il lui expliquerait tout.

Ce qui lui laissait une dizaine d'heures pour inventer une raison justifiant qu'ils ne pouvaient pas rentrer à Londres. Une raison qui ne précise pas que le GRU, le soupçonnant de continuer à collaborer avec les Américains, le surveillait jour et nuit bien qu'il ne cesse d'affirmer qu'il était toujours resté dans leur camp, et s'était toujours méfié de cette Amanda Cole, alias Amanda Clarkson. Une raison qui ne précise pas que le GRU lui avait confisqué son passeport et lui interdisait de quitter le pays.

La Rolls-Royce se traînait au milieu des embouteillages. Komarovsky pianotait sur sa cuisse, en réfléchissant. Peut-être devrait-il avouer toute la vérité à Anya, finalement ? Car même s'il trouvait une explication plausible, qu'est-ce que ça changerait ? Chez elle, c'était là-bas, à Londres. Quoi qu'il dise, serait-elle prête à y renoncer afin de demeurer ici, dans cette triste capitale russe ? Non, bien sûr que non. Et il la comprenait.

C'était bien là le cœur du problème : il ne voulait pas lui imposer ce sacrifice.

Son téléphone tinta. Un mail du siège de Pavel Partners à Londres, où tout roulait en son absence. Il n'avait pas grand-chose à faire, en vérité. Il avait loué des bureaux, ici à Moscou, uniquement dans le but d'avoir un prétexte pour sortir de chez lui chaque matin. Il passait la majeure partie de ses journées dans son fauteuil, à réaliser des maquettes de bateaux. Et puis, il se faisait vieux. Un vieil homme devait savoir lever le pied. Il regarda par la vitre et fronça les sourcils.

« Osipov ? Pourquoi on prend cette direction ? »

Silence. Komarovsky se pencha vers son chauffeur.

« Osipov. Où va-t-on ? »

Le chauffeur gardait les yeux fixés sur la route. Komarovsky ressentit des picotements dans la nuque. Droit devant, plusieurs agents de police barraient l'accès à une petite rue annexe. La Rolls-Royce ralentit. Osipov mit son clignotant.

Le capitaine le reconnut et fit signe à ses hommes de déplacer les cônes de signalisation. La Rolls-Royce s'engagea dans la rue. Osipov jeta un coup d'œil à son rétroviseur. Les cônes avaient été replacés. Ils seraient tranquilles. L'espace d'un court instant, son regard croisa celui de Komarovsky.

~

« Le chauffeur ? demanda Diane Vogel en tendant à Amanda un verre d'eau tiède. Pourquoi vous me demandez ça ? »

Amanda savait à présent que son père n'était pas à l'origine de la dénonciation de Vogel. Elle partageait la conviction de Maurice : Charlie avait commis d'innombrables fautes infamantes, il avait trahi son pays, il avait espionné pour le compte des Russes, mais tout cela avait pris fin à Särkkä. En outre, elle croyait savoir d'où venait la fuite concernant le sénateur. Une intuition. Qui restait à confirmer, et pour cela, elle devait faire un petit détour par New York avant de regagner Rome.

« J'essaie de reconstituer le puzzle dans son ensemble, expliqua-t-elle.

— Maintenant que vous m'en parlez... » Diane était adossée au comptoir de la cuisine, bras croisés. « Le chauffeur était toujours avec eux, en effet. »

Ils étaient inséparables, précisa-t-elle. Que ce soit à Davos, à Courchevel, à Cannes, à Mykonos... partout où le sénateur et l'oligarque se retrouvaient, Osipov était là. Il ne parlait pas beaucoup, il se montrait poli et discret, il se fondait dans le décor. Toutefois, Diane sentait que Komarovsky se reposait énormément sur lui. Il était leur garçon de courses, leur garde du corps, celui qui réglait les problèmes.

Case cochée, se dit Amanda. *Maintenant, l'idée suivante.*

« Et Anya ? demanda-t-elle. Que pensiez-vous d'elle ?

— Au début, répondit Diane, je la prenais pour une simple bimbo. Forcément. Une fille de vingt ans de moins que son mari, avec des jambes de top model. Mais j'avais tort. De toute évidence, c'est une femme intelligente. En toute franchise, s'il n'y avait pas eu Anya, je crois que j'aurais trouvé Ivan assez détestable.

— Vous voulez dire qu'elle exerçait une bonne influence sur lui ?

— Non, pas vraiment. Chacun restait dans son couloir. Contrairement à moi et Bob. Anya ne savait quasiment rien du travail d'Ivan. Et ça lui convenait. Je pense qu'Ivan essayait de lui épargner les détails sordides. D'ailleurs, c'est sans doute ce qui a donné à Bob l'idée d'en faire autant. »

En disant cela, Diane grimaça.

« Que vouliez-vous dire alors, au sujet d'Anya ?

— Je voulais dire qu'elle a changé ma perception d'Ivan. Le fait qu'il ait choisi de l'épouser, elle et non pas une autre. Généralement, les hommes dans son genre préfèrent une potiche sans cervelle. Pas lui. Il projette une certaine image : le côté tape-à-l'œil, les jets privés, etc. Mais il est plus intelligent que ça. Comme elle.

— Et d'après vous, Anya avait deviné que vos maris respectifs travaillaient main dans la main ?

— Nous n'avons jamais abordé ce sujet. Nous passions notre temps à parler de livres. Elle est très cultivée. Mais elle sentait sans doute qu'il se passait quelque chose. » Diane marqua une pause. « Voyez-vous, elle est née pauvre. Et j'ai le sentiment qu'elle aimait cette nouvelle vie. Alors, elle n'avait pas envie de regarder sous le tapis. Vous me comprenez ? »

~

À Rome, une avalanche de travail attendait Amanda sur son bureau. Et durant ces longues journées passées au milieu des paperasses, elle songeait parfois avec envie à Kath, partie en vacances pour une durée indéterminée, dans un lieu lui aussi indéterminé. Bien décidée à se rattraper après son séjour brutalement interrompu l'année précédente. Elle pouvait se trouver n'importe où sur terre. Et c'était le but recherché, avait-elle expliqué à Amanda. Ces escapades n'appartenaient qu'à elle.

Toutefois, ces tâches bureaucratiques, si assommantes soient-elles, offraient à Amanda une sorte d'équilibre karmique bienvenu après une année d'action ininterrompue. De plus, la concentration nécessaire l'empêchait de ressasser ce qui se passait à Moscou.

Ils auraient pu mettre en garde Komarovsky contre Osipov. Mais après ? S'il changeait brutalement de comportement vis-à-vis de son chauffeur, le GRU aurait des soupçons. Depuis l'arrestation de David Hopkins, la presse couvrait sans relâche le complot organisé par le Kremlin. Des journalistes avaient flairé l'implication directe de Gruzdev. Récemment étaient apparues des spéculations sur les relations entre Komarovsky et le sénateur Vogel. Bien évidemment, le GRU en était déjà informé, mais l'humiliation serait à son comble lorsque cette trahison deviendrait publique. Le GRU serait alors obligé, hélas, de faire un exemple.

Dans les recoins obscurs de sa conscience, Amanda repensait parfois aux objections de Kath. *Ils vont le tuer. Vous savez bien qu'ils vont le tuer.*

Et donc, lorsque ce jour de juin la Rolls-Royce disparut dans cette rue de Moscou interdite d'accès pour réapparaître une heure plus tard, sans son passager, tout le monde comprit ce qui s'était passé. Osipov regagna l'appartement seul. Avant d'entrer, il prit soin de plaquer sur son visage l'expression du plus grand désarroi. Quelques jours plus tard, quand Anya émergerait enfin de l'appartement, elle porterait le deuil et de grosses lunettes noires. Le gouvernement russe ne confirmerait jamais la mort de son mari, mais Anya était trop intelligente pour ne pas avoir compris.

Quel genre de personne faut-il être, se demandait Amanda, *pour envoyer un homme à une mort certaine ? Pour transformer une femme innocente en veuve ? Pour priver des enfants de père ?*

Parfois, quand elle repensait à la manière dont elle avait géré le cas de son propre père, elle était frappée par la réalité aveuglante : elle avait osé lui infliger pareil sort, elle, sa propre fille. Charlie Cole, privé du seul métier qu'il avait toujours exercé. Sans retraite. Sans avenir. Ils se parlaient chaque semaine, et bien qu'elle ne soit pas autorisée à demander comment il était traité, elle sentait que son père était un vieil homme. Il pouvait fort bien mourir derrière les barreaux.

Oui, quel genre de personne ? Franchement, envoyer Komarovsky à la mort, ce n'était pas le pire.

~

Comme si Charlie avait besoin d'avoir confirmation de la gravité de l'affaire, Gasko procéda lui-même à son interrogatoire. En cette matinée de mai, alors qu'il livrait des aveux complets, sans aucune retenue, il fut saisi, une fois de plus, par l'aspect méprisable de sa trahison. Dès lors, il s'attendait à ce que la première réaction du directeur soit chargée de pur mépris.

Au lieu de cela, Gasko se pencha en avant, yeux plissés, et dit : « Cette femme. Mary. Vous pensez qu'elle a peut-être survécu. Cependant, après Särkkä, vous ne l'avez jamais revue ?

— Je sais que je peux donner l'impression de me disculper, mais je suis disposé à subir le détecteur de mensonges.

— On y viendra plus tard. Donc, vous ne l'avez jamais revue. Néanmoins, pensez-vous être capable de la reconnaître si vous la voyiez ?

— C'était il y a plus de trente ans. Mais elle... » Charlie ferma les yeux. « Elle avait une petite cicatrice. Au menton. Même sous le maquillage, ça se voyait. »

Gasko se leva d'un bond et quitta la pièce. De retour quelques minutes plus tard, il dit : « Très bien. Merci pour cette info. Nous verrons ce que nous pouvons en faire. En attendant, je veux que vous dressiez la liste de tous les agents que vous avez rencontrés. Tous les contacts, tous les intermédiaires, absolument tout le monde. Nous disposons de nos propres rapports, mais je veux tout savoir. Et surtout ce qui n'était pas consigné. Compris ? »

Charlie hocha la tête.

« Et je veux savoir tout ce que vous avez livré à Mary. Tout ce qui la concerne, que vous vous rappelez. La moindre conversation, sur l'oreiller ou ailleurs, un petit mot sur un bout de papier. Nous devons évaluer les dégâts. Et n'essayez pas d'embellir la réalité. N'essayez pas, non plus, de nous faire croire que vous avez tout oublié. Et pour l'amour du ciel, ne me prenez pas pour ce connard de Jack. Amanda me dit qu'elle a confiance en vous, elle pense que tout s'est arrêté en 1990, et comme j'ai confiance en Amanda, je suis enclin à vous faire confiance. Mais si je sens que vous cachez quelque chose, même un détail infime, terminé. Et à partir de là, ce sera une autre paire de manches. Je reviendrai vous voir. Tenez, servez-vous de ça. » Il déposa brutalement des feuilles de papier et un stylo sur la table. « Au boulot. »

Quand Gasko revint au bout de quelques heures, Charlie avait couvert plusieurs dizaines de pages de souvenirs. Gasko les prit et les feuilleta d'un air impassible.

« Je ne suis qu'en 1988, précisa Charlie. Il me reste encore deux ans.

— Très bien. » Gasko s'assit face à lui. « J'ai quelque chose à vous montrer. »

Gasko fit glisser une chemise cartonnée sur la table. Charlie l'ouvrit. À l'intérieur, il y avait juste une photo. Avec une loupe, il aurait probablement pu repérer la cicatrice au menton, mais il n'en avait pas besoin. Il la reconnut immédiatement.

« C'est elle.

— Vous en êtes sûr ?

— Oui.

— Absolument sûr ?

— Oui. »

Gasko grimaça.

« Merde. Pas étonnant. »

La photo montrait une femme d'une soixantaine d'années, à la beauté sévère. Elle portait une veste de tailleur noire, un chemisier en soie blanc et un collier en or. Et un brushing en forme de casque, à la Nancy Reagan. Elle tenait à la main un verre de vin blanc. Un sourire pinçait ses lèvres fines. Elle posait à côté d'un inconnu, devant un groupe de personnes floues, dans une soirée quelconque.

« Cette photo a été prise il y a deux ans, précisa Gasko. Juste après les jeux Olympiques d'hiver. Lors d'une réception en l'honneur des athlètes. Ici, elle est en compagnie du gouverneur de Nijni Novgorod. »

Durant toutes ces années, Charlie s'était toujours interdit d'imaginer ce qui avait pu arriver à Mary. Mais elle était là... vivante. Soudain, mille questions l'assaillirent.

Gasko récupéra la chemise.

« Elle s'appelle Olga Baryamova. Veuve d'Anatoli Baryamov, un haut gradé du GRU. Mort il y a quelques années. Officiellement, c'était une simple femme au foyer qui se consacrait essentiellement à l'éducation de ses enfants.

— Une femme au foyer ? » Charlie avait du mal à y croire. « Vous êtes sûr ? Mary... Olga, je veux dire, m'a toujours fait l'impression d'être une femme ambitieuse. Difficile de l'imaginer au second plan.

— Après 1991, tout a changé. Le KGB était en perdition, le FSB avait le vent en poupe, et les femmes n'étaient pas vraiment prioritaires à bord des canots de sauvetage. On peut penser ce qu'on veut des Soviétiques, mais ils ont toujours eu un côté pseudo-féministe. Et vous remarquerez que j'ai dit "officiellement". D'après les renseignements que nous avons pu rassembler, Olga a épousé Anatoli en 1992. En ce temps-là, il n'était qu'un modeste lieutenant subalterne. Après leur mariage, il a connu une sacrée ascension. Fulgurante. Et voilà qu'il apparaît sur nos radars parmi les hauts responsables du GRU. Compte tenu de ce que nous savons sur Olga, il est possible que ce soit elle le cerveau de l'opération. » Gasko dressa un sourcil. « Vous êtes prêt à gober cette théorie ? Lady Macbeth sur la Moskova ?

— Je ne serais pas surpris.... Comment est mort Anatoli, avez-vous dit ?

— Je ne vous l'ai pas dit. Quoi qu'il en soit, au moment de sa mort, ses camarades du GRU avaient eu le temps d'apprendre à connaître Olga, et ils étaient impressionnés, ou alors ils voulaient dépasser leurs vieux préjugés machistes et ça les amusait d'accueillir une femme dans leurs rangs. Toujours est-il qu'ils ont décidé d'abaisser le pont-levis. La voilà de retour à l'intérieur. Je doute qu'elle possède le même grade que son mari, mais apparemment, elle a le pouvoir qui l'accompagne. » Gasko tapota la chemise devant lui. « Ce sont des cercles très restreints. Il est facile de répandre des rumeurs parmi les puissants. Vraies ou pas, peu importe. La graine du doute suffit. Et si Olga a de la chance, la graine peut éclore un jour. Cela arrive aux oreilles de la CIA, on y accorde foi, on enquête, cela se traduit par une humiliation pour nous et une peine de prison pour Charlie Cole. Olga Baryamova se venge enfin de ce qui s'est passé à Särkkä. Voilà l'idée. Vous êtes d'accord ? On lui laisse croire qu'elle a eu de la chance. »

Charlie n'en revenait pas.

« Pardon ?

— Ça va faire mal. Il le faut. La douleur doit être bien réelle. Mais êtes-vous prêt à vous racheter, Charlie ? Pour tout le mal que vous avez fait ? »

Charlie demeura bouche bée.

~

Au début du mois d'août, Amanda fut informée à la dernière minute que le directeur Gasko était en ville. Une brève escale sur la route de ses vacances en Grèce. Elle s'empressa de mettre un peu d'ordre dans son bureau, puis elle se regarda. Elle portait un short en jean et une guayabera ample, cadeau d'une source à Carthagène, il y avait bien longtemps. Une tenue on ne peut plus inappropriée pour une cheffe de poste, surtout si elle doit recevoir le big boss, mais elle n'avait pas le temps de se changer. Tout au plus pouvait-elle prendre sa brosse dans le tiroir de son bureau et se coiffer un peu.

Gasko traversa l'open space à grandes enjambées, tout sourire, en saluant chacun avec effusion, distribuant des tapes sur les épaules des nouveaux.

« Vous l'empêchez de s'ennuyer, j'espère ! lança-t-il. Amanda ! Quelle joie de vous revoir. Ravi de vous attraper au vol. Très belle chemise. J'ai la même. » Il s'assit et se renversa en arrière dans le fauteuil pour balayer le bureau du regard. « Quelques cadres sur les murs ne seraient pas de trop. Une plante verte, au moins. Qu'est-ce qui se passe, Cole ? Voilà le bureau d'une personne qui se dit qu'elle ne va pas rester très longtemps. »

En repensant à Kath, Amanda ressentit un terrible pincement au cœur.

« La déco, ce n'est pas mon point fort.

— Je vous enverrai une plante araignée. C'est increvable. Bon, écoutez-moi. Ne soyez pas si nerveuse. Je suis venu pour vous rassurer sur un point.

— Oh. »

Curieusement, elle ne se sentait pas du tout rassurée.

« Ces prochains jours, le *Washington Post* va publier un long article sur votre père. Ils ne savent pas tout, mais presque. Ses activités d'espionnage au profit des Russes dans les années 1980. Son implication dans l'épisode Särkkä. La découverte tardive de sa trahison au début de cette année. La sanction administrative prise par l'Agence. Tout cela grâce à un employé mécontent qui a décidé d'appeler un vieil ami journaliste. Il n'y aura ni démenti ni confirmation de notre part, ce qui n'arrangera rien, évidemment. Cet article va le griller. » Gasko esquissa un haussement d'épaules nonchalant. « Il n'en faudra pas plus. Astucieux, non ? Chapeau bas, Charlie. C'est lui qui a eu cette idée. Finalement, il aura quand même appris deux ou trois choses au service presse.

— C'est lui qui… Hein ? » Amanda secoua la tête. « Désolée, je ne comprends pas.

— Ça paraîtra effrayant. Et il faut que ça paraisse effrayant. Vous comprenez ? Le spectre des accusations, l'arrestation, l'incarcération. La totale. Mais je vous demande de ne pas vous inquiéter. Pour lui non plus. Il y a une raison derrière tout ça. » Gasko s'interrompit pour la dévisager. « Je ne peux pas vous dire laquelle, mais il y a une bonne raison. » Nouvelle pause. « Vous comprenez ? »

~

La parution de l'article du *Washington Post* suffit pour que ses voisins détalent quand ils le voyaient arroser son jardin, pour que ses partenaires de tennis le répudient et pour que le président de la commission sénatoriale sur le Renseignement exige haut et fort des auditions. Et pour bien faire comprendre que la CIA prenait définitivement ses distances avec le dénommé Charlie Cole. Indépendamment de son arrestation, de son inculpation et de sa condamnation, ils ne voulaient plus entendre parler de lui. Il avait été renvoyé, sans pension. Pour eux, il était mort.

Toutefois, ce n'était pas suffisant pour l'expédier derrière les barreaux.

Charlie avait avoué une longue liste de méfaits (divulgation de documents classés top secret, aide et soutien à l'ennemi…), mais dans l'ensemble, ces crimes étaient prescrits. L'avocat de Charlie avait clairement fait comprendre que son client évoquerait le Cinquième Amendement s'il était appelé à la barre, et en l'absence de témoignage auto-incriminant, il n'existait pas de preuves suffisantes de ses méfaits. Certes, les agents fédéraux avaient la possibilité de le poursuivre, mais tout le monde savait que le procureur général aimait uniquement les procès qu'il était certain de gagner.

Par conséquent, Charlie demeura un homme libre. Et quand l'émoi provoqué par l'article du *Washington Post* retomba, il fit ce qu'il avait juré de ne jamais faire : il ouvrit un compte Twitter. Il choisit une photo nunuche le montrant de profil et se présenta comme : *Ancien directeur adjoint du service communication de la CIA, qui profite à présent de la retraite. Père, propriétaire de chien et patriote.* En haut de sa page, il afficha un tweet qui renvoyait à un gros titre d'Associated Press : LE PROCUREUR GÉNÉRAL RENONCE AUX POURSUITES CONTRE CHARLES COLE. *Heureux de voir ma réputation blanchie*, avait-il écrit. *En dépit des #mensonges incessants de la #CIA, je reste fier de mes 50 années de service. #QueDieuBénissel'Amérique.*

Charlie commença par suivre une série de comptes relativement insipides : journalistes, politiciens, think tanks, joueurs des Yankees, tennismen célèbres ou encore des comptes qui postaient uniquement des photos de labradors retrievers. Il s'abonna au compte officiel de la CIA et se désabonna plusieurs fois. Au fil du temps, la liste des sites qu'il consultait devint plus éclectique. Plus tendancieuse. Des spécialistes du complot. Des journalistes expatriés qui critiquaient l'expansionnisme américain. Des lanceurs d'alerte qui avaient trouvé une oreille attentive dans d'autres pays. *Russia Today*. Il retwittait ces messages en toute insouciance.

Apparemment, quelqu'un avait alerté Helen car un jour elle appela Charlie et lui dit : « Je sais que tu as traversé une période difficile, et je sais que tu en baves encore, mais tous ces messages que tu postes… Ils donnent une certaine image de toi. Tu vois ce que je veux dire ? »

L'inquiétude qui perçait dans la voix de son ex-femme était un coup de couteau en plein cœur, mais Charlie fut obligé de répondre qu'il se fichait pas mal de l'image qu'il donnait. C'était la vérité. Et en plus, ça ne la regardait pas.

Helen ne pouvait pas savoir que c'était une mise en scène. Personne ne pouvait le savoir.

~

De l'autre côté de l'Atlantique, Amanda assistait à l'évolution de l'image publique de son père, passant du rôle de bureaucrate à celui de cinglé véhément. Et elle était peut-être la seule personne, dans l'entourage de Charlie, qui assistait avec fierté à cette métamorphose.

Et gratitude. Reconnaissante à Gasko qui essayait de tirer le meilleur parti d'une situation compromise. Il n'existait aucun moyen de savoir si le jeu en valait la chandelle. Peut-être qu'aucun résultat ne parviendrait à masquer le goût amer laissé dans la bouche par ces méfaits. Mais ainsi agissaient les individus de leur espèce : ils laissaient croire au monde entier qu'ils avaient été vaincus. Ils revêtaient le déguisement de la faiblesse et tentaient d'en faire une force.

Parfois, ce n'était pas une très bonne idée. Parfois, la faiblesse devait demeurer une faiblesse, il fallait laisser le cercle devenir une ligne. Elle repensait souvent (trop souvent à son goût) à cette conversation avec l'ambassadeur Romanoff, dans la salle des Rembrandt du musée de l'Ermitage. *Certaines personnes s'amusent trop pour avoir envie d'arrêter*. Elle ne voulait pas devenir ce genre de personnes, celles qui continuent à faire tourner le cercle, simplement, droguées à l'excitation, sans voir le mal que cela pouvait causer.

Mais elle repensait à Jakob également. Cette brève amitié avait changé sa vie, sans qu'elle ait eu l'occasion de le lui dire. Au cours de cet hiver moscovite, il l'avait emmenée au Bolchoï. Il avait des billets à tarif étudiant, pour des places au dernier rang. Au point culminant du ballet, elle avait pleuré. C'était gênant, mais pas surprenant. Cet hiver-là, elle avait la sensibilité à fleur de peau. Un ballet, un poème, un couple âgé sur un banc. Des flocons de neige qui dansaient dans la lumière d'un réverbère. Ces réactions la déconcertaient. Pourquoi était-elle émue à ce point? Elle n'avait aucune raison de pleurer.

Une fois le rideau baissé, elle s'était tournée vers Jakob, en séchant ses larmes. Lui aussi avait les yeux mouillés. En voyant cela, elle avait éclaté de rire, avant de se remettre à pleurer.

«Je ne sais pas ce qui m'arrive!»

Jakob, lui, ne riait pas.

«Rien, avait-il dit d'un ton empreint de gravité.

— N'empêche, c'est pathétique.»

Il avait serré sa main dans la sienne, avec force, comme s'il savait qu'il leur restait peu de temps à passer ensemble.

«Non, Amanda. C'est ce que j'admire le plus chez toi.»

Il y avait toujours un risque quand on prenait les choses trop à cœur. La volonté d'aider les autres se transformait vite en complexe de Dieu. Mais l'inverse n'était pas sans risque non plus. Et tôt ou tard, il fallait choisir son camp.

Tirer profit d'une situation compromise. Faire de la faiblesse une force. À la fin de l'automne, elle apprit qu'Anya Komarovsky était retournée à Londres. Le gouvernement russe refusait toujours de lui donner des informations au sujet de son mari, et en femme réaliste qu'elle était, elle savait qu'en restant à Moscou, jamais elle n'obtiendrait une réponse franche. Autant essayer de faire saigner une pierre. Osipov était demeuré à ses côtés, comme chauffeur et protecteur. Par loyauté ? Ou sur ordre du GRU, afin d'avoir l'œil sur la veuve d'un traître ? Les deux sans doute. Mais ce retour en Angleterre signifiait qu'aucun danger immédiat ne menaçait Anya. Si le GRU l'avait soupçonnée d'être impliquée dans les agissements de son mari, jamais ils ne l'auraient laissée partir.

Anya préférait mille fois sa vie à Londres. Sa loyauté envers la Russie, à l'image de celle d'Ivan, était opportuniste. Quand elle apprendrait ce que le GRU avait fait à son mari, cela créerait une ouverture. Fragile, mais une ouverture quand même. Et si Amanda voulait être honnête, sa liste de contacts avait besoin d'être réapprovisionnée. Komarovsky était mort, Semonov sur la touche. Et Anya était juste là, à portée de main, assez mûre pour être cueillie. Alors, Amanda commença ses travaux d'approche.

L'hiver était revenu. Rome entama sa mue pour les fêtes. La vieille ville se parait de lumières, un sapin se dressait sur chaque place, une crèche apparaissait devant chaque église. Amanda avait enfin le sentiment de maîtriser son rôle de cheffe de station. Mais peut-être refusait-elle de regarder en face la solitude qui s'insinuait sournoisement dans son existence. Jusqu'à ce jour de décembre où on frappa à la porte de son bureau. En levant la tête, elle fut envahie par un sentiment de joie, mais aussi de soulagement.

« Vous en avez mis du temps ! lança-t-elle en souriant. J'étais sur le point de déclencher des recherches. »

Kath se laissa tomber dans le fauteuil destiné aux visiteurs.

« Allons, ma jolie. Vous croyez vraiment qu'ils m'auraient retrouvée ?

— Vous tombez bien, à vrai dire. J'ai une idée à vous soumettre.

— Droit au but, hein ?

— Vous voudriez qu'il en soit autrement ? Sachez qu'Anya Komarovsky est de retour à Londres. Et je me disais... Quoi ? Que signifie ce regard ?

— C'est amusant, répondit Kath. Je pensais exactement la même chose l'autre jour. »

~

La McMansion* en stuc située dans la banlieue d'Arlington obligeait à faire un détour d'un peu moins d'un kilomètre à partir de l'ancienne voie ferrée transformée en sentier. Charlie avait pris l'habitude de rejoindre la planque à vélo pour leurs réunions mensuelles. Une mesure de prudence car toute tentative de filature sauterait immédiatement aux yeux. L'idée du vélo venait de lui. De même que les informations livrées au *Washington Post*, les tweets délirants et, plus récemment, les pathétiques ouvertures en direction de K Street. Il avait transmis son CV aux principales agences de lobbying, qui l'avaient toutes envoyé sur les roses, sans ménagement. Mais cela avait provoqué l'effet escompté : faire savoir, par le biais du bouche-à-oreille à Washington, que Charlie Cole a) cherchait du travail et b) avait besoin d'argent. À présent, il n'y avait plus qu'à attendre. Il existait certaines officines moins regardantes vis-à-vis de sa réputation. Et qui, au contraire, la trouveraient fort utile.

À l'exception de leurs entrevues mensuelles, son officier traitant et lui ne communiquaient pas. Ils ne pouvaient pas prendre

* Terme péjoratif désignant une maison individuelle souvent trop grande et tape-à-l'œil, construite dans des matériaux de mauvaise qualité.

le risque qu'apparaisse un lien entre Charlie et l'Agence. Les Russes devaient être convaincus qu'il était livré à lui-même, amer et plein de ressentiment; ils devaient croire qu'il était possible qu'un jour, si on savait le motiver, il accepte de se laisser guider par ce ressentiment.

Ses amis ne l'appelaient plus. Helen non plus. Le country club avait résilié son adhésion. Ses voisins l'évitaient comme la peste. C'était une vie sans joie, mais il devait tenir bon. Il avait donné cinquante ans de sa vie à l'Agence; il faudrait plus que quelques mois pour convaincre les Russes qu'il était devenu un autre homme.

Charlie se fixait des objectifs arbitraires afin de structurer son emploi du temps. Pour une raison quelconque, il avait conservé ses manuels de la fac. Un jour, il les descendit du grenier et les étala sur le sol du salon. Il avait été un étudiant médiocre et n'avait gardé aucun souvenir des cours qui avaient nécessité l'achat de ces ouvrages. Mais il lui semblait logique, à présent, de commencer à les lire.

Il faisait la cuisine, le ménage, il emmenait Lucy se promener, il lisait de vieux livres de poche et regardait le monde tourner. En novembre, le froid arriva, en même temps qu'un nouveau président; les chênes peignirent dans les rues une symphonie de couleurs. En janvier, les enfants du quartier firent des bonshommes de neige dans leurs jardins. Et en avril, un vol de loriots s'offrit une halte sur la route du nord. Seul dans son salon, face à la fenêtre, Charlie aurait voulu participer à cette symphonie, prêter une écharpe aux bonshommes de neige, envoyer à Amanda une photo de ce flamboiement orangé.

Toujours lent à adopter les nouveaux usages, il s'était enfin mis aux textos. Amanda et lui continuaient à se téléphoner le dimanche soir, mais leurs échanges quotidiens sur WhatsApp lui semblaient plus spontanés et éloquents. Très souvent, il avait envie de lui écrire des choses du genre : *Je regrette de ne pas avoir pu te protéger de tout ça.* Mais pour le rôle qu'il devait jouer, c'était encore trop près de la vérité. Mieux valait s'en tenir au présent : des images d'oiseaux dans la mangeoire, une recette dont il pensait qu'elle pourrait lui plaire. Le plaisir simple de ces échanges constituait une révélation. Même s'il craignait sans cesse d'en faire trop. Un jour où il évoquait un joueur que venaient d'acheter les Yankees, il se dit : *Pourquoi est-ce que je l'ennuie avec ça ? Elle se contrefiche des Yankees.*

Et juste après : *Je lui raconte ça parce que je l'aime.*

Et même s'il regrettait de ne pas pouvoir lui parler du travail qu'il effectuait, il se réconfortait en constatant que la nature de leur relation n'avait pas changé. Leur intimité avait toujours laissé de la place aux silences. En outre, Amanda avait été informée, d'une manière quelconque, de ce que faisait son père. Juste assez pour ne pas s'inquiéter. La raison de leurs silences étant désormais connue, ceux-ci s'étaient accrus.

Sans qu'il s'en aperçoive, l'été était revenu. Plus d'un an s'était écoulé depuis ses aveux, et il était toujours ici. Il avait largement entamé la pile des livres en retard, même si, souvent, ils l'ennuyaient à mourir. Le prochain était un recueil de poèmes de John Milton. Ce matin-là, il attaqua la lecture du Sonnet 19 : « Quand je considère comment ma lumière est dépensée / Avant la moitié de ma vie, dans ce monde vaste et obscur… »

Mais il dut s'arrêter. Sans qu'il sache pourquoi, des larmes mouillaient ses yeux.

Alors, il décida d'aller faire du vélo. Ces promenades étaient sans doute l'élément le plus crucial de sa santé mentale. Courtes ou longues, elles dessinaient toujours un cercle. Une boucle qui le ramenait à son point de départ. De retour dans la fraîcheur humide de son garage, le cœur encore battant et les jambes en feu après l'effort, il prenait parfois le temps d'ôter la boue sur les roues et le cadre, de graisser la chaîne, de vérifier la pression des pneus, autant de choses qui n'étaient pas indispensables, simplement parce qu'il voulait rester là. Il redoutait le vide et le silence de la maison, qui n'avait pas connu d'autre présence que la sienne depuis plus d'un an. Il redoutait les heures sans fin.

Mais ce n'était là qu'une partie de lui-même. Une autre partie, la plus importante, savait qu'il n'était pas censé résister. Le vide était justement l'objectif. Il lui permettait de changer.

Plus tard cette année-là, à l'automne, alors que les arbres recommençaient à perdre leurs feuilles, il serait invité à déjeuner par un employé d'une agence de lobbying ouvertement pro-russe. On l'interrogerait sur sa vision des choses. On le gratifierait de sourires compatissants. Et il s'engagerait sur une voie qui, le moment venu, le ramènerait vers cette femme qui, un jour, avait frôlé sa main dans un supermarché.

Il regagna la maison vide. L'avenir déciderait de tout. Il ne savait pas encore si cette tactique porterait ses fruits. Il savait seulement qu'il avait commis de terribles erreurs, mais pour des raisons qui lui échappaient, et de manière imméritée, il commençait à croire que cette douleur pourrait enfin s'arrêter, et que même les pires erreurs pouvaient, un jour, mener à la rédemption.

REMERCIEMENTS

Merci à mon éditrice, Carina Guiterman, qui m'a rendue capable d'écrire le genre de romans que j'ai toujours voulu écrire.

Merci à mes agents, P.J. Mark et Stefanie Lieberman, pour leur chaleur humaine, leur sagesse et leurs conseils indéfectibles. Merci à Allison Hunter pour son affection et sa confiance.

Merci à toutes les personnes de chez Janklow & Nesbit, et à toutes celles de chez Simon & Schuster, notamment Sophia Benz, Hannah Bishop, Lashanda Anakwah, Maggie Southard Gladstone, Brianna Scharfenberg, Danielle Prielipp, Morgan Hart et Dominick Montalto.

Pour ces conversations qui m'ont stimulée et inspirée dans les domaines de la créativité, et au-delà, merci à Emma Brodie, Lily Brooks-Dalton, Nicole Corbett, Jonathan Darman, Sara Faring, Angela Le et Katherine Schafler. Pour leur amour inconditionnel, merci à mes parents, Ed Pitoniak et Kate Barber. Pour son cœur magnifique, son honnêteté sans faille, et parce qu'il me répète que je dois toujours miser sur moi, merci à mon mari, Andrew Bartholomew.

Ce roman parle d'une femme qui trace sa route dans un monde principalement dominé par les hommes. Ces dernières années, j'ai beaucoup songé aux femmes que j'admire, et à la manière dont elles m'ont permis de m'élever. Ce livre est dédié à deux femmes remarquables, parmi d'autres : Nellie Pitoniak et Ruth Kim. Chaque jour, Nellie et Ruth me poussent à essayer de m'améliorer, tout en me rappelant que je dois m'accepter telle que je suis. Elles m'ont accompagnée dans de nombreuses épreuves. Elles rendent ma vie plus heureuse, de mille manières. Je les aime et j'ai la chance qu'elles m'aiment en retour.

Déjà parus dans la même collection

Olivier Barde-Cabuçon, *Hollywood Cantine*
Caryl Férey, *Grindadráp*
Marto Pariente, *Balanegra*
Saïd Khatibi, *La fin du Sahara*
Marin Ledun, *Henua*
Jorn Lier Horst, *Le dossier 1569*
Macodou Attolodé, *Étincelles rebelles*
Deon Meyer, *Leo*
Marc Trévidic, *Huitième section*
Thomas Bronnec, *Coliseum*
Dolores Redondo, *En attendant le déluge*
Jeff Lindsay, *Riley s'attaque au Vatican*
Leslie Wolfe, *À cœurs ouverts*
Jo Nesbø, *Rat Island*
John Brownlow, *L'Assassin Eighteen*
Danü Danquigny, *Vieux kapiten*
Solange Siyandje, *L'affaire Sylla*
Mike Nicol, *Rabbit Hole*
Marto Pariente, *La sagesse de l'idiot*
Jørn Lier Horst & Thomas Enger, *Que le meilleur gagne*
Sébastien Raizer, *Terres noires*
Jo Nesbø, *Éclipse totale*
Caryl Férey, *Okavango*
Jørn Lier Horst, *Le Mal en personne*
Thomas Cantaloube, *Mai 67*
Chris Pavone, *Deux nuits à Lisbonne*
Marin Ledun, *Free Queens*
Olivier Barde-Cabuçon, *Hollywood s'en va en guerre*

John Brownlow, *L'agent Seventeen*
Jacques Moulins, *Menaces italiennes*
Dror Mishani, *Un simple enquêteur*
DOA, *Rétiaire(s)*
Deon Meyer, *Cupidité*
Thomas Bronnec, *Collapsus*
Chang Kuo-li, *Le sniper, le président et la triade*
Jo Nesbø, *De la jalousie*
Horace McCoy, *Les Rangers du ciel*
Sébastien Raizer, *Mécanique mort*
Jeff Lindsay, *Riley tente l'impossible*
Jørn Lier Horst, *La chambre du fils*
Audrey Gloaguen, *SEMIA*
Sébastien Gendron, *Chez Paradis*
Mike Nicol, *Infiltrée*
Danü Danquigny, *Peter Punk au Pays des Merveilles*
Chantal Pelletier, *Sens interdits*
J. P. Smith, *La médium*
Raf Vallet, *Mort d'un pourri*
Raf Vallet, *Adieu poulet !*
Jacques Moulins, *Retour à Berlin*
Jo Nesbø, *Leur domaine*
Chang Kuo-li, *Le sniper, son wok et son fusil*
Deon Meyer, *La femme au manteau bleu*
William Lindsay Gresham, *Nightmare Alley*
Jørn Lier Horst, *Le code de Katharina*
Olivier Barde-Cabuçon, *Le Cercle des rêveurs éveillés*
Thomas Cantaloube, *Frakas*
Marin Ledun, *Leur âme au diable*
Jean-Bernard Pouy & Marc Villard, *La mère noire*

Parker Bilal, *Les divinités*
Pierre Pelot, *Les jardins d'Éden*
Dolores Redondo, *La face nord du cœur*
Sébastien Raizer, *Les nuits rouges*
William R. Burnett, *Good-bye, Chicago 1928*
William R. Burnett, *Little Caesar*
Jacques Moulins, *Le réveil de la bête*
Deon Meyer, *La proie*
Jean-Patrick Manchette, *L'affaire N'Gustro*
Jørn Lier Horst, *Le disparu de Larvik*
J. P. Smith, *Noyade*
Dror Mishani, *Une Deux Trois*
Sébastien Gendron, *Fin de siècle*
Parker Bilal, *La cité des chacals*
Vlad Eisinger, *Du rififi à Wall Street*
Danü Danquigny, *Les aigles endormis*
Neely Tucker, *Seules les proies s'enfuient*
Marc Villard, *Barbès Trilogie*
Caryl Férey, *Paz*
Mike Nicol, *L'Agence*
Jo Nesbø, *Le couteau*
Tom Piccirilli, *Dernier murmure dans le noir*
Bryan Reardon, *Le vrai Michael Swann*
Chantal Pelletier, *Nos derniers festins*
Marin Ledun, *La vie en rose*

Composition : APS-ie.
Achevé d'imprimer
sur Roto-Page
par l'Imprimerie Floch
à Mayenne, le 19 novembre 2025.
Dépôt légal : novembre 2025.
1er dépôt légal : août 2025.
Numéro d'imprimeur : 108038.
magasin@gallimard.fr

ISBN 978-2-07-307803-2 / Imprimé en France.

686694